夜行堂奇譚 肆

やこうどうきたん

嗣人

TUGU HITO

産業編集センター

『夜行堂奇譚◆肆◆』人物
桜 千早
Sakura Chihaya
隻腕の見鬼。
夜行堂の使い走り。
大野木宅に居候。
夜行堂店主
Yakohdou Tensyu
骨董屋
「夜行堂」店主。
正体の知れない
存在。
大野木龍臣
Ohnogi Tatuomi
県庁生活安全課
勤務。
オカルト嫌い。
筋トレに励む。

柊
Hiragi
桜千早の元姉弟子。
酒精をこよなく愛する。
葛葉
Kuzuha
帯刀家に仕える
使用人。
菩薩のように
優しい。
帯刀
Tatewaki
帯刀家当主。
管理する山から
下りられない。

遠野恭也
Tohno Kyouya
鷹元楸のクラスメイト。
明るく社交的で気配りの
できるヒーロー的存在。
木山千景
Kiyama Chikage
帯刀の元弟子。
魂の色に
取り憑かれた老人。
鷹元 楸
Takamoto Hisagi
純粋無垢で、
天使のような印象を
与える女子高生。
口絵：げみ

夜行堂奇譚　肆

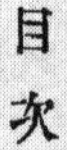

目次

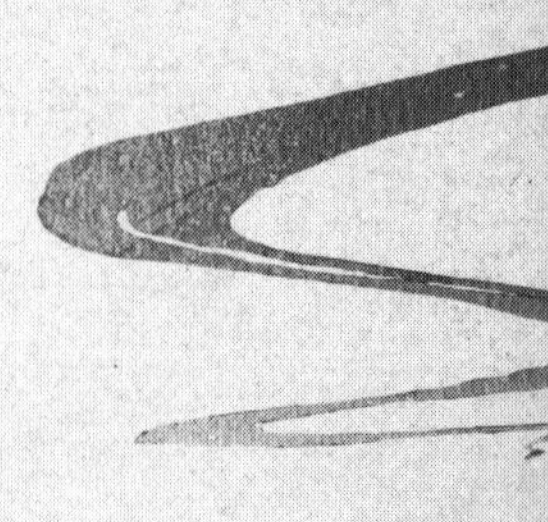

序

月に一度は泉で身を清めるよう、老いた師は少女に言いつけた。

澄んだ清水が滾々と湧く泉の前で、帯を解き、紫陽花（あじさい）色の着物を肩から滑り落とす。

苔生した岩に腰かけて簪（かんざし）を外すと、黒い艶やかな髪が腰の辺りへ御簾のように降りて、眩い朝日を弾いた。

少女の歳の頃は、まだ十四にも満たないだろう。

白い襦袢だけになった爪先を水へ浸けて、ゆっくりと呼吸する。

泉の中へ身を沈め、それから深く息を吐いた。

清水の中で仰向けに浮かび、髪が水の中でのびのびと広がっていく。

目を閉じて呼吸を一つ、二つ、と数えると、少女の傍らに浮いていた睡蓮が綻（ほころ）ぶように花開いた。

育ての親であり、尊ぶべき師でもある老人を思い浮かべる。

その身に深々と刻まれた呪は、もはや魂の根源ともいうべき場所を占有し、強烈にその身を縛りつけていた。解くことはおろか、癒すことのできない其れをどうにかできないか、と様々な術理を考案したが、どれも役には立たなかった。

この退屈な山から死ぬまで降りられないばかりか、死して尚、その魂は御山に縛られて輪廻の輪へ還ることも許されない。

身寄りもなく、ただ飢えて死ぬだけの運命にあった自分を救いだしてくれた師にできることはないだろうか。いつしか、それだけが少女の願いとなっていた。

いっそ術者を殺してしまおうか。術者が死ねば、術も呪も消える。山を降りてさえしまえば、少女にとっては造作もないことだろう。

しかし、それはできない。

殺してしまえば、呪いは老いた師を道連れにするだろう。互いに術を掛け合っている所為で、互いへの干渉は避けられない。

「なんて面倒くさい」

忌々しい、と少女は整った顔を顰めた。

師に其れをかけたのは、他ならぬ一番弟子であったという。詳しく語らずとも、心の声を聞かずにはおれない少女は大体の事情を察していた。

会ったことのない兄弟子は、どうして裏切るような真似をしたのか。

考えれば考える程に少女には分からなかった。

「葛葉(くずは)に聞けば分かるかしら」

母のようでもあり、歳の離れた姉のようでもある化生。病になる事も、老いることもない彼女は全てを視てきた筈だ。

幼い頃は素直に甘えることが出来たが、ここ最近は何故か言うこと成すこと全てが癪に障る。

「仙女(せんにょ)にも思春期があるだなんて」

師は言った。

少女には仙骨があるのだと。

仙骨とは生まれついての資質のようなもので、これがなければどれほど過酷な修行を積んでも、決して仙人にはなれない。水の上を歩き、空を自在に舞い、老いと死を克服し、やがては天仙となる。

その為に師は、少女に修行をつけた。

だが、当の本人からすれば、そんなことはどうでもいいことだった。

巣立ちの時が来くれば、好きにするだけ。只人に混じって生きていきたいとは思わない。

少女からすれば、下界で暮らす人々は自分とは別の生き物だという感覚を、物心ついた時から抱いていた。

只人は、心の声が聴こえない。

只人は、水の上を歩けない。

只人は、霞を食べることができない。

只人は、物を透視できない。

只人は、ついには老いて、死んでしまう。

修行を終え、仙人となった時から老いることもなくなる。

同じ時を生きられない生き物の、なんと哀れなことか。

けれど、少女は知っている。

花は咲くから美しいのではない。

ほんの瞬くような僅かな間にだけ、花開くからこそ美しい。

永遠に咲く花に、なんの価値があるだろう。

そんなものは、ただの停滞に過ぎない。

花が綻び、咲き誇り、朽ちゆく様こそ美しい。

もののあはれ、と少女の師なら言うだろう。

千年もの昔、この世の栄華を極めながら、ついには滅んだ一族がいた。

都を追われ、幼い帝は神器と共に海底へ沈み、その母は一族の菩提を弔って余生を過ごしたという。

少女がこよなく愛する物語。

そこで語られる言葉が忘れられない。

すべては無常。

意味はない。

所詮、春の夜の夢。

風の前の塵に等しい。


しかし。

それでも。

枯れると知って、咲かない花がないように。

いつか死ぬからと、生まれてこない命もない。

末期の息を吐ききる、その日まで。

立ち上がり、足掻いて、懸命に生きていく様が尊いのだ。


涙が一筋、少女の頬を伝って泉へと流れた。

ゆっくりと瞼を開くと、頭上に白々とした朝月が浮かんでいた。

白い睡蓮の花に囲まれて、微睡むように、いつか仙となる少女は、明けていく空を茫洋と眺め続けた。

狂濫

まうわう。

まうわう。

ぐぐい、つうし。

まうわう。
まうわう。
ぐぐい、つうし。

たのしい。
たノしい。
タのしイ。

もう何も持っていない。
もう何もかもを失った。
いや、奪われたのだ。
生きながら身を削がれるような苦痛の日々に。
怒号と叱責と嘲笑の果てに。
何もかもを奪われた。
尊厳も自信も、全て。

まうわう。
まうわう。
ぐぐい、つうし。

言葉を繰り返すごとに、自分の中で極限まで煮詰まった感情が消えていくのを感じた。憎悪と怨嗟が供物となって消えていく。
血涙を流しながら、白痴のように祈り続ける。

まうわう。
まうわう。
ぐぐい、つうし。
まうわう。
まうわう。
ぐぐい、つうし。

本来の言葉はどんなだったか。
もっと何か意味のある言葉だったような。
今となっては思い出せない。
でも、これデいい。

日付が変わる。
ようやく。
ついに。
待ち侘びた今日がやってきた。

まうわう。
まうわう。
ぐぐい、つうし。

まうわう。

まうわう。
ぐぐい、つうし。

贄を捧げなければならない。
たとえ、どれほど価値のないものでも。
他には持ち合わせるものがないのだから。

荒縄を握る自分の手。
痩せこけて血管の浮き出た、薄い皮が張りついただけの腕。
いつから食事をしていないのか。
水を最後に口に含んだのはいつか。

鏡に映る、骸骨のような自分。
お腹だけが膨らんで、まるで餓鬼のようだ。

まうわう！

まうわう！
ぐぐい！　つうし！

誰かが笑っている。
ゲタゲタゲタ。
狂人の笑い声。
あア、私カ。

タノしい。
おカしクてタまらない。
笑い声が遠退いてく。
薄れゆく意識の中で、そそり立つソレを視た。

○

銀杏の葉で彩られた新屋敷の大通り。片道三車線の主要道路、その国道沿いの商業ビルの十二階に、依頼主の会社はオフィスを構えていた。

前面ガラス張りのビルを、助手席に座っている千早(ちはや)君がうんざりした様子で眺めて唸り声をあげる。

「よくもまぁ……。どうやってこんな業の深そうな場所の案件を探し出してくるんだよ」

「一瞥しただけで分かる程に酷い状態、ということですか？」

「酷いっていうよりは、不穏？　かな。なんて言うか。鴉の亡骸が何体かあって、それだけでも異常なのに、それを中心に他の鴉が集まって一帯が真っ黒になってる。みたいなことが屋上で起きてる」

　ペットボトルの蓋を器用に左手だけで開けながら、ため息混じりにそう言った。

「正直、手も足も出ない自信しかないんだけど。断ってくれよな、こんなきな臭い案件」

「しがない公務員に過ぎない私にどうしろと。クレームは藤村(ふじむら)部長へ直接お願いします」

「あの昼行燈(ひるあんどん)がまともに取り合うかよ。のらくらして全然、こっちの言うこと聞かないんだから」

　昼行燈は言いすぎだろうが、千早君の言うことも一理ある。どこからこんな面倒な案件を見つけてきたのか、と呆然とすることも珍しくない。おまけにやたら人間関係が広いので、ありとあらゆる業界の怪異と遭遇する羽目になっている節があった。

「はぁ。回らない鮨でもご馳走にならなきゃ割に合わないよな。大野木(おおのぎ)さん」

「……奇遇ですね。私も高級鮨が食べたいと思っていた所です」

共通の敵を見つけて意気投合した私たちは簡単な朝食を食べ終えると、最寄りのコインパーキングを後にした。

「それで？　依頼の内容ってどんなんだっけ」

「道中、説明したじゃありませんか。さては生返事していましたね」

「道中ってか、車に乗ってすぐだったじゃん。あんな半分夢の中にいる状態で何言われても子守唄にしか聞こえねえよ。朝は弱いの知ってるだろ」

まるで夜更かしが得意だとでも言わんばかりだが、夜もたいして強くはない。私が繁忙期に真夜中まで仕事をしていても早々に寝ついてしまうし、昼過ぎまで起きてこないことも珍しくない。が、敢えて黙っておく。

「では手短に。依頼主はマスコム株式会社新屋敷支社、その支社長を務める香川(かがわ)氏です。曰く会社で怪奇現象が起こる、と」

横断歩道の信号機が青に変わるのを待ちながら、携帯電話で依頼情報を確認していく。

「へぇ。どんな？」

「様々ですね。給湯室に啜り泣く女性の霊が出る。トイレから呻き声が聞こえる。非常階段に立ち尽くす男性の霊など。あるいは屋上から飛び降り自殺した霊と目が合うというものもありました」

口にしながら気分が悪くなってきた。

「まぁ、割とよくある怪談話だな」

「ただ、気になるものが一つ」

香川氏に集めて貰った目撃証言の中で、他の証言とは毛色が違っていた。

「縄です。絞首刑に使うような、丸い輪を持つ」

「ああ。分かるよ」

「それが天井から吊るされているのを見た、という証言がありました」

赤信号が青に変わる。軽快なメロディと共に歩行者が一斉に横断歩道を進み始める中、私と千早君だけが進まずに立ち尽くしていた。

「霊とか声じゃなくて、縄？」

「はい。なんと言えば良いのか。これが妙に気になってしまいまして」

幽霊が出る、などという怪談話はそれほど珍しくはない。学校や病院だけでなく、会社も大勢の人が集まる場所である以上、そうしたものは多い。だが、中には首を傾げるような話が交じることもあり、特別怖いわけでもないのに、なぜだか妙に違和感を覚えるのだ。

「大野木さんも使えるようになったじゃん」

「失敬な。私は初めから有能な相棒でしたよ」

「そうかよ」

けけけ、と楽しそうに笑ってから点滅し始めた横断歩道を小走りで駆けていく。点滅を始めたら渡るのをやめなければいけないのに、思わず彼の後を追いかけた。

出入り口のある一階は黒と木目をあしらった都会的で洗練されたデザイン。ビルの竣工は十二年前、新屋敷から多少離れた立地でありながら、入っている会社はどれも大手企業の支社である。全国的にも有名なコーヒー専門店のチェーン店も入っており、まさに盛況という様子だ。

四基あるエレベーターの一つを待ちながら、千早君が物珍しそうに辺りを見渡している。普段、こういうオフィスビルにやってくることがないからだろう。

「こういう所ってガードマンとかいないの？」

「そうですね。ここは支店や出張所ばかりで本社という訳ではありませんから。お客様が来る店舗というよりも、社員が働くためのオフィスに過ぎません。勿論、警備員の方はいらっしゃるでしょうが、あくまでビル全体の保守の為でしょう」

「ふーん。都会の金持ちって感じのビルだな。対策室のある、ボロい北棟とは大違いだ」

ボロいではなく、年季の入ったと言って貰いたい。

「県の庁舎が不必要に大きく、洗練されている必要はありません。県民の方々の血税で建てられるのですから、適切なサイズと機能を備えていれば問題はありませんから」

「その割に対策室だけ、かなりリフォームされている気がするけど」

「……あくまで、依頼人の方に居心地よく過ごして頂く為です」

十二階へ上がる途中、何人かの社員さんが乗ってきたが、みな千早君の私服姿を見て少しだけ怪訝そうにする。

「なぁ。俺ってそんなに目立つ？」

「背が高いですし、どうしてもビジネスマンには見えませんからね」

「自分より高身長の人に言われてもな。でも、そっか。スーツでも着てくればよかったかな」

「持ってましたっけ？」

「まさか」

エレベーターが目的の階へと到着し、案内板の指示通りに真っ直ぐに通路を進んでいく。

雰囲気を重視しているのか、窓がない上に照明が妙に暗いので、なんとも薄暗い。

「どうですか。何か視えますか」

「いいや。特にこれといったのはないかな」

「もしも何か視えたら、すぐに教えてください。事前の情報が今回は少ないので都度共有を」

「うん、了解」

返事をしながらも、壁にかけられた額縁入りの観葉植物や、社内報のポスターをキョロキョロと見ているのが分かる。どうにも物珍しさに関心が移ってしまっている気がする。

「まずは責任者の方に話を伺います」

「うん、了解」

「その上で今後の対応を考えましょう」

「分かった」

「……それと夕食はおそらく塩だけになるかと」

「うん、了解」

「…………」

まるで聞いていない。

一抹の不安を感じながらも、件の会社のオフィスに到着した。受付にある電話の受話器を取ると、すぐに内線が繋がった。

『はい。マスコム株式会社でございます』

「おはようございます。九時より香川様とお約束をしております、県庁特別対策室の大野木と申します。お取次をお願いします」

『お待ちしておりました。ご案内致しますので、しばらくそちらでお待ちください』

受話器を置いたところで、千早君が感心したように口笛を鳴らした。

「あんなソツのない挨拶、どこで覚えるんだ？」

「一般常識の範疇だと思いますが」

「そんなの覚える機会なかったけど」

「……帯刀(たてわき)様が嘆かれますよ。あんなに格式高い家で暮らしておいて、覚える機会がなかったわけがないでしょう」

「んー？　いや来客の云々は殆ど帯刀老や葛葉さんがやってたしな。留守番の時ぐらいかも、敬語使ったの」

両親の代わりにインターフォン対応をする子どもの姿を想像してしまい、思わず笑いそうになるのをなんとか耐えた。

ドアの自動ロックが外れる音がして、ドアノブが回る。鍵ではなく、社員証が電子キーになっているらしい。ニコニコとした笑顔の素敵な女性が現れて、深々と頭を下げた。

「おはようございます。香川は執務室でお待ちしております」

「ありがとうございます。失礼します」

一礼してからオフィスの中へ入る。広いエントランスの左側には分厚いガラス戸があり、その向こうにおよそ十数人程だろうか、社員の方々が忙しなく動き回っていた。どうやらあそこが事務室らしい。

目の前には執務室、その隣に会議室があり、その横の少し奥まったところに給湯室とトイレがあるようだ。向かって右手には避難経路を示す非常灯があり、階段へと続いていた。隣接する立体駐車場へは、ここから繋がっているのだろう。

先ほどの女性が執務室のドアをノックして、中へ声をかける。

「支社長。県庁の方がお見えになりました」

どうぞ、とすぐに中から返事があった。

「失礼します」

ドアを開けながら一礼し、中へ入ろうとすると背後に千早君がいない。よく見ると、執務室ではなく会議室の前で中をじっと眺めていた。

「千早君。行きますよ」

「ん？　ああ」

通された執務室は極めて洗練されたものだった。机から調度品まで一流の物が揃っている。応接用のソファもありがちなオフィス用品ではなく、イタリア製のオイルレザーを用いたブランドのものだ。

「お待ちしておりました。どうぞ、こちらへ」

上質な背広を着た五十代の男性が柔和に微笑みながら頷く。仕立てがいい。既製品ではなく、特別に作らせたものだろう。裏地の趣味も素晴らしかった。

「申し遅れました。マスコム株式会社の支社長を務めております。香川俊治と申します」

「特別対策室の大野木龍臣と申します。宜しくお願い致します」

互いに名刺を交換し合う。ビジネスシーンとしては特に珍しくない場面ではあるが、彼の名刺入れも思わず目を引くものだった。革製品のようだが、牛革ではないようだ。

脱線しそうになる頭を切り替えて、咳払いを一つ。

「それから、こちらの彼が委託業者の桜、」

紹介しようと傍らに目をやると、千早君の姿がない。見れば、勝手に執務室の奥で天井の片隅をじっと見つめていた。

「千早君。まずはご挨拶をしないと。話を聞いてから」

「いえ、いいんです。その、やはり何か視えますか？」

「んー？　ああ。ここで働いていた人の生霊かな。スーツ姿で細身の、五十代前半の男性。左目に泣き黒子があるんだけど、知ってる？」

「……存じています。あの、それは彼が私を恨んでいる、ということでしょうか」

「いや。アンタは最近、ここに来たんだろ？　恨みを向ける矛先がないから、そのうち消えるさ。気にしなくていい」

千早君はそう言うと、欠伸を一つ噛み殺しながら勧められてもいないソファにどっかりと腰を下ろした。

「いや、これは驚いた。私がこちらに赴任して間もないことは誰から聞いたのですか？」

目を輝かせながら尋ねる香川さんに、千早君は執務机の脇にある大きな姿見を指さしてみせる。

「視たら分かる、映ってるから。それにしても、この会社は酷いな。随分いろんな連中から恨まれているみたいだ。アンタの前任者のせいか？」

困ったように頬を掻いてから、香川さんが向かいに座り、私は千早君の隣に腰を下ろした。

「お恥ずかしい話、ここは長期的に人員の移動がなかったため、社内独自の体制がまかり通っていたようでして……。下の者が本社に直訴しようにも、前任の支社長が重度の日和見主義だったことが災いして、握り潰されていたと。おかげで様々なハラスメントが横行していました」

「それは今時、随分と時代錯誤ですね。その前任者は今、何を？」

「自主退職しました。詳しいことは分からないのですが、今は施設に入所しているらしいです」

香川さんが重いため息をつくのと同時に、執務室の扉が開いて先ほどの女性が珈琲を持ってきた。やはり珈琲にも並々ならぬこだわりがあるようで、香りが違う。

「いただきます」

一口啜り、酷く苦々しい顔をした千早君が角砂糖をゴロゴロと投入していく。普通、こういうビジネスシーンでは砂糖やクリームはなるべく使わないのがマナーだが、そんなことを知るような人物ではない。いや、知っていても聞くような人物でもないのだが。

「今回依頼したいのは、オフィスにまつわる怪談の調査と解決です。ここに来てからというもの、言いようのない気配や視線をずっと感じていまして……。それとなく他の者にも聞いてみたところ、同じような体験をしている者が出るわ出るわで」

「事前資料に頂いたものですね」

「ええ。飛び降りる霊と目が合うとか、廊下に佇む女がいるとか、人の啜り泣く声がトイレから聞こえるなどといったものです。こんなに幾つもあるのは、さすがに気味が悪くて」

「なるほど」

最近、こうした依頼は多い。学校や病院は言わずもがな、人が多く集まる場所には怪異が出る。当然、多くの人間が日中を過ごす会社でも同じことだ。廃墟などに怪異が現れるというイメージが先行しているが、社員たちが退勤した後の社屋も似たようなものだという。

「自殺者」

「え？　今、なんと？」

「さっき、飛び降りた霊と目が合うって言っただろ。自殺した人間は実際にいるのか」

普段よりも低い声で問う彼には、いったい何が視えているのだろうか。

「いえ、流石にそれはありません。鬱病などの精神的な疾患で会社を辞めた者や、傷病休暇中の者はおりますが。誰も自殺などはしていない筈です」

千早君の眼から視線を逸らすのも無理はない。こちらの心の奥底までをも見透かすような、あの瞳は誰でも恐ろしく感じるだろう。

「分かった。依頼は受ける。けど一番の解決法は此処から会社を移すことだと思う。どうにもよく視えないんだけど、呪いとしては多分、相当に強力なものだ。正直、いつ死人が出てもおかしくない」

　香川さんの顔色から血の気が失せた。

「しかし、そんな」

「絞首台があるだろう。俗にいう十三階段、床が抜けて刑が執行されるやつ。それで例えるなら、今はどこに立ってると思う？」

「十三段目、ですか？」

　千早君は首を横に振って、今までにないほど切羽詰まった表情で私の方を見た。冗談ではない。この比喩は紛れもない本物だ。

「台の上だ。今日か、明日か。近い将来、この床は抜けるぞ」

　ぞわぞわ、と悪寒が背筋を這い上る。

「しかし、支店の移動となりますと、私の一存でできることではありません。少なくとも数ヶ月はかかりますよ」

「階を変えるだけでも時間稼ぎにはなる。だけど、どうにか呪いの大元を見つけて呪を崩すなり、逸らすなりしないと。このままだと俺の手には負えない」

「でしたら、柊（ひいらぎ）さんに協力を仰いでみましょう」

「ビルごと消し飛ばされていいのならな。それが駄目なら、あの人は多分やらない」

予想外の事態に絶句する。彼女でさえ手が出せないのであれば、事実上もう私たちに打つ手はないのではないか。

「犠牲が出ますか」

「下手すれば、この会社にいる全員が死ぬことになる。まぁ、遺体が見つからない可能性もあるから行方不明ってことになるかもしれないけど」

千早君はそう言うとソファから立ち上がり、執務室を出てこちらへ手招きした。香川さんと二人でついていくと、エントランスの向こう、オフィスへの出入り口のドアを指差す。

「あそこが境界線。あれより向こうは影響を受けない筈だ」

「そういうものですか。同じビルなのに」

「そういうもの。制限なく広がる怨念なんてない」

香川さんは今にも泣き出しそうな顔をしている。普段は敏腕の管理職なのだろうが、自分の常識が一切通じないことに戸惑っているのだろう。今まで信じてきた常識が破綻する恐ろしさは、私もよく理解しているつもりだ。あの足元が崩れていくような感覚は生涯忘れることはないだろう。

「呪いの起点になるものがあるかもしれない。オフィスの中を見て回るから、従業員を全員外に出してくれ。理由は適当にでっちあげればいいだろ」

「分かりました。今すぐに」

青い顔をした香川さんが従業員たちに一度、外へ出るよう声をかける。理由は電気系統の点検と説明していたが、私たち二人はどう見ても電気工事業者には見えない。

怪訝そうな顔をしながら、社員が一人、また一人とオフィスの外へと渋々出ていく。

「下の階に共用の会議室があるだろう。ひとまず皆はそこで待機しててくれ」

受付へと続くガラス戸の手前で、私と香川さんとで誘導する。

「おい。急いだ方がいいぞ」

千早君が事務室の中に入り、未だ出てこない数名へ声をかけた。

その時だった。私と香川さんの真横を何かが通り過ぎた瞬間、心臓を直に鷲掴みされたような感覚に全身が震え上がった。

冷や汗が噴き出る。視界の端で、香川さんが死神を目の当たりにしたかのように凍りついていた。

それは赤黒い襤褸(ぼろ)を着て、背中を丸めて足のような何かを引き摺るように歩いていた。あれは、縄だ。フードの奥からも髪の毛のように垂れさがり、裾から覗くそれが蛇のようにのたうっている。

不意に千早君がこちらを振り返った。青い右眼がソレを捉える。

「大野木さん！　下がれ！」

千早君の大声に正気に返る。

襤褸の足元から黒い泥のような物が、溢れる内臓のように床の上に散らばる。音もなく広がっていく黒い波が、あっという間にオフィス全体を内側から覆い尽くそうとしていた。

石のように固まったままの香川さんの腕を掴んで出入り口のドアの向こうへと引き倒した。うまく膝が動かず、胸を強く床にぶつけ、額を擦りむく。

慌てて立ち上がると同時に、ドアが勢いよく閉まる。ドアノブを動かすが、既に鍵がかかってしまっていた。

「香川さん、電子キーを貸してください」

痙攣しながら涙を流している香川さんの首から社員証を外し、機械に当てるが、何度やっても反応しない。

「千早君！　聞こえますか！　千早君！」

強くドアを叩きながら中へ声をかけるが、なんの返答もない。ドアのスリットの向こうは暗室のような闇に包まれていた。

携帯電話を使ってみたが、圏外になっているようで一向に繋がる気配がない。千早君が話していたように、このドアの向こう側とは完全に隔絶されてしまっていると考えるべきだ。

不測の事態はいつものことだが、今回は比較にならないほど危険な気がしてならない。襤褸を纏ったアレはきっと、私がこれまで目にしてきた、どんな怪異とも違う。

パニックを起こしてはいけない。常に冷静に。自分にできうることを確実にすることだけを考えるべきだ。

恐ろしさに手が震え、最悪の事態を想定し始めている自分を拒絶する。まだ間に合う筈だ。

「香川さん。大丈夫ですか」

「ええ。部下たちに醜態を見られずに済んだのが、不幸中の幸いです。すいません、見苦しいところを見せてしまいました」

香川さんも声が震えている。無理もない。あんな体験をすれば、一生のトラウマになるだろう。あの時、千早君に叱咤されなければ私たちも閉じ込められていた筈だ。

「当然の反応です。ちなみに別の出入り口などはありますか？」

「非常階段があります」

一応、確かめに行くが十中八九、そちらも立ち入ることはできないだろう。

「従業員の方が数名、逃げ遅れてしまったようですが、どなたか分かりますか」

「はい。おそらく四人です。ただ私もこちらに来て日が浅いので、彼らの為人（ひととなり）にまでは詳しくありませんが。それでも構いませんか」

「ありがとうございます。差し当たり、彼らの名前だけでも把握しておきたいと思います。こちらの机を使わせて頂いても宜しいですか？」

「ええ。どうぞ」

受付の脇、衝立の向こうにあった折り畳みの机を持ち出して、鞄から取り出した手帳に時刻と事態の経緯を記録していく。

「お名前をお願いします」

「はい。部長を務めております宮崎純一郎（みやざきじゅんいちろう）、主任の松倉孝治（まつくらこうじ）、経理の岳山唯子（たけやまゆいこ）、派遣社員の由良遥（ゆらはるか）です」

全員の名前を書き記しながら、何か手がかりはないものかと思案する。

「他の社員の方に話を聞かせてください。目撃例の一つにありました、吊るされた縄を見たというもの。そして、この四名の方についても」

「分かりました。すぐに」

彼はあの闇の中で、自らの仕事を全うしているだろう。

千早君の仕事のサポートが、室長である私の役割だ。

●

目が覚めると、一瞬、自分が何処にいるのか分からなかった。どっかの会社の職場のようだが、とにかく暗い。デスク上のパソコンモニターの光で辺りの様子が闇に浮かび上がっていた。

ようやく自分がどうしてこんな所にいるのかを思い出す。

大野木さんに外へ出るよう言った後、あの黒い波のようなものに呑み込まれたのか。死んだかな、と思ったが、この様子だとひとまず生きてはいるらしい。

立ち上がろうとして、少し離れた場所に横たわる誰かの足が見えた。近づいてみると女性がうつ伏せに倒れている。

二十代後半くらいか。見た限り、外傷はない。よく見ると、少し離れた場所にも二人、いや、三人の男女が転がっていた。

とりあえず最初に見つけた女の人の肩を軽く揺らしてみる。

「おい、大丈夫か」

暫く声をかけると、目を覚ました女性が俺を見て怪訝そうな顔をする。

「颯斗(はやと)？」

恋人の名前だろうか。まだ寝惚けているらしく、誰かと勘違いしているようだ。

「人違いだ。ほら、しっかりしろって」

焦点が定まっていくにつれ、驚いた顔で俺の顔を見る。

「えっ？　ど、どなたですか？」

「落ち着きなよ。とりあえず、そっちの転がっている人、起こすの手伝ってくれないか。俺こっちの爺さん起こすからさ」

「そ、その方は部長です。そんな話し方はしない方が」

「そうなの？　でも別に俺の上司じゃねぇし」

口の利き方をどうこう言っていられるような状況じゃない。ここは絞首台の上どころか、抜けた床の奥底だ。

「おい、爺さん。起きろよ」

日焼けしたブルドッグのような顔をした男が、唸るように声をあげる。悪夢でも見ているのか、脂汗が凄い。見たところ定年間近、髪の毛もかなり薄くなっている。

なかなか起きないので、もうこのまま放っておこうかと思っていると、さっきの女の人が起こしたらしい中年の男が血相を変えてこちらにやってきた。

「部長！　大丈夫ですか！　部長」

パーマのかかった、いかにも流行に乗った髪型。派手なネクタイに先の尖ったビジネスシユーズ。メガネこそかけていないが、廉価版の大野木さんという感じがした。まぁ、大野木さんなら藤村部長が同じように倒れていても、こんなことはしまい。

「おお、松倉か。なんだ、どうして暗いんだ。何があった？」

しわがれた声には戸惑いよりも怒りの方が濃い。

「それが私にも何がなんだか。おい、そこのお前」

目が合った瞬間、そう怒鳴られたがまさか俺に言っているとは思わなかった。無視してどこかに手がかりがないか探していると、さっきよりも一段とでかい怒鳴り声をあげる。

「お前！　聞いているのか。壁に照明のスイッチがあるから点けてこい」

「え、俺？」

「さっきからそう言ってるだろうが！　ぐずぐずするな、さっさと動け！」

俺も自分の口の悪さに自覚はあるが、流石の俺でも初対面の相手に怒鳴りかかったことはない。嫌な奴だと一瞬で認定した。

「あのさ、元気よく大声出してるとこ悪いんだけど。俺はここに今来たばかりで、どこにスイッチがあるかなんて分からねえんだよ。よく知ってるアンタが点けてくれない？」

「はぁ？　お前うちの清掃員じゃないのか」

「違ぇよ、プロ並みに掃除の得意な相棒ならいるけど。俺はアンタらのとこのボスに仕事を頼まれて来たんだ。香川さんって人」

知ってんだろ、と畳みかけると、にへら、と緩んだ笑顔を向けてきた。

「失礼しました。その、てっきり下請けの方かと」

「たとえ俺が下請けだろうと、人に対する態度じゃなかっただろ。とりあえず大人しくそっちにいてくれ」

分かりました、と囁くように言って、こそこそと爺さんと何事か話している。

「松倉君、大丈夫？」

耳に響く高い声。見れば、四十代程の女の人が親しげな様子でさっきの松倉という男に寄り添っている。男の方は露骨に表情が硬く、心底鬱陶しそうに顔を逸らす。なんだか、どうにも怪異だけでなく、人間関係も面倒くささうな会社だ。普段側にいる人間が大野木さんでよかったと、柄にもなく思った。

「おお、岳山君。君もいたのか。これはいったいなんだ？　雷でも落ちたのか」

それを聞いて、腑に落ちた。こいつらが逃げ遅れたのは偶然ではない。周りの音すら耳に入らない程、既にその渦中にいたと考える方が正しいのだろう。

呑み込まれたのは四名。この中に、呪いをかけられた人物がいる。

呪いの起点、呪具のような物が何処かにある筈だが、それを見つけなければ話にもならない。

「あの、」

声をかけてきたのは最初に起こした女の人で、胸の名札には『由良』とある。名前みたいな苗字だ。四人の中ではおそらく最年少。着ている制服が、もう一人の女性よりも随分簡素に見える。

「窓の外も真っ暗で何も見えません。此処って会社ではないのですか？」

「説明が難しいな。なんて言ったら良いのか。鏡の裏？　いや、中みたいなものかな。こう、ちょっと位相がズレてるみたいな。あれ、位相って言って伝わるんだっけ？」

こういう時、語彙力のないのが仇となる。まぁ、言葉だけでは捉えられない部分もあるので仕方がない。

「なんなんだ、これは。どうして外がこんなに暗いんだ」

部長と呼ばれる爺さんが忌々しそうに唸る。

ガラス張りだというが、真っ暗で外の様子など何一つ見えない。試しに時計を見てみると、針がぐるぐると逆走している。時折、針が進んだかと思うと、またすぐに気が狂ったように逆走を始めた。

「松倉、早く電気を点けんか！」

怒鳴り声がオフィスに響き渡る。他の三人は顔色一つ変えないが、正直、鼓膜が痛い。

「すいません。停電でしょうか。さっきから照明もつかなくて」

「ブレーカーだろう！　早く保守室に電話しろ！」

はい、と泣きそうな顔で松倉さんが電話に飛びつくが、案の定どこにも繋がらないのか、青い顔をして受話器を下ろした。

「繋がらなかったろ？」

「……呼び出し音すらしない」

がん、と大きな音がした。見れば部長が机の上にあったファイルを投げつけた音らしい。この爺さん、なかなかの癇癪持ちだ。

「もういい！　保守室へ行って呼んでこい！　くそ、どいつもこいつも何処へ行ったんだ。おい、岳山君。咽喉(のど)が渇いた。お茶を持ってきなさい」

「はい。すぐに。由良さん、お茶よ！」

「は、はい」

外へ行こうとする由良さんを慌てて止める。どう考えても悠長にお茶の用意なんぞしている時じゃない。

「待て待て、それどころじゃない。ここは、アンタたちの仕事しているビルとはもう違うんだ。不用意に歩き回ると危ない」

「なんだ、貴様は！　偉そうに！」

丸々と太った顔を真っ赤にして、こちらへ詰め寄ってくる。大野木さんがいてくれたなら間に上手く入ってくれるのだろうが、生憎俺にはその能力がない。

「偉そうなんて言ってる場合じゃねえんだよ。早く此処から出たいのなら、大人しくしててくれ。いい歳をして、馬鹿みたいに駄々を捏ねるな。アンタにもあの襤褸を着た化け物ぐらいは見えただろ。此処は、あいつの腹の中だ」

「何が腹の中だ！　あの変な仮装の奴も貴様の差し金だろう！　この詐欺師が！　何が幽霊だ！　どいつもこいつも馬鹿馬鹿しい！　そんなものがあるものか！　俺は信じんぞ！」

もうぶん殴って気絶させてしまった方がいいような気がするが、大野木さんみたいに上手く気絶させる自信がない。

「いや、まぁどうしても信じたくないなら好きにしたらいいけど」

「しつこい！　貴様如きに保証される筋合いはないと言っとるんだ！」

不愉快極まる、といった顔で爺さんが背を向けて出入り口へと歩き出す。

「松倉！　さっさとついてこい！」

「は、はいっ！」

爺さんと松倉さん、ついでに岳山という女の人も慌ててついていった。残ったのは最初に起こした女性だけだ。唇を真横に結び、きつく噛み締めている。泣くでも怯えるでもなく、ただ目の前の事態に備えている。

「由良さんだっけ。アンタは行かなくていいの？　上司なんだろ？」

「はい。私はただの派遣なので。少しでも無事でいられる方を選んだつもりです。あなたのことは全然知りませんが、少なくとも部長たちよりは信用できます」

その言葉に、なんだか嬉しくなってしまった。

「へぇ、お姉さん。見る目があるね」

「それに私、どうしても家に帰らなきゃいけないんです」

先程名前を呼んでいた恋人だろうか、とも思ったが、野暮なことは聞かない。

「そっか。なら、なるべく無事に帰れるようにしてやるよ」

なるべく、が精一杯。

「頼りにしています。あの、お名前を伺ってもいいですか？」

「桜千早。桜でいいよ。お姉さんは？」

「由良遥と言います。よろしくお願いします」

そう言った瞳が、なんとなくだけれど、どこか大野木さんに似ている気がした。

「さて、まずはさっきの爺さんたちを追いかけようか。放っておくと全滅しかねないし」

「好きにしたらいいと言っていたのに」

「お人好しの相棒がいるせいかな。多分、その影響」

とは言いつつも、今回はかなり分が悪い。正体不明の怪異。今までにない強烈な呪い。相手のテリトリーだからか分からないが、右眼に映らないものが多すぎる。

オフィスを出ると、先程の爺さんたちが一塊になって非常階段の前で固まっていた。こちらも随分と暗いが、試しに受付に続くドアを開けると簡単に開いた。けれどこれも案の定と言うべきか、大野木さんたちの姿は見えない。

ぞわぞわと背筋の毛が逆立つような殺気を感じる。由良さんも胸を押さえて、顔を真っ青にしていた。

「何か視たのか」

部長がこちらを振り返り、青ざめた顔で口をパクパクと動かす。

「い、い、いた。いたんだ。階段の踊り場に、あの襤褸を纏った化け物が」

よほど恐ろしかったのか、三人とも顔から完全に血の気が失せていた。

「爺さん。俺の言っていたこと、少しは信じる気になった？」

「ここは、いったい何だ」

「言っただろ、腹の中だって。大丈夫、まだ何も起きてないのと一緒だ。誰も殺されてないんだから」

全員が息を呑む音が闇に響く。避難灯の緑色の灯りだけが、辺りを薄く照らし上げていた。

「有り体に言うなら、これは呪いだ。多分この中の誰かを目がけて、会社に呪をかけた誰かがいる。それも生半可なものじゃない」

「誰が、そんなことを。俺たちは恨まれるようなことなんてしていないぞ」

「そうよ。あんまりよ！　早くなんとかしなさいよ」

やかましく捲し立ててくるが、仮にも助けに来た人間に対してこの態度を取るやつらが、これまでの人生で誰にも恨まれたことがないだなんて、よく言えたものだ。

不意に、背後が光った。振り返ると、エントランスの前にある給湯室に灯りが点いている。

『ねぇ、なんでこんなことも分からないの？　何度も言ったでしょう？　また部長に叱って貰いましょうか。朝礼でみんなの前で叱られないと分からない？』

聞き覚えのある声だ。

「嘘、私の声じゃない」

岳山さんが愕然とした様子で口元を覆う。

『土下座しなさいよ、土下座！　ほら、そこに手を突いて！』

恐る恐る近づいていく。給湯室の中から聞こえる声は、一つではない。すいません、すいません、と微かな声が聞こえる。

そっ、と中を覗き込む。窓から日の差し込む給湯室で、岳山さんの前で土下座するスーツ姿の男がいた。ぶるぶると震えながら、額を床につけている。

『私の手間を増やさないで！　大した仕事もしてないくせに、どういうつもりなの。解雇して貰いましょうか。それとも配置転換がいい？　私から松倉君に頼めば、人事だって黙っていないわ。ちょっと！　顔を上げないで！』

頭を踏みつける鈍い音が響く。

これは過去だ。ここでかつて起きた出来事が、再現されている。

「違うの。違うんです。私、そんなつもりじゃなくて。だって、仕事をしないの。何度言っても書類を間違えるし、あんな奴には生きている価値なんてないって部長も朝礼で言っていたじゃないですか」

ヘラヘラと笑いながら涙を流す。それが懺悔から来るものじゃないことは、俺にさえ分かった。

私は悪くない、と震える声で呟く。

「だって、だって、だって」

土下座する人の頭を踏みつけながら、彼女は確かに笑っていた。

『死んでよ！　気持ち悪い！』

ビキッと亀裂が走るような音が響く。

ふっ、と給湯室の中が闇に包まれる。暗いという言葉では足りない。ただひたすらに黒い。右眼でも視えない。そんな闇の奥から、勢いよく蛇のように飛び出した何かが、岳山さんの首へと巻きついた。

「ああっ、ああっ、あああ」

それは縄だった。荒縄で作られた絞首刑に用いられるようなそれがしっかりと首にかかっている。

「ま、松倉君、助けて。お願い、助け、」

咄嗟に手を伸ばすが、左手が届く寸前、岳山さんの身体が凄まじい勢いで闇の中へ音もなく引き込まれた。

しん、とそれきり静まり返る。

給湯室の闇が水で希釈したように次第に薄れていく。薄暗く狭いその場所には、人がいた痕跡は一つも見つからない。

「……恨まれるようなことはしてないって、よく言えたもんだな」

「そ、そんなことはどうでもいいだろう！　岳山さんの身を案じる方が先じゃないのか！」

残念だけど、仮に生きていたとしても俺に助け出す術はない。本当に何も、どこにも視えないのだ。

「松倉さんだっけ。アンタ、さっきの人の恋人か何か？」

「関係ないだろう！　お前には！」

「ああ。関係ないよ。でも、返事くらいしてやってもよかったんじゃないのか？」

引き攣った顔で松倉が笑う。

「鬱陶しかったんだよ。恋人面でいつもベタベタしてきて。たった一回、気まぐれで遊んでやったら勘違いしやがって。ねぇ、部長。あんな」

「よさんか！」

鼻息荒く声を荒らげた部長が唇を噛み締める。

この様子だと、まだまだ隠していることがありそうだ。

「とりあえず、さっきの土下座させられていた人について教えてくれ」

あれは彼の魂に焼きついた過去の再現だ。呪いの大元は彼なのだろうが、それ以上がどうしても分からない。これだけ強いものであるにもかかわらず、その核となる呪具も、彼の過去も何一つ視えないのが不気味でならない。

「……鐸木（すずき）勇輔（ゆうすけ）。うちの社員だが、今は傷病休暇中だ。ふん、鬱病だかなんだか知らんが、仕事もできん癖に給料を貰って休みおって。どうせもう戻っては来ないだろう。確かに厳しい指導はしたかもしれん。だが、それも仕事の為だ。期待するからこそ、厳しく指導をする。当たり前のことだ。それを逆恨みして呪いなんぞかけおって」

「へぇ。じゃあお前たちは誰かに期待してることを示すために、土下座をさせるってわけなんだ」

「外部の貴様には分からん話だ」

「いや、分かるよ。俺もお前に期待してる。この中から出るためには、お前の力が必要なんだからな。だからさ、今すぐ俺の足元に跪（ひざまず）いて、土下座してくんない？」

できるだけ上から、思いっきり見下すように見つめると、部長は目を見開いて、ぶるぶると怒りに震えながら拳を振り上げる。

「なんだ、やっぱり怒るんじゃん。それっぽい言葉使って自分の加虐心を満足させてんじゃねぇよ」

チラリと一瞥すると、松倉は俺を止めもせず、壊れたようにぶつぶつと何か呟き続けている。

「とりあえず見当はついた。その鐸木さんちにあるってことか」

よほど強力な呪具でも持っていないと辻褄が合わない。これだけのものを道具もなしに構築できるとは思えなかった。

「外に出られんのに、どうやって解決するんだ！」

「相棒に頼むさ。向こうは向こうで、仕事をしている筈だ」

とにかく大野木さんとどうにかして連絡を取る必要がある。だけど携帯電話はもちろん圏外、オフィス内の全ての電話も確認したが、あちらとの回線は途切れていた。当たり前の話だ。ここは別の位相。同じ場所にいながら、異なる世界に存在している。外部との線を一度経由しなければ繋がり得ないものは、どうしたって届かないのだ。

「……あ、」

もしかしたら、と慌ててエントランスの先、受付へと続く扉を開ける。なぜ、もっと早くに気づけなかったのか。テーブルの上に置かれた来客用の社内電話。その緑色のランプが呼びかけるように点滅している。

受話器を取り肩と耳の間に挟むと、すぐにその［内線］とあるボタンを押した。

「もしもし!?」

『千早君？　ああ、よかった。繋がった。無事ですか？　それと四人の従業員の方は？』

「俺は無事。大野木さん、よくこの回線が繋がるって分かったな」

『相棒ですから。ではみなさん、そこにいらっしゃるのですね？』

「それが、岳山さんていう女の人が消えた」

電話の向こうで息を呑む音がする。だが、すぐに気を取り直したように相槌を打つ。

『無事だと思いますか？　千早君個人の感想で構いません』

「半々かな。もしかしたら、遺体さえ見つからないかもしれない」

最悪、行方不明のまま終わってしまう。

「でも、呪いをかけた人の名前が分かったよ」

『鐸木勇輔氏のことですね。こちらも他の社員の方々に話を聞かせて頂いた所、ほぼ全員が彼の名前をあげました。宮崎部長から壮絶なパワハラを受けていたようで、支社長がこちらにやってくる前に鬱病で会社を休職していますが、どうやら半ば強引にそう仕向けられたようです』

「そんなことまで調べたのか。本当に仕事が早いな」

『いえ、こちらも確信が持てたのは助かりました。その様子ですと呪いの起点は、そちらにはないのですね？』

「ああ。幾らなんでも、残滓(ざんし)一つ視えないなんてあり得ない。自宅にあるのか。もしかすると呪具を持って逃げているのかも」

『とにかく鐸木氏と会わなければどうにもなりませんね』

「大野木さん。悪いんだけど、頼めるかな」

本来ならそれは自分の役割だが、この状況では大野木さんに頼るしかない。

『勿論です。すぐに自宅へ向かいます。呪具を見つけたらどうしますか』

「破壊していい。もしどうやってもできそうになかったら、夜行堂に持ち込んでくれ」

『承知しました』

「無茶するなよ。ヤバいと思ったら逃げるって約束、覚えてるよな」

『そのつもりです。千早君こそ、ご無事で』

受話器を下ろす。あとはもう時間との戦いだ。電話していて分かったが、空間は傾いでいるようだが、時間の流れは歪んでいない。

「どうでしたか？」

由良さんが真っ直ぐに聞いてくる。狼狽した様子も、恐怖に慄く様子もない。この強さはいったい何処から来るのだろう。

「少し前進。俺の相棒が鐸木さんに会いに行くってさ」

「そうですか。よかった。気になっていたんです」

「ただこっちもじっとしていられない。できたら、オフィスから出ていた方が良さそうだ。

彼のトラウマになった場所の方が、あれを呼ぶ可能性が高い」

「それなら、駐車場はどうでしょうか。隣接する立体駐車場と各階が繋がっていてます。あそこならそういう記憶も少ないのではないでしょうか」

「よし。それならそうしようか」

そう言った瞬間、部屋の片隅に誰かが立っているような気がした。

「どうかしましたか？」

「……いや、なんでもない」

言葉にはできないが、なぜか酷く嫌な予感がした。

◯

千早君からの電話を切った後、香川さんが切羽詰まった顔で質問をしてきた。

「どうでしたか？　何か分かりましたか」

「はい。こちらで立てた仮説は正しかったようです」

「そうでしたか。パワハラが横行していたというのは知っていましたが、想像していたよりも酷い。宮崎は肩書きこそ部長職ですが、教育指導に問題が多いという声があまりにも多かった為、閑職につけていたのです。しかし、今日、社員たちから聞かされた話は想像を超えていました」

　香川さんが頭を抱えるのも無理はない。この十年の間、過度で逸脱した指導によって休職した方が四名、退職していった方も合わせれば十名を超えていた。精神を病んだ方も多く、鬱病や精神疾患で今もなお社会復帰できていない方もいるという。

「宮崎は、間違いなく解雇処分になるでしょう」

「……そうできれば良いのですが」

「え？」

「あちらで岳山さんが行方知れずとなったようです。残りの方も無事に戻ってこられる保証はありません。香川さん、鐸木勇輔氏の自宅を訪ねてみようと思います」

「鐸木君のことは覚えています。彼が採用試験にやってきた時に面接官を担当しました。笑みを浮かべた明るい好青年でした。今は鬱病で休職中のようですが。本当にすまないことをしてしまった」

　明るい好青年。社員たちから聞き取った人物像とはあまりにもかけ離れていた。入社当時、彼は間違いなくそういう人物であったのだろう。しかし、十年近くに及ぶ、理不尽な仕打ちが彼の心と身体を破壊し尽くしてしまった。

「大野木さん。私も同行しましょう」

「いえ。それには及びません。失礼ですが、彼は御社の名前すら耳にしたくないでしょう」

彼のことを思えば、どれだけ誠意があろうとも香川さんを同行させるわけにはいかない。

「……当然です。我が社はそれだけのことをしたのですから。お任せします。どうか宜しくお願いしたい」

深々と頭を下げる香川さんに私は頷くことしかできなかった。

何か変化があれば私に連絡するよう頼んで、すぐに会社を後にした。全力疾走で駐車場へ戻ると、カーナビに鐸木さんの自宅の住所を入力した。車でおよそ三十分の距離だ。

「大丈夫。飛ばせばすぐです」

駐車場を出てからすぐに都市高速に車を走らせる。

事態は一刻を争う。

さもなければ、取り返しのつかないことになる。

そんな気がした。

○

松倉という社員の様子がおかしい。

同僚の岳山さんが消えた直後からおかしかったが、今は気が触れる寸前という感じだ。爪を噛みながら、ぶつぶつと何事か呟いている。自分は悪くない、おかしくない、と狂ったように繰り返していた。

隣接する立体駐車場へは、非常口の通路にあるドアから簡単に移動することができた。どういう理由かは分からないが、全て満車状態で同じ車種の車がびっしりと並んでいる。

「すげえな。ナンバープレートの内容まで全部同じだ」

「……この番号は、鐸木の営業車だ」

忌々しい様子で部長が言って、残り僅かな髪を掻き毟る。相当にストレスと恐怖が溜まっているのか。脂汗ですごい有様になっていた。

「おい、小僧。本当にここから逃げられるのか」

「これは、あくまで時間稼ぎ。俺の相棒が呪いの大元を破壊できれば、ここから出られるかもしれないけど」

「もしそいつが破壊できなければどうなる」

「どうもこうも。お前らも俺も死ぬだけだ」

「冗談じゃない。くそっ！　あの恩知らずが！」

この期に及んで被害者ヅラができるのだから、呆れたものだ。

「お前。人と話す時に自慢と説教しかしないタイプだろ」

「馬鹿にしとるのか！　指導だ！　厳しくするのも期待の裏返しだと何故分からん！　俺は何も間違っとらん！」

「知らねーよ」

敢えて悪役をしている、憎まれ役を買って出ているみたいな言い方をするが、大抵の場合、こういう連中は我が身の行いで嫌われているだけだ。同じような立場でも人から尊敬される人間は大勢いる。

鐸木という人物に同情せずにはいられない。よく刺さずに耐えたものだ。俺なら初日で顔に唾を吐いているだろう。それを十年近くも耐えてきたのだから、本当に忍耐強い。

「正直、報いを受けろっていうのが俺の信条だけどな。これも仕事だ」

「クソガキが。松倉、お前からも何か言わんか！」

「え？　なんですか？」

「話を聞いていなかったのか！　さっきからなんだお前は、」

部長の言葉が途切れる。愕然とした様子で向けた視線の先、駐車場の通路にあの襤褸を着た其れの姿があった。足元に木の根のように広がる縄が、不気味に蠢いている。

不意に、一台の車の中で照明が点いた。助手席には松倉の姿があり、運転席には俯く男の姿があった。

「俺、なんであんな所にいるんだ……」

へへ、と目の前に立つ松倉が力なく笑う。

『今日の商談さ。マジでなんなの。あのプレゼン資料、なんだよ。ホントにクソ。企画が古すぎんだよ。いつの時代の人間なの、お前。十年近くやっててさ、どうしたらこんなクソつまんないもの作れるわけ？』

なぁ、と威圧しながら、ニタニタと笑う。リアガラスの向こうに見えるのは夏の景色だ。

『無視すんなよ、な！』

拳で男の左頬を殴りつける。何度も、何度も。骨が肉を叩く鈍い音が響くにつれ、松倉の笑みが深くなっていった。

『避けんなよ。おら、こっち向けよ！　はは！』

松倉は真っ赤になった自分の手を撫でながら笑う。

『鬱病かなんか知らんけどさ。甘えなんだよ。いい歳して、まともに生きていけない癖に、甘えたこと言ってんなよ。こちとら家族がいるんだぞ。鬱病とか言ってられねぇの。ストレス溜まってんならよ、会社の女でも適当につまんでろよ。便利だぞ？　大抵のフォローはしてくれるしな。ま、お前には無理な話か。ははっ』

何発殴ったのか。運転席に座る男は声を殺して泣きながら、ドアにもたれかかっていた。

手が震え、赤黒くなった頬を手で押さえている。

見ているこちらがどうかしてしまいそうだ。だが、これは既に終わった出来事で、過去に過ぎない。彼を助けることは、できやしない。

『死ねよ。死んでくれよ。いつも仕事で失敗してよ。毎週、毎週朝礼で吊るし上げくらって。怒鳴られるだけじゃん、お前の人生。お前、マジでなんの為に生きてんの？』

ふっ、と車内の電気が消えると、そこには濃密な闇が広がっていた。

咄嗟に近くにいた二人、由良さんと部長の袖を掴むと同時に後ろへと引く。

次の瞬間、フロントガラスを勢いよく突き破った大量の縄が、立ち尽くしたままの松倉を津波のように一瞬で呑み込んでしまった。縄が悲鳴をあげて暴れる松倉の腕や足に絡みつくと、今度は凄まじい勢いでフロントガラスの中へと戻っていく。途中、手足がフレームに引っかかっていたが、まるでマッチのようにへし折って車内へと呑み込んでしまった。

最後にけたたましいクラクションが駐車場に鳴り響き、やがて唐突に止んだ。

長い静寂の後、どこからともなくバキボキと骨が砕けて折れる、生々しい音が駐車場に響く。

「松倉さん……」

へたりこんだ由良さんが震えている。隣の部長はもう怒っているのか、泣いているのかよく分からない。しかし、ぶるぶると拳を震わせているのは、部下を殺されて悲しいとかそういう感情ではないらしい。

「なぜ、こんな目に遭わねばならん」

「駐車場ならまだマシかと思っていたけど、こんな所でも暴力を振るっていたのかよ」

「お、俺も死ぬのか」

へたり込んだまま、部長が情けない声をあげる。見れば股間から湯気が昇っていた。

「それを決めるのは、今は鐸木だけだよ」

「仕事だ。仕事だからやったんだ。会社の為だ。誰が人を怒鳴りたいと思う。優秀な人材に育てたいと思うから、厳しく指導するんだ」

「命乞いがしたけりゃ、相手に言えよ」

「俺を助けるのが、貴様の仕事だろう！」

「正義の味方じゃないんだ。怪異を解決するのが俺の仕事で、自分以外の命の責任なんか負えるかよ」

助けられる範囲でしか助けてやれない。自分の命を犠牲にしてでも誰かを助けられるような奴には、俺はなれない。

「か、家族がいるんだ」

今まで怒り狂っていた癖に、今度はメソメソと泣き出してしまった。

「そうかよ。俺にもいるよ」

こいつに人生を壊されてしまった部下たちにも、大切なものがあっただろう。こいつはそんな当たり前のことさえ分かっていない。

へたり込んだ部長の腕を掴む。

「自分で立てよ。片腕じゃ引き起こせない。ここにいたいなら止めないけど、死にたくないなら動け。由良さん、アンタはどうする？」

「行きます。でも、少しだけ、待ってください」

努めて冷静でいようとしているのが分かる。泣いて喚き散らした方がよっぽど楽だろうに。

「アンタも心当たりがあるのか」

「……分かりません。でも、鐸木さんが激しい叱責を受けているのを見ても何もできませんでした。恨まれていてもしょうがありません」

恐ろしさに震えていたが、やがて由良さんは立ち上がって涙を拭いた。髪の毛を頭の後ろで一つに結んで、鼻を啜る。

「部長。行きましょう」

「嫌だ、死にたくない、死にたくない」

「しっかりしてください。帰りますよ」

ううう、と泣きじゃくる姿は威厳とは程遠い。地位や立場、何もかもを剥ぎ取られた、哀れで無力な男のありのままの姿だ。

「桜さん。何処へ行けば良いでしょう」

肩を落として観念したように項垂れる部長の手を、由良さんが引いて進む。

「とりあえず普段から人の目の多い一階へ向かおう。正面玄関まで無事でいられるかは賭けだけど、このままでいるよりはマシだ」

「入り口から出られるでしょうか」

「出られるさ。有能な相棒が、俺にはいるからな」

二人を連れてオフィスビルの方へ戻り、一階への非常階段を下りていく。途中、何度か、かつて此処で起きた過去が再現されたが、二人とは関係のない社員の行いだった為か、連れ去られることはなかった。

それらを眺めて分かったことは、多かれ少なかれ社員の殆どが加担していたということだ。きっと鐸木さんはオフィスの全員を呪ってやりたかったに違いない。

ようやく一階に辿り着くと、エントランスにあるテレビに何かが映っている。スピーカーに繋がっているのか。呪文のような言葉を繰り返し、繰り返し唱えている男の声がした。

「この声、鐸木さん？」

『まうわう。まうわう。ぐぐい、つうし』

言葉というよりも、唸り声のようだが、間違いない、あれは呪言だ。

画面に映っているのは、酷く物で散らかっている薄暗い部屋。奇妙なのは天井から吊り下がっている、夥しい数の首吊り用の縄だ。

祈る手に数珠を掴み、額をつけて跪き、カーテンレールに吊るした何かに祈りを捧げている様子は、どうしようもなく狂気に満ちている。

一言でいうのなら、てるてる坊主だ。

黒い襤褸を被り、カーテンレールで首を吊っている。手足のようにぶら下がったそれは、だらりと床についた荒縄だ。

『まうわう。まうわう。ぐぐい、つうし』

一心不乱に、行に励む仏僧のように呪言を吐く。目の前に作られた手製の祭壇には供物であろう果物や生肉の成れの果てが転がり、夥(おびただ)しい蛆(うじ)がたかっていた。

『まうわう。まうわう。ぐぐい、つうし』

ようやく理解した。この男は自分で神を作ったのか。

『交(まじ)わう。交わう。縊(くび)り、吊るし』

呪言がくっきりと輪郭を帯びていく。

画面脇にある置き時計の針が、午前九時を指した瞬間、呪言がぴたりと止んだ。男は暫く動かずにいたが、ゆらりと立ち上がると、おもむろに天井から吊るされた縄の一つを掴み、自らの首にかける。

男が顔を上げた。なんの感情も浮かんでいない虚ろな顔が真っ直ぐに俺の背後にいる部長のことを視ている。

「まさか。今朝の出来事なのか」

踵を返し、カーテンレールへ縄をかける。長さが足りないようにも見えるが、足が着いたままでも、自殺はできる。首吊りは窒息死ではなく、脳が酸欠を起こして死ぬからだ。

由良さんが息を呑む隣で、部長は蹲(うずくま)って震えていた。

男が身体の力を抜いて、カーテンレールが軋んだ音を立てる。苦しげに暴れたりする様子一つ見せず、ぐったりと動かなくなってしまった。

どさり、と襤褸が床の上に落ちる。赤黒く汚れた布と荒縄で作られた御神体。それが、蠢くようにして立ち上がった。まるで見えない糸で首を吊り上げられたように。

ぎし、と凍りつくように画面が停止する。時計の示す時刻は、ちょうどあの化け物がオフィスに現れた頃と一致していた。

○

鐸木さんの住所に車をひたすら走らせる。途中、ハンドルを握り締める手に力が入りすぎているのを自覚して、ゆっくりと大きく深呼吸を三度繰り返した。

「冷静さを欠いていますね。気をつけなければ」

都市高速を降りて川沿いの細い道を、ナビを頼りに進んでいく。この辺りは駅から歩くには多少遠いが、片道三車線の国道までは程近く、ロードバイクを趣味にしている人からすれば悪くない立地と言えた。

最短距離を車で走らせたが、嫌な予感が終始あった。

伝え聞いた鐸木さんの性格からして、彼は元来明るい人間だったのだろう。真面目で前向きな人間だったが、職場で追い詰められていく内に少しずつ壊れてしまった。冷静な判断力も、自分に対する自信も奪われて、最後に残った手段が呪詛だったのかもしれない。

だが、あれほどの規模の呪いを実現するためには、たとえ道具を用いたとしても、相応の代償が必要になるはずだ。ただの一般人である彼が、自身の何を代償にしたのかは想像に難くなかった。

鐸木さんの暮らすアーバンテラス水坂(みずさか)は、単身者用の小さな木造アパートで白い外壁と青い柱が印象的な建物だった。車を路上に駐めて運転席を飛び出すと、大急ぎで二階の部屋へと錆びついた階段を駆け上がる。二〇三号室は一番奥の角部屋だ。

「鐸木さん！　ここを開けてください！　鐸木さん！」

ドアをノックしながらドアノブを回すと、最初から鍵などかかっていなかったのか。呆気なくドアが開いた。

「鐸木さん、聞こえますか！」

薄暗い室内に声をかけると同時に、鋭い異臭が鼻をつく。生ゴミ特有の悪臭に顔を顰めながら、ハンカチで鼻と口元を覆う。

嫌な予感は、既に確信に変わりつつあった。

自然と呼吸が荒くなる。額から汗が滲み、頬を伝って顎から落ちた。

入り口からすぐの通路沿いにある台所の換気扇が音を立てている。ゴミ袋があちこちに散乱し、カップ麺の空箱や、割り箸、飲みかけのペットボトルが転がっている。台所のシンクの惨状を視界に捉えて、慌てて目を逸らした。

部屋の有様は、その部屋に暮らす住人の心の中を象るという話を聞いたことがあるが、これはまさに末期的と言えた。

通路の先にある戸に手をかけるが、指先がどうしようもなく震える。脳裏に浮かんだ最悪の光景が、この先に広がっているのではないかという恐怖に押し潰されそうだ。

　人の死なんて、何度見ても慣れることはない。

「ふっ、ふっ、ふっ、ふっ」

　それでも、この目で見るまでは現実ではないのだ。意を決して戸を開き、最初に目に飛び込んできたのは、天井から吊るされた縄だ。絞首刑に用いられる縄が、数え切れないほどぶら下がっている様子に絶句する。

　崩れた祭壇らしきもの、散らばった腐った肉や果実。カーテンレールが折れて外れたのか、外から陽が部屋の中に容赦なく射し込んでいた。

　そして、ようやく私の目は窓にもたれかかるようにして倒れている男性を見つけた。慌てて駆け寄ると、首には縄がしっかりとかかっている。おそらく首を吊ったが、体重を支え切ずにレールが外れたのだろう。

「う、うう」

「息がある。ああ、生きている！」

　弱々しいが、確かに脈がある。

　頭を打っている可能性があるので動かさない方がいいのは分かっているが、こんな部屋の中ではダメだ。

「鐸木さん。失礼しますよ」

三十代とは思えないほど、彼の身体は細く痩せこけていた。長いこと身体を洗っていない人間特有の酷くすえた臭いがしたが、背中に感じる体温が嬉しかった。

部屋を出ようとした瞬間、背後に何かを感じた。見れば、そこにはあの襤褸を被った化け物が兀然と立っている。てるてる坊主のようなシルエットをしているが、袖や足元から覗いているのは触手のように伸びた大量の縄だ。

どうして、これが此処にいる。千早君たちはどうなったのか。

疑問が脳裏を駆け巡るが、答えは出ない。

「このままでは死ぬぞ。し、死んでもいいのか」

化け物は答えない。そもそも、コレはなんなのか。柊さんの式とも違う、もっと恐ろしく悍(おぞ)ましい何か。言葉が通じるとは到底思えないが、他に手段がない。

「あっちへ行け！」

怪我人を背負ったまま、パニックになりかけた私はとにかく足元にある物を拾い上げ、投げつけた。

化け物には顔がない。黒い襤褸で覆われて見えないのだ。

「消えろ！　消えなさい！」

何かもっと投げつけられるものはないか、と辺りを見渡すと、そこには埃を被った小さなトロフィーがあった。どこかのレースで入賞した時の品のようだが、今はとにかく硬いものが有り難い。

思い切り振りかぶり、化け物へ投げつけると、頭部へ命中した。その瞬間、ガラス製の何かが割れたような音がした。そして部屋全体に一瞬、大きな亀裂が走ったように見えたかと思うと、ガシャガシャと音を立てて消えていく。

ボタリ、と赤黒い襤褸が床に落ちて、その間から死んだ蛇のような縄の束が床に広がり、それきり動かなくなる。

「え？　倒した？　え？」

意味が分からないが、とにかく今は部屋から出るのが先決だ。

鐸木さんを背負ったまま部屋から出ると、騒ぎを聞きつけたのか隣の住人が怪訝そうにこちらを覗き見ている。

「すいません。県庁の者です。大変申し訳ないのですが、救急車を手配して頂けないでしょうか」

事情を察したのか、下着姿の中年男性はコクコクと頷くと、部屋の中へ戻っていった。

私はゆっくりと鐸木さんを廊下に横にして、首にかかったままの縄を外そうと手に取る。

すると、まるで縄の形を保てなくなったように音を立てて崩れていく。

顔色は悪いが、とりあえず呼吸もしているし、脈もあるので命に別状はないだろう。今の私にできることはもう何もない。

やがて救急車のサイレンの音が耳に届いた。安心したのか、急に疲れがどっと出たような気がする。視線を外へ投げると、騒ぎを聞きつけた近所の人たちが表に出てきていた。

「とりあえず最悪の事態だけは免れましたね」

誰に言うでもなく呟いて、ようやくため息がこぼれた。

暫く休憩したい所だが、携帯電話が容赦なく震える。表示された名前を見て、思わず拳を握り締めた。

「千早君!!　無事ですか」

『おかげさまで。大野木さんこそ上手くやったみたいだな。鐸木さん、まだ生きてたか？』

開口一番、千早君の一言に驚いた。

「知っていたのですか。鐸木さんが無事だと」

『勘だったんだけど、良い方に当たったようで何よりだ』

「千早君たちも、出てこられたのですね。お疲れ様でした」

『こっちは逃げ惑っていただけ。幸い、死人も出なかった』

「そうなのですか？」

『ああ。岳山さんと松倉さんの二人が消えたんだけど、呪いが壊れたら給湯室と駐車場に転がってるのが見つかったよ。酷く衰弱しているから、救急車で搬送されるだろうな。部長もついでに連れてって貰うよ』

宮崎部長。彼が最も鐸木さんを追い詰めた張本人だが、まんまと難を逃れたという訳か。

「……そうですか。ともかく犠牲が出なかったのなら良かった。流石です」

その時、現場に到着した救急隊員の方が二階へと駆け上がってきた。

「千早君、少しこのまま待っていてください。すいません、こちらです！」

携帯を掴んだまま事情を説明し、対策室の名前を出すと、すぐに事情を察して頷いてくれた。見れば、以前にも会ったことのある方だ。

担架に乗せられて、あっという間に搬送されていった鐸木さんを見送ってから再び電話に出る。

『搬送された？』

「ええ、今しがた。幸い大家さんが隣家に住んでいたようで、付き添ってくださいました」

今はとにかく此処から離れたい。一度、千早君と合流した方が良いだろう。

『よかった。それとさ、大野木さんは流石って言ったけど、俺たちが出てこられたのは、大野木さんが呪具を破壊したからだろ？』

「私が？」

はて。呪具などあっただろうか、と思い出してみると、そういえば化け物の頭をトロフィーで砕いていた。

「ああ、そういえば襤褸を被った化け物の頭を砕きましたね。思いの外脆くて、なんというか卵を砕いたような感触がありました」

『マジかよ。あはは、流石は俺の相棒。てるてる坊主の頭に使った芯材、それが呪いの要だ』

「私には何がなんだか。まだお昼だというのに、酷く疲れました。人の悪意を目の当たりにして辟易しています」

何度思い返してみても、鐸木さんが亡くならずに済んでよかった。自殺をしようとした人を助けては恨まれても仕方がないが、それでも私は彼には生きていて欲しかった。

「私は彼が社会復帰する為になら、どんな協力でも惜しまない覚悟です。被害者が傷つけられたまま、誰にも手を差し伸べられない社会など公務員として見逃せることではありません」

『会社の方も適切な対応をするってよ。お咎めなしにはならないさ』

「そうですか」

階段を下りる途中、美しい黒髪をたなびかせた、黒いセーラー服の少女とすれ違う。ほんの一瞬のことで顔はよく見えなかったが、芳しい花の香りがした。非常に整った容姿をしていたように思う。

『どうかした？』

「……いいえ。別に何も」

『とにかくこっちに戻ってこいよ。ビルの中を散々歩き回ってもうクタクタ。美味い昼飯でも食いに行こうぜ。肉がいい。もしくは蕎麦』

先ほどの部屋の悪臭が、まだ鼻の奥にこびりついているような気がする。とてもではないが、食事を摂る気にはなれそうにない。

「ついさっきまで蛆の湧いた部屋にいたので、できれば着替えに行きたいのですが。ついでにシャワーも浴びてから県庁に戻りたいです」

『なら風呂だな。温泉。新屋敷のとこのやつ。予備の着替え、車に常備してて良かったな、サウナ入って飯食っていけば完璧じゃん』

「…………」

いつもなら職務中にそんな真似は許されないと反論する所だが、今日に限ってはとてつもなく魅力的な提案だ。

「ともかく一度、そちらに戻ります。後処理もしなければ」

藤村部長に許可を求めるが、これくらいの贅沢は許されるだろう。いや、許されて然るべきだ。許されなければおかしい。

携帯電話を切ってから、アパートを後にする。先ほどの少女のことが妙に気にかかったが、社用車に貼られた駐禁切符を見つけてすぐに忘れてしまった。


三日間の昏睡状態の後、鐸木さんはようやく目を覚ました。

過度の衰弱、栄養失調などで退院するのはかなり先になるということだったが、ある一点を除けば回復するという話だった。

千早君と二人で鐸木さんの元を訪ねたが、彼はここ十年の記憶をすっかり失くしてしまっており、当然ながら自分が自殺未遂をしたことも一切記憶にないという。本当に何一つ思い出せず、気がついたらこの病院のベッドにいたそうだ。

「いやもうマジで。本当になんにも覚えてないんす。だから鏡を見たらびっくりして。なんでいきなり十歳も老けてんすかね。この顔の皺、やばくないですか？　なんか額も広くなった気がするし。ガリガリですもん」

明るい好青年。これが本来の彼の性格なのだろう。

内定を貰ったことさえ覚えておらず、試しに社名を言ってみてもまるで分からない様子だった。彼からすれば、大学を卒業したことも曖昧で、いったいいつから記憶が抜けているのかも判然としないという。

「あの、中途入社できる会社、どこか良いとこ知りませんか？」

不安そうな彼の申し出を私は了承した。

伏せるべきことは伏せたまま、今の会社は会社都合で退職という形に落ち着いた。香川さんが上層部に掛け合って、特別慰労金という形で今まで不当に支払われてこなかったボーナスをまとめて支払われたので、一年は働かずとも生きていけるくらいの資金が手に入ったのも大きい。

「まずはリハビリをしてください。沢山食べて眠って、働くのはそれからですよ。焦ってはいけません」

「ありがとうございます。親切にしてくださって」

「鐸木さん。あなたは覚えていらっしゃらないでしょうが、本当に今までよく頑張ってこられました。今はどうか、耐え続けたご自身を労ることに専念してください」

一瞬、鐸木さんの顔から表情が消えた。そうして、右目から涙が音もなく流れ落ちる。

「あれ？　なんで泣いてんだ、俺」

記憶は消えても、傷跡は心に残っているのかもしれない。

「では、また後日伺いますね」

鐸木さんの病室を出ると、待合室のベンチでアイスを齧っている千早君と合流した。真剣な眼差しでテレビの教育番組を眺めている。周りの子どもたちと一緒に釘付けになっている様子がおかしい。

隣に座り、メガネをハンカチで拭く。

「鐸木さん。ここ十年の記憶をすっかり失くしていましたよ」

「そんなこったろうと思った。でも、代償には相応しいわな。なにせ十年分の命なんだから」

棒アイスを齧りつつ、視線はテレビから外さない。

「さっきから真面目な顔をして、いったい何を観ているんですか」

「芋虫ミャッキ」

紫色の芋虫のクレイアニメのようだが、子ども向けの番組だろう。

「嘘。ミャッキ、知らない？」

「存じません」

「大野木さんが子どもの頃には、まだ放送していなかったのかな。すげぇ懐かしい。子どもの頃、うんざりするほど観た。鳥に狙われるんだけどさ、こいつ毒持ってるから食べられても吐き出されるんだよね」

こんな毒々しい紫色をした芋虫を食べる鳥類がいるのだろうか。

「そんなことよりも、気にかかっていることがあります」

「ん？」

「あれが千早君の言うように、彼が作り出した神だとして。なぜ、それが呪いになったのでしょうか」

ぴたりと、千早君が棒アイスを食べていた手を止める。

「……なんで、なんて聞くまでもなく、大野木さんの中では仮説が立ってるんだろ？」

「おかしいと思っていました。彼の部屋には確かに、本来あるべき場所に祀られた神棚がありました。榊も枯れ、もはや枝しか残ってはいませんでしたが、神具も全て揃っていました。彼がずっと祈っていたのは、あんな不吉な襤褸ではなく、れっきとした土地神だったのではないでしょうか」

「かもな」

「その祈りが呪いに変わり、ついには願いを叶えるための贄を捧げる羽目になった。ですが、私にはどうしても、彼が祈りを叶えてくれない神の代わりに、自力でアレを奉るようになったとは思えないのです」

「そのかした誰かがいる。そう言いたいんだろ？」

こちらを向いた、彼の右眼が青く光る。うっすらと、隣にある右腕が見えた気がした。

「たとえそうだとしても、鐸木さんが作り出したカミサマは消えた。彼が自身を贄にしても受け取らず、死者も出なかったのは、きっと呪具に使われたものの一つが、彼が本来、十年祈り続けた神様だったからなんだと俺は思うよ。すげー罰当たりではあるけど」

「と、言いますと？」

「多分、神棚に本来あるはずの神具、全部はなかったんだと思うぜ。大野木さんが気づかなかっただけ。一番大事な、家庭用ポータブル神様」

そうなのだろうか。チラリとしか見てはいないが、榊の他に確かにあった。水、酒、米、塩。後は祭壇と注連縄、真ん中に………。

「……あ」

「気づいた？」

ヒヒっと嬉しそうに犬歯を覗かせて、罪なものを割ったものだと、そう言って笑う。

そうしていつの間にか食べ終わったアイスの棒を見ると、そこには『当たり』の文字があった。

「やべ。当たっちゃった。ちょっと俺、売店に行って交換してくる」

「え⁉　いえ、待ってください。私も行きます。一人にしないでください」

病院の廊下を歩きながら、左手で当たり棒をくるくると器用に弄ぶ。

「そういえば、俺と一緒に閉じ込められていた他の四人は？」

「岳山さん、松倉さんは心神喪失状態で休職中ですが、復帰は難しいそうです。休職期間が明けたら解雇となるでしょう。宮崎部長は懲戒解雇となりました。鐸木さんだけではなく、過去に相当な数の社員を退職に追い込んでおり、それが露呈した形ですね。残る由良さんは、あの直後に会社を退職なさったそうです。息子さんの親権がとれたので親元に帰るそうですよ」

ふーん、と自分で聞いてきた割には関心が薄い。

「正直、私は彼らが無事だとは思っていませんでした」

「なんだよ、大野木さん。残念だと思ってんの？」

いいえ、と答えながらも、どうしてもやるせない気持ちがぬぐえない。尊厳をふみにじる行為は彼らが思うよりもずっと恐ろしいものだ。少なくとも部長に関して言えば、罪に応じた罰が与えられたとは到底思えない。私たちが知らないだけで、そういう結末を選んでしまった方がいたかもしれないではないか。

「会社からペナルティは受けたかもしれませんが、それが相応のものだとは思えません」

「……これからだ」

「これから、とは？」

「あれは神様だけど、同時に人の手で作り出された呪具であるには違いないんだよ。人を呪い、縊り、吊るす。そうあるべく奉られたカミサマ。確かに願いは果たされることなく、中途半端に終わった。でも、かかった呪いが消えた訳じゃない」

「呪いは続いていると？」

「それも中途半端にな。こういうのが一番始末に負えない。首に縄がかかったまま生活しているようなもんだよ。部長だけじゃない。あの時、難を逃れた人間の中にも、縄をかけられるような罪を犯した奴だっていたんだろ」

「どうして、そんなことが分かるのですか」

視えたからな、と千早君は飄々と答える。

「首にかかったまま、ネクタイみたいに揺れる縄が」

想像して、思わず自分の首に手を当ててしまった。あの荒い縄の感触が蘇るようだ。

「これから一生、首に感じる縄の感触と生きていくことになる。気が狂うのが先か、それとも本当に首を括るのが先か分からないけどな。罪に応じて様々だろう」
俺にはどうすることもできない、ときっぱりと吐き捨てた。

◆

荒れ果てたマンションの一室で一人、憔悴した様子の男が頭から布団を被って蹲っていた。あちこちにゴミが散らばり、服が散乱している。

家電の一切がないのは、子どもたちを連れて出ていった妻が預金の殆どと共に持っていったからだ。給与の殆どは子どもが生まれてまもない頃から、妻の名義の口座にこつこつと移されていたらしく、男名義の口座には二ヶ月ほどの生活費しか残っていなかった。

『私は今まで、あなたにどんな暴言を吐かれても、手を上げられても「妻」としての役目を果たしてきました。ですが、あなたが「夫」としての役割をもう果たせなくなったというなら、私もその役目を終えたいと思います。詳しくは弁護士と話してください』

三十五年間、ずっと我慢してきました、と男の妻は言った。

会社を解雇され、妻子に出ていかれ、残ったのは築三十年を数えるマンションだけ。今までまともに家事をしたこともなく、自炊の一つもしてこなかった男には『日常』を保つことさえできなかった。ゴミが家中に溢れ返り、着替える服もなく、生ゴミでシンクは埋まり、どこからともなく虫が湧いてくる。

首筋にチクチクとした細かい痛みが走る。あの日から、首の周りに目の荒い縄が巻きついている幻覚に悩まされ続けていた。痒みと痛みに爪を立てて首を掻き毟り続けているせいで、瘡蓋（かさぶた）交じりの傷跡から血が滲んでいた。

築き上げた何もかもを失った。

それでも、自分が悪かったなどとは微塵も思っていない。自分の考えは間違っていない。会社の為、仕事としてやるべきことをやったのだと。それなのに、この仕打ちはなんだ。人の尊厳をなんだと思っているのか、と心の底から怒りを感じていた。

「ううう、うう、ううううう」

バリバリと首を掻き毟る。幻覚だ。縄など首にかかっていやしない、と自分に言い聞かせながらも、男は蹲ったまま動けない。あの日の出来事が、脳裏に焼きついて離れないのだ。

「ううう、うう」

荒くなる呼吸を必死に堪えながら、頭に被った布団の端から視線だけを真横へ向ける。埃被った、ゴミだらけの床。そこに青白い足が見えた。

「ひっ」

男は視線を逸らし、ぶるぶると震えながら目を閉じる。足音がギシギシとフローリングを軋ませながら、男の傍へ立った。

「うっ、うう、ううう」

幻覚だ、幻だ、と髪をぶちぶちと引き千切る。恐る恐る瞼を開けて、布団の端へと目をやると、黒いマニキュアをつけた女の足が立っていた。

リビングの扉が悲鳴のような音を立てながら開く。濡れて水の溜まった靴が床を踏む音が響いた。ごぼり、ごぼり、と音を立てながら男の背後で止まる。

「ううあ、うあああ、うううううあああ」

男は首を振りながら、嗚咽まじりの悲鳴をあげた。

足音が一つ、また一つと増えていく。淡々と無感情に部屋へとやってきて、蹲る男の周りに立ったまま微動だにしない。

消えろ、消えろ、と頭の中で念じ続けるうちに、また今日も陽が沈んでいく。部屋は刻一刻と暗くなり、やがて窓の外から僅かに漏れる街の明かりだけが淡く見える。

空腹で眩暈がする。最後に水を飲んだのはいつだったか。どうして電気が点いていないのか。食事をいつからしていないのか。男にはそれらがどうしても思い出せない。ただ、首筋の傷だけが痛みを訴え続けていた。

男が不意に顔を上げた。上げてしまった。

黒い鏡のようになった窓に、布団を被って蹲る自分と、部屋のあちこちに立つスーツ姿の男女が映っていた。

「ああ、またか。また貴様らか」

全員、どこかで見たことがある。無能で役に立たない、どうしようもない部下たち。会社の為に退職へ追いやった覚えはある。だが、男には彼らの名前が一つも思い出せなかった。入り口を塞ぐように、ソレが首を吊っていた。なんて不気味なてるてる坊主だ。赤黒い襤褸を纏って、蛇のようにうねる縄を床に這わせながら、男が首を吊るのを待っている。

「ううう、うう、うあああ、あああう、いあああああッ」

首にかかった縄が揺れる。男に首を吊るように、終わらせてしまえ、と囁くように。瘡蓋が剥がれて、赤い血の玉がぷつぷつと首筋に浮かんでいく。

涙と恐怖で耐え切れなくなった男は、布団を頭から被って貝のように閉じ籠もった。そうして悪夢が終わるのを、ただ白痴のように待ち続ける。

ギィギィと軋む音が、背後でいつまでも左右に揺れていた。

魂枯

その依頼人は、今までに何度か仕事を請けたことのある資産家だった。

とはいえ、依頼はいつも秘書を通してのもので、あちらが指定してくる、毎度違う番号の携帯に電話をかけ、指示を受ける。一方通行のみで完遂する儀式のような依頼。こちらからは連絡の取りようがない。彼、あるいは彼女からの依頼は高額で、その分手間も危険も多かった。

当然、どれも法に触れるものばかりだ。

県内に複数ある寝ぐらの一つ、その戸に挟まっていた一枚の絵葉書。宛名もなければ、差出人の名もない。裏には厳島神社（いつくしまじんじゃ）が描かれている。その端に数字が打刻されていた。

「全く。嫌味のつもりか？」

港町にある小さな借家の土間に荷物を下ろしながら、後ろ手で鍵をかける。寝起きする場所は多くて困ることはない。ここは海が近く、いざとなれば停泊している船を使って一時的に海上に避難することもできた。

ここを借りて以来、殆ど使ったことのない台所へ向かい、換気扇をつける。窓を開けて換気してしまえば早いのだが、近所の人間に不審に思われるのも困りものだ。休みの度に魚釣りにやってくる釣り道楽くらいの認識がちょうど良い。

「ここを教えた覚えはないんだがな。それとも警告のつもりかよ」

煙草を咥えて、換気扇の下で火をつける。マルボロの箱を指で弾きながら、煙の味を存分に楽しんだ。昨今、煙草を吸うのは気苦労が絶えない。街中では吸う場所を探すだけでも苦労するし、同じ目的の人間が集まる閉鎖空間というのは、無意識にでも顔を覚えられやすい。それでも依頼のあった夜はこうして煙を燻らせる。一種の験担ぎのようなものだった。

海がすぐそばにあるせいか、やはりどうしても潮の香りがする。夜になると、海鳴りがうるさいくらいだ。

パイプ椅子を持ってきて、換気扇の下に置いた。どっかりと座って背中を預けると、運転の疲れが煙と一緒になって出ていくようだ。これでビールの一つでもあれば文句もないが、生憎、冷蔵庫の中には水しか入っていない。

打刻された番号を携帯に打ち込み、電話をかける。

数回コールしたが、電話に出る気配がない。しかし、かけ直すとなると今度は回線そのものが使えなくなったりするので、根気強く鳴らし続けるしかないのだ。

さらに一分ほど鳴らし続けたが、やはり電話に出ない。

舌打ちして終話ボタンを押そうとした瞬間、通話が繋がった。

『随分とかけてくるのが遅い。待ちくたびれたぞ』

いつもの秘書ではない。しわがれた老人の声だ。話し方の端々に傲慢で人を見下す性格が滲み出ていた。

「これは驚いた。はじめましてかな。依頼主殿」

思わぬ遭遇に、煙草の灰を落とすのも忘れた。土間に落ちた灰を靴の裏で踏み消す。

『此度の依頼ばかりは、余人には任せられん。さて、幾ら欲しい？』

今まで連絡を取り合ってきた神経質な秘書とは違い、雇い主は豪放な性格らしい。

「それは内容によるでしょう」

主導権を握らせる訳にはいかない。この老人からの依頼を常に請けてきたのは、背負わされる危険の分を差し引いてもなお、旨みが充分にあるものだったからだ。だが、なぜだか今回は一筋縄ではいかないような気がしてならない。

『とある男の屋敷から骨董品を一つ、盗み出してくればそれで良い。還暦を前にした男だ。造作もあるまい』

「ご冗談を。そんな簡単な仕事である筈がない」

『ほう。どうしてそう思う』

「内容よりも前に、報酬でこちらを掌握してしまおうという思惑が丸見えだ。仕事の内容を隠すようなら、この話はここで終いだ。俺は雇われる立場だが、立ち位置は平等な筈だ。そうだろう」

電話口の向こうで、咽喉を鳴らして笑う老人の声が響く。

『いかにも。ただの男ではない。死神のような男でな。私も若い頃には、随分と煮湯を呑まされたものだ。恨んでも恨みきれん。これは、その意趣返しよ』

「言っておくが、俺は殺しはやらない。ご存じか？」

『笑わせおる。老いたとはいえ、貴様なぞに殺せるような男ではないわ』

盗んでくるだけでよい、と依頼主は念を押した。

『奴は月に数度、馴染みの料亭へ顔を出す。その隙に盗みに入るがいい』

「その屋敷とやらは、何処にあるんだ」

『屋敷町の外れの丘の上だ』

空き巣で済むのなら、それに越したことはない。鉢合わせしてしまえば、暴力に頼らざるを得なくなる。そうなってしまえば失敗したも同然だ。足がつくリスクが上がるばかりか、警察も本格的に捜査に乗り出す事態になりかねない。

煙草の灰をシンクに落として、口に咥え直す。どうにも胸がざわつく。言いようのない不安と緊張。それらが入り混じったような妙な感覚があった。

「家を空けるという話に間違いはないんだろうな」

『人を使って具に調べてある。それについて問題はない』

「……何を盗み出せばいい」

筆だ、と老人は囁くように言った。

『月を映す筆だ。幾百年の年月を経て受け継がれてきた銘品よ。禅僧がこの国へ持ち込み、福原京へ一時は持っていかれたが、戦時の騒乱で遺失した物よ』

「それを盗んでこい、というのか。金庫に入れられている可能性は」

『あるやもしれん。だが、あの男がそんなものを持つとは到底思えぬ。およそ物に執着を持たん。あの男の前ではあらゆる物の価値は、瞬きの間に無価値となる』

口惜しい、と歯噛みする老人を他所に、俺は依頼を受けるかどうか考えていた。断ることもできようが、そうなると我が身が危ない。ここまで聞いておいて、尻尾を巻けば討たれるだろう。秘書も通さず、私情を語ったのが何よりの証拠だ。

「受けよう。ただし報酬はいつもの十倍貰いたい。前金で半額を口座に振り込んでくれ」

口にしながら、我ながら破格の金額だと思う。躊躇するようでも、なんとか八倍は欲しいところだ。

『よかろう。筆を手に入れた時にだけ電話を寄越すがいい』

「いいのか」

『安いものよ。あの筆を手に入れ、あの男の吠え面を見ることができるのならばな。貴様こそ約束を違えるなよ』

ああ、と返事をする前に電話を一方的に切られた。

煙草を口から離して、思わず手で顔を覆う。

これは、生半可な仕事をすれば命に関わりかねない。今まで感じたことのない、不吉な予感がした。

俺は得体の知れない場所へ赴こうとしている。

翌日、口座へ前金が振り込まれているのを確認してから、知り合いの情報屋を訪ねることに決めた。

『豆焼屋(まめやきや)』は屋敷町から少し離れた、駅前商店街の一角にある小さな珈琲店だ。店とは言っても、食事をするようなスペースはない。煙草屋を改造したというその店は焙煎した豆の販売が主だが、頼めば挽きたての豆で珈琲を淹れてくれる。当然、座る場所などないので立ち飲みする形となるのだが、いつ来ても割と繁盛していた。それも偏に、この店のオーナーの腕が良いからだろう。

早朝であるにもかかわらず、既にサラリーマンの二人組が注文をしている所だった。

焙煎した豆の良い香りが漂い、紙コップに入った珈琲を受け取った先客が受付を離れる。

「日替わりコーヒーを一つ」

店内を覗き込んで注文をすると、奥でキャップを被り、丸メガネをかけた中年の痩せぎすの男が神妙な様子で頷いてみせた。エプロンには店のロゴが刺繍されている。

「最近はどうです。儲かりますか」

愛想よく声をかけると、オーナーはこちらを一瞥してから眉間に皺を寄せた。

「お前みたいなのが来ると、儲かるものも儲からなくなる」

「そいつは酷いな。遠路遥々やってきた客を疫病神扱いするなんて。創業当時からの仲じゃないですか」

「お前たちが勝手についてくるんだろうが。俺はもう足を洗った。今はしがない珈琲屋だと何度言えば分かる」

「あんまり大きな声を出すと、表に聞こえますよ」

声の大きさには注意しないと、と念を押す。彼には悪いが、たとえ相手が足を洗ったと言っても、いざとなれば探し出して力を貸せと迫るのが、この業界の常だ。

「迷惑はかけませんよ。欲しいのは情報だけ。珈琲と一緒に貰えませんかね」

オーナーはうんざりした様子でため息をこぼすと、小さく頷いてみせた。

「……だいぶ疎くなった。最近の話は知らんぞ」

「充分です。屋敷町の外れの丘の上に暮らす、木山(きやま)という男について知りたいのですがね。何かご存知ですか」

豆を挽くオーナーの手が止まる。

「やめておけ」

「え？」

「あの爺さんには関わるな。碌なことにならんぞ。誰から頼まれたか知らんが、降りた方がいい」

強張った表情で珈琲を紙コップに淹れながら首を横に振った。

「暴力団と繋がりがあるとか？」

暴力団？　と呟いてから可笑しそうに笑う。

「そんな真っ当なものじゃない。あの家はな、正真正銘の化け物屋敷だ。関われば、まず破滅する。これ以上、話すこともない」

「情報料なら満足してもらえる額を払えると思いますが」

湯気の昇る珈琲をこちらに差し出しながら、怯えるように声を潜める。

「名前だけは教えてやる。調べれば誰にでも分かることだからな」

「名前？」

「木山千景（ちかげ）。それが、あの爺さんの名前だ。他に話せることはない。珈琲代を払ったら、すぐに帰ってくれ」

オーナーは血の気の失せた顔でそう言って、代金を受け取ると店の奥へ引っ込んでしまった。

それから何人か、自分の知る情報屋の元を訪ねてみたが、反応はどれも同じだった。分かっているのは名前と住所だけ。為人については一切、話そうとしない。木山という名前を聞いただけで、走って逃げ出す者までいる始末だ。

屋敷町界隈では、名の知れた人物のようだ。しかも妙に恐れられている。

物は試しと暴力団の知り合いの元へ訪ねてみようかと思ったが、あちこちで嗅ぎ回っているという噂が立つのも困る。本人の耳に入ってしまえば元も子もなくなってしまう。

木山千景。

果たして、どんな人物なのだろうか。

好奇心がむくむくと頭をもたげるのを感じた。

●

その日は夜更けから細かい雨が降っていた。

雨脚はそれほど強くないが、雨音は多少の物音を飲み込んでくれるので都合がいい。

懸念材料は雨の中、わざわざ料亭へ出かけるのかということだったが、依頼人から木山が料亭へ入ったという知らせがあった。よほど懇意にしているのか。それとも店そのものに思い入れがあるのか。

坂道を上って丘の上へ行くと、鬱蒼と生い茂った広大な竹林が目に入った。中央に石畳の小路があり、薄暗い奥へと続いている。風が吹くたびに笹の葉が擦れて、ざわざわと音を立てた。

竹林の闇から、視線のようなものを幾つも感じたが、目を凝らしてみても闇の中には何も見えない。

「気味が悪いな。風情も何もあったものじゃない」

手入れをしていない竹林というのは、観光地にあるような美しさはない。密集して光の当たる場所を奪い合うようにひしめき合い、乱雑で薄暗いものになってしまう。

木山という男は、そういうことに無頓着なのだろうか。それとも人の目が奥に届かないように敢えてそうしているのかもしれない。

どちらかと言えば後者だろうか。

暫く進んでいくと、竹林の奥に蹲るようにして、その屋敷は在った。

漆喰の塀にぐるりと覆われ、中央には重厚な数寄屋門(すきやもん)があり、肘木に取り付けられた金具から吊るされた提灯には禍々しい百足(むかで)をあしらった家紋が描かれている。闇夜に浮かぶような提灯の灯りが、辺りを淡く照らし上げていた。

表札には酷く簡素に『木山』とある。

外からおおよその敷地の広さを想像し、側面へと回り込んだ。傘を畳んで漆喰の壁に立てかける。特注の傘は丈夫な芯棒を使っている為、大人が乗ってもびくともしない。塀の上へ指をかけ、立てかけた傘に足の爪先を引っ掛けて一息に塀を乗り越える。

庭へ着地すると同時に身を伏せて、視線を辺りに巡らせた。大き目の土蔵と小さな池があり、鯉か何かが勢いよく跳ねる。件(くだん)の筆は何処にあるのかが問題だが、経験上、本当に値打ちのある物は土蔵には収蔵しない。自分で使うにせよ、人に見せびらかすにせよ、身近な場所に置いておくものだ。年寄りに多いのは仏間、あるいは金庫の中か。

飛び石の上を歩いて玄関へ向かい、引き戸に手をかけるとなんの抵抗もなく、引くことができてしまった。どうして鍵がかかっていない。たまたま失念したのか。それとも盗みに入る者などいないと、たかを括っているのだろうか。

一瞬、ここで引き返すべきか逡巡した。

今までにない緊張感に背筋が震える。

僅かな隙間から中をそっと覗くと、夜を水に溶かして伸ばしたような濃密な闇が広がっていた。無人の家、独特の張り詰めたような静けさに交じって、何かが這い回るような音がする。

『あの家は、化け物屋敷だ』

情報屋の言葉が脳裏を過ぎった。こんな生業をしていれば奇妙なことや、常識では考えられないようなものを見ることもある。しかし、この屋敷は今まで盗みに入ってきた家とは何かが違う。

その時、一匹の蝶が廊下の奥からひらひらと翔んでくると、静かに肩に止まった。

それを手で払い落として、土足のまま上り框に足を踏み入れる。

料亭からここまで、徒歩で三十分はかかるだろう。この雨に老いた足ならもっとかかるかもしれない。それでも時間をかける訳にはいかない。

目が暗闇に慣れてきたのか、手元の小さな灯りだけでも中の様子がぼんやりと見えてきた。還暦前とはいえ、男の独り暮らしの割には片付いている。

廊下に面した最初の座敷は本の海といった有様で、乱雑に放られた本で足の踏み場もない。近くにあったそれを手に取ってみると、英語とも少し違う文字で書かれたタイトルで、随分と古い本のようだ。頁を捲ると、すぐに眉を顰めることになった。そこには若い妊婦の腹に描かれた紋様のようなものがあり、その背後には巨大な扉の絵がある。隣の頁には山羊の頭をした人間が、女の腹を撫でている様子が描かれていた。

「気味が悪いな。金持ちの趣味は分からん」

興味を失った本の墓場、という印象だ。

襖を開けると、隣の座敷は先ほどのそれとは打って変わって、がらんとしていた。行李が幾つか無造作に転がるだけで、特に金目の物はない。どの行李にも封をするように狼の絵が描かれた札が貼られており、中身を確かめる気にはなれなかった。これには触れない方がいいだろう。

さらに襖を開けると、文机のある座敷が現れた。壁には円鏡や掛け軸がかけられ、棚には骨董品が所狭しと並んでいる。硯箱、万華鏡、根付、蜻蛉玉、香炉、虫籠、一見すると何の統一性もない品ばかりだ。しかし、棚の上や畳の上を探してみても、依頼人の話していた筆は見つからない。

あの時、依頼人が言っていた『月を映す筆』というのは、筆の名かとも思っていたが、もしかしたらそうではないのかもしれない。この屋敷になら、そんな得体の知れないものがあってもおかしくないような気がしてくる。

ごとん、と背後で音がした。慌てて振り返ると、壁にかけられていた一輪挿しが畳の上に落ちて転がっている。

ほっ、と息を吐こうとして、廊下側の障子が開いていることに気がついた。

そこに骸骨のような男が立っている。

「我が家になんの用かね」

紫紺色の着物を着流し、頭の後ろで結った髪は白く、頬がこけるほど痩せている。まるで髑髏（どくろ）のようだ。そのくせ、こちらを見下すように睨みつける双眸だけが炯々（けいけい）と輝いていた。

この薄闇の中、妙にこの男の姿がはっきりと見える。

物音どころか、気配一つ感じなかった。

「君は泥棒か、それとも強盗か。まぁ、どちらでも良いが、私のような年寄り一人、さして恐ろしいということもあるまい」

男はまるで怯えた様子もなければ、恐れている様子でもない。腕を組み、柱に身体を預けて胡乱げに私を見下ろしている。

料亭から引き返したにしては早すぎる。

俺は押し黙ったまま、この男から距離を取る為に一歩後ずさった。

「名乗り給えよ」

沈黙を続けようかとも思ったが、このままでは分が悪い。この得体の知れない男と正面から揉めたくはなかった

「……立儀（たてぎ）、晶（あきら）」

「そうか。私は木山という。君のような正直な若者は嫌いではない。安易に襲いかかってこない所も悪くない。ただの盗人（ぬすっと）風情なら池にいるあれらの餌にしようかと思ったが、気が変わった」

座れ、と手で促してくるので、大人しく従う。

目の前の痩せ細った男が酷く不気味で、恐ろしいものに感じられてしょうがない。逃げるべきだと思う反面、背中を向けてしまえば終わってしまうという確信めいた予感があった。

「さて、何から聞こうか。君はまだずいぶんと若い。それに真っ直ぐにうちの屋敷へ来られたことを考えるに、誰かに頼まれたろう。何を盗んでこいと言われた？」

「俺は誰にも頼まれていない。自分で計画し、自分で決めたことだ。これだけの屋敷だ。何か金目のものがあると踏んだんだ」

ここで安易に依頼主のことを話すことはできない。別に義理立てしている訳ではなく、これは俺がこの男に切ることのできる唯一の手札だからだ。

「依頼人の名を言い給え。義理立てしてどうする。我が身の方が可愛かろう？」

「年寄りに何が、」

できる、そう言おうとして言葉を失う。

木山の背後、僅かに開いた障子の向こうの闇から視線を感じた。目を凝らすと、闇の中に幾つもの『眼』が浮かび、ぎょろぎょろとこちらを見ている。

「この家に入る前から、君のことは見ていた」

くっくっ、と喉を鳴らすように笑う。

「どうする。命乞いでもするかね？」

「聞いてくれるのか」

「それは内容次第だろう。望みがあれば聞いてやってもいい」

「……『月を映す筆』を、この目で見てみたい」

木山は少しだけ驚いた顔をして、それから亀裂のような笑みを顔に浮かべた。

「ふふ、ふふふ。なんだ。存外、面白い男だな。ここで殺してしまうのが惜しくなってきた」

「アンタに殺されても文句はない。でも、このままでは未練だ」

「よかろう。これも一興だ」

そう言って立ち上がると、障子の向こうの闇へと消える。

雪見窓の向こう、中庭に白い足の何かが徘徊しているのが見え、息を呑む。一瞬しか見えなかったが、垣間見た指先は赤黒く斑（まだら）に染まっていた。ああ、ここは本当に化け物の巣だ。

やがて、木山が小さな漆器を腕に抱いて戻ってきた。

「何処に仕舞い込んだか思い出せずに苦労をした」

漆器の蓋には螺鈿（らでん）細工の兎が二羽、仲睦まじく並んでいる。蓋が持ち上げられ、中から一振りの筆と和紙、乳白色の硯（すずり）が出てきた。

「この筆の穂首は銀狐の毛が用いられている。月を呼ぶので、こうして雨雲を払うのにも使える」

縁側の窓を開け放ち、虚空へ向けて筆を左から右へと、雲をなぞるようにしてそっと撫でる。すると、空を覆っていた暗雲がみるみる晴れていき、すぐに雨が止んだ。分厚い雲が消え失せて、下弦の蒼白い月が顔を見せる。

青白い月の光が、眩しいほどに庭と座敷の中を照らし上げた。

「さて、見せてやろう」

畳の上に和紙を広げ、硯に水を張る。水には月がくっきりと映っていた。そこへ筆を下ろすと、銀色の筆先がにわかに金色に染まっていく。まるで硯に映った月を穂先に含んでいくようだ。

筆が和紙の上で弧を描く。すると、それはまるで夜空の月のように光を放った。その美しさをなんと喩えたらいいだろう。心を奪われるとは、まさにこのことだ。

心の底から、欲しいと思ってしまった。

「言葉に尽くせぬ美しさだろう。盗人風情には過ぎた代物だ」

胸がざわめく。喉から手が出るほどという表現があるが、まさしくそれだ。こんなに何かを欲したことは、これまでの人生で一度もなかった。

「木山さん。無理を承知でお願いする。俺にその筆を譲ってはくれないか」

「何を馬鹿な。見せるだけの約束だ」

「俺は生まれて初めて、自分で欲しいと思ったんだ。どうしようもなく惹かれるんだ」

「君に譲ってやる道理がない。盗みに入った人間に、どうして物を譲らねばならん」

「どんなことでもする。お願いだ」

木山は瞬き一つせずに、俺の瞳を見ていた。やがて、口元をみしりと歪めて笑い、いいだろう、と溢すように言った。

「ただし、この筆に見合うものを差し出して貰おう」

「俺の持っているものなら、何でもいい。金でも何でも」

「よかろう。ならば、君と契約を交わそうではないか」

「いいのか！　ああ、ありがとう。念書でも書けばいいのか？」

「契約は、決して違えることができない。反故にすれば、君の命をもってしても、贖えるものではない。相応の覚悟をして貰おう」

木山はそう言うと、硯箱からもう一つの筆を取り出して、硯を使わずに和紙へ筆を下ろす。すると、筆先がにわかに黒く滲んだかと思うと、泥のように粘度のある黒いものが、ぽたり、と和紙へ落ちた。

「君の名を、此処へ」

一瞬、筆を手に取るのを戸惑った俺を見て、木山は喉を鳴らすようにして嘲る。

「今更、怖気づいた訳ではあるまい」

筆を手に取り、殴り書きするように立儀晶と名前を書いた。

「良い名だ。明るく輝く様を示す言葉か。しかし、こうした名前はどうにも苛立つものだな」

　ふぅっと木山が文字へ息を吹きかけると、晶の文字が沸き立つように崩れ、そうして紙に染み入るように消えてしまった。

　その瞬間、自分の中にあった決定的なものが、ぷつり、と音を立てて途切れてしまった感覚があった。

「あ、ああ、あああ」

　頭の中で音がする。記憶という名前の本に沸いた紙魚が、容赦なくバリバリと齧り取っていく。何を齧られたのか、失ったのか。それすらも思い出せない。

　思わず肘をつき、頭を抱える私を見て、木山が楽しそうに嗤う。

「この世にある、あらゆるものは名に拠って縛られている。そうだな、今後は陽（よう）とでも名乗るがいい」

　木山の筆が、なくなってしまった俺の名前を新たに書いていく。

　その名前が自分の中へ染み渡っていくのを感じた。頭の奥が痺れたようになって、目の前で起きていることが夢なのか、現実なのか判断がつかない。自分の体が、まるで自分のものではないような違和感があった。

　木山が筆を漆器に戻し、紐で封をするように括（くび）る。なんだか黒い、てらてらとした糸で編まれた紐だった。月の光を弾いて、鴉の羽のように輝いて見える。

「さぁ、君の為すべきことを為すといい。夜は短いぞ」

そうして木山が大きく手を叩く。

まるで柏手だ。

そう思った瞬間、俺の意識は溶けるように闇の中へと消失した。

●

気づけば、俺は近衛湖疏水にある柳の木の下で呆然と立ち尽くしていた。どれだけそうしていたのか、膝が痺れるように痛む。腕の中には赤い漆塗りの細長い漆器があり、蓋が開かないように、黒い組紐で固く結ばれている。左右に揺らすと中でカタカタと音を立てた。

東の空が白んで、新聞配達のバイクが忙しなく戻っていく様子を遠目に眺める。

近くのベンチへ腰を下ろし、昨夜の出来事を思い出そうとしたが、どうしても筆を見つけた後のことを思い出すことができない。木山と何か話をしたような気がする。

傍に置いた漆器へ目をやると、麻縄のように組まれた黒いそれが妙に生々しく感じられる。中身を確かめておくべきかとも思ったが、どうにもそんな気になれない。筆についても、何か大切なことを忘れてしまっているような気がした。

頭を掻き毟(むし)りながら、この胸の奥に覚える違和感が拭えずにいる。

「このままでいる訳にもいかないか。仕事だ。とにかく仕事を片付けてしまおう」

携帯電話を取り出し、依頼人の携帯へ電話をかけることにした。早朝だが、構うことはない。今は一刻も早くこれを届けるべきだ。

『終わったか』

数コールで電話が繋がったので、正直驚いてしまった。

「ああ。筆は手に入れた。問題はない」

電話機の向こうで息を呑む音と、満足げな微笑が聞こえた。

『そうか。でかした。早速だが、今すぐ屋敷へ持ってきてもらいたい』

「それは構わないが、何処へ持っていけばいい」

『何処におる』

「近衛湖疏水だ。とりあえず人目を避けるために湖まで行くつもりでいる」

『ふむ、勘のいい男だ。そのまま湖沿いの県道を北上すればいい。警備員の立っている邸宅がそれだ。警備の者には話を通しておく』

「分かった。ただし、報酬の残りと交換だ」

いいだろう、と答える老人は電話の向こうで喜色満面に違いない。自分でも、よくあの化け物屋敷からこれを取ってこられたものだと思う。

電話を切ってから、凍えた身体を温めるように早足で歩いた。タクシーの一台でも走っていれば話は早いのだが、こんな早朝ではどうにもならない。

朝霧のかかった近衛湖、その背後に昇ろうとしている朝陽が言葉にならないほど美しい。今回の報酬を受け取ったなら、暫く遠くへ出かけてみるのもいいかもしれない。

陽が高くなっていくのに比例して、国道を走る車の数が少しずつ増え始める。

やがて国道沿いに広大な敷地の邸宅が現れた。俺の記憶が正しければ国会議員も輩出してきた有名な政治家の住まいの筈だ。門前には背広姿の屈強そうな男が仁王立ちしており、こちらを鋭く睨みつけてくる。

「届け物を持ってきた。話は通っている筈だ」

門番は手の中の漆器へ目をやってから、耳につけたインカムで何事か呟くと、すぐに門を開けた。電動式のゲートが音を立てて開いていく。近衛湖の周りは一等地だ。そこにこれだけの土地を持っているというのは只事ではない。

日本庭園の前に、背の高い神経質そうな男が立ってこちらを待ち構えていた。銀縁のメガネをかけ、髪を整髪料で綺麗に固めてある。

「奥で旦那様がお待ちです」

声を聞いて確信した。いつも依頼の電話を寄越してくるのは、この男だったのだ。

「アンタが秘書か。はじめましてだな」

「早朝ゆえ、私語は謹んでいただきますよう。幸い、奥様方は外泊中ではありますが」

「都合が悪いのなら、返してきてやろうか」

俺が言うと、秘書は微笑して「こちらへ」と案内を始めた。

木山の屋敷に比べて、政治家の邸宅はとにかく清潔で明るい。築年数は同じくらいだろうが、人の出入りがまるで違うのだろう。この邸宅は入る者を選ぶが、去る者を留めたりしない。あの家は逆に人を惹き寄せ、外に出すことを許さないような印象があった。

どうして自分は無事に出てこられたのか。

邸宅の一番奥にある豪華な襖の前で秘書が立ち止まる。

「先生はご高齢の為、あまり体調が芳しくありません」

「心配しなくても長居するつもりはない。用件が済めば、すぐに帰るさ」

「それは重畳（ちょうじょう）。……先生。参りました」

入れ、と低いしわがれた声が襖の向こうから響いた。

「失礼します」

襖が開くと、中は二十畳ほどの座敷になっており、中央に敷かれた布団の上でミイラのように枯れて、朽ちかけた老人が背中を丸めて胡座をかいていた。僅かに残った白い前髪の奥で、片方だけ開いた瞳が獣のように鋭く輝いている。

香木を焚いているのか。言いようのない香りが座敷に染みついていた。

「彼奴の屋敷から、よもや無事に戻るまいと思っていたが、件の筆まで手にしおるとは。期待していた以上の豪運の持ち主のようだ」

乾涸（ひから）びた蛙のような顔をした老人が口を歪めて笑う。顔のあちこちに散らばる斑点も相まって蝦蟇（がまがえる）を連想させた。

「依頼人はアンタか。ようやく顔を拝めたな」

「左様。彼奴には逢うたか？」

「いいや。誰にも会わなかった」

口にしてから、奇妙な違和感を覚えた。

「あの男が料亭から忽然と姿を消したと聞いた時には肝が冷えたが、いやはや万事上手くいくとはな」

「どうでもいいことだ。依頼の品はこれだろう。さっさと中身を確認してくれ」

「おうおう。これで漸く、我が人生の恥辱を雪ぐことができる。彼奴の悔しがる様が目に浮かぶ。溜飲も下がろうというものよ。どうだ、美山（みやま）。儂の言うた通りになったであろうが」

美山と呼ばれた秘書が恭しく頭を下げる。

「おめでとうございます」

漆器を手渡すと、老人は嬉しそうに頷き、いそいそと漆器の紐を手に取った。

「なんだ、これは」

老人の顔から笑みが潮のように引いていた。指の間から紐が解けて、手を伸ばすように黒い糸が蠢き、布団の上に広がっていく。よく見れば、それらは人間の毛髪で編まれていた。

「ええい、なんたることか」

紐を放り捨てると、膨大な量の髪がずるずると音を立てて床を這い回り、柱を伝って屋根裏へと消えていく。

「貴様、なんのつもりだ！」

「知るか！　俺は確かに言われた物を盗ってきたんだ！」

「己の名を言うてみろ！」

こんな時に何を馬鹿なことを言っているのか。

「名前、名前は……」

自分の名前なのに咄嗟に口が詰まったように出てこない。

「立儀、立儀だ。立儀、陽」

口にしながら、どうしても違和感が拭えない。何かが違う。でも、何が違うのかが分からない。

ぶるぶると老人の顔に怒りが漲っていく。乱暴に漆器を壁に投げつけると、蓋が外れて中から骨の欠片のようなものが転がり落ちた。どこにも筆らしき物は見つからない。

「ええい！　名前を奪われおったな！　美山、今すぐ」

その瞬間、天井の板が落ちたかと思うと、大量の髪の毛が老人の首に蛇のように素早く巻きつき、痩せこけた身体が跳ね上がる。びきっ、と首の骨が折れる音が響いて、首の伸びた老人がぶら下がる。外れた天板の向こうには、大量の髪の毛がまるで大蛇のように蠢いていた。

呆然と立ち尽くす中、邸宅のあちこちから悲鳴が聞こえてくる。

「ひ、ひぃいいい」

美山、と言われた秘書が甲高い悲鳴をあげて座敷から飛び出した瞬間、天井へと巻き上げられて姿を消した。くぐもった叫びが長く尾を引いて伸びて、やがて途絶えた。

断末魔が一つ、また一つと聞こえては消えていき、やがて物音一つ聞こえなくなった。

ようやく立ち上がれるようになり、なるべく音を立てないよう玄関へ向かう。

邸宅のあらゆる場所で、人が首を吊って死んでいる。天井に引っかかったまま息絶えている者もいた。自分の招いてしまった悲惨な結末に、まるで頭が追いついていかない。

あの男と契約を交わした。

何かを失う代わりに、何かを得たのだ。

不意に上着の懐にあるものがみじろいだような気がした。

「ああ、そうだ。これだ。この筆だ」

あの夜、この目で見た筆が自分の手の中にある。

それなのに、胸に空いたような空白が埋まらない。

木山は何を奪ったのか。

「ああ、そうか。名前。名前だ。俺は名前を奪われたのか」

自分の根幹を失った。

立っていることすら辛い。

自分の一生が穴だらけになってしまっているような気がしてならない。

げぇ、と廊下に吐き戻しながら、筆を握り締める。

何度も躓き、膝をつきながら玄関へ辿り着くと、門番をしていた男が倒れていた。首が捻じ折れて、手足が驚いたような形のまま固まってしまっている。

「もう嫌だ、もう充分だ」

頭がおかしくなりそうだ。もうこんな所にはいたくない。一刻も早く此処を離れなければ。

死に塗れた邸宅を出ると、眩い朝日に顔を顰める。

もう少しだ。もう少しで。

道路を渡る途中、向こう側に立つ不吉な老人の姿を見つけた。

「……木山」

傘を差した骸骨のような男が、亀裂のごとき笑みを浮かべる。

その瞬間、手足の動きが止まる。呼吸もできず、指先一つ動かすことができない。

道路の真ん中で突然立ち止まった私の耳に、けたたましいクラクションの音が鳴り響く。

胸の奥に強い痛みを感じた瞬間、目の前の景色が暗転した。

○

ハザードランプを点滅させたトラックが、道路に停まっている。慌てた様子の運転手が、どこかへ電話をかけていた。目の前にいるのは、急に倒れた見知らぬ青年。呼びかけても返事はなく、脈拍もない。目を見開いたままの状態で事切れていた。

そうして、飴に群がる虫のように、どこからともなくわらわらと人影が集まってくる。

着物姿の男が、そうした様子を見るともなしに横目で眺める。彼の足元に偶然転がってきた筆を手に取ると、袂へと収めた。組紐も手元に戻ってくると思っていたが、どうやらその当ては外れたらしい。

「この屋敷を新たな棲家と決めたか。ふふ、それもまた一興」

人混みの僅かな隙間から、既に亡骸となった青年の黒い瞳がこちらを見ている。

老人の目には、身体から抜け出た男の淡い紫色の魂が克明に映っていた。その輝きは朝日に映えて、実に美しい。

「一夜の猶予を与えただけの甲斐はあったということか」

魂は暫くそこに漂っていたが、やがて溶けるように消えて見えなくなってしまった。

踵を返し、上機嫌に己の屋敷へと帰っていく。

傘を差した男の影が、異様なほど濃く地面に落ちていた。

古市

獺祭堂(だっさいどう)は屋敷町の片隅にひっそりと店を構えている。屋号の『獺祭』とは獺祭魚という言葉から来ており、川獺が獲った魚を備えるようにして並べることから、転じて書物をよく読み、引用することを指すのだと菖さんが教えてくれた。

「祖父が正岡子規を尊敬していたので、彼の名乗った獺祭書屋主人という名から屋号を決めたそうです。古書店の名前にしては出来すぎていますよね」

本棚の埃を払い落としながら、小さく微笑う。

私は正岡子規のことなど教科書の横顔くらいしか知らなかったが、屋号に用いられるくらいなのだから、さぞ有名な作家に違いない。

「多くの俳句を詠んだ俳人です。肺結核からのカリエスで背骨に穴が開き、寝返りも打てず、激痛に苛まれても詠むことだけは止めなかったと言われています。《子規》という名は彼のペンネームの一つで、自身のことを血吐き鳥、ホトトギスだと自虐的に呼んだことからつけたそうです」

獺祭堂はそこらの書店とは違う。古書店だ。古い、価値のある高価な本ばかりを扱っている。漫画や写真集の類はない。国内外を問わず、古い本の初版を壁一面の本棚にびっしりと取り揃えていた。一万円よりも安い古書は、ここにはない。

「お祖父さんも俳句を詠むんですか」

いいえ、と菖さんは可笑しそうに肩を揺らす。

「まるで物にならなかった、と聞いています。きっと才能がなかったのでしょうね。俳句集を見つけたことがあるのですけど、どれも上手いとは言えないものばかりでした」

「いつかお祖父さんから俳句を習ってみたいです」

私の言葉に菖さんは寂しげに頷き、一冊の本を棚から取り出した。その背表紙をそっと撫でながら、耐えるように目を細める。

「そうですね。そうなったなら、どれほどいいでしょう」

詳しくは知らないが、お祖父さんは新屋敷の病院に入院しているという。意識がなく、もう何年も寝たきりのままらしい。

「明日は天気が良いそうですから、虫干しをしてしまいましょう。支度を手伝って頂けますか？」

「従業員なんですから。なんでもやりますよ」

不相応の恋だというのは理解している。年下の自分が相手にして貰えるなんて本気では思っていない。彼女が私のことを異性として意識していないからこそ、私はここで働くことが出来ているのだ。それくらいのことは私にだって分かる。

「水谷（みずたに）君がいてくれると本当に助かります」

それでも、近くで彼女の笑顔が見られるのなら悪くない。そう思ってしまう自分がなんとも情けなかった。

○

その日、私は映画でも観ようと屋敷町に出かけることにした。最新の映画を観るのなら新屋敷の商業施設に入っているシネマを選ぶが、あまり金をかけずに良い映画と出会いたいのなら屋敷町にある帯屋(おびや)劇場だ。戦前からあるという昔ながらのレトロな映画館で、新作の映画などは一切上映しない。誰が選んでいるのか知らないが、聞いたこともないようなタイトルの外国映画ばかりを上映するという一風変わったスタイルだが、この映画がとにかく面白い。

新作の映画を仮に五本観たとすれば、面白かったと心から言えるのは一つ、あるいは二つくらいのものだろう。だが、帯屋劇場の映画は間違いなく面白いのだ。映画館を出た後に、どうしてこんな名作が無名なのだと憤って泣いている親父を見たことさえある。

それから料金が安い。平日なら千円を切るし、学生ならワンコインで映画が一本観られる。今のご時世、娯楽は幾らでもあるなんて言うけれど、それは先立つ金がある人間の話だ。貧乏学生には娯楽の選択肢なぞ、それほどありはしない。

帯屋劇場への道中、急に雨が降ってきた。

煌々と陽が照っているというのに、激しい雨が音を立てて降りしきっている。あちこちで慌てる声が聞こえ、私もとにかく手近な店の軒下へと飛び込んだ。

「おかしな天気だ。こんなに晴れ渡って雲一つないってのに」

春にしては朝から暑いくらいの陽気だったのに。熱されたアスファルトを雨粒が急に冷ました所為だろう。濛々と煙るように白い湯気があちこちで立ち上っていく。光を弾きながら、雨が滝のように流れ落ちてくる様子はなんとも奇妙だ。

そういえばなんの店だろうか、と店先を見ると、罅割れた漆喰の壁に『獺祭堂』とある。磨りガラスのドアの向こうに見えるのは本棚だろう。

好奇心が湧いた。普段、友人から借りた漫画や小説ばかりを読んでいるが、読書は嫌いじゃない。それに雨はいつ止むとも分からないし、雨宿りの代金として何か一冊くらい買ってみてもいいかもしれない。古本なら小銭だけで事足りるだろう。

服についた雨粒を手で払い落としてから、入り口のドアをそっと開く。その瞬間、柔らかい風のようなものが幾つか私の足元をすり抜けて出ていったような気がした。

「え？」

振り返ったが、何もいない。見えなかったが、もしかしたら猫が外に出ていってしまったのだろうか。いや、確かに何もいなかった筈だ。見えなかったのだから。

気を取り直して顔を上げると、薄暗い店内は真っ直ぐ縦に伸びていて左右の壁には天井まで届く本棚が据えつけられていた。平置きされた本はない。一見して漫画の類を置いているようには見えなかった。棚と本。それ以外のものは此処には存在しない。壁の本はどれも古く、中には背表紙が擦れて字が見えなくなってしまっている物もある。

「何かお探しですか？」

鈴を転がすような声が奥からしたかと思うと、すらりと背の高い女性がエプロン姿でやってきた。柳の木を連想させる、しなやかな美しさに思わず見惚れてしまう。

「あの？」

「あ。いえ、その、急に降ってきたので、何か良い本がないものか、と」

慌てて誤魔化すように、適当に手近な棚から本を一冊手に取る。これをください、と反射的に言おうとした私の目に、値札に書かれた価格が映った。

四万円とある。因みに税抜だ。表には英語でタイトルが書かれているが、どうやらファンタジー小説らしい。

「狐雨」

「え？」

「こういう天気のことを狐雨と言いませんか？　狐の嫁入りなんて言うでしょう」

そうして優しげに微笑む彼女の笑顔に、私はたちまち心を奪われてしまった。

その後、何を話したのかまるで覚えていないが、帰ろうと一度店を出た時に求人募集の張り紙を見つけて、すぐに店へ戻った。

「お給金は高くありませんよ。若い方には退屈な仕事ですし」

心苦しい様子でそう言った彼女の言葉通り、時給は県の最低賃金よりも少し多いくらいのものだったが、私にはそんなことはまるで問題にならなかった。

○

彼女の名前は菖さんと言った。

趣味は読書。好きな動物は猫。好きな食べ物は焼き芋。敬愛する作家は芥川龍之介（あくたがわりゅうのすけ）。家族は入院している祖父が一人。

年齢は私と五つしか違わないというのに、それ以上に大人の女性に見えた。いつも穏やかで物静かに笑い、客からの専門性の高い質問にも難なく答えてみせる。

『貴女のような方を才媛と言うのでしょうね』

客の一人が菖さんのことをそう言って褒めたのを聞いて、後から辞書を引いてみた。才媛とは高い教養や才能のある女性のことを言うのだと初めて知ったが、確かにその通りだと思う。

彼女の言っていた通り、古書店の仕事は退屈だった。本の整理や掃除などの作業はあるが、それほど時間のかかるものではない。あっという間に手持ち無沙汰になり、何か仕事はないものかと探すことの方が多い。

獺祭堂にやってくる客は一日に十名といない。その殆どが本を買わず、幾つかの本を手に取って眺めるだけで帰っていく。しかし、週に一度は高価な本を買いに来る殊勝な客が現れるのだ。彼らは何十万円とするような本を嬉々として購入していく。

獺祭堂の本は、全て菖さんが一人で仕入れていた。この店では古書の買取はしていない。つまり全ての本は何処からか仕入れている筈なのだが、その業者というのを私は見たことがない。

「古本市で仕入れてくるのです。月に一度くらいの頻度でしょうか」

私は彼女に仕入れも手伝わせて欲しいと何度か願い出たのだが、いつも困った顔をして断られてしまった。

「水谷君を連れていくことはできません」

彼女なりの事情があるのだろう。ただのアルバイトにすぎない私が踏み込んではいけない領分なのだと痛感した。

以来、私は彼女にその話をしない。

そんな菖さんは一匹の猫を飼っていた。半分野良のような飼われ方をしていて、ここ数年店にやってくるようになったという。名前は『八朔（はっさく）』と言った。

「可愛いでしょう。八朔」

椅子に座り、その膝の上で咽喉を鳴らす八朔を撫でながら、菖さんが心底嬉しそうに言うが、私は八朔という言葉の意味が分からないでいた。どういう意味の名前なのですか、と素直に聞けば良いのだが、好いた女性の前で無知を晒すのは嫌だった。仕方がないので、帳台にある辞書を引いて調べてみたが、ますます意味が分からずに混乱した。辞書には八朔とは陰暦八月朔日、古くは農家で新穀の贈答や豊作祈願、予祝などが行われた日とされ、後に贈答が広く習慣となったという。これがどうして猫の名前になるのか。

「菖さん。一つ聞いても良いでしょうか」

「はい。なんなりと」

「……どうして、猫の名前に贈答の習慣になった日の名称を選んだんです？」

菖さんは一瞬、意味が分からないようできょとんとしていたが、やがて顔を真っ赤にして顔を手で覆ってしまった。震えているので泣いているのかと焦ったが、どうやら笑いを堪えているらしい。

「八朔は果物の名前なんです。夏みかんよりも小ぶりで可愛いから、つい」

菖さんの膝の上で欠伸をしている八朔は、確かに夏みかんのような色をしていた。私ならきっと、みかん、と安直に名付けてしまうだろう。

「そんなに笑わなくてもいいじゃありませんか」

「ごめんなさい。可笑しくて」

彼女は普段、静かに微笑むことはあっても、声をあげて笑うことはない。しかし、こんな愛らしい笑い方をするのは反則ではなかろうか。

菖さんはひとしきり笑った後、ようやく涙を拭いてこちらを見てくれた。

「八朔はうちだけの猫ではないんです。他所でミーコと呼ばれているのを見かけたことがあります。きっとあちこちに帰る家があるのだと思いますよ」

「だから裏庭に続く引き戸は開けてあるのですね」

店の奥と二階は菖さんの住まいになっている。間口は狭いが、奥行きが長い造りは所謂「うなぎの寝床」というものだ。奥には裏庭があり、そこの塀から八朔は出入りしているらしい。

「不用心だとは自覚しているのですけれど、帰ってきた時に締め出されたのだと思わせてしまうのは可哀想で。誰しも帰ってくる場所は必要でしょう？」

「優しいんですね」

「私が寂しいんです」

菖さんはそう言って八朔を床の上にそっと下ろして、エプロンについた毛を指で摘み取った。

「少し早いですが、店仕舞いにしましょう」

「分かりました。表の戸締りをしてきます」

今日も本は売れていないのでレジ締めをする必要はない。表の戸締りをしてから、カーテンを引いておくだけで良かった。

菖さんが用意してくれたエプロンを脱ぎながら、今夜は何を食べようかと思案する。一人暮らしも四年目。自炊も慣れてきたが、レパートリーが少ない。カレーは好物だが、一度作ってしまうと数日はカレー尽くしになる。おまけに人一倍食べるので、米の消費が激しいおかずはできるだけ避けたい所だ。

帰り支度をしていると、不意に奥から菖さんが顔を覗かせた。足元には八朔が鋭い目をこちらに向けている。

「水谷君。もし良かったら、夕餉を食べていきませんか？」

突然の申し出に、思わず返す言葉を失ってしまった。

「ご迷惑、でしたか？」

「いえ、いや、有難いです。でも迷惑ではありませんか」

「一人分作るのも、二人分作るのも手間は変わりませんから。それに一人で食べる食事は味気なくて」

一段上がった店の奥、右側には二階への階段があり、進めば土間のある台所に出る。勝手口から先には裏庭があり、その向こうには造り酒屋の蔵があった。私はここまでは出入りしたことがあったが、二階へは上がったことがない。

菖さんは手慣れた様子でだし巻き玉子を作り、塩鯖を焼いてくれた。ガスコンロで焼かれた鯖の煙が換気扇に音を立てて吸い込まれていく。

「何か手伝えることはありませんか」

「でしたら、大根をおろすのを手伝って貰っても良いですか？」

私の手首ほどもある立派な大根を受け取り、大根おろし器でゆっくりとおろしていく。急いでおろそうとすると、辛くなってしまうと誰かから聞いた覚えがある。

台所は相当年季が入っているが、よく整理し、どこを見ても丁寧に手入れされている。分厚い木のまな板、使い込まれた小ぶりな鉄のフライパン、変わった形の鍋は圧力鍋だろうか。

「嫌いなものはありますか？　好き嫌いはありませんか？」

「なんでも食べます。好き嫌いはありません」

「羨ましい。私は鶏の皮が苦手で。あの感触がどうしても好きになれなくて」

恥ずかしそうに言いながら、菖さんは小鍋に味噌を溶いていく。大根とワカメと油揚げの味噌汁だ。普段、味噌汁なんて自分で作ることがないので、なんだか新鮮だ。

八朔が足元で物欲しそうにまとわりついて、甘えた声をあげている。

「八朔にはカリカリがありますからね」

出来上がった食事はお盆に載せて、二階へと運ぶことにした。彼女のプライベートに足を踏み入れるような気がして、なんとも気もそぞろになる。

二階に上がると襖の向こうに十畳ほどの居間があり、窓から表通りを見下ろすことができた。テーブルがあり、テレビがあり、箪笥の上には写真立てが並んでいる。こんなことを言うのもなんだが、想像していたよりもずっと庶民的な部屋で少し驚いてしまった。

「散らかっていますから、あまりあちこち見てはいけませんよ」

散らかっている、と彼女は言ったが、どちらかと言えば物は少ない方だろう。年頃の女性であれば、化粧品やら華やかな私物がありそうなものだが、ここにはそういうものが一切ない。

八朔の為に底の厚い皿にカリカリを入れてやると、すぐに鼻ツラを突っ込んで齧り始めた。その背中を落ち着かせるように、菖さんが優しく撫でる。まるで小さな子どもをあやすような眼差しだが、どこか寂しげにも見えた。

「私たちも頂きましょうか」

「はい。ありがとうございます。いただきます」

お世辞抜きに菖さんの用意してくれた料理はどれも美味しかった。とりわけだし巻き玉子の味は驚くほどだ。私は遠慮するつもりでいたのだが、気づけば三杯目のおかわりを菖さんに頼んでいた。

「すいません。私ばかり食べて」

「作り甲斐があります。それに一人で食べるよりも箸が進みます。弟がいたのなら、こんな風だったのでしょうか」

弟。つまり恋愛対象には程遠いということだ。自己満足で安易に想いを告げれば、私は彼女の傍にいられなくなる。菖さんとの間には明確な隔たりがあることを忘れてはいけない。優しさに胡座をかいて勘違いしてはいけない、と自分を制した。

「水谷君は、ご兄弟は？」

「兄が一人います。地元で教師をしている筈です」

筈、という言い方に菖さんが可笑しそうに笑う。

「断言ではないのですね」

「電話で話すたびに辞めたいとぼやくので。今頃、もう辞めてしまっているかもしれません」

「どんなお兄さんなのですか」

兄の話というよりも、兄のことを話す私のことを観察しているようだった。

「年は六つ上、冷蔵庫の中身を常にメモしておくような人なので、神経質な教師をしているのだと思います。顔はあんまり似ていませんね」

「子どもたちを教導するのですから、生真面目な方は適任なのでしょうね」

菖さんの家族のことについても聞きたかったが、きっと聞くべきではないだろう。聞いたとしても、まだ話して貰えるとは思えない。

夕餉を食べ終え、一階の台所で食器を洗うことにした。菖さんには最初断られたが、タダでご馳走になったせめてもの礼をさせて欲しいと言うと、嬉しそうに笑ってくれた。

「誰かに家事を代わってもらうのなんて、久しぶりです」

私が洗い物をしているすぐ後ろで、年季の入った木製のスツールに腰かけた菖さんが、膝の上に乗せた八朔の背を愛おしげに撫でている。咽喉を鳴らして目を閉じている八朔は、どこか誇らしげに見えた。

「水谷君さえ良かったら、また夕餉をご一緒しませんか？　ご迷惑でなければですが」

「それは願ってもないことですけど、ご迷惑じゃありませんか」

「八朔も喜びますから」

菖さんはそう穏やかに答えながら、勝手口の向こうに広がる夜へ視線を投げた。望洋と眺める姿が、いつになく儚げに見えて少しだけ怖くなる。

「菖さん？」

私がそう呼びかけると、彼女は不思議そうな顔をして戸惑うように微笑んだ。

「時々、自分の名前を思い出せなくなる時がありませんか？」

あると言って欲しい、とでも言いたげな口ぶりがいつになく危うく感じられた。凛として美しい、しなやかな強さを持った彼女が急に脆いものに変わってしまったような気がした。

「深い闇の中を覗いていると、あちらからもこちらを覗かれているような気になるのです。それでも、闇の中に足を踏み入れねば手に入らないものもあります」

囁くように零した言葉に、私は何も答えることができなかった。

○

その日は明け方から雪交じりの雨が降っていた。

菖さんが本の仕入れの為に出かける日は、決まって夜明け前に店を出るらしい。店の開店前に戻ってくることもあれば、夕刻を過ぎても帰ってこないこともあった。普段なら仕入れの前日に店の合鍵を借りておき、それで店を開けるのだが、その日は事情が違った。

「すみません、ご無理を言ってしまって」

「気にしないでください。俺も八朔が心配ですから」

二日前から鼻水を出している八朔を病院に連れていったところ、軽い風邪との診断を受けたらしい。暫くは暖かい部屋の中から出さずに、とのことなのだが、生憎獺祭堂にある暖房器具はストーブと炬燵だけである。流石に一人にはできない、ということで白羽の矢を立てられたことは私としては僥倖だった。彼女に頼られた。それだけで天にも昇る気持ちだ。

「それでは行って参ります。留守をお願いしますね」

八朔と共に彼女を送り出してから、帳台の横にあるストーブにも火を灯す。小さな咳をするような音がしていたが、やがて火が安定すると静かになった。灯油ストーブの独特な匂いが売り場を満たしていく。まだ開店時間まで随分とあるが、売り場も暖めるに越したことはないだろう。

八朔はどこかつまらなそうにコタツの中へと入っていった。

箒とちりとりを手に表へ出ると、東の空がもう白んでいるのが見えた。小さな雪片がこのまま降り続ければ、夜中には積もるかもしれない。

新聞配達から戻るバイクが店の前を何台も通過していく。少しずつ町が目を覚ましていくようだ。

辺りの落ち葉を箒でかき集めていると、不意に一羽の鴉がやってきて向かいの古道具屋の看板に止まる。大きな身体をした鴉で、羽の色が黒いというよりも深い青色をしているように見えた。

鴉はこちらを向いて、ギロギロと私を睨みつける。

「悪いけど生ゴミの日じゃない。ゴミ漁りがしたいのなら、他所へ行きな」

鳥を相手に何を言っているのだろうか。話の通じる相手なら、どれほど楽か。いつもゴミを食い荒らされて片付ける羽目になっているから、ついこんなことを口にするのだ。

『棗(なつめ)は、何処にいる』

しわがれた声で、鴉が流暢に喋った。

一瞬、何が起きたのか分からずに言葉を失う。幻聴か。昨夜は寝不足だったし、お酒も少しだけ飲んだ。自分でも思っている以上に、疲れているのかもしれない。

『棗は、いないのか』

棗とは誰のことだろう。少なくとも、この家にそんな名前の人間はいない。それなのに酷く胸がざわつく。

『あゝ、何処にいるのか。すまない。すまない。合わせる顔がない。お前だけが、心残りだ。あゝ、また夜が、明ける』

鴉はゲェゲェとえずくように咳き込むと、顔を左右に振ってから、大きく鳴き声をあげた。カァ、と一声すると翼を広げて舞い上がる。そうして翼を羽ばたかせて、まだ夜の残る西へと飛び去っていった。小雨とはいえ、この寒空を飛んでいくのか。

棗という名前が、妙に頭の中に残った。

「鴉が話すなんて話、聞いたことがない。あれは本当に」

ただの鴉だったのだろうか。

「喋る鴉がいたなんて話したら、菖さんは笑うだろうか」

自分を落ち着かせるように独り言をこぼしながら、店の中へ戻る。ちりとりのゴミはゴミ袋へと入れて、道具は収納へ片付けてしまう。

はたきを使うコツは、埃を叩かないことだと菖さんが話していたのを思い出す。本を傷めてしまわないよう、そっと埃を撫でるだけで良いのだと。

そうしてあらかたの埃を払い落として、店内用の棕櫚(しゅろ)の箒で床を掃いていく。棕櫚の脂が床板に良いのだと聞いたが、確かに光沢が出ているような気がした。菖さんは家の中の道具一つ一つにこだわりを持っていて、いつ何処で買い求めたのかもしっかりと記憶している。

そうして開店の準備を終わらせてから、一息つくことにした。開店までまだ時間がある。今のうちに朝食をすませておいた方がいいだろう。

奥の台所へ向かい、テーブルの上に準備された皿に目をやる。バイト代を辞退した代わりに、お礼として朝餉を作ってくれたのだ。民藝品の素朴な平皿に握り飯と漬物、炒めたウインナーと卵焼きが並んでいる。ラップをかけてくれているので、まだ温かい。

汚れた手を流し台で洗っていると、背後でニャアと声がした。振り返ると八朔が欠伸をしながら背筋を伸ばしている。

「腹が減って起きてきたのか。だいぶ回復してきたのかな。男二人で飯にしようか」

八朔の皿に猫缶をよそってやると、勢いよく食べ始めた。

味噌汁を椀に注いで、調理台も兼ねた小さなテーブルにつく。

「いただきます」

息を吹きかけて味噌汁を啜ると、随分と身体が冷えていたことに気がついた。具材の大根とワカメを味わいながら、握り飯を手に取る。菖さんの握り飯は三角形ではなく、なぜか俵の形をしていた。以前、そのことについて聞いてみたが、家では必ず俵形の握り飯だったという。塩味が少し強いのは、私が濃い味付けが好みだからだ。気を遣わせてしまっているな、と思いながらも、その心配りがどうしようもなく嬉しい。

「ご馳走様でした。さて、少し早いけど店を開けよう」

平らげた皿を洗い、水切りカゴに入れておく。もう少しだけ乾燥してから布巾で拭くと、乾きが早い気がする。八朔用の食器も裏庭の水道で洗い、こちらは八朔専用の布巾で先に拭く。

売り場へ戻り、サンダルをつっかけて店の外へ出る。

店先の看板を『準備中』から『営業中』へとひっくり返せば営業開始だが、今日の空模様では来客はまず見込めないだろう。この様子だと雨は昼前には雪に変わる。そうなれば菖さんが無事に帰ってこられるか不安になった。

このまま途切れるように、前触れもなくいなくなってしまうのではないか。

そう思わせる、危うげな儚さが菖さんにはあった。

正午を迎えるよりも早く、雨は雪に変わった。風こそないものの、大きな雪片がしんしんと降り積もって、店の前はもうすっかり白くなってしまっている。

店の中が乾燥しすぎないようストーブにかけた銅のヤカンが、濛々と湯気を立てる。蒸気機関車のような規則的な蒸気の音に眠気が頭をもたげるが、その度に立ち上がって眠ってしまわないよう努めた。

汚さないのなら店の本を読んでも構わない、と菖さんは言ってくれたが、獺祭堂で扱う書籍の内容を理解して楽しめるほどの知性は持ち合わせていない。

八朔は私から、絶妙に離れた座布団の上に丸まり、静かに寝息を立てている。時折、目を覚ましたかと思うとチラリとこちらを一瞥して、また静かに目を閉じた。

「帰りを待つ身はお互い辛いな」

思わず独りごちたが、八朔は退屈そうに尻尾を一度揺らすだけ。辛いと思っているのはお前だけだ、と言われているような気がした。

菖さんが何処に行っているのか分からないが、昼過ぎに帰ることも多い。昼食は何か温かいものを用意すべきだろう。

不意に八朔が顔を上げると、フーッと全身の毛を逆立てて牙を剥いた。そうして弾かれるように台所の方へ逃げ出してしまう。

入り口の扉が開いて、着物姿の酷く痩せた老人が入ってきた。骸骨のように痩せこけているが、その両眼だけが炯々と輝いている。青白い顔に浮かぶ微笑が不気味だ。

「いらっしゃいませ」

老人は店内を見渡すこともなく、ふてぶてしい態度でこちらまで真っ直ぐにやってくると、私の顔を無遠慮に眺めた。

「見ない顔だな。君は菖君の親戚か何かか？」

「いえ、ただのアルバイトですが。店主は生憎、留守にしております」

老人は値踏みするように私のことを見ながら、椅子、と短く言った。

「え？」

「椅子だ。老人を立たせておくつもりか」

「ああ、すいません」

椅子を置くと礼も言わずに腰を下ろす。すれ違った一瞬、今まで嗅いだことのない香りがした。香水とも違う。もっとこう煙を焚き染めたような匂いだ。

老人と言う割に、妙に矍鑠（かくしゃく）としていておよそ椅子など必要なさそうに見える。骨のように白い長髪を後ろで束ねて、じろり、と店内を見渡す様子は迫力があった。

「生憎、客として来たのではない」

老人はそう言うと、袂から小さな何かを取り出してそっと台の上へ置いた。まるで爆弾でも取り扱っているような仕草に、思わず半歩後ずさる。

一切の光を通さない濃い闇を連想させる漆黒の帯留め。光沢はなく、擦り上げたような表面にはよく見ると細かい模様のようなものが浮き出ている。元になっているのは鉱石の類かもしれない。形状は、強いて言えば心臓のそれによく似ていた。

「菖君に渡しておいてくれ。かつて君の祖父から得た品だと言えば通じるだろう。このまま朽ちるに任せても良かったが。少しばかり気が変わった。ともかく好きにするといい」

老人はそう言うと、私の方を真っ直ぐに見つめた。一瞬、その瞳が緑と赤が混じったような色をしているように見えたが、瞬きをすると見えなくなってしまった。

「私の名は木山という。君の名は？」

答えようとして、一瞬怖気づくように咽喉が硬直した。声が出てこないのだ。この人物に安易に名前を明かすべきではない、そう本能的に悟った。

私が答えられずにいると、木山さんは亀裂のような笑みを浮かべて咽喉を鳴らして笑った。これまで生きてきて、彼ほど邪悪な笑い方をする人を見たことがない。

「君は賢いな。彼女のようにはいかんか。残念だよ」

その時、台の上の帯留めが生々しく鼓動を打つように蠢いた。

「うわっ！」

のけぞった拍子に思わず尻餅をつく。慌てて身体を起こすと、いつの間にか木山さんの姿がない。そればかりか、さっきまで座っていた椅子さえも元の位置に戻っていた。

悪い夢でも見ていたのではないか。そう思ったが、台の上に目をやると、そこには帯留めが無造作に転がっている。恐る恐る指で持ち上げて、掌の上で触ってみると、やはり何かの鉱物のようだった。

歪（いびつ）な心臓を思わせるそれは、どこか苦悶している人間の顔のようにも見えた。

菖さんが戻ってきたのは、夕方に差しかかった頃だった。

「ただいま戻りました。ごめんなさい。すっかり遅くなってしまって」

よほど寒かったのか。鼻や頬が赤くなっている。息を弾ませる菖さんの胸元には包みがしっかりと抱きしめられていた。あれが今日、仕入れてきた品々なのだろう。

「店仕舞いまで任せてしまって申し訳ありません」

「寒かったでしょう。まずは身体を温めてください。風邪を引いてしまいます」

「いえ、まずは仕入れた本を」

温和な笑みを浮かべていた菖さんの顔が硬直した。ぎし、と固まったように動きが止まり、胸に抱き留めていた包みが床に転がる。彼女が息を呑んだのが分かった。前髪の張りついた顔から血の気が引いていく。

台の上に置かれた帯留めを彼女は見ていた。口元を押さえているのは、きっと悲鳴を押し殺しているのだろう。

「木山と名乗る方が菖さんに渡すように、と」

彼女は泣きそうな顔でこちらを向くと、何か言いたげにしていたが、やがて悔いるように沈痛な面持ちで顔を伏せた。

「ごめんなさい。私の所為です。あなたに留守を任せてしまったから。こんなことになるのなら、店を閉めておけば良かった」

「どうしたんですか。別に何もされていませんよ」

許しを乞うように私の手を握り、膝を折る菖さんの様子に戸惑わずにはおれない。こんな帯留め一つ、なんだというのか。

「あの人に名前を聞かれましたか？」

「はい。ですが、その、答えませんでした」

答えられなかった、という方が正しいのだろう。

「良かった。木山さんに安易に名乗ってはいけません。人の名前を奪ってしまいますから。そうなってしまえば、名前を奪われたことにさえ気づかず、偽物の人生を送ることになってしまいます」

菖さんは立ち上がりながら、もう一度深々と頭を下げた。

「お願いします。私についてきてください」

懇願するように言って、台の上の帯留めをハンカチで掴み取ると、素手で触れぬよう丁寧に包んで、棚から取り出した桐の箱に入れてしっかりと蓋を閉じた。

「戸締りをしましょう。急がないと」

「何処へ行くのですか。八朔はどうします」

「裏の安西（あんざい）さんに頼んできます。すぐに連れていきますから、水谷君は最低限の戸締りだけお願いします。火の始末さえしてくれたら、灯りもレジもそのままで大丈夫です」

いつもの穏やかな彼女とは違う、鬼気迫る様子に逆らえず言われるがまま動いた。

ストーブの火を落とし、入り口の施錠をすると、すぐに店を後にする。

雪の降りしきる屋敷町。あちこちの店の軒先に吊るされた提灯が淡く夕闇に浮かぶように辺りを照らしている。そんな町を菖さんに手を引かれて歩く私は、事態がまるで理解できずにいた。

「菖さん。何処に向かっているのですか。そもそも、あの男はなんなのです」

「ごめんなさい。全てを説明するのはとても難しいのです。あの人は一種の厄災のようなもの。人の闇を嗅ぎつけて、それを暴かずにはおれない。関わってはいけない人なのです」

「そんな、人を化け物みたいに」

「化け物よりも余程恐ろしい人もいます。あの人は、そういう人間なのです」

「あの男は菖さんのことをよく知っているようでした。あの人は、貴女のなんなのですか」

「仇（かたき）です。私の祖父を破滅させた人物です。ですが、祖父にも落ち度がありましたから恨んではいません。結果的にですが、助けられていることもあります。ただ、あの人は必ず代償を求めます」

「分からない。その帯留めはなんなのですか」

柔らかい雪を踏み締めて進みながら、菖さんは一度もこちらを振り向こうとしない。余程、時間がないのか。事態は私が思っているよりも遥かに深刻なのかもしれない。

「生前、祖父が偶然にも手に入れてしまったもので、とても危険なものとしか言えません。祖父は木山さんとあの帯留めを巡ってなんらかの契約を交わしたと聞いていますが、私も詳しい話は知らないのです」

ごめんなさい、と何度も謝る菖さんがいたたまれなくなり、それ以上深くは聞けなかった。

「菖さん。私たちは何処へ向かっているのですか」

「祖父の旧知の方に助力をお願いします。本当は貴方をあの店へ連れていきたくはないのですが、他に手段がありません」

「店？　店に行くんですか？　その店はなんと言うのですか」

菖さんは白い顔で振り返り、囁くように言う。

「夜行堂。その店の名は、夜行堂と言います」

○

その店は屋敷町の入り組んだ裏路地の奥にひっそりと佇んでいた。軒先に吊るされた提灯の灯りが、淡く暗闇の中に浮かんでいる。こんな建物が屋敷町の路地裏にある筈がない。近づいてみると看板らしきものはなく、ガラス戸に貼られた紙には達筆な文字で夜行堂とある。一見してなんの店か分からない。

「ごめんください」

菖さんが戸を開けて中へ入り、その後に続いた。薄暗い店内の様子は、何処か獺祭堂に似ている。淡い裸電球の明かりに浮かび上がる品々。

「骨董店か」

値札もなく、乱雑に並ぶ骨董品。桐箪笥（きりだんす）、行李、白磁の壺、衣紋掛（えもんかけ）、柘植（つげ）の櫛、万年筆、匕首（あいくち）。そのどれもが古く、よく使い込まれている。

「一日に二度もやってくるとは珍しいこともあったものだ」

店の奥から現れたカーディガンを羽織った長身の女性。煙管（キセル）を口に咥え、細く煙を吐きながら私の顔を見つめると、珍しいものでも見たように眉を顰める。

「君が殿方を連れてくるとは驚いた」

ふふ、と薄く笑んで煙管を吹かしているが、何かがおかしい。言いようのない違和感。この目の前にいる者はなんなのだろう。女性だ。美しい女性。しかし、そうではないと本能が訴えてくる。

ぶるり、と悪寒に総毛立つ。

「おまけに勘も悪くない」

そう言ってふぅーっと紫煙を天井へ吐くと、甘い香りが辺りを包んだ。じん、と頭の奥が痺れるようだった。

「引き取って頂きたいものがあるのです」

簡潔に用件を切り出すと、菖さんはハンカチで包んだ帯留めを店主へ見せた。

「おや。これはまた古いものが流れてきたものだね」

「私が店を留守にしている間に彼が受け取ってしまいました。お願いします。縁を切ってあげてください」

「持ってきたのは木山だろう」

「はい」

「なるほど。今更、どういうつもりで返しに来たのやら。それでも君に直接手渡そうとはしない辺りが、あの男らしい」

苦いものを噛むような顔をして、帯留めを指で摘み上げる。

「面倒な代物だ。おまけに呪までかけてある。うちで引き取ることも可能だが、縁を切ることはできないだろうね。おそらくすぐに彼の手元に戻ってくる」

菖さんの顔が真っ青に変わり、よろめいて体勢を崩した彼女を慌てて支えた。

「大丈夫ですか」

「ごめんなさい。本当になんと謝ればいいのか」

涙を浮かべて謝る菖さんには申し訳なかったが、私は我が身に何が起きているのかすら理解できていない。

「まだ方法ならある。自ら市（いち）へ買付けに行けばいい。その帯留めと縁のある者がきっといるだろう。ただし、必ず帰れるという保証はない。あそこは時間も傾（かし）いでいるし、袖を引こうとする連中も多いからね。それでも構わないと言うのなら、君にも扉を開けてあげよう」

「いいえ。私が彼の代わりに行きます」

「それはできない。君なら分かっているだろう？　人が物を選ぶのではない。物が自らに相応しい主を選ぶ。彼が自ら赴き、試されなければならない」

事情はよく分からないが、ともかくこの帯留めを市へ持っていって売ってしまえばいいのだろう。

「菖さん。俺が行きますよ。これを売ってくればよいのですよね」

「あの夜市では金銭でのやり取りはしないのです。なので、なんらかの品と交換することになります」

「そうなんですね。じゃあ、似たような帯留めと交換してきますよ」

詳しくは分からないが、要は物々交換ということなのだろう。ヘラリと笑ってそう答えると、菖さんが私の服の右袖を強く握った。

「……帯留めである必要はありません。水谷君、貴方が気に留めた物を選んできてください」

下を向いているので、彼女がどんな顔をしているのか分からない。けれど、今にも泣き出してしまうのではないかと、そちらの方が心配で堪らなかった。

どうか気をつけて、と私の身を案じてくれていることが素直に嬉しい。

「幾つか忠告をしておこう。まずは、この面をつけなさい。あちらでは決してそれを外してはいけない。それだけは何があっても守るように。いいね」

店主が渡してきたそれは木製の獣面だった。鳥、おそらくは猛禽類のようだが、どことなく私の顔に似ていて気味が悪い。

帳場の奥にある戸を開くと、ぽっかりと暗い穴が見えたような気がした。恐る恐る戸の向こうを覗くと、階段が地下深くへと延々と続いている。天井に吊るされた裸電球が規則的に並ぶ様子に背筋が凍りつく。

「行き止まりまで歩きなさい。そこから線路が伸びているからレールに沿って進むといい。しかし、あまり奥まで進んではいけないよ。あそこは黄泉路(よみじ)だからね。欲を出して進み続けると、こちらへ帰ってこられなくなってしまう。だが、目的の品を見つけるまで戻ってもいけない」

なんだか酷く危ういことをしている気がして、胸の動悸が激しくなる。今更、逃げ出そうとは思わないが、これはきっと恐ろしいことだ。

「さぁ、面をつけて。もう後戻りはできやしない」

私は面をつけて、頭の後ろで紐を結ぶ。指が震えて、上手く結ぶことができない。深呼吸を一つ。覚悟を決めてから、固く紐を結んだ。

階段の一段目を下りたところで、背後に立つ店主がつけ加えた。

「ああ、そうそう。もしホームがあったとしてもそちらへは行かないように。電車が来ても乗ってしまわないよう気をつけなさい」

ゆっくりと扉が閉まり、鍵のかかる音がした。

進むしかない。地下へ続く階段を見下ろしながら、頬を伝い落ちる冷や汗を拭った。まるで化け物の腹の中を進んでいくようだ。

○

この店は何もかもおかしい。

地下への階段は一向に終わる気配がない。もうかれこれ三十分は歩き続けている。何度、引き返そうと思ったか分からないが、振り返った背後の灯りは全て消えてしまっているので諦めるしかなかった。

どれほど歩いただろう。ようやく階段が終わり、薄暗い空間へと出た。右側には古びたレールが延びているが、左側は大きな壁があり、そこには赤い文字で『終点』と書き殴ってあった。どこにもホームのような場所は見当たらない。

線路に降りて、店主に言われた通りにレールに沿って闇の中を進むことにした。レールは赤茶色に錆びついていて、長年使われていないのだろう。いや、そもそもこんな地下に線路などがある筈がない。

吊るされた裸電球の下に蹲る何か。

トンネルの亀裂からこちらを覗く瞳。

枕木に頭を潰されて、もがく人間のようなモノ。

歩みを進めるうちに、トンネルは次第に広がっていくようで、やがて輪郭が分からなくなってしまった。照明もなくなったというのに、この闇の中では見えないということがない。

気づけば、レールもなくなってしまっていた。闇が濃度を増し、煮詰めたように濃く深くなっていることにも気づけないでいた。

途中、何度も獣面をつけた人間を見かけた。大きな荷物を背負い、或いは胸に抱いて大急ぎで何処かへ帰ろうとしていた。彼らも夜行堂へ行くのだろうか。

やがて、その市を見つけた。

夜市と呼んで良いのか、どうか。そこには幾人かの獣面をつけた人々がいて、露店商をしている「なにか」から壺やら絵画やらを自分の持ってきた何かと交換していた。

露天商をしている、その「なにか」は人間の女や男の面を被ってはいるものの、身体は人の形をしていない。かろうじて四肢のようなものがあっても、いやに長かったり、数が多かったりして気味が悪かった。

それらは罅割れた声で客を手招きし、商品を披露している。幟(のぼり)には屋号が書いてあるのだろうが、今まで見たこともないような虫が這ったような文字でまるで読むことができない。

古書を扱っている店も少なくない。菖さんが仕入れている場所も、やはり此処なのだろう。様々な物を眺めながら奥へ進んでいく。歩みを進めるほど商品の品揃えは増し、その価値も希少な物になっているらしい。相応の物を求められるのか、取引を断られている場面を幾度も見かけた。

人の数は減っていく一方、気がつけば私一人が夜市に立ち尽くしていた。

「お兄さん、お兄さん。面白いものを持っていますね」

呼び止めてきたのは手足が何対もある化け物で、顔には笑う女の面を被っている。縮れた黒髪が百足の脚のように蠢き、強い潮の香りがした。

私は呆然としながらも、手の中の帯留めを見せた。

「これはまた大変不吉な物をお持ちで。ちょいと見せて貰っても構いませんかね？　何、盗んだりはしやせんよ。そんなことをすればペロリと喰われちまう」

十本指の掌の上に、帯留めを落とす。

「ほう、ほう、ほう。こいつは随分と業が深い。人の恨みや嘆きをたっぷりと吸い取っている。お兄さん、こいつが何か知っているかね」

首を横に振ると、そいつは嬉しそうに身体を揺らした。

「知らぬ方がええやね。どうだろう、お兄さん。こいつをあたしに譲ってはくれないかね。

ここにある品なら、どれでも好きな物と交換してあげよう」

露店に並んでいる品に目を向ける。美しいガラス瓶に入った香水、半透明に透けた刃を持つ長刀、不思議な紋様がびっしりと刻印された指輪、何かの骨で造られた龍笛。様々なものが積み重なる中に、埋もれるようにして転がる小さな瓶を見つけた。札のようなもので封がしてあり、中には小さな炎のような光が浮かんでいる。

「こいつは人の魂さ。欲深い男でね。賭けに負けて、この有様だ。おかげで一人残した孫娘にも会えず、此処に囚われているのさね」

えっえっえっ、と化け物が身体を揺らして笑う。

「……もしかしたら」

夜行堂の店主が言っていた、縁という言葉が脳裏を過ぎる。

「これにします。これをください」

「欲がないねえ。兄さん、そんなものよりもこれはどうだい。『古今和歌集』の写本だ。大層、価値があるだろう。そんな爺の魂にどれだけの価値がある。どうせ幾らも生きられやしない」

それでも、菖さんと一言、二言でも言葉を交わす機会が作れるのなら。

「いいんだ」

化け物は肩らしき場所をすくめると、こちらへ瓶を寄越した。そうして帯留めを表の向こうから現れた口へと放り込んで、飲み込んでしまった。

なんとなしに道の奥を眺める。この先には何があるのか。

「その先に何があるかなんて、調べようとしちゃなりませんよ。そう生き急ぐもんじゃない。嫌でもいつか此処を通る羽目になるんでね。さぁ、もう戻るんだ。店仕舞いだよ」

そうして三対の手で大きく柏手を打った瞬間、目の前が真っ暗になり、足元が消失した。闇の中をどこまでも落ちていく感覚の中、瓶の封を剥ぎ取り、蓋を開けた。その途端、光が弾けるように飛び出すと、まるで魚籠から逃げる魚のようにあっという間に闇の中を泳ぎ去ってしまった。

その様子をぼんやりと眺めながら、私は静かに目を閉じた。

○

目を覚ますと、私はあの夜行堂で横になっていた。辺りは相変わらず薄暗く、吊るされた裸電球が揺れている。カチコチと壁掛け時計の秒針の音がやけに大きく響いていた。どうにか身を起こしてみても、頭に靄がかかったように判然としない。

「ああ、目を覚ましたようだね」

自分はどうやって此処へ戻ってきたのか、まるで思い出せない。何か深い穴の中を落っこちてしまったような気がするのだが、夢でも見ていたのか。冷静に考えてみれば、あんな地下深くに市が立っている筈がない。

「言っておくけれど、夢ではないよ。君はよくやった。見事だったよ。私の使い走りに見せてやりたいくらいだ」

「あの、菖さんの姿が見えませんが」

「君には悪いと思ったが、病院に向かわせた。菖ちゃんの祖父が意識を取り戻したようでね。しかし、危篤だというから長くはあるまい。君のおかげで彼女は今際の際に間に合うことができただろう」

店主は満足げに言って、煙管の煙を心地良さそうに味わう。

「やはり、あの瓶に閉じ込められていたのは、菖さんの祖父の魂だったのですね」

「そう。木山という男にたぶらかされ、賭けの代償として魂を取り立てられてしまった。菖ちゃんも被害者だが、あの店を継いで、地下の市で仕入れをしながら祖父の魂を探していたという訳だ。だが、これであの子も此処へ来る理由はなくなった」

良いことだ、と店主は満足そうに呟く。

私はあの帯留めの正体を尋ねようとしたが、恐ろしくなってやめた。

「菖ちゃんに宜しく伝えておいて欲しい。それから二度と此処へ来ないように、と。店も閉めてしまった方がいいだろう。あの市のものは人の世にあまり流さない方がいい。蔵書なら私が引き取ろう。折を見て使いを送ると伝えてくれ」

「一つ聞いてもいいですか」

「なんだい」

「どうしてあの木山という人を放っておくのですか」

店主は怪しげに笑って、棚から紫色の水晶玉を手に取って光に翳した。

「人の理を超えたことは私にはできない。けれども、終わりはそう遠くないだろうね。あの人はね、闇の中を覗き込みすぎてあちらへ身を溢してしまったのだよ。尤も、そうなることを選んだのは彼自身に他ならないが」

私はそれ以上、もう何も聞くべきではないと判断した。

「ありがとうございました。もう行きます」

頭を下げて店を後にする。もう二度と此処へ来るべきではない。

これ以上、闇を深く覗き込むべきではないのだ。

菖さんは祖父の最期に間に合ったという。

そこでどんな会話があったのか、私は知らない。知るべきでもないだろう。家族の間で交わされた言葉は、家族だけのものであるべきだ。

私は菖さんに大変感謝されたが、獺祭堂を閉めるように説得するのは心苦しかった。長年、彼女が守ってきた祖父の店だ。

しかし、菖さんは私の言葉に素直に頷いた。

「祖父を見送ることができ、私も一区切りつけられたように思います。獺祭堂をこれまで続けてきたのも祖父に残してあげたかったからです。守ってきた店を見せてあげることはできませんでしたが。水谷君には店仕舞いのお手伝いもお願いしても良いでしょうか」

こたつで八朔の頭を撫でる菖さんの表情はいつになく柔らかい。

「勿論です」

四十九日も終わり、納骨も済ませた。獺祭堂が閉店すれば、私たちの雇用関係も終わる。今までのように傍にいることも難しくなるだろう。

しかし、考えようによっては雇用関係に捉われず、一人の人間として向き合うことができる筈だ。彼女との関係性もこれから変わっていくだろう。どう変わるか、は私の努力次第といったところか。

その翌日、こちらから連絡を取った訳でもないのに、夜行堂からの使いを名乗る青年とスーツ姿の男がやってきた。

「特にヤバいのだけ持っていくから、残った安全な本は好きに処分したらいい。流石に全部は数が多すぎる」

青年には右腕がないようで、彼があれこれと指示した本をスーツ姿の男性が梱包し、車の荷台へと運んでいく。私も彼が選んだ本を運んだが、いったい何を根拠に選んでいるのか分からなかった。

八朔がやたらと片腕の青年に懐いていて、足の間で8の字を描いている。菖さんは彼らに出すお茶と菓子の準備をしながら、その様子を微笑ましく眺めていた。

二時間もかからず、本の積み込みが終わった。

「ありがとうございました。どうぞ、夜行堂のご主人にも宜しくお伝えください」

「ああ。もしも何かあったなら、県庁の方へ連絡を寄越してくれ。まぁ、ないに越したことはないけどな」

最後に青年は八朔の頭を撫でてから、表に停めた車の助手席に乗り込むと、さっさと去っていった。

あの二人は私などよりも、もっと深い闇の中に足を踏み入れているのだろうか。隻腕の彼は、おそらく私とさほど年齢は変わらないのに。

彼等が引き取ったあの本の山は、これから何処へ行くのだろう。もしかすると、またあの市へと流れ着くのかもしれない。

そう思い至った時にふと、物々交換だと言ったあの市で、菖さんが何と交換に蔵書を手にしていたのかという疑問が浮かんだ。

「水谷君？　どうかしましたか？」

小さな泡が弾けるように、我に返って横を向く。八朔を抱いた菖さんが私の隣で、柔らかに微笑んでいた。これ以上、望むことが他にあるだろうか。

「いいえ、何も。――入りましょうか」

確かめずともよいことが、この世にはあるのだ。

私はもう二度と、闇を覗き見ない。

梟夜

久しぶりに、悪夢を見た。

白い着物を着た男が、両手に余るほどの壺を胸に抱いている。ぶつぶつ、と意味の分からない言葉を発しながら古い木の橋を逃げるように小走りで駆けていた。

やがて行く手を遮るように提灯を持った男たちが現れ、もう片方の手に握り締めた棒を男へと向ける。大人しくしろ、神妙にせい、と口々に叫ぶ屈強な男たちを前に、そいつはへらへらと笑って壺を下へ置いた。赤い素焼きの壺。その表面が妙に凸凹としていて気味が悪い。

そうして、そいつが俺に向かって口を開いた。

『何故そうやって私の邪魔ばかりするのだ。どうして見逃してくれぬ。この巫蠱(ふこ)は私のモノだ。私だけのモノだ。そうだろう？　父上が後継にと残して逝ったのだから、これは私のモノなんだ。そうでなければおかしい』

目の焦点が合っていない。身体は痩せ細り、衰弱し切っているというのに瞳だけが狂ったように光を放っていた。

『お前も私を責めるのか。仕事を請け負い、己の力で事を成し、金を貰うて何が悪い。お前まで力をくだらぬ失せもの探しに使えというのか。戯けたことを抜かすなよ。人を呪い、殺すことが我らが稼業であろうが。命を奪い、その報酬として大金を得る。それをどうして、よりにもよって私たちの代で終わらせねばならん。道理に合わぬのは、父上の方ではないか』

悲痛な程の叫び声が耳をつん裂き、胸に痛みが走った。後悔と苦しみが広がっていく。けれどどんなに叫んでも、もはやこの男に逃げ場はない。

『捕らわれ、責苦を味わうなど断じて御免だ』

男が言うなり、壺に封をしている紙の蓋へと手を勢いよく突き入れた。そうして引き抜いた暴れる毒虫を、口の中へと舌で迎え入れる。

咄嗟に駆け寄ったが、男はくぐもった呻き声をあげて蹲ると、夥しい血を足元へと嘔吐した。赤黒い、肉片混じりの血が咽喉の奥から湧き出るように地面へと溢れていく。

兄者、と思わずこの口が叫んだ。

堪らず抱き起こした瞬間、男が右の二の腕へ噛みついた。尺骨を噛み砕かんばかりの力に呻き声をあげる。だが、それ以上に傷口を通して音を立てながら、腕の肉の中へ中へと分け入っていく蟲の感触に総毛だった。赤黒く浮き出た罅割れが、熱と激痛を帯びて身を裂いていくようだ。

血反吐を溢しながら、男が哄笑した。

『呪うてやるぞ。弟よ。私から何もかもを奪い取った、貴様の血が絶えるまで、末代まで呪い祟ってくれる』

目の端から血涙を流し、男は紫色に変色した両腕を空に翳した。

『呪いよ、這い回れ！　血肉を喰らい、歯牙にかけよ！』

断末魔の叫びをあげ、糸が切れたように絶命した。男の腕が橋の上に落ちて、赤黒い血が広がり、縁から流れる川へと糸を引くように滴り落ちる。

痛みに震える右腕には、まるで黒い雷が走ったような禍々しい痣が浮かんでいた。

〇

携帯電話のけたたましいアラーム音で目を覚ます。

「ん、あ？」

枕元に手を伸ばしてあちこち探すが、なかなか肝心の携帯電話が見当たらない。ベッドの上に適当に置く自分が悪いのだが、どうしてこう一発で見つけられないのか。

「ええい、くそぅ」

身体を起こして、催促するように喚き続けるそれを見つけて、息の根もといアラームの音を止める。時刻は午前七時を少し回ったくらいだ。いつもなら仕事に行くために身支度を始めなければいけない時間だが、今日は七日ぶりの休日だ。

「二度寝だ、二度寝」

昼まで寝溜めしてやるぞ、と再び横になろうとして、右腕に痛みが走った。ちょうど手首と肘の間に細長くて赤黒い痣のようなものが浮かんでいる。何も今急に出来た訳じゃない。だいたい二ヶ月くらい前から浮かんできて、痛みを感じるようになったのはここ一ヶ月ほど。激痛というほどではないけれど、内側がチクチクと刺すように痛む。放っておけばそのうち治るだろう、と放置していたが、痣は大きく広がって痛みも日を追うごとに増してきた。

「いてて。やっぱし一回、病院に行っといた方がいいか」

バリバリと頭を掻いて、欠伸を一つ。

「なんだったか。変な夢を見たような」

内容を殆ど思い出せないが、えらく気味の悪い夢だったような気がした。

改めて部屋を見渡すと、なんの変哲もない新社会人のワンルームだ。我ながら面白みの欠片もない。社会人になったら金ができるので、散々遊んでやるぞと息巻いていたが、そもそも休みが少ない。売り上げだ、ノルマだ、と休日出勤も当たり前。残業に追われて、遊ぶどころじゃない。先輩たちのように仕事に慣れてくれば、もう少しマシになるのだろうが、まだまだ先の話だ。

ベッドを下りて洗面所へ向かうと、彼女の歯ブラシが抗議するようにこちらを睨みつけていた。そういえば昨日の夜に来ていたメッセージにもまだ返事をしていない。このままだと愛想を尽かされてしまいそうだが、本当に今は余裕がない。

「そんな顔で睨むなよ」

歯ブラシの向きを変えてから、衝動買いした電動歯ブラシで歯を磨いていく。口を水でゆすいでから、洗顔料で適当に顔を洗う。シェーバーで髭を剃ったら準備完了。最近なんとかパーマをかけたので、髪型はあまり気にしなくていい。

テレビを点けると、天気予報をやっていた。とりあえず雨は降らないらしい。

何か腹に入れておきたいが、冷蔵庫の中を見る限り今すぐ食べられそうなものはない。強いて言えば、出張帰りの彼女が土産に買ってきてくれた銘菓があったが、一緒に食べようね、と釘を刺されているので食べられない。

仕方がないので病院へ診察を受けに行く。そのついでに朝食を摂ることに決めた。

服装は適当に黒を基調に、中は白のシャツ。ジャケットさえ着ていればどうとでもなる。腕時計もシンプルなものをつけておく。高級時計なんて今時流行らない。

鞄は愛用している黒のリュック。財布を入れる前に、ぽんぽんと叩いて中身を確認すると、いつもの柔らかい感触が返ってきてホッとする。

「よしよし。ちゃんといるな」

家を出て玄関のドアの鍵をかけながら、また欠伸を一つ。病院から帰ったら昼寝をするのも悪くない。彼女が仕事を終える頃に、会社の近くまで迎えに行けば久しぶりに夕飯くらい一緒にできるだろう。

家を出て最寄り駅までぼんやりと歩く。

登校していく近所の小学生、自転車を漕ぐ中学生、小走りで駆けていく中年のサラリーマン。いつもと何一つ変わらない、平凡で退屈な毎日。平日休みの自分は、そんな中で少しだけ違う時間を生きている。

時刻は八時前。もう少しすれば、電車もそれなりに空いてくるだろうが今はまさに通勤ラッシュだった。電車ではできれば座りたい。そもそも休日まで満員電車に乗るのは御免だ。仕方がないので、暇潰しと運動を兼ねて一つ先の駅まで歩いていくことにした。

線路沿いの片側一車線の道を進んでいく。気持ちのいい朝だが、とにかく腹が減った。病院の診察開始が午前九時、検査を受ける時には朝食を抜いた方がいい、なんて今の自分には都合の悪い話を思い出してしまった。

袖をめくって改めて右腕を見てみると、細かい雷のように皮膚の上を走る赤黒い痣が少し広がっているような気がする。

「うえぇ、変な感染症じゃないだろうな」

起きた時に比べて肘の方へと、痣が伸びていっているようにも見える。指で触れると鈍い痛みが走った。あまりの痛みに顔を顰める。鋭利な棘のようなそれではなく、喩えるなら錆びた有刺鉄線に無理やり押し当てられているような、どこか気味の悪さを伴う痛みだ。

「やっぱり、放っておくとヤバいよな」

医者じゃないのでよく分からないが、抗生物質やらなんやらの薬を沢山出して貰えたら、そのうち勝手に治るだろう。

この時の俺は、本気でそう思っていた。

「分かりませんね。原因不明です」

はっきりと断言されて、思わず言葉を失った。こういう時、医者ってものはもっと遠回しな言い方をするものじゃないだろうか。

　メガネをかけた神経質そうなその医師は、少し考えてから一枚の紙を差し出した。

「検査結果です。血液検査やレントゲンも撮りましたが、異常は見られません。触診でのみ痛みがあるのは見受けられましたが、患部にも異常はありませんし」

「異常がない？　じゃあ、この痣はなんですか」

「痣？」

　ほら、と袖をめくって見せるが、医者は訝しげに目を細めている。

「何もありませんが。何処に痣がありますか」

「……見えてないのかよ。ほら、先生。ここ」

　どうやら本当に見えていないようで、とうとう心配そうな視線を向けてくる始末だ。

「精神的なものかもしれません。紹介状を書きますから、一度そちらで診て貰うべきです。当人は無自覚でも、兆候が現れることはよくあります」

「先生、違うんです。本当に痣があるんです」

「……貴方がそう仰るのなら、そうなのでしょう。誤解して頂きたくないのですが、貴方にはそう見えるということを否定してはいません。ただ、私や貴方以外の人には見えないのです。残念ですが、当院では治療する術がありません。少し休職して、静養なさるのが良いでしょう」

そうして匙を投げられてしまった。

呆然と病院を後にし、処方箋を持って薬局へ行くと、軽めの睡眠薬を渡された。本当に心の病気を疑われたらしい。

足が自然と駅の方へと向いた。特にこれといって目的地がある訳でもないが、今はとにかく人が多い場所へ行きたかった。

「なんだ。俺がおかしいのか？　いやいや、そんな訳ないだろ」

でも、もし本当に俺の頭がおかしいのなら、話は変わってくる。確かめる術が何かないかと考えた結果、携帯電話のカメラで痣を撮ってみることにした。

「……嘘だろ」

そこには剥き出しになった腕が写っているだけで、痣など何処にも見当たらない。写らないなんてことはない筈なのに。

気のせいなどではない。それは先ほどよりも明らかに大きくなっている。肘から上を目指して、這い上がってきているように思えた。何処まで伸びるのか。その結末を想像すると、ぶるりと背筋が震える。

病院は匙を投げた。それなら、他の手段を試してみるしかない。

携帯電話でとりあえず近場の神社仏閣を探す。お祓いをして貰えば消えるかもしれない。寺にもそういうのがあるのかどうか分からないが、とにかく試せるものはなんでも試そう。

すぐにタクシーを拾って、見つけた神社へと向かう。普段は初詣の時くらいしか足を延ばしたことがないが、本当に効くのだろうか。

愛宕山（あたごやま）神社は住宅街の裏の小高い山の頂にあった。想像していたよりもずっと大きく、拝殿には巨大な注連縄がかかっている。

料金を払ってからタクシーを降りる。思っていた以上の出費になったが、それどころじゃない。いざ鳥居を潜ろうと駆け出した瞬間、見えない壁にぶつかった。額が音を立てて、鼻が潰れる。あまりの痛みに尻餅をつく。

鼻の奥が熱い。よほど強くぶつかったのか、鼻から蛇口を捻ったように勢いよく鼻血が出ている。細い糸が途切れることなく、石畳の上に血溜まりを作っていくのを何処か他人事のように眺めていた。

「なんだ、何が起きた？」

顔を殴られたのか。でも、周りには誰もいない。鳥居を潜ろうとしただけだ。

恐る恐る立ち上がり、右手でそっと鳥居に触れようとすると不思議なことが起きた。触れない。目に見えない硬い卵の殻のようなものが鳥居と、その下の空間を覆っている。

「はは、なんだコレ」

拳で叩くと金属のような感触が返ってくる。目に見えないのに、確かにここに在る。

とりあえず鼻血をどうにかしようとリュックのポーチを探すと、いつ入れたのか覚えていないハンカチが出てきたので、とりあえず鼻に突っ込んでおく。このまま上を向いたらいいのか。

「ああ、ダメダメ。上を向いたら逆効果だよ。口から出てきちゃう」

声に振り返ると、メガネをかけた小太りな男性が駆け寄ってきてくれた。格好からしていかにも神社の人らしい。

「この鼻の付け根のとこを押さえて。そう、摘む感じで。しばらくそのままね。それで止血になるから」

「すんません。ありがとうございます」

「鼻の骨は折れてなさそうだね。とりあえずベンチに座った方がいい」

「はい」

言われるがまま、リュック片手に木陰のベンチへ腰を下ろす。ベンチの向こうには榊が青々と生い茂っている。

「いやー、朝から災難だったね。痛かったでしょう。でもね、境内に不浄なものを入れる訳にはいかないから」

ごめんね、と笑いながら隣に腰を下ろす。年齢はまだ二十代後半くらいか。

「その右腕に宿るモノが落ちたなら、またいつでも来てよ」

「分かるんですか」

「そりゃあ、権禰宜（ごんねぎ）だからね。ちなみに親父が神主をしています」

どうぞよろしく、と差し出された名刺を見ると、そこには『神舟（しんしゅう）愛宕山神社　権禰宜　八嶋幸作（やじまこうさく）』とある。

「俺、ここへお祓いに来たんです」

「そっか、そっか。ええと、何君だっけ」

「鈴井（すずい）です。鈴井元（げん）」

「元君。うちはね、こう見えて由緒正しい神社だからね、それなりの呪いならなんてことなく祓えるんだけど。鳥居で拒絶されるような呪いは無理。まず手に負えない」

八嶋さんははっきりと断言した。それから俺の右手を指差して、袖を捲るように言う。きっと触りたくないのだろう。

「おお、こりゃ酷いね」

「見えるんですか」

「視えますとも。そういう家だからね。しかし、これは呪いかな。しかも随分と古そうだ」

「人から呪われるようなことを、そんな昔にやってしまったってことですか」

まるで覚えがない。いや、忘れてしまっているだけで、恨まれるようなことをしでかしていたのかもしれない。

「いいや。そんな生易しいものじゃない。こいつは家系に祟るものだろう。爪で掻いたりしてはいけないよ。毒が広がるからね」

毒、という言葉にも息を呑んだが、それ以上に家系に祟るという言葉が気にかかった。

「家系というのなら、親に聞けば分かるでしょうか」

「どうだろうね。君のご両親か、あるいは祖父母か。いずれかに事情を知る方がいればいいのだけれど。生憎、僕にはそこまで深くは視えない」

不意に脳裏を、厳しい祖母のことが過ぎった。そういえば祖母は昔からよく不思議なことを言う人だった。思えば、あの店へ連れていってくれたのも、祖母だ。

「祖母なら何か知っているかもしれません」

「思い当たる節があるのなら、尋ねてみると良いよ。でも、急いだ方がいい。君のそれは命を蝕むものだからね」

ベンチを立って頭を下げる。

「ありがとうございました。助かりました」

「無事に呪いを祓えたなら、今度は厄祓いにおいで。長い祝詞(のりと)をあげてあげよう」

手を振る八嶋さんに会釈を返して、石段を早足で下りながら祖母へ電話をかけた。祖母の家には、子どもの頃だと盆と正月には帰省していたが、今は年に一度顔を出せるかどうか。元々、あまり親戚で集まるということ自体が好きではないタイプのようで、一人で寂しいという様子もないのだが、高齢なので心配ではある。

『もしもし。鈴井でございます』

「もしもし。俺だよ。元です」

いつもなら、ここで素っ気なく用件を聞かれるのだが、今日は少し様子が違う。

『……何かあったのかい』

「え？　ああ、うん。そのなんて言ったら良いのかな。腕に変な痣みたいのが出来て」

なんて説明をすればいい。呪いがどうこう言って、信じて貰える筈がなかった。

「いや、もちろん病院に行ったんだけど。なんかそういうのじゃないっていうか。それで」

『元。おおよその察しはついたから、今すぐ家へいらっしゃい。これも巡り合わせなのかね。アンタに会わせたい人たちがいるんだよ』

「え？　どういうこと？」

『腕の呪いについて、教えてやらなきゃならない。孫の誰かとは思っていたが、やはりアンタだったかい。あの店で縁の繋がったアレは、肌身離さず持っているんだろうね』

「……ああ。その様子だと、婆ちゃんは知っていたんだな」

『ともかく家へ急ぎなさい。話はそれからだよ』

心配する素振りすら見せずに電話を切られて、思わず言葉を失う。おまけに今まで隠されてきた、家に纏わる秘密をこれから聞くのだと思うと目眩（めまい）がしてきた。

◯

古い町並みの残る屋敷町の西、三条小路（さんじょうこみち）にある二本松（にほんまつ）のバス停でバスを降りる。

急いでやってきたが、もう陽が暮れかけていた。この季節は陽が沈むのが本当に早い。

脇道へ入り、緩やかな石畳の坂道を見上げる。この坂の先にある祖母の家に行くのに、毎度辟易するのだが、小高い丘の上に建つ祖母の家からの眺めは悪くないものだ。

坂の左右にある家々の白い漆喰塗りの塀、門の前に建てられた石灯籠が懐かしい。子どもの頃、盆になると迎え火を焚くために、大人たちが灯籠へ火を入れる様子を眺めるのが好きだった。

ようやく坂道を上りきると、玄関先にすっかり背の曲がった祖母が険しい顔で待ち受けていた。この俺の胸ほどの背丈もない年寄りに、父や叔父さんたちは未だに頭が上がらない。後期高齢者とは思えない眼光が、こちらを捉える。

婆ちゃん、と声をかけると目元が少しだけ和らいだ。

「ああ、よく来たね。待っていたよ」

「聞きたいことがあるんだ」

「私も話さなくちゃならないことが沢山ある。ともかく上がりなさい。お前のことを待っていてくださった方がいるからね。くれぐれも粗相のないように」

頷いて祖母に続いて玄関を上がる。男物の革靴とスニーカーが並んでいるのを見つけて、よもや詐欺じゃなかろうな、と警戒したが、祖母がそれほど耄碌（もうろく）したとは思えない。

「仕事はどうだい。職場にはもう慣れたのかい？」

「まだついていくだけで精一杯だよ。でも、みんな親切だ」

「それは何よりだね。しかし、あまり無理をしないように。身体を労りなさい」

「身体を労わるのは婆ちゃんの方だろう」

二年ぶりにやってきた祖母の屋敷は、相変わらず大きい。昔ながらの木造住宅で、天井には巨大な梁（はり）が架けられている。柱や廊下の床板も鼈甲（べっこう）のように光沢があって美しい。微かに香ってくる線香の匂いが懐かしかった。

客間に入ると、座卓の向こうに背広姿のメガネをかけた男と、若い男が座っていた。どういう組み合わせなのか分からない。

若い方は俺と同世代くらいだろうか。よく見ると、右の袖の中身がない。どうやら隻腕であるらしい。

「まずはご挨拶を」

そう穏やかに言って立ち上がった背広姿の男から名刺を受け取り、その内容に眉を顰める。

「県庁特別対策室の室長を務めております。大野木龍臣（たつおみ）と申します」

想像もしていなかった内容に面食らう。

「どうして公務員の人がうちに？」

「いえ、今回私は彼の付き添いのようなものでして」

立ち上がりもせずに、片手で湯呑みに口をつけている若い方が、ちらりとこちらを見る。

どう見てもビジネスマンという風ではない。

「そちらはどなたですか」

「誤解されると面倒だから先に言っておくけど、こっちはアンタの婆さんから依頼を受けて来たんだ。セールスの類じゃないぜ」

そうして澄ました顔で豆菓子を手に取って、口に放り込んだ。

「風の噂で帯刀さんの訃報を聞いてね。慌てて手紙を出したんだ。葛葉という名前の奉公人の方が『破門された弟子がいるので、そちらを行かせましょう』と返事をくださった」

「待て待て。話が読めない。とりあえず座って話そう」

一度に言われても頭が追いつかない。

下座に座る祖母の隣に腰を下ろして、自分も豆菓子を手に取った。砕いたピーナッツを水飴で固めたような菓子を来るたびに食べている気がした。

「うちの家はね、百五十年も前から呪いをかけられていてね。私の代までは生まれてきた子どもの半分が十を数える前に死んでいたんだ。私の兄様もそうだった。ある日急に右手の手首より少し上の辺りを酷く痛がるようになってね、痣が痛い、痛いと泣くんだ。父様にも母様にも見えやしない、赤黒い色のそれが、子ども心にそりゃあ恐ろしくてね。結局、兄様は十の誕生日を迎えるひと月前に亡くなった」

とても見ていられなかったよ、と祖母は苦々しく呟いた。

「嘘だと思うかい？」

「……いいや。信じるよ。俺にもきっと同じ痣がある」

右腕の袖を捲ると、痣がまた広がって肘の辺りまですっかり覆い尽くしてしまっていた。

赤黒い、不気味な肉の色をしたものが雷のように皮膚の上を走っている。

「あぁ、なんてことだ。間違いない。兄様に浮かんだものと同じ痣だ」

「でも、親父や叔父さんたち兄弟は五人もいて、その内の誰も死んでいない筈だ」

「そうだよ。数年後、下の弟が六つの時にも同じ痣が浮かんでしまった。だけど、兄様の墓参りで偶然知り合った縁でね、父様が帯刀家のご当主様に助命を嘆願に行ったのさ。……きっと、兄様が巡り合わせてくださったんだろうね」

「なら、その時に解決したんだろ？　婆ちゃんの弟って寛文大叔父だよな」

「そうさ。でもね、帯刀さんとお弟子さんの二人がかりでさえ、この呪いは封じるので精一杯だった」

「封じたのなら、どうして俺に呪いが現れるんだよ」

思わず声を荒らげた俺を制するように、片腕の男が湯呑みを音を立ててテーブルへ置いた。

「封じるっていうのは、一時的に攻撃を受け付けなくさせることしかできないからだ。キョンシー映画で顔に札貼ってある奴見たことあるだろ。あの札が封じの術。そして術者が死ねば、術は解ける」

「……破門された弟子ってのはアンタか。じゃあ、その亡くなった霊能者の代わりに、術をかけに来てくれたって訳なんだな」

「大体は合ってる。ただ、申し訳ないけど俺は封じたり祓ったりは一切できない」

視るだけ、と悪びれもせずに言う。霊や呪いが視えたとしても、祓えないのならどうしようもないじゃないか。

「元。お前を昔、屋敷町の骨董店へと連れていったことがあるだろう。覚えているかい」

「ああ。まだ小学校にも通っていないような歳だったのに、やけにはっきりと覚えてる。不思議な店だった」

「お前の七五三の直後に、その夜行堂へ行くようわざわざ文を寄越してくださったのも帯刀さんさ」

ああ、そうだ。夜行堂。あの店の名前は確かにそんな名前だった。

「呪いを破壊するのは、俺の役目じゃないが安心していい。ほら、腕もう一回見せて」

痣を視る彼の右眼、淡く青い光を放つ瞳が揺らめいている。まるで人魂、いや、鬼火(おにび)というのか。

「宿主の血の中に潜んでいるのか。やっぱり巫蠱の類だな。元々、そういう家の血筋なんだろう。ああ、だから鳥なのか。なるほど、よく出来ている」

彼には何が視えているのだろうか。

「なんのことか、さっぱりだ」

「だろうな」

彼はそう言うと、俺のリュックを指差した。

「あれのおかげで、恐ろしい夢を見なくなったろう？」

急にそう突きつけるように言われて、言葉を失った。祖母が言ったのか。しかし、祖母と目が合うと、ゆっくりと首を横に振ってみせた。

「なんで」

「言っただろ。視えるって」

「でも」

「そいつの力が要る。貸してくれ」

観念してリュックを手に取って、中から白くて丸い梟（ふくろう）のぬいぐるみを取り出して膝の上に抱えた。幼い頃から片時も手放したことのない、俺の友達。悪い夢を食べてくれる、とあの店の店主は言った。

「名前は？」

「……なんで」

「別に恥ずかしがることないだろ、大事なお守りなんだから」

「……おふう」

「いい名前だな、ふわふわしてる。それにしっかりアンタの息が吹き込まれてる。長い間、本当に大事にされてきたのが分かるよ。だからこそ、こいつも律儀にぬいぐるみの振りを続けているんだろうな」

今、一瞬聞き捨てならないことを言われたような気がしたが、確かめるのが怖い。

「さて、どこの部屋がいいかな。婆さん、壊れても支障のない部屋とかない？」

「……仏間でなければ、どこでも使うといい」

右腕の骨が軋むように痛んだ。打撲した時とも、骨折した時とも違う。もっと骨に染み入るような凶暴な痛みに思わず呻く。

「そうこなくちゃな。大野木さん。そのぬいぐるみを奥の座敷に置いたら、婆さんと一緒に逃げてくれ。巻き込まれる」

「何をするつもりですか」

「俺にやれるのは御膳立てだけみたいだから。一応、託された責任って奴だけは果たしてから逃げるつもり」

まるで説明になっていないが、大野木さんはそれ以上何も聞かず、一度だけ深く頷くとおふうを丁寧に胸に抱いて、奥の座敷の中央へそっと置いた。

痣が濃くなっている。皮膚の上からホチキスを打ち込まれているような激しい痛みに顔が歪む。祖母が隣にいなければ激痛に転がり回っている所だ。脂汗が全身から噴き出るようだった。右腕の中で、何かが激しく蠢いている。

「そろそろ限界だ。ほら、さっさと逃げろ」

「分かりました。鈴井さん、行きましょう」

「元」

消え入りそうな声で呼んだ祖母の顔は、今まで見たこともないほど不安げに見えた。あんな顔をするのか。今にも泣きそうな、申し訳なさと心配が入り混じるような顔を初めて見た。

大丈夫、と声をあげる余裕はとてもないので、親指を立てておいた。

大野木さんが祖母と一緒に玄関を出ていったのを確認して、隻腕の彼が俺を立ち上がらせる。横になって蹲ってしまいたいのに、それをしてしまえば命取りになるような気がしてならない。きっと、もうそんなに時間はないのだ。

「先に言っておくけど、こっからは死ぬほど痛いからな。覚悟してくれ」

「今でも充分すぎる程痛いんだけど。これ以上ってことか？」

「死ぬよかマシだろ」

「死んだ方がマシって言葉もあるだろ」

痛みで苦笑いもできない。肉の中を掻き分けるような激痛が、蠢きながら肩へと上がってくるのが分かる。

「俺の右手で呪いを引き摺り出す」

右手などないだろう。そう言おうとして、右腕の中に何かが入ってくる感触がした。それは熱くもなければ、冷たくもない。ただ感覚として何かが右腕の中に触れ、それをしっかりと掴むのを感じた。

「掴んだ」

そう口にした瞬間、青く光る半透明の右腕が視えた。手首の付け根までガッツリと、俺の腕の中に埋まっている。

「痛むぞ。耐えろよ」

引き摺り出すつもりか。意図が分かった刹那、右腕に今までとは比べ物にならない痛みが走った。人生で感じたことのない、言葉にならない激痛に絶叫する。

腕の中にカッターの刃を数えきれないほど埋めておいて、それらを紐で結んでから一息に引き摺り出そうとすれば、こんな痛みになるような気がする。

自分の口から出ているとは思えないほどの悲鳴が、喉の奥から絶えることなく飛び出し続ける。痛みを感じる脳に火花が散り、脊髄が意識とは無関係に跳ね上がる。必死に引き摺り出そうとしている彼の右腕を払いのけようとするが、触れることができない。

「まだだ！　まだだ！」

　ぶちぶち、と肉の裂ける音が腕の中で聞こえる。もう呪いなんてどうでもいい。この痛みから解放されるのなら、死んだ方がマシだ。いや、頼むから死なせてくれ。

「出てくるぞ！　踏ん張れ！」

　痣が内側から捲れ上がり、皮膚がそれに耐えかねたように裂ける。その傷口から一対、スズメバチの毒針を何倍にも太くしたような、長く鋭い何かの尾が見えた。真っ赤な自身の血が、ボタリと畳へと落ちる音が聞こえる。

　これは、百足だ。

　それも、とてつもなく大きい。俺の腕の太さよりも遥かに巨大な大百足が少しずつ引き摺出されて、柱と見紛う程に太く、大きく膨らみ続けている。ギチギチと刃物同士を擦り合わせるような脚を鳴らす音が響く。

　灼熱の痛みと共に頭が、ずるり、と引き摺り出された。血に塗(まみ)れてテラテラと不気味に光る大百足。大小の牙が入り混じって生える顎が、こちらを一飲みにしようと開くのを見た。

　その瞬間、奥の部屋の座敷から巨大な猛禽類を思わせる鋭い脚が伸びたかと思うと、鋭利な爪が大百足を鷲掴みにした。箪笥が砕け、座卓が吹き飛ぶ。

　夢でも見ているのか。

朦朧とした意識の中、隻腕の彼に手を引かれて無我夢中で玄関を飛び出した。

「元！」

呼吸が整わない。喘ぐように必死に息をしながら、祖母を見上げると涙を流していた。

「怪我はないかい。ああ、こんなに血が出て」

「もう少し離れましょう。ここは危険です！」

青い顔で言った大野木さんの背後を、雨戸が吹き飛んでいく。

とにかく庭の方へと逃げて、ようやく仰向けに倒れることができた。まだ頭の奥が痛みで麻痺したように判然としない。それでも懸命に顔を上げると、屋敷の中では激しく何かが争うような音が続いている。時折、梟の激しい鳴き声が夜の町に響き渡った。

大野木さんが腕の傷を止血してくれたが、やはり縫わねばならないだろう。

「いったい、これまでにどれだけの子どもを食い殺してきたんだ。視ていたより遥かに大きかった」

どこか青白い顔をした隻腕の彼が屋敷に目を向ける。

「あのさ。もしも、退治に失敗したらどうなるんだ？」

「そりゃあ、全員仲良く大百足の腹の中じゃないかな」

「千早君、笑い事じゃありませんよ」

大丈夫、と彼は言って大野木さんの隣にどかりと腰を下ろした。

「子どもの頃からずっと護り続けてきたんだ。負けるもんか」

窓が吹き飛び、庭の池にサッシが落ちて水飛沫が上がる。

それから間もなくして、甲高い悲鳴が響き渡った。それは子どもの頃に観た怪獣映画の敵のそれのようで、大百足が倒れたのだと確信した。

「終わったみたいだな。このまま動くなよ。ちょっと行ってくる」

まるで近所に買い物に出かけるような気軽さで、彼が半壊した屋敷の中へ入っていく。慌ててその後に大野木さんが続いた。

暫くして二人が戻ってくると、大野木さんの腕の中にすっかり薄汚れてしまったおふうの姿があった。心なしか、あちこち禿げてしまっているように見える。

「すいません。瓦礫の中に埋まっていたので汚れていますが、破れている箇所はなさそうです」

「ありがとうございます。ああ、よかった」

そうして受け取ったおふうは、なんだか妙に軽かった。まるで中身が抜けてしまったような、或いは満ちていたモノを消費しきったようにも感じられる。

「馬鹿でかい百足の死骸が転がっているけど、朝日を浴びたら多分消えるよ」

祖母は大野木さんと色々と話をしているようだが、俺はとても身体を起こすことができない。ただ右腕の痣は消えて、罅割れたような傷があるだけだ。

「アンタの師匠は」

「ん？」

「帯刀さんだっけ。その人は、どうしてアンタのことを破門にしたんだ？」

他にも聞きたいことはある筈なのに、どうしてかそんな質問が口をついていた。

「さぁ、なんでだったかな。……もう忘れたよ」

そんなことはないだろうに。だけど、ほんの少しだけ寂しそうな顔で笑う彼を見て、それ以上何も言うべきでないことは分かった。彼等だけが、知っていればいいのだ。

おふうを胸に抱きながら、夜空を見上げると、黄色い月が煌々と輝いている。そういえば今夜は満月だった。

目を閉じて、ぬいぐるみに顔を埋める。

ほんの少し。ほんの少しだけ、おふうが応えるように身じろいだ気がした。

秋狐

空が、どこまでも高く澄んでいる。

仰向けにだらしなく転がったまま見上げる空の端は、夕暮れの色に染まりつつあった。

遠くから聞こえる、ひぐらしの鳴く声に交じって、蛙の合唱が聞こえた。

ぽつり、と雨粒が一滴、額へ落ちる。雨雲一つ浮かんでいないのに、二つ、三つと続く雨は、やがて細い雨になって全身を濡らす。

微かに浮かんだ虹が茜色の空に映えて、息を呑むほどに美しい。

手足が痺れて、頭の奥が滲むように痛む。

顔を横に動かすと、畦道(あぜみち)に転がる自分の単車が、火柱をあげて燃えている。

目の端から涙が溢れて、耳元へ伝う。

アスファルトの上で微動だにしない左腕が、広がっていく血溜まりに触れた。

鈍い痛みが遠退いていく。

最後の力を振り絞って空を見やると、視界の端に誰かが立った。

紫陽花の柄の着物に身を包んだ女性。その腕の中で何かが横たわっている。

女性は静かに涙を流しながら、そっとそれを撫でて頬を寄せた。

誰だろうか。

その問いが脳裏に浮かぶのと同時に、頭の中で泡が弾けるように消えてしまった。

目の前が暗くなっていく。意識が落ちる、その刹那に悲しげに鳴く獣の叫びを聞いた気がした。

◯

目が覚めると、秋の匂いがした。

格子柄の見知らぬ天井に、少し混乱しながら辺りを見渡すと、どうやら座敷に敷かれた布団に寝ているらしい。

顔を右へ動かそうとすると、鋭い痛みが首の根元に走った。仕方がないので、視線だけをどうにかそちらへ向けると、開かれた障子の向こうに日本庭園風の中庭が見えた。生垣の先は濃い靄がかかっていて、判然としない。

ここは何処だろうか。

見知らぬ場所で目を覚ましたことに驚きながらも、とにかく身体が思うように動かない。何度も立ち上がろうとしたが、腕も足も痺れて上手く動かせなかった。

身を起こすのは諦めて、座敷の中へ視線を巡らしてみても、やたら広い座敷だということ以外には手がかりになりそうなものは何もない。家具どころか調度品の類も見当たらなかった。隣の座敷との欄間に彫られた、見事な動物の彫刻に目を奪われる。

そうだ。助けを呼ぼう。そう思って声をあげようと息を吸ったとたん、強く咽せて咽喉の奥が痛んだ。口の中が酷く乾いていて、上手く言葉が出ない。咽喉が切れたのか、濃い血の味が広がった。

不意に、廊下の方から近づいてくる足音がする。

「入りますよ」

音もなく開いた障子の向こうから現れたのは、美しい着物姿の女性だった。私の顔を見るとやんわりと微笑んで、布団の傍へ静かに正座する。所作の一つ一つが洗練されていて、否応なく目で追ってしまう。自分の記憶の中に、彼女のような品のある人間はいなかった。

「よかった。目が覚めたようですね。どこか痛む場所はありませんか？」

優しく問いかけながら、額の上の濡れた布を取ってくれた。

ありがとうございます、そう言おうとしたが、上手く言葉が出てこない。咽喉が喋ることを忘れてしまったみたいだった。感覚が鈍いというか、遠い感じがする。

「無理をなさらないでください。あなたは一ヶ月近く眠っていらしたのです。咽喉は勿論のこと、あちこちの筋肉が衰えてらっしゃいますから、身を起こすことも暫くは叶いませんよ。焦らずゆっくり養生することだけを考えてください」

一ヶ月という言葉に我が耳を疑った。とっくに休暇は終わってしまっている。バイト先にも連絡をしないといけない。いや、そもそも此処は何処なのだろう。どう考えても病院のようには見えない。

言いたいことを察したのだろう。女性は薄く微笑んだ。

「ここは、わたくしの屋敷です。元は仕えておりました主人のものでしたが、今はわたくしの他に暮らす者もおりませんので、何も心配はいりません。午後からお医者様が往診に参りますから、ここでゆっくりと養生なさってくださいまし」

それにしても、どうして病院ではなく、この人の屋敷にいるのだろうか。疑問が次々と浮かぶが、声が出ないのでどうしようもない。筆談ならできるかもしれない、そう思って手を動かそうとしたが、どれだけ動かそうとしてみても、私の腕は視界の中に現れなかった。

「暫くの間は、お身体を動かすことは叶わない、と医師も申しておりました。少しずつ身体が目を覚ましてくれれば、自ずと元に戻れるでしょう」

女性はそう優しく諭すように言う。

「わたくしのことはどうぞ、葛葉とお呼びくださいまし。女の独り暮らしですから、手の届かぬ所もあるかと思いますが、なんでもお申し付けくださいね。明幸様」

どうして、私の名前を知っているのか。

必死に声をあげようと喉に力を込めると、酷くかすれた音が漏れた。とても声にならない。

「心配はいりませんよ。必ず治癒できますとも。さあ、目を閉じて」

葛葉さんが瞼に触れた途端、急に意識が遠退いていった。

「お眠りなさい」

ふつ、と糸が途切れるように眠りについた。

◯

どれほど眠っていたのか。

不意に誰かに右手を掴まれた感触に目を覚ました。

瞼を開けると、体格のいい白衣姿の爺さんがギョロリとした目でこちらを見ていた。立派な白い髭を蓄えて、首からは年季の入った聴診器をぶら下げている。

「おう。起きたか。よしよし。こっちを見てみぃ」

胸ポケットから取り出した懐中電灯をこちらの目に当てながら、目の下をぐいと剥く。

「口を開けろ。大きく」

口の中を注意深くジロジロと観察してから、爺さんは満足げに頷いてみせた。

「とりあえず峠は越えたようじゃな。僥倖僥倖、死に損ねたのう」

そうして歯を剥いて笑う。人間離れした顔をしているが、多分悪い人ではないのだろう。

「魂と肉体は不可分であることを自覚しておれば、生半なことでは死ぬまい。要は気の持ちようだ。化け物に食われでもせぬ限りは、朽ちることもないわい」

よく分からないことを大声で言ってから、おうい、と障子の向こうへと声をかける。すると、障子の向こうから葛葉さんがそそと座敷へ入ってきた。

「ありがとうございました。先生」

「この分なら暫く大丈夫であろうよ。ただ、あまり長居はさせぬ方がよい。帰り道が分からんようになっては目も当てられんからな。ともかく養生をさせてから、あちらへと帰してやるがいい」

「承知しました。誓って、そのように致します」

「そういえば、最近はあの隻腕の小僧をとんと見かけぬな。いっときは山を駆け回っておったが、息災であるか？　生意気だが、あれで中々視る眼があった。帯刀めも破門なぞせんでもよかったろうに」

「街で活躍をしておりますよ。息災でございます」

「子どもらが増えると心配事が増えるだろう。ようもやるわ」

葛葉さんはくすくすと口元を着物の袖で隠しながら微笑む。

「柊のことはお聞きにならないのですか？」

「あれは殺しても死なぬからよい。風の噂も耳に届くでな。どうやら御所にも出入りがあるようだし、ようもやりおるわ」

二人の会話に耳を傾けながら、私は今朝ほどには痛みを感じていないことに気がついた。感覚は相変わらず判然としない所もあるが、少なくとも辛くはない。

「こちらの死に損ないにも丸薬を揃えておいてやろう。頃合いを見て飲ませてやるがいい。あちらの方も自然と癒えてくるであろう。ともかく痛むようでも身体を動かすように念じておれ。命じ方を忘れると床が長くなるでな」

「何から何まで申し訳ございません。この御礼はいずれ」

いらんいらん、と言いながら老医師が廊下ではなく、庭への障子を開け放ち、縁側から何気なく下りたとたん、一瞬で消えていなくなってしまった。

かと思うと、古い診療鞄を口に咥えた一匹の狸が忙しそうに庭を駆けていった。

思わず彼女に目を向けると、小首を傾げて、私に向かってたおやかに微笑む。

「世の中には、不思議なことがございますね」

姿を消したつもりだったのか、変化が解けたことに気づかなかったのか。

いや、そもそも狸が人間に化けるなど現実にあり得るものなのか。

そんな筈はないと自分に言い聞かせながらも、確かに狸臭い医師だったなと妙に納得してしまった。

「手足は動かせそうですか？」

そう言われて動かそうとするが、痺れたような感覚があるばかりで微動だにしない。本当にこのまま一生、使い物にならなかったらと想像すると心の底からゾッとする。

僅かに首を横に動かすと、葛葉さんは落胆の色一つ見せずに温和に微笑んだ。そうして私の額の布を替えてくれる。水に浸した布を固く絞って、額に当ててくれた。看護を受けている、というよりも、風邪を引いて寝込んだ、遠い幼子だった時の記憶が蘇るようだった。

どうして、こんなによくしてくれるのだろうか。

「焦ることはありません。ともかく身体を癒すことだけ考えてください。今はまだ帰ることは叶いませんが、いずれは戻れる日が参りますよ」

そうして温かい言葉をかけてくれる彼女に、私は目を閉じて首を縦に振った。頷くのと同時に、感謝を伝えたかったのだ。

「さぁ、もう眠ってくださいまし。わたくしが隣におりましょう」

そう言うと、子守唄を歌い始めてしまった。

聞いたことのない、古めかしい旋律の歌だったが、いつの間にか意識が遠くなる。

そうして気がつけば、深い眠りに落ちていた。

○

その夜、奇妙な夢を見た。

玄関の引き戸が開き、幾人かの囁き声が聞こえる。

屋敷に数人の客がやってきたらしい。

葛葉さんは留守なのか、応対に出ない。

痺れを切らしたのか、余程親しい仲なのか。訪問客たちは無言で屋敷へ上がり込むと、縁側をぎしぎしと歩いてくる。眩いばかりの月明かりが、それらの影を座敷の白い壁に落とした。影は、どれも異形で、人の形を成していない。蛇のように捻れて蠢く者、角を持つ者、袴姿の牛、どれもこれもが化け物に見えた。

妙に血腥(ちなまぐさ)い。

布団を被って隠れたいが、身体は相変わらず言うことを聞かなかった。

『匂う。匂うぞ』

『ああ、人の匂いだ』

『何処から匂う？　若い男の匂いだぞ』

『美味そうな匂いだ。年寄りは硬くてつまらん』

『全くだ。帯刀の奴なぞは、老いて力を失い、味は酷いものだった。しかし、あれを喰ろうたお陰で命が延びた』

『私はずっと彼奴の眼を欲しておったのに、誰ぞかに先を越されてしもうて。口惜しい』

『あの女狐の仕業だろう。あれは我らとは年季が違う』

『おい。この辺りに人がおるぞ。やはり匂う』

獣の頭をした異形の手が、障子に伸びる。

思わず、叫び出しそうな私の思いとは裏腹に、薄い障子の戸は微動だにしなかった。化け物がいくら力を込めて引っ張っても叩いてもびくともしない。

『ここも開かぬ。ええい、口惜しい。どこもかしこも閉じられておるわ。奴の呪(じゅ)は死して尚も健在か。忌々しい主人殿よな』

『おうおう。口惜しいのう』

『まことじゃ。人を喰いたいのう。もう随分喰っておらぬわえ』

『わしは太った足がいい。丸々と太った女のものなら、言うことはない』

『あたしは童がええ。骨まで柔らかいでのう』

口惜しい、口惜しいとのたまいながら、それらの影は溶けるように薄くなり、やがて消えた。

なんだか酷く恐ろしい声だった。

◯

葛葉さんは毎朝、陽が昇る頃に座敷の戸を開きに来る。

「明幸様。おはようございます。お身体の具合はいかがですか?」

縁側は中庭に面していて、紅葉した楓が風に揺れている。

身体の動かせない私にとって、それが視界に映る庭の全てだ。身体が動かせるようになったなら、ここからでは分からない庭の中を葛葉さんと散歩してみたい、と漠然と願う。

「口をゆすいでから歯を磨きましょう」

小さな手桶に水を張って、房楊枝(ふさようじ)で歯を磨く。塩をつけて歯を磨くのは、この家の風習なのだろう。口をゆすいでから水を吐くと、口の周りを拭いてくれた。申し訳なさに涙が出そうだ。

彼女の用意してくれた粥を朝餉に頂き、熱い布で身体を拭いて貰う。風呂など望むべくもないが、こうして身体を拭いて貰うだけでも随分とすっきりとした。

そして、誠に恥ずかしい限りだが、尿瓶を取って貰わねばならない。介護をして貰うことに申し訳なさと、情けなさを感じずにはいられなかった。

私は何度も葛葉さんに頭を下げ、かすれた声で「ありがとうございます」と告げた。その度に葛葉さんは「すぐに快方に向かいますよ」と励ましてくれる。

リハビリは想像していたよりも辛く、過酷なものだった。

まともに動くのは首くらいのもので、そこから下はまるで土塊のように重く、冷たかった。どうやら脊椎を傷つけてしまったのだろう、と自分を冷静に観察することができたのは、ひとえに自分の置かれた環境のお陰だと思う。

時折、奇妙な夢を見ることはあったが、それだけだった。

あれから何日経ったのか、よく覚えていない。

一週間くらいのような気もするし、一ヶ月くらいだったかもしれない。この屋敷には時計がないから、とにかく時間の感覚が緩くなる。

漸く、満足に話せるようになり、腕もある程度動かせる程には回復することができた。葛葉さんの補助があれば、身体を起こすこともできるようになった。歩けるようになるのは、まだ当分先のことだろうが、それでも快方に向かいつつあるという事実が嬉しい。

「明幸様の故郷はどのような場所なのですか」

布団の上に置いた座椅子にもたれかかるように腰かけて、ぼんやりと庭を眺めていた私に、葛葉さんが問う。

「山間の小さな町で生まれ育ちました。大きな川が流れていて、子どもの頃には友人たちと魚釣りをしたり、泳いだりして遊びましたね。野山も遊び場でしたから、こんな歳になってもちっとも成長しません」

その道中、私は事故に遭ったらしい。記憶が判然としないが、何かを避けようとして転倒したのではなかったか。

「明幸さまはまだお若いでしょうに」

「もう二十歳ですよ。遊んでばかりで大学を留年したら、母と姉に殺されます」

くすくす、と葛葉さんは笑ってから裁縫を続ける。着物を仕立て直しているそうで、慣れた手つきで針で布を縫っていく。

「ご家族と仲が良いのですね」

「父とは幼い頃に死別して、母と姉が過保護なんです。男の子は長生きしないってうるさくて。でも、こんな事故に遭ったなんて知ったなら怒るでしょうね」

「明幸様のことを心配なさっているのです。どうでも良ければ怒ったりするものですか」

「そうですね。ええ、その通りかもしれません」

私は自分のことを葛葉さんに話したが、葛葉さんのことをあれこれと聞くのはどうしても憚られた。葛葉さんのことは殆ど何も分からない。ここが何処なのか、それすらも知らない。

でも、ここが普通ではないことは理解しているつもりだ。

きっと、葛葉さんもただの人ということはないのだろう。

「葛葉さん。どうして私のことを助けてくれたのですか？」

葛葉さんは手を休めて、子どもの問いに答えるように少し思案してから、ゆっくりと口を開いた。

「そうですね。強いて言えば、頼まれたからでしょうか」

「頼まれた？」

「いえ、託されたと言った方が正しいのかもしれません」

よく分からない。葛葉さんは困ったように苦笑して、ごめんなさい、と言った。

「止してください。どうして葛葉さんが謝るのですか」

「何もかも説明するには、まだその時ではないのです。誤魔化すつもりはないのですが、急に話しても俄かには信じられないことでしょう」

私はそれ以上何も言えなかった。あんな顔をされて追求できる訳がない。

「最近、夢を見るんです」

「夢」

「似たような夢をずっと」

「どのような夢でしょうか」

「夜、葛葉さんのいない間に化け物たちが屋敷にやってくる夢です。呼び鈴を押されても対応できずにいると、のしのしと上がり込んでくる。見つけられないかと、いつも恐ろしい思いをするのですが、結局ここには入れずに口惜しいと言いながら、それらが去っていくのです」

不意に、葛葉さんの指が止まる。目だけが針と糸を見つめ、表情はよく見えない。

「……明幸様は、それらの姿を見ましたか？」

「いいえ。ただ、障子に影が映るんです。角があったり、蛇のような形をした化け物の影が。口惜しい、口惜しいとひとしきり嘆くと去っていきます」

葛葉さんが裁縫道具を脇へ寄せ、真っ直ぐにこちらを視る。

光の加減か、葛葉さんの瞳の色が俄かに変じているように見えた。

「明幸様。それらがあなたを探している間、あなたは決して声をあげてはなりませんよ。今のあなたには護るものが何もいないのです。襲われてしまえばひとたまりもありません」

「いえ、これは夢の話なんです」

夢でなければ、なんだと言うのか。

しかし、葛葉さんは真剣そのものといった眼差しで、首を横に振った。

「あれは夢ではありませんよ。恐ろしかったでしょうに。よく悲鳴を我慢なさいましたね」

そう言って微笑み、そして真っ直ぐに障子の方へと顔を向ける。光の加減などではない。やはり彼女の双眸は、満月のように金色に輝いていた。

「それにしても、まったく目敏い連中だこと。いったいどこから嗅ぎつけたのか」

葛葉さんが裾を払って立ち上がる。

「明幸様。わたくしはこれから助力を乞いに出かけて参ります。やがて、あなた様を訪ねてやってくる者がおりますから、その方とお話をなさってください。必ずや、あなたの役に立つでしょう」

「どういうことですか？」

「説明している時間がないのです。急がなければ命に関わります」

「話が見えません。私はどうしたらいいのですか？　同席してください」

「お許しください。わたくしは、この場所であの方と同席するわけにはいかないのです。とても名残惜しいですが、わたくしがいてはかえって足手纏いというもの。事は一刻を争います」

怯えた様子でそう答えると、葛葉さんが立ち上がった。

「葛葉さん。またお会いできますか？」

思わず縋るように聞いてしまった私に、彼女は優しく頷いてみせた。

「御縁があれば、いずれあちらで会うこともございましょう。どうぞ、息災で」

そうして深々と頭を下げると、座敷を出ていってしまった。

彼女はもう今夜は屋敷に戻らない。そう思うと堪らなく不安になった。

○

彼方に見える山の稜線に陽が沈んでも、自分では身動き一つ取れない私は呆然とする他にできることがない。

夕暮れの風が刻一刻と冷たさを増し、背筋がぞわりと震える。

痛む腕でどうにか布団を被り、胸の奥で澱(おり)のように沈積した不安を無視しようとした。

時折見ていたあれらは、夢ではなかったのだ。

人ではない、何かが私を掴まえようとしている。そう思うと、歯の根が噛み合わないほど震えた。あれらの生々しい血の匂いが脳裏で蘇るようだった。

葛葉さんは逃げてしまったのかもしれない。

そんな筈はない、と何度も頭の中で自問自答を繰り返しながらも、現実として私はここで身動き一つ取ることができない。それに彼女の言っていた人物など、待てど暮らせどやってこなかった。

騙されたのじゃないか。

疑心暗鬼になる自分が嫌で仕方がなかった。恐怖が私の心を少しずつ蝕んでいくのを感じて吐き気がした。このまま私は芋虫のように動けないまま、化け物たちに弄ばれて死ぬのかもしれないと思うと、とても正気ではいられない。

手の届く範囲に武器になりそうなものはない。せめて鋏の一つでもあれば、殺されてしまう前に自分を殺すことができるのに。化け物に手足を捥がれて食い殺されるよりもずっと人間らしい死に方だ。

こんなことなら、助かるのではなかった。

涙が頬を音もなく伝う。

「そんなことを言うものではないよ」

庭の方から女性の声がして顔を上げると、いつからそこに立っていたのか。すらり、と背の高い女性がこちらを見ていた。肩からカーディガンを羽織り、煙管を咥えている。胸に抱くようにして、小さな木の箱を持っていた。

「こんばんは。なるほど。随分と酷い有様だ」

彼女はそう言うと、沓脱を上がって縁側に立った。落ち着いた中性的な声が屋敷に響く。

葛葉さんが言っていたのは、彼女のことなのだろうか。

「こんばんは。あなたが葛葉さんのお知り合いですか？　あなたを頼るよう彼女に言われました」

私がそう言うと、彼女は怪訝そうな顔をしてからため息をこぼした。

「知り合い、か。まぁ、知り合いではあるだろう。昔馴染みと言えなくもない。あれの気配がしないが、何処に？」

「それが、あの、出かけてしまって」

彼女は微笑してから、座敷に上がって布団の脇に腰を下ろす。長い黒髪が揺れ、煙管から立ち昇る甘い煙の香りがした。

「ふふ。今の私には会いたくはないか。無理もないが、随分と怖がられているものだな」

そう言ってから、木箱を私に手渡した。紐で縛ってある箱の蓋には草書で何か書いてあるが、達筆すぎて読むことができない。

「双狐、と書いてあるのだよ。君はうちの品たちに人気があるようで、引く手数多だ。狐を象る品物は多いが、これまで君を護ってきたものは古く、力のある物だったらしい。結局、それに相応しいものは一つしかなかった」

「うちの品、というのは何のことでしょうか」

「骨董品さ。私は屋敷町で夜行堂という骨董店の主をしていてね。曰く付きの品ばかりを扱っている。そこでは、物が自らに相応しい持ち主を待ち続けている。この子も、そのうちの一つなんだ」

木箱の紐を解いて蓋を開けると、樟脳の香りがした。中には小さな丸い鈴が真綿に包まれるようにして納められている。黄金色の鈴には跳躍する狐が、渦を巻くように緻密に彫り込んである。

どうして、これが此処にあるのか。

「これは私のものです。昔、亡くなった祖母から譲り受けて携帯電話にいつも、」

ぶら下げていた、と言おうとして違和感に気がついた。

「いいえ、これは違う。私の鈴の狐とは向きが違います」

そういえば、私の携帯は何処にあるのだろう。荷物が何処にあるのか、不思議と今まで思いつきもしなかった。私の鈴は何処にあるのか。

「よく気づいたね。これは、とある商家に眠っていたもので、夜な夜な蔵の中で暴れていたそうだ。残念だが、君が祖母から譲り受けた鈴の方は失われてしまった。その為に私が呼ばれたのだろう」

「どういうことですか」

「君はこの鈴に選ばれたのだよ。姉妹鈴と言ってね。こちらは君のお祖母様の姉にあたる人物が持っていたものだが、戦時下に失われてしまった」

そういえば、祖母の姉にあたる人は大阪の大空襲で亡くなったと聞かされたことがある。

「鈴は拾い上げた誰かの手に渡り、商家へと流れ着いて蔵で眠っていたのだろう。私の店へ流れ着いたのは、つい最近のことだ」

「あの、」

脳裏を過ぎった疑問を口にしようとした瞬間、玄関の戸が開く音がした。

「ああ、どうやら来たようだ。いいかい？　君は今から一言も発してはいけない。さもなければ、座敷にかけられた呪が消えてしまう。頭から喰われたくなければ、黙って耐えるんだ」

彼女はそう言うなり、鈴を箱ごと縁側へと置いて、静かに障子を閉めてしまった。

しんと静まり返った空間で、息を潜めて閉じられた障子を見る。

こちらに背を向けて座っている彼女の長い髪が、光を反射して艶やかに白く光る。

床板を軋ませながら、今夜も悪夢がやってくる。

今夜は満月だ。青白い月が、煌々と座敷の中を照らし上げていた。

『なんだか妙な匂いがするぞ』

『ええい。人の匂いが分からぬ』

『今夜も彼奴はおらぬのか』

『なに、匂いさえ覚えておれば何処へ行こうと追うことができようぞ』

『然り然り。まんまと逃がしてはならぬ』

声の数は四つだが、足音はもっと多い。

障子に映る異形の影が、私の部屋の前で立ち止まる。そう思った瞬間、りん、と透明な鈴の音が響いた。それほど大きな音ではないのに、屋敷中に響き渡るほど甲高いものだった。

にわかに、鈴の入った箱から黒い影が膨らむように大きくなると、息を呑むほど大きな獣となった。間に障子がなければ、私は悲鳴をあげていたに違いない。

先の尖った耳、針のように鋭い毛を逆立てた、巨大な狐のシルエット。その口元が亀裂のように罅割れ、鋭利な牙の影が生々しく障子に映った。

獰猛な影が音もなく異形の群れへと襲いかかる。

その瞬間、けたたましい獣の悲鳴があがった。断末魔の悲鳴が床や天井を逃げ惑い、皮を裂いて骨を噛み砕く音が響いた。薄い障子一枚を隔てた向こう側で、目も当てられないような恐ろしいことが起きている。やがて、最後の長い断末魔が途切れると、屋敷の中で物音を立てるものは一つもいなくなった。

呆然としていると、再び鈴の音がして、木箱の蓋がコトリと閉まる音がする。

夜行堂の店主の方を向くと、その後ろの壁に映る影に思わず息を呑んだ。

巨大な影。およそ人の姿をしていない、羊のような大きな角を持つ影が壁どころか、天井にまで伸びている。

「終わったようだ。やれやれ、手間のかかる」

彼女はそう言って立ち上がり、障子を開け放つ。

呆然と視線を向けると、廊下とその先にある庭に動物の骸(むくろ)が血まみれで転がっていた。

「ふふん。破門した弟子に古株を奪われていたことが幸いしたな。そうでなければ返り討ちに遭っていただろう。これも織り込み済みだったのだろうが、相変わらず詰めが甘い」

上機嫌にそう言うと、彼女は木箱を手に取って私へ手渡した。

「これは君を選んだ。これからは、この鈴が家と、その子孫たちを護るだろう」

「あ、あの。前の鈴は、何処に行ったのかご存じありませんか」

「君の身代わりに死んだ。だが悲しむことはないよ。あれらはそういうものだ。自らの骸を晒すことを良しとしない。大方、葛葉が弔ったのだろう」

不意に、事故の直後に傍らにいたのは葛葉さんだったように思う。

「そう言えば、彼女は何かの死骸を抱いているように見えました。そう、酷く悲しんでいるように見えたんです」

「あれは同じ眷属だ。だからこそ、君のことを託されたのだろう。だが、もういい加減に君も目を覚ます時だ。ここは、いつまでも生きている人間がいていい場所ではない」

彼女はそういうと、紫煙を座敷の天井へと細く吐いた。辺りが急に煙に包まれて、甘い香りに頭の奥が痺れる。

「なに。あの女は面倒見がいい。やがて君の元へも顔を出すだろう」

動かしてもいないのに、手の中の鈴が同意するように鳴った。

その瞬間、意識が溶けるように目の前が真っ暗になった。

足元が消え、身体が闇に浮かんだ瞬間、反射的に箱から飛び出した鈴を掴んだ。

闇の中、黄金色に輝く鈴。そこに描かれた狐が、じっと優しげな瞳で私を見つめている。

その瞳は、亡くなった祖母に似ていた。

○

闇から浮かび上がるようにして意識が戻ると、鈍い痛みに思わず呻いた。

目ヤニが酷く、何度も瞬きをして、ようやく視界が開けると、眩しいほど白い天井が見えた。

どうやら病院の一室で横になっているようだ。酸素マスクが口元を覆っていて、なんだか体のあちらこちらから管やテープなどが伸びていて身動きが取れない。機械に繋がれているのか、鼓動の音に合わせて電子音が小刻みに鳴っている。両足は天井から吊るされた器具で固定されて、動かないが、酷く痛むので生きてはいるらしい。

首を動かしてみると、左側で突っ伏して寝ている姉の姿があった。眉間に皺を寄せて、ひどい顔をしている。

痺れる左手で額を小突いてやると、まるでバネがおかしくなった玩具みたいに立ち上がった。それから驚いた様子でこちらを見て、涙でぐしゃぐしゃになった顔で母親の名前を呼びながら病室を出ていってしまった。

心配をかけてしまったらしい。

それからすぐに半狂乱の母と姉が戻ってきて、呼びかけてくるが声が上手く出ない。辛うじて動く首で返答をしていると、血相を変えた医師が大勢の看護師を連れてやってきた。

医師が身体の様子を調べ、幾つか私に質問をしてきたので、私はその全てに首肯して答えた。

「驚きました。あなたは交通事故に遭い、ほぼ脳死に近い非常に危険な状態だったのです。脳に深い傷もありましたし、脊椎にも損傷が見られました。それがたったひと月で回復するなんて。しかも指まで動いている。リハビリもせずに動かせるような状態ではありません」

本当は腕も動くのだが、それを口にすることはなかった。

右腕、その手のひらの中には小さな鈴が役目を終えて、眠るようにして転がっている。

また葛葉さんと逢うことができたなら、感謝と謝罪を伝えないといけない。

それから、今まで私のことを守ってくれた彼女の墓参りに行くのだ。

秋涸

晩秋の空は高く、たなびく雲は水で溶いたように薄い。

日射しこそまだ強いこともあるが、時折強く吹きつける風はすっかり冬の寒さを孕んでいた。

「木山君。少しいいかね」

学生服の上から外套を羽織り、大学構内をうろついていた私に話しかけてきたのは西洋文化史の権威、堅月（かたつき）教授その人だった。

「こんにちは。先生」

会釈した私の前で、堅月教授は息を弾ませながら人の好い笑みを浮かべた。戦争帰りの初老の顔には、爆撃で受けたという火傷の跡が幾つも残っている。

「最近は私の講義にも顔を出さないから、大学を辞めてしまったのではないかと心配していたんだ。存外元気そうで安心したよ」

私の胸ほどしかない背丈で、教授は私の背中を励ますように撫でる。

「申し訳ありません。先生こそお元気そうで何よりです」

「僕は年がら年中元気さ。今は好きなことをして生きているんだからね。いつ死んでも悔いはないよ」

ははは、と快活に笑って教授は白いものが目立つ頭を撫でた。大学の教授陣の中でも、特に堅月教授の講義は群を抜いて有意義なものだった。西洋文化における民族史や風習は興味深く、応用できそうなものが幾つも発見できた。

「実はね、折り入って木山君に頼みがあるんだ」

「頼み、ですか」

学会の権威が一介の学生に頼みがある、などというのは穏やかではない。わざわざ校舎内ではなく、外にいる時に話を持ちかけてくるのだから余人に聞かれては都合が悪い内容なのだろう。

「内容にもよりますが、どのようなご用件で？」

「不躾な質問をするんだが、木山君、君には霊や怪異の類が視えるのかね」

唐突な問いに思わず面食らったが、努めて冷静に私は首を横に振った。

「まさか。オカルトの類でしょう。非現実的では？」

冷ややかに言った私に対し、教授は温和に微笑んでから「少し歩こうか」と言った。

「さて、非現実的だと断じてしまうのはどうだろう。私は、人には知り得ない事柄が世界には幾らでも隠れているように思うよ。私たちが知り得ることなど、この世界の秘密のほんの極僅かでしかない。人が何もかもを知った気でいるのは傲慢なことだ」

「そうでしょうか」

「そうだとも。そうした事柄の中で説明ができることだけを調べて体系化し、仮説を立て、研究の果てに実証するのが学問だ。今の段階では、どうあっても説明がつかないことなど幾らでもあるだろう」

構内を二人で歩きながら、教授は講義じみた話を続ける。

「思うに怪異が見えるという人は、脳の構造が違うのではないだろうか。私は人体の専門家ではないので詳しくはないが、味覚、視覚、嗅覚、触覚、聴覚とは別の感覚とは思えない。怪異に限らず、人ならざるモノを知覚できる人はその範囲が常人よりも広いのだと思う」

知覚できる範囲が広い、という解釈は興味深い。私は生まれつき人の魂の色が視えるが、これも視覚が捉える範囲が常人よりも広大であるというだけなのかもしれない。

「例えば、鼻がいい。匂いを嗅ぎ取り、まるでそこにいた人間が見えているかのように追いかけることができる。理屈的には、それと変わらないことが起きているのではなかろうか」

「面白いですね。実に興味深い」

「ありがとう」

「ですが、先生の仮説から言えば、霊感と呼ばれるような力は脳の構造によるもの、つまりは先天的な力と言えますよね」

「いいや。後天的にそうなることもある」

だろう、ではなく、堅月教授はしっかりと断言した。

「私のように戦地で頭部を負傷し、脳に損傷を負った人間もまた後天的に構造が変化した一例ではないだろうか」

教授はそう言って歩みを止めて、正面に回ってメガネを外した。蒼と白が混じり合うような色の瞳が、私を真っ直ぐに見据えていた。

「失礼」

教授がそう言ってにわかにしゃがみ込んだ瞬間、突風が吹いて近くを通りかかった学生の帽子が飛んだ。帽子は風に煽られて、ふわふわと空を泳ぐとまるで吸い込まれるように教授の手の中に落ちた。まるで最初から、帽子がそこへ落ちることを知っていたかのように。

「戦地で大怪我をした後、私の眼には数秒先の未来が視えるようになったのだよ。ほんの数秒だが、戦場では何度も命を救われた。この力のおかげで部下たちを死なせずに本国へ連れ帰ることもできた」

慌てて駆け寄ってきた学生へ帽子を手渡しながら、教授は温和に微笑む。

「……私のことは誰から聞いたのですか」

今更、取り繕っても仕方がない。問題は、既にそこではないのだ。

「それは言えない。だが誓って、教えてくれた人物は嘲笑するために話したのではない。私を心配し、君ならば力になってくれるやもと、声をかけてくれたんだ。言い訳でしかないが、どうか許してほしい」

そう言って、こちらに深々と頭を下げる。

「頭を上げてください。気にしていません。ですが、力になれるというのは過大評価です。私にそんな能力はありませんので」

「そうなのかい？　だが、拝み屋のようなこともしていると聞いたよ。随分と活躍しているらしいと」

「誤解ですよ。そんなことをしているつもりはありません」

私は、帯刀に伴われて幾つかの事件を解決したに過ぎない。あくまで修行の一環としてだ。術理を学び、実地で試す。それには本物を相手にしなければ意味がない。

「別に憑き物落としをしろと言うのではないよ。君には家の井戸を視て貰いたいんだ」

「井戸？」

そうだ、と教授は言いながらメガネをかけ直す。どういう仕組みか分からないが、それを通して見ると瞳の色は茶色く見えた。

「井戸だよ。我が家の敷地内に古い井戸があってね。戦時中までは使っていたんだが、今はもう水道があるからね。孫が落ちたら危ないので、いっそ潰してしまおうということになった」

「それが上手くいかなかったと？」

「その通り。井戸は魂抜きをしてからでないと祟る、と昔からよく言うだろう？　俗信だと思うが、やはり気持ちのよいものではないから、近くの寺の住職にお願いして祈祷に来て貰ったのだが、これが良くなかった」

沈痛な面持ちで教授はそう言って、握った手を勢いよく開いて見せた。まるで何かが爆発したような仕草に眉を顰める。

「読経の最中にね、顔が吹き飛んでしまった」

「亡くなったのですか」

「いいや。寸前で首が飛ぶ未来が視えたので、辛うじて袈裟を引っ張ったのが功を奏した。それでも顔の右半分に大火傷を負ってしまってね。大変な騒ぎになった」

「それは災難でしたね。ですが、それは事故とは違うのですか？」

違うんだ。と首を横に振り、歩みを進める。

「表向きには何かしらの蓄積されたガスが暴発したのだろうということで落ち着いたよ。住職の怪我も綺麗に治ってね、それは不幸中の幸いだったんだが。問題は当の住職含め、その場にいた誰も、何も見えなかったんだ」

「見えない、と言うのは？」

「ほら、何かが爆発したのなら、音や煙、炎や匂いが起こるだろう？　それが何一つ起きなかった。本当にいきなり、住職の顔が何かに弾かれて顔の半分が燃えるように真っ赤に爛（ただ）れた。異様だよ」

「なるほど、それで知覚できる範囲の話に繋がる、というわけですか」

にわかには信じ難い話ではあるが、一笑に付すことはできない。怪異とは本来、そういうものだ。人の物差しで判断することなどできる筈がない。

「見るだけで構わない。井戸の中を一度、その眼で視て貰えないだろうか」

「先生。私は拝み屋ではありません。専門家ではないのです。自分のような未熟者にどうにか出来るとは思えません。先生の力にはなれないでしょう」

「視るだけでいい。井戸を潰すことができなくとも構わない」

この通りだ、と頭を下げる教授を前に困惑する。

関わり合いになりたくない。しかし、進級に必要な単位のことを考えれば、ここで教授に貸しを作っておくのは得策だろう。

「分かりました。微力ながら尽力しましょう。ただし、あくまで視るだけです。それ以上のことは期待しないでください」

「そうか。やってくれるか。ああ、よかった。ありがとう」

手を握り締め、嬉しそうに上下に揺らす教授の顔を見ながら、もしかすると私が頷く未来も彼には視えていたのかもしれないと、そう思わずにはいられなかった。

○

件の井戸のことを帯刀に話すと、思いのほか苦々しい貌になった。

いつも余裕綽々としている、この男が困惑している所を見ると胸がすくような思いがした。

「井戸はな。怖いぞ」

唸るような声でそう言いながら、盃に注がれた酒を煽るように飲み干す。誰も注いでくれる相手がいないので手酌しているせいか、少し機嫌が悪そうに見えるが、いつも眉間に皺を寄せているのでよく分からない。

「井戸の何が怖いんだい」

あっけらかんとした様子で言いながら、福部（ふくべ）さんが蒲焼を頬張った。

「随分と骨がましい鰻だなぁ」

男三人で屋敷町の小料理屋で呑んでいても、仕事の話の他に話すこともない。妻帯者は一人だけ。帯刀は結婚をするような人間ではないし、私も学生で色恋に現（うつつ）を抜かすつもりもない。共通の話題といえば、自然と限られる。

「井戸には神が棲む。昔は井戸の中で鯉を飼っていた。清水であることの証だとし、それを神として崇めることもあったそうだ。当然、禁忌も多い。曰く、金物を放ってはならない。大声で叫んではならない。物を落とさば髪を切る、など多岐に渡る」

酒が入っている所為もあってか、今夜は特によく喋る。

「つまり、祟りで顔に大怪我をしたと？」

「どうだろうな。あくまで結果というだけで、害を為すつもりがあったかどうか。木山、お前の靴の下から這い出てきた蟻が『脚が折れたぞ。どうしてくれる』と言ってきたら、どう思う？　お前は蟻の足を折ろうとしたのか？　そうじゃなかろう。ただ、そこにいるだけで影響を与えてしまう存在もある」

なるほど。少し理解できたような気がする。

「勿論、全ての井戸がそうだとは言わんが、どれも多かれ少かれこちらへの穴であることに変わりはない」

穴、という単語が妙に耳に残った。

「穴というのは？」

「古今東西、井戸はあの世や異界への入り口だ。不老の霊薬を求める為の地下世界への入り口となり、地獄の官吏となる為の出入り口となる。井戸は現世に開いた穴に他ならん。隧道(すいどう)が黄泉路と混同されるのと同じ理屈だ」

帯刀はそう言うと、鰻の蒲焼に齧りついて「硬い！」と文句を言った。

福部さんと鰻について揉めている間、私はただ「穴」という言葉に思案を巡らせていた。自分の願望を叶える為の手段、その端を垣間見たような気がする。まだ明確な形にこそならないが、輪郭が漠然と掴めてきたように思えた。

「明日、堅月教授の家へ伺うことになっていますので、片付いたならご報告しますよ」

「木山君。その先生は骨董趣味をお持ちだったりしないかな」

「どうでしょう。そういう嗜好があるとは聞いたことがありませんが。どちらかと言えば、先生は文学を好みますから。骨董品よりは古書でしょうか」

「古書か。古書は分が悪いなあ」

がっくりと肩を落としてしまったが、そもそも身重の奥さんを置いてこんな所にいて良いのだろうか。

福部さんは煙草を口に咥えて、しかし、火を点けないまま頭を掻いた。かなり酔いが回っているようで、目元がとろんとしている。正体を失うほど呑まなければよいのに。

「火を点けましょうか？」

「ん？　ああ、いいの。いいの。煙草の煙は嫌われるから、こういう時に外で隠れて咥えているだけで満足なのさ」

火の点いていない煙草を上下に動かしながら、上機嫌に笑っている。およそ自分とは正反対の好人物で、こうしているだけでこちらの毒気が抜かれていくような気さえしてくる。

「木山。俺も同行してやろう。場所と時間を教えろ」

「必要ありませんよ。視るだけです」

もしも利用できる何かがあったなら、帯刀が控えているのは都合が悪い。モノによっては井戸を潰す訳にはいかなくなるやもしれない。

「……もしも手に余るようなら、ご助力を乞うかもしれませんが」

帯刀はまだ何か言いたげな顔をしていたが、酒器を口につけて中身を一息に飲み干した。

それから少しだけ沈黙して、ようやく口を開く。

「いいだろう。ただし、一つだけ約束しろ。何があろうとも決して井戸の中に物を落とすな。小石一つでも命取りになると思え。鏡を割るなよ」

鏡、という言葉に疑問を感じたが、あえて問わない。鏡とはなんですか、と口にした途端、それを口実にやってくるだろう。

「分かりました。そのようにします」

事実、どうあっても自分の手に負えないようであれば帯刀に任せればいい。最初から師を同行しては、私の面目が立たないというものだ。

「よく分からないんだが、井戸を潰すというのは、それほど危険なものかい」

高野豆腐を酒と共に流し込んだ福部さんが、満足そうな溜息交じりの声で聞いた。

「おざなりにして良いような代物ではないな。井戸を潰す時に竹筒を挿して、空気穴を設けるだろう。あれは井戸そのものに息をさせるためと言われているが、穴を小さくするという意味合いの方が呪術的には大きい。自分たちの手に負えるよう、規模を小さくするんだ」

「ふぅん。井戸といえば、昔は親父が正月になると若水（わかみず）を汲み上げていたのを思い出すよ。いつの間にかしなくなってしまった」

「福部さん。若水というのは？」

「ああ。知らないか。若水というのはね、元日の朝に汲み上げた井戸の水のことを言うんだ。

若水を飲めば、その年は無病息災でいられるといって、親父が柄杓や手桶を新調していたものだよ。あれ？　若返るんだっけ」

　私の家にはそのような風習はない。恐らくではあるが帯刀の家でも行ってはいないだろう。福部さんの育った環境が窺い見れて、どんな風に育ったのか分かるような気がした。

「平安時代の古い朝廷の儀式が民間に流出したんだろうな。宮中の水を司る主水司が立春の早朝に若水を汲み、女房の手によって天皇の朝餉に供される。民の無病息災を願って行われていたのが元だ。本来はその際に用いた井戸はすぐさま廃し、潰したらしいがな」

「相変わらず、放蕩息子の癖に蘊蓄（うんちく）が凄いな」

　酔いの回った福部さんがケタケタと可笑しそうに笑う。

「やかましい」

　愉快そうな二人を眺めながら、私は御猪口に入った酒を口に含んだ。甘く熱を帯びた酒が咽喉を落ちていくのを感じる。まだ慣れていないせいか、酷く咳き込んだ。正直、それほど美味なものだとは思えないが、慣れておく必要があるだろう。

「木山、無理をして俺に迷惑をかけるなよ。担いでる途中で吐かれたらかなわん」

「ご冗談を」

　心の底から、嫌な男だ。私が持っていないものを全て持ち合わせている。頑強な肉体、健全な精神、地位と名誉。それでも、私が望むのはただ一つ。己の命だ。人並みの寿命、それさえあれば、他には何も要らない。

私は私の目的の為に、この男を師と仰いでいるに過ぎない。

生き方も在り方も、帯刀のようにはなれない。

「仲居を呼んでやる。飲み物ぐらい好きなものを頼め」

だから、これは気まぐれの一時の感情だ。

二人と酒を酌み交わすことが、ほんの僅かでも楽しいと思うだなんて。

我ながら、どうかしている。

〇

翌朝は霜がつくほど冷え込んだので、学生服の下に首元まである毛編みのセーターを着込まなければならなかった。外套を羽織っても尚、寒い。暦の上では秋になったばかりだが、一足先に冬の先兵がやってきたような寒さだ。

手を擦り合わせながら、かじかむ手を吐息で温める。

竹林を抜けて、坂道を下った先の停留所へ着くと、消火バケツに溜まった水がうっすらと凍りついていた。

外套の下、ズボンの中に手を入れてバスがやってくるのをじっと待つ。鼻の奥がじんと冷たい。

暫くすると上下にガタガタと揺れながらバスがやってきた。まだ舗装されていない道が目立つので、この辺りは特に乗り心地が悪い。

「おはようございます」

乗務員の女性が明るく挨拶してくるのに会釈を返し、一番後ろの席に腰を下ろす。安価で硬いスプリングの座席は、長時間座っていると腰が痛くなる。

「発車、オーライ」

声に応じるようにバスが唸り声をあげて、発進する。表面の凹凸の激しい道を進む度に車体が激しく揺れる。五分ほど走ると、国道へと接道し、ようやく乗り心地がマシになった。深く座席に身体を預けて、眼を閉じる。昨晩は酷い目に遭った。呑兵衛二人の飲み比べの審判などやるものじゃない。前後を失った人間の相手をするのは苦痛だ。

ウトウト、としているうちに次々にバスへ乗客が乗り込んでくる。座席は全て埋まり、通路も所狭しと乗客が並ぶ。背広姿の勤め人と、学生が僅かばかり。

しかし、新屋敷の駅前で殆どの乗客が降りていってしまった。がらん、と空いた座席を見渡す乗務員の女性と目が合う。

「どちらまでご乗車ですか？」

「健軍です」

「健軍のどちらに？」

「後楽園庭の近くですが」

「ああ。それでしたら聖徳高前でお降りですね」

あの辺りの地理に自信はない。教授の家の住所を地図で見てみると、健軍と呼ばれる地域だったので、とりあえず健軍を目指していたのだが、どうやら最寄りのバス停があるらしい。

「そうですか。助かります」

「いえ、仕事ですから」

普段、あまりバスに乗ることのない私のような人間にとって、彼女のような存在は有益だ。

それから十分ほどで『聖徳高前』という停留所にバスが到着した。乗務員の女性が頷くので、私は席を立ち、料金を支払ってからバスを降りた。

「ご乗車ありがとうございました。発車オーライ」

乗車扉が音を立てて閉まり、バスが排気ガスを撒き散らしながら発進する。ハンカチで口を覆い、黒煙から逃れるように道路を渡った。

堅月教授の家は停留所から程近い、大きな銀杏の木の脇に建っていた。黄色い葉があちこちに落ちている。その実が熟れて落ちれば、酷い臭いがするようになるが、やはりこの黄葉は美しい。

武家屋敷とまではいかないが、相当に古く由緒のある屋敷のようだ。漆喰の塀で敷地を囲い、門扉は固く閉ざされていて中の様子が外からは一切分からない。

黒檀の表札には堅月とあり、門扉には丸に剣橘(けんたちばな)の家紋が彫り込まれている。大学では西洋文化の教授をしているので、和洋折衷の屋敷を想像していた。

門扉の脇には電子ブザーのボタンがあり、押すと不快な電子音が甲高く響く。もう少し情緒のある物はなかったのだろうか。

ややあって、子扉が音を立てて開く。ひょっこりと姿を現した堅月教授がこちらを見つけて満足げに頷いた。

「おはよう。よく来てくれたね。さぁ、中へ入って」

「はい」

門を潜ると砂利敷きの庭の奥に、その井戸があった。俗に言う堅井戸というもので、周りの石組だけがかろうじて残っているような状態だ。こうして離れて視る限りは特に奇妙なものはない。

「寺社の方は中を見ましたか」

「魂抜きの前に何度も覗き込んでいたよ」

井戸へ近づいてみると、やはりこれと言って特別なものではないように見える。昔の家にはよく見られる一般的な古い井戸だ。組んである石を調べてみたが、特に術の仕込まれた刻印なども見当たらない。

つい、と井戸の中を覗くと四、五メートルほどの深さに自分の顔と空が映っていた。

「どうだい。何か視えるだろうか」

「いえ。特には何も」

もう一度視るが、特に変わった様子はない。自分では知覚できないのか。それともなんらかの条件があるのか。この場合、仏僧であるというのは理由にはならないだろう。こうした怪異じみた現象は相手を選ばない。老若男女、貴賤を問わずに襲う。そもそも区別などあるまい。

「木山君が視ても分からないのなら、お手上げだね。これは打つ手がない」

そうですね、と相槌を打ちながら最後にもう一度だけ、井戸の底を覗き込む。水底に映る、眉を顰めた自分自身と目が合う。水鏡とはよく言ったもので、左右こそ反転しているものの、よくぞこんなにも鮮明に映るものだと感心してしまう。

『何があろうとも決して井戸の中に物を落とすな。小石一つでも命取りになると思え。鏡を割るなよ』

不意に、帯刀の言葉が脳裏に甦った。

鏡とは、水鏡のことか。

井戸は異界への穴だという。ならば、そこに張られた水鏡は蓋のような役割を持つのではないか。

好奇心が頭をもたげるのを感じた。この井戸の先に何が在るのか。いったい、何処へ繋がっているのだろうか。

「木山君？」

「堅月先生。少し試してもいいですか」

私は教授の返答を待たずに、足元にある砂粒を摘むと、井戸の中へそっと落とした。その瞬間、教授には数秒先の未来が視えたのだろう。血相を変えて、その場にしゃがみ込んだ。

一歩、井戸から距離を取った瞬間、目の前が真っ白になった。

光だ。強烈な重さを持った光のようなものが井戸から閃光のように迸った。

「今の、視えましたか？」

教授が呆然とした様子で首を横に振る。

空へと迸ったものはなんだったのか。私には光としか知覚できなかったが、より深く視ることのできる人間なら正体が分かるかもしれない。

どちらにせよ、今の私にこれ以上できることはない。惜しいが、ここは師の力を借りて、この先を視ておく必要がある。

「堅月先生。悔しいですが、これは私の手には負えそうにありません。ですから、私の師に助力を請おうと思います」

「ほう。君には師匠がいるのか」

「後日また改めて師と共に」

伺います、そう言おうとして背後で門が開く音がした。

振り返ると黒い背広姿の巨大な男が、岩のように厳つい顔をこちらへ向ける。その顔には見覚えがあった。

石鼓(せっこ)と呼ばれる、帯刀の式(しき)だ。その背後からやってきた帯刀が、人を小馬鹿にしたような顔で笑う。

「ちょうど良い頃合いだったろう？」

「……覗きとは、悪趣味ですね」

何かの呪をかけられていたのか。おそらくは事の経緯をつぶさに見られていたに違いない。

「不肖の弟子が何をしでかすか、気が気ではないからな」

覗かれていたということなどよりも、それに気づくことすらできなかった己の鈍感さに腹が立つ。

「まぁ、これで少しは自分の力量を知っただろう。悪戯に井戸を試すような真似をするようなら破門にしていた所だが、事態を見極めてみせたのは及第点といったところか」

いちいち言い方が癪に障る。

「お初にお目にかかる。この不肖の弟子の師を務めております、帯刀と申します。以後お見知りおきを」

「帯刀……というと、もしや資産家の帯刀家の御当主ですか。いや、驚いた。学長に代わって御礼申し上げる。わが校の創建当時より多額の寄付を頂いておりますこと、よく存じ上げております」

「先代に倣ってのこと。礼には及びません。それに今はこの井戸の始末をつけなければなりますまい」

「どうにかなりますか」

「どうにかせねば。このままでは、やがて蓋となっている水は枯れ、中の物が溢れてしまいましょう」

「溢れ出ればどうなるのでしょうか」

帯刀が背広から親指ほどの葉巻を取り出して口に咥えると、先端が音を立てて断ち切れて火が点る。

「なんと言えばいいのか。其れ自体は邪悪なものではありませんが、大きな障りとなります。まず間違いなく、よからぬことが起きるようになるでしょう」

やはり帯刀は既に、この井戸の底にあるものを看破している。視る、という一点に於いては私の方が上だが、代々受け継がれてきた知識が桁違いだ。所詮、私の家のように散逸を繰り返しながら辛うじて知識を繋いできた一族とはモノが違う。

「大地の下には龍脈というエネルギーの流れのようなものがあります。川の流れのようなものと思って頂けたらよいでしょう。これは山や洞穴などより湧き出でて、平地へ行くと川のように枝分かれをしながら海へ向かいます。この龍脈が流れる場所は作物がよく育ち、命を育みますが、過剰となれば命を蝕むのです」

そう言われて気がついたが、確かにこの辺りだけ雑草が一本も生えていない。丸く円を描くように庭が不毛な砂に変じてしまっていた。

龍脈。地脈あるいは気脈など呼び方は様々だが、どれも同じものを指す言葉だ。思想的には大陸のものだが、類似した思想は古くから世界中に存在する。私が蒐集した世界中の魔術のメソッド。その中にも似たような記述を幾つも見た。

「偶然でしょうが、この井戸は元々、龍脈の上に設けられていたようです。まず、そんなことは起こり得ないのですが、おそらく今回の儀式の最中に、何らかの理由でそことの経路が繋がってしまったのでしょうな」

「何らかの理由とは？」

「そればかりは分かりかねますが、龍脈の真上で、神へと声を届ける儀式を行ったわけですので。ですが一時的とはいえ、蓋ができている状態なのは不幸中の幸いですな。それがなければ噴き出していたでしょう、源泉に繋がる間欠泉さながらに」

「では帯刀様、とりあえず岩で蓋をしてみてはどうでしょうか」

「一時しのぎにはなるでしょうな。しかし、根本的な解決にはならない」

どれくらい未来の話になるか分からないが、いずれ、この地に住まう誰かが代償を払うことになる。私はそれでも構わないと思うが、教授はそう思うことができない善人だ。

「それならば、この家の当主である私が今、始末をつけるのが道理というものでしょうね。未来に負債を残す訳にはいきません」

「ですが現状、打つ手がないのでは？　一時凌ぎであろうと、井戸を常に水で満たし、堅月先生がそれを時折確認する方法ならば負担も少ないのではないでしょうか」

「水面が揺れれば、水鏡も割れる。却下だ」

「では、どうするというんです。地面の下を流れる、眼に見えない大河の流れを変えるなんてことは不可能だ」

投げやりに言った私の方を見て、帯刀が意地の悪い笑みを浮かべる。

「大河そのものの流れは変えずとも、脈打つように滞った一部分を鎮め、本流へ戻すくらいのことならば可能かもしれん。摂理に反しないのならば、それなりにやりようはある」

帯刀はそう言うと、堅月教授へ向き直った。

「今夜から暫く家を空けておいて頂きたい。上手くいけば一晩で片がつきますが、下手をすると、この辺りまとめて沈下してしまうかもしれない。念のため、避難をなさった方がいい」

「いえ帯刀様。私一人、安全な場所へ逃れる訳にはいきません」

「見届ける覚悟は御立派です。敬服致します。しかし、先生のその眼では事態を変えることはできません。いざともなれば、私共も我が身を守るだけで精一杯になりましょう。ご理解をば」

教授はまだ何か言いたげだったが、がっくりと肩を落としてため息をこぼした。

「老骨が出しゃばり、足手纏いになっては子らに叱られます。帯刀様、木山君。何卒宜しくお願い致します」

「心得ました。それでは我々は支度がありますので、一度帰らせて頂きます。門の閂だけは外しておいてくださいますよう」

そう言うなり、踵を返して門を出ていく。

「木山君。君のお師匠は中々の人物のようだ。良い師を持った」

教授の言ったその言葉をそのまま肯定するほど、私は人ができていない。

「どうでしょうか。傲岸不遜な男だとは思いますが」

「はは。ああ見えて、根は案外と繊細な人物かもしれないよ。背負っている物が大きい人ほど、ああした態度を取ったりもする」

「そうでしょうか」

私は帯刀を利用しているだけだ。それ以上でも、以下でもない。実際の彼の人物像なぞ、興味はない。

「君が支えてあげるといい。そうすれば、良い師弟関係を築くことができるよ」

「ああ。そうですね」

そう簡潔に答えて、帯刀の後を追いかけた。

○

石鼓の運転するセダンの後部座席。

「ええい、息苦しい」

ネクタイを外して助手席へと放り投げる。さっきまでとは打って変わって、勝ち誇ったような笑みを隠そうとしない。

「見られているとは気づかなかったろう」

「ええ。まるで」

「お前は常人よりも眼がいい。だが、眼に頼りすぎている傾向があるな。術理は解していても、眼に入らなければ気にも留めんのは不注意というものだ」

「どういう術を使ったのですか。それとも私に呪をかけていたのですか」

「簡単な術だ。小さな式を用い、視覚を共有する。私は小鳥を用いたが、別に何を使ってもいい」

器用に片手で喉元のボタンを外しながら、深く濃い鳶色（とびいろ）を持つ瞳が、浅く弧を描きこちらを捉える。美しい色だと、つい、そう思ってしまった自分が恨めしい。思わず目を逸らし、まだ少し冷たい指先を握った。

「でしたら、術で縛る方法を教えて貰わないと」

「よかろう」

私ならば自分の式に用いるのなら、蝶がいい。なにより長時間飛ぶことができるし、替えが利く点も素晴らしい。

「そんなことよりも、何処へ向かっているのですか」

「古い知り合いの店へな。ついでに貴様を紹介してやる」

「福部さんと共有のご友人ですか？」

「ん？　ああ、いや。あいつとは商売敵だからな。互いに知ってはいるだろうが、親交はない。人間嫌いな上に、身体があまり丈夫ではないから店を出ることも殆どない。だが、人と物を見る眼は格別だ」

福部さんの商売敵というのなら、骨董店か古道具屋の類だろう。あの人は正直に言って、あまり骨董商は向いていない。審美眼はともかく、人を信用しすぎる。学生の自分から見ても、あれやこれやと甘すぎるのだ。人は善いものだと本当に心の底から信じてやまない。

「そんな店の方を頼ってもよいのですか。恨まれますよ」

「仕方あるまい。お前も行けば分かる。あの店に並ぶ品々は本物だ。生半可なものではない」

「どういうことか、よく分かりませんね。高級店なのですか」

「いいや。わざわざ路地裏に店を構えた物好きな個人店だ。既にどちらも故人だが、先代が父と懇意にしていてな。今は一人娘が店を継いでいるんだが、彼女がまた曲者でなぁ」

曲者、という言葉が妙に親しげな物言いのように感じられた。

「お前が人の魂に色を視るように、彼女の眼は人や物の縁の繋がりを視ることができる」

その女も見鬼(けんき)ということか。いや、怪異を感じ取り、その眼に視ることができる人間は少なくはない。問題は、どの程度まで深く視えるかだろう。ぼんやりと知覚できる程度の者もいれば、靄のような影として視える者もいる。中には、くっきりと焦点の合う者もいるだろう。その究極形があるとするのなら、視たモノの過去をも視通せる者だろうか。

車が屋敷町の石畳の上を滑るように走る。戦後、車は爆発的に庶民の間に普及したが、海外から取り寄せた車なんてものはそうそう見られるものではない。帯刀はそんな高級車を何台も所有していた。当然、こんな所を走っていれば否応なく人目につく。

「どうした。不機嫌そうな顔をして」

「これだけ目立てば誰でも不機嫌にくらいなるでしょう。これでは晒し者だ。私は人の目が好きではない」

「何を戸惑うことがある。馬鹿馬鹿しい」

「普通の人間は居心地が悪くなるものです」

「他人の目が気になるのは、己に負い目があるからだ。悪巧みをしている奴ほど、人の目に晒されるのを恐れる」

帯刀は豪快に笑うと、車を道路脇に停めるよう指示を出した。

「暫くしたなら戻る。それまで適当にしていろ」

石鼓は無言で頷き、私たちは車を降りた。

屋敷町は大勢の人で賑わっていた。新屋敷のような目新しい町ではないが、風情があるので他所からの観光客は一年を通して多い。今の時期だと、近衛湖とその後方に聳(そび)え立つ紅葉した連峰の山々が人気の景観だ。

「使いで寄越すこともあるかもしれん。入り口を間違えるなよ」

裏路地への入り口、その近くにあるやたら古い煙草屋が目に入る。私は煙草を好まないが、これなら良い目印になるだろう。

帯刀が先導して、路地の奥へ奥へと進んでいく。最初の道を右に折れる、それから左、突き当たりを右、また右。

複雑な道順を覚えながら、こんな隠れるような場所に店を構えた人間はどういう意図があったのかと呆れてしまう。これでは客商売など成り立たないだろう。表通りには看板の一つも見当たらなかった。それでどうやって店へ辿り着けというのか。

「怪訝そうな顔だな」

「どうしてあなたが勝ち誇ったような顔をするのですか」

「お前の困った顔を見ていると溜飲が下がる」

つくづく嫌な男だ。

「路地裏に店を構える意図が分かり兼ねます」

「創業者の信条らしい。あえて見つかりにくい場所に店を構えることで試しているのだと。辺鄙な場所に佇む店を訪れ、これだと思う品と巡り会う。それこそが縁であろうと講釈を垂れていた」

「こだわりで店が潰れてしまいそうだ」

「始めから商売をしているつもりなどないのだろうよ」

それから更に幾つかの角を曲がって、ついにその店に辿り着いた。入り口の磨りガラスには紙が無造作に張られていて、そこへ夜行堂と毛筆で書かれている。一見すると、なんの店か判断に困る外観だ。屋敷町は空襲に遭わなかったので、古い町並みが残っているが、これも間違いなく戦前に建てられたものだろう。

「邪魔するぞ」

一声かけて中へ入ると、薄暗い店内には様々な骨董品が所狭しと並んでいる。一見して、福部さんの取り扱う品よりも随分と業が深い物が多いようだ。

「いらっしゃいませ」

奥から鈴を転がすような声がして、小柄な少女がやってきた。着物姿にハタキを持ち、いかにも女中という格好だが、まだかなり幼い。

「美智子。また少し背が伸びたのじゃないか？」

帯刀の顔を見て、美智子と呼ばれた少女が露骨に嫌そうな顔をした。

「また性懲りもなくいらしたんですか。お嬢様はお忙しいので、お会いになりませんよ」

「小さい癖にいっちょ前の口を利くものだ。木山、こいつは奉公人の響美智子。ええと幾つになるんだった？」

「数えで十二になります」

働くには些か以上に早すぎはしないか。

考えが顔に出ていたのか、腕を組んでこちらを睨み上げる瞳にはなかなかの迫力がある。

魂の色も悪くない。

「なんの御用ですか？」

「お前では話にならん。店主を出せ」

「いけません」

「なんだ。また臥せっているのか」

「そんな言い方をなさらないでください。朝からあまり体調が優れないのです。お薬を飲んでやっとお休みになったというのに」

「お前の言いたいことも分かるが、事態は急を要する」

そう言って無理やり店の奥へ進もうとした帯刀の尻を、少女がハタキで強く叩いた。さしもの帯刀も痛みに顔を歪める。

「何をしやがる」

「乙女の寝所に何を堂々と踏み込もうとしているんですか」

「心配するような真似はせんよ」

「当たり前です！」

なんとも騒がしい。

それにしても、これでよく商売が成り立っているものだ。立地にしてもそうだが、値札に書かれている金額も大金だ。

その時、二階から誰かが階段を軋ませながら下りてくる音がした。奥の戸が開くと、カーディガンを羽織った長い黒髪の若い女性が顔を出した。

「やけに騒々しいと思ったら帯刀の御当主様か」

白い顔をした女性が咳き込みながら顔を上げる。目が合った瞬間、思わず驚いて声をあげてしまった。翡翠（ひすい）色の双眸が柔らかく笑う。魂の色よりも、瞳の色がどうしようもなく、こちらの目を惹く。

「見ない顔だ。若いツバメでも囲ったのかい」

「どうしてもと聞かんから、弟子として使ってやっているだけだ」

「見込みがあるから弟子にしたのだろう？　照れ隠しが相変わらず下手だな」

笑いながらまた咳をするので、美智子と呼ばれていた少女が駆け寄って背中を撫でた。

「お嬢様、上で休んでいらしてください。すぐに追い返しますから」

「ありがとう、美智子」

やんわりと少女にそう言って、また一つ咳を溢す。

「椅子に座らせて貰うよ。いつもはそうでもないのだけれど、今朝はよく冷えたろう。あれがいけなかったらしい」

「もう。だから、お休みになってくださいったら」

ふふ、と彼女は笑って翡翠色の瞳をこちらへ向けた。

「一ついいですか」

「なんだい。ええと、」

「木山といいます。木山、千景です」

「そうか。では、木山君。何か聞きたいことがあるのなら答えよう」

「その瞳の色ですが」

「ああ、これか。久しぶりに初対面の人と会うのですっかり忘れていた。母方が大陸の出身でね。あちらで、あちこちの血が混じった結果だろう。亡くなった母も同じ目の色をしていたというから、代々こういう体質なのかもしれない」

西洋人には目が青や緑の者も多いというが、アジア人にもこんな瞳の色が発現するものだろうか。

「まぁ、私の血を辿れば三皇五帝(さんこうごてい)の末裔というからね」

三皇五帝とは、また古い名前が出てきたものだ。歴史というよりも神話の世界ではないか。

「ご冗談を」

「ふふ。君も面白い眼の持ち主のようだ。このまま長話に興じたいところだが、生憎少し体調が優れないのでね。手短に用件を聞こう」

「それは俺から話すとしよう」

帯刀が事情を説明する間、店主は特に驚いた様子もなく淡々と話に耳を傾けていた。やがて全てを話し終えると、帯刀が背広のポケットから葉巻を取り出して口に咥える。

「おいおいご当主。肺を病んでいる人間の前で、よくもそんな真似ができるな」

「おっと、失念していた。すまんな」

「いいさ。許してあげよう。それにしても、余程美味いのだろうな、羨ましい。今度生まれ変わったら思う存分吹かしてやりたいものだ」

そうして不敵に笑う姿は中性的で、話し方も相まって独特の魅力がある。帯刀とは旧知のようだが、男女のそれではないような気がした。

「さて、どう思う」

「どうもこうも。お得意の術なり呪なりで封じてしまえばいいだろうに。道具に拘る理由が分からないな」

帯刀は心中を見透かされたのが気に入らなかったのか、眉間に皺を寄せて腕を組んだ。巨大な部類に入る大男が唸る姿に驚いた美智子が、そそくさと店主の後ろへと隠れる。

「こらこら。うちの可愛い女中を脅かすのは止してくれ」

「その場しのぎをするつもりはない。根本的な解決でなければ、禍根を残すことにもなりかねん」

「いつも余裕綽々としている癖に。殊勝なことを言う。山神が絡むものでは、さすがの君もかたなしか」

店主がそう子どもを揶揄うように言って、顔にかかった黒髪を耳へかけた。青白い、死者を彷彿とさせる、うなじの白さに目を惹かれた。

「それで、ご所望の品は？」

「鍼だ」

「……なるほど。それは名案かもしれないね。だが大胆なやり方だな、一歩見誤れば、辺り一面死の土地になるかもしれないというのに。君らしくない手だね」

「あるのか、ないのか。どちらだ」

「勿論あるとも。うってつけのものがね」

彼女はそう言うと、棚の一つに近づいて乱雑に並ぶ骨董品の中から、剣のようなものを持ち出してみせた。長さは彼女の背丈程だろうか。乳白色の鋭い棒のようで、真っ直ぐな象牙という表現がしっくりくる。手元には持ち手となるよう、赤い布が幾重にも巻かれていた。

「鍼と仰いませんでしたか？」

思わず口をついて出た言葉に、店主は笑う。

「ああ。鍼だよ。少しばかり大きいのは、これが人に用いるものではないからだ。縁を頼りに海を渡って、数年前に私の元へとやってきてくれたのだが、なかなか使う機会に恵まれなくてね」

僥倖だった、と愛おしげに巨大なそれを撫でる。確かに先端は鋭く、半端な鉄板なら容易に貫いてしまうだろうが、これを鉞と呼ぶには些か無理がある。

「赤龍の経絡に打ち込む為に用いられたというから、用途としては間違ってはいないだろう。今更、使い道もなし。代金はいつもの口座に振り込んで貰いたい」

帯刀は無言でそれを受け取ると、一抱えもあるそれを軽々と片手で振ってみせた。それから目を細めて眺める。

「いい品だな。井戸に投げてやるには惜しい。これだけ全体に呪言が彫り込んであるものは滅多にないぞ。亀甲文字か」

「大地に還す時が来たのだろう。良い機会だ」

店主はなんでもないようにそう言うと、また一つ、二つと咳を溢した。

「心配せずとも、人に感染するようなものではないよ。生まれついて肺が悪くてね。子どもの頃から手を焼いている」

「……分かります。私も生まれつき心の臓が悪い」

口にしてから、失言だったと後悔した。他人に、この話をしたことなど今まで一度もないのに。しかも帯刀の前で漏らしてしまうなど、どうかしている。

「お前、心臓を侵されていたのか。どうして言わなかった」

「……わざわざ言う程のことでもないでしょう。薬は飲んでいますし、医者にもかかっています」

それでも一歩ずつ、自分の身体が死に近づいているのが私には分かる。物心ついた時から感じていたその気配が、我が身を侵していくのをどうしようもなく感じるのだ。

「お互い難儀なものだね。だが、仕方あるまいよ。これも天運というものだ。所詮、この世の全ては借り物。命も身体も時がくれば、天に還すだけ」

「またそんな年寄り臭いことを言って！　怒りますよ」

「ああ、美智子。ごめん、ごめん。冗談だよ。謝るから泣かないでおくれ」

涙ぐんで抗議する少女を宥めながら謝る店主は、本当に自分の死を恐れていないのだろうか。私は怖い。何よりも恐ろしい。とても達観することなどできない。他人の死は甘いものだが、あの虚無に落ちるのだと思うとどうしようもなく恐ろしかった。

「もう用件は済んだろう？　悪いけど、今日はもう店仕舞いだ」

こうして並んでいると、歳の離れた仲の良い姉妹にも見えなくはない。

「身体を労わるがいい。また顔を出す」

店主は答えず、無言で手を振った。

夜行堂を出て、裏路地を歩きながら帯刀が不機嫌極まるという表情でこちらを見た。

「どうして黙っていた。心臓に病があると」

「先天的なものです。幼い時分から散々、病院でも診察されましたが、手の施しようがないと匙を投げられました」

「医学も進歩している。東京の高名な医師を呼ぶから診てもらえ」

「無駄ですよ。心臓は血液を全身に送るポンプの役割をしている。私の心臓は、その大きさそのものが小さいのです。だから生来、激しい運動はできず、息があがるような真似はできない。その東京の名医は、心臓を大きくしてくれるのですか?」

自分の命に係わることだ。私だって散々、調べ尽くした。その結果、医学に頼るのは諦めざるを得なかった。半世紀、一世紀経てば医学も相応に進歩しているだろうが、私の心臓は二十歳を迎える前に止まると言われている。悠長に待っていられる余裕などない。

「どんな手段を使ってでも、私は自分の死に抗いますよ」

「……俺の弟子になったのは、その為か」

「否定はしません」

帯刀は苛立ちを隠さずに、ばりばり、と頭を掻いた。

「外法に頼ることは許さん」

「正攻法ではどうにもなりません」

「たわけ。どうにかしてやる」

案外、この男なら本当にどうにかしてしまうかもしれない。

そんな淡い期待を抱きかけたが、私がこれからしようとしていることを知れば、帯刀は私を殺そうとしてでも止めるだろう。

「期待しています」

ふん、と鼻を鳴らして進み始めた帯刀はもう立ち止まらず、こちらを振り返ることもなかった。

○

教授の家へ戻る頃には、もう夕方になってしまっていた。ついこの間までは、この時間もそれなりに明るかったというのに西の空が淡い桜色に染まり、地上へ近づくほどに赤みが増していく。

車を門の前へ停め、運転手をしていた石鼓が門扉を開ける。相変わらず厳しい顔をして何も話さないが、帯刀の手に持つ巨大な鉞から距離を取っているように私には見えた。

帯刀の言葉に従って家を離れている為、屋敷には誰一人残っていない。

庭の井戸を視ると、僅かに滲むように縁が光っている。考えてみれば、この井戸の穴は大地の遥か下、大きな流れに繋がっているのだ。

不意に脳裏を、ある疑問が過ぎった。今、この井戸で汲んだ水を飲めばどうなるのだろうか。

「飲むなよ。死なせてくれ、と泣きながら俺に懇願する羽目になる」

考えが顔に出ていたのだろうか。

「これはな、気が遠くなるような永い年月をかけて大地で濾過されて、地面に根を張った植物や目に見えないほど小さな生き物を育み、幾つもの過程を経てからでなければ恩恵に与れるものではない。希釈されていない、そのままのものを取り入れられるものか。呪われた命を背負うだけだ」

呪われた命、という言葉が妙に気にかかった。命は命ではないのか。

帯刀が、怪訝そうにしている私を振り返り、指で私の胸を訴えかけるように何度も突く。

「人に扱えるような代物じゃない。いいか？　どれだけ神秘や奇跡を知ったつもりになっても、それはお前の頭という世界を越えることはない。お前が知覚できる範囲の世界しか、お前はこの世界を知ることができないし、想像することもできないことを覚えておけ」

帯刀の鳶色の瞳が静かに揺れていた。今までにないほど真摯に私に言葉を紡いでいる。師として、弟子である私に教えを伝えようとしているのが分かった。

「人間という物差しで測れるよりも、大きなものを図ろうとするな。それがたとえ言葉を以って偽っても、それを言葉で理解することはできない。言葉は真実には届かない。それを忘れるな」

私は何も言えず、ただ貝のように押し黙った。

反論する言葉が見つからず、自分が酷く浅はかに思えて歯噛みする。

「そんな顔をするな。お前の病については、俺にも考えがある。外法に走る必要などない。……お前は、俺の弟子なんだからな」

半ば無理やり顔を上げられて、目の前にある男の、いつもより深く刻まれた眉間の皺が見えた。沈みゆく夕焼けの空に映える茶色がかった髪が、風に吹かれて赤く透けている。

「だから今は協力しろ。お前のその眼でしか見えぬモノがあるんだからな」

そう言って乱雑に前髪を掻き上げられたかと思うと、そのまま井戸に向かって頭を押された。肩口を支えられてはいるが、どう足掻いてもバランスが悪い。二人仲良く投身自殺する未来を垣間見た気がして、ゾッとする。慌てて身を起こし、その場に座り込んだ。

「どんなモノにも、急所というのが必ずある。今この中では、龍脈本来の流れとは異なる盛り上がりが一部分だけ出来ている状態なのは分かるな」

「それは、分かります。瘤（こぶ）のようなものですよね」

「ああ。そしてその瘤の中で、こちらに流れ出ようとする動きと、蓋に阻まれ本流に戻らんとするそれがある。それらが丁度交わる箇所に鍼を刺すんだ。そのまま龍脈に届けば流れを穏やかにでき、井戸と繋がった境目も自ずと離れる」

理屈はそうなのかもしれないが、なるほど確かに大胆な手だ。

水鏡を割らずに、貫通させる形で真っ直ぐに打ち込む必要があり、かつ六十センチ以上の広さがある中の急所を突く。不可能ではないにせよ、どちらが失敗しても悲惨な結果になるのは容易に想像ができた。

「眼を凝らして視ろ。鏡の奥に白く光る箇所がある筈だが、俺にそれを見つける程の力はない。お前の仕事だ」

「無茶を言う」

腰を支えられた状態で、ギリギリまで身体を井戸に入れて眼を凝らす。なんとも間抜けな大勢になるのが腹立たしいが、そんなことも言っていられない。ただ深く、眼を凝らす。透明に張った鏡の奥、夕明かりさえ届かぬほどの深い底に、僅かに光る其れを捉えた。

「どうだ」

「視えました。そこの一際大きな岩から十センチ程中心に向かった箇所。あれが急所です」

「あそこか。よし、よくやった。後は俺の役目だ、下がっていろ」

帯刀はそう言うと、私の身体を抱えるように起こして、乱暴に髪を撫でた。そうして井戸の上に立ち、上着をこちらへ放って寄越す。

鋮をまるで槍のように大きく構えたかと思うと、獅子を彷彿とさせる筋肉質な腕に全力の力を籠める。歯ぎしりが聞こえてくるほど奥歯を噛みしめ、眼を見開いて井戸の底を睨みつける。

むん、と気合を入れる声と共に、限界まで引き絞った弓から放たれるように、鋮が勢いよく発射された。水面を叩く音が聞こえるかと思ったが、水音一つしない。代わりに分厚い肉に深々と突き刺さるような低い音が辺りに響く。

思わず駆け寄って井戸の底を見ると、水の中に突き立った象牙色の巨大な鋮がメキメキと音を立てて、光の奥へと飲み込まれていく。

やがて、鋮の後端が完全に水鏡の底に沈み切ると、最後に小さな波紋が起きた。静まり返ったそこには、私と帯刀の姿がくっきりと映り込んでいた。

「終わり、ですか。存外、呆気ないものですね」

「派手に水飛沫でも上がると思ったか？」

そんな子どもじみたことは想像していなかったが、もう少し何か変化があるものだと期待してしまっていたことは、口が裂けても言えない。

その瞬間、地響きと共に地面が微かに揺れた。まるで足元にいる巨大な何かがみじろいだような感覚に、思わず声が漏れる。

「上手く落ち着いたようだな。後はできるだけ早急に井戸を潰せば、もう大丈夫だろう」

「今さらですが、鍼が抜ける心配はないのですか？」

「ない。あいつも言っていただろう。あれは元々龍の急所を突くために造られた代物だからな、決して抜けないように呪が施されている。まぁ、いずれアレも龍脈の一部として溶け込むのだろうがな」

やはり勿体ないことをしたように思うが、今の私の手に負えるものではなかったと諦めよう。

帯刀が井戸の縁に腰かけて、懐から葉巻を取り出す。そうして口に咥えようとして、やめた。石鼓が置物のように動かず、少し離れた場所でこちらをじっと見つめていた。

「木山。お前には才能がある。天賦の才だ。だが眼がいいだけではモノにはならん。術理を理解し、再現する力がどうしても必要になるからな。お前は、その再現する力に長けている。およそ殆どの術を修めるだろう」

「急にどうしたのですか。私のことを褒めるなんて。なんだか気味が悪い」

本音で話している、と帯刀は真剣な口調でそう言うと、僅かに眼を伏せた。

「だが、死に囚われすぎている。人ならざるモノが知覚できる人間は、どうしてもあちら側に寄りやすいものだが、耳を傾けるな。人の理の外でしか得られぬ祝福なんてものはな、ただの呪いだ。結果的に待っているのは破滅だ。永遠などない」

妙に実感の籠もった物言いに、反撃する言葉を失った。

「冷えてきたな。ふぐ鍋でも食って帰るか」

「はい」

夕焼けの空は、すっかり夜の気配に押されて彼方へ沈みつつある。

金星の眩い光が瞬くのを、目を細めて眺めた。

胸の奥が痛むのは、後悔からか。

しかし、たとえ誰になんと言われようとも、私は私の生き方を変えられない。

それが、今は何より辛かった。

響児

立ち止まって重い灰色の空を見上げると、小さな雪片がちらちらと降り注いでいた。夕方から雨になるかもしれない、と鯤が言っていたけれど、どうやら雪になったみたいだ。

ランドセルを背負い直して、自宅へ続く長く緩やかな坂道をまた歩き続ける。ぼくが去年から暮らしている祖母の家は、学校から程近い丘の上に建っていて、周囲の家から距離を置くように、雑木林の奥にひっそりと蹲っている。平らな石垣がぐるりと土地を囲い、小さな畑では薬草や野菜を育てているのだけれど、近所の子どもたちはうちのことを『魔女の家』だと噂していた。

その表現は正しいな、と思う。ぼくもこの家に初めてやってきた時には、まるで魔女の館だと思ったから。

玄関のドアの横にかけられた表札だけが和風で、木の板に『白石』とある。ドアにかけられたリースは毎月、祖母が庭のハーブや裏山の草花を編んで作っている。

「ただいま」

返事はない。静まり返った家の中は、北欧風というか外国のよう。煉瓦を組んだ大きな暖炉、サイズの異なる銅のケトルが三つ。壁の飾り棚に立てかけられた皿には、美しい模様が描かれている。薬棚には薬草の入ったガラス瓶が並び、祖母の作る薬の材料になる。本棚には沢山の本がぎっしりと詰まっているけれど、ぼくが勝手に読むことは許されていない。一度だけ、祖母が出かけているうちにこっそり読んでみたことがあるが、生き物や植物、星のことを書いた本ばかりだった。おまけに何故か勝手に読んだことがバレていて、その日のオヤツは食べさせて貰えなかった。

祖母はたまに何も言わずに家を空ける。短い時には半日、長い時には一週間くらい。どこへ何をしに行っているかは知らないし、代わりに泊まりに来てくれるシッターの花絵さんに聞いても、教えてはくれない。祖母はそういう人だ。優しいのに変に厳しくてマイペース。そして、何より他の大人たちと違って、ぼくのことを子ども扱いせず、一人の人間として見てくれる。

子どもとしての分別をあまり持たないように、と言う祖母はやはり厳しい。

二階の自室へ戻り、ランドセルを棚に置いて、ベッドに寝転がる。これからリビングの暖炉に火を入れないといけないのかと思うと、なんだかうんざりした。息を吐くと、白い靄になってすぐに消える。

祖母がぼくのために用意してくれた部屋は、かつてお母さんが寝起きしていた部屋だという。お母さんから祖母のことは殆ど聞いたことがなかったけど、きっと仲が良くなかったのだと思う。その証拠みたいに、この部屋にはお母さんの私物らしきものは何一つ残っていなかった。ポスターや本、日記なども何一つ。つまり、お母さんが暮らしていたという証拠は、どこにもない。それでも、ぼくはこの部屋が好きだ。

ぼんやりと緑色の壁へ目をやると、ポプリの束がかけられている。あれはお母さんが子どもの頃にも、ああしてぶら下がっていたのかしら。

『戻ったのか、和紗(かずさ)』

窓の下で伏せていた大きな黒い犬が身を起こす。耳がピンと立っていて、しなやかで筋肉質な身体をしている。口の隙間から覗く大きくて鋭い犬歯。ぼくと同じ、小豆色の瞳が静かに語りかける。

「ただいま。鯤」

コン、という発音が好きだ。名前の候補は鯤が幾つか出したが、決めたのはぼくだ。我ながらとても良い名前を選んだと思う。

『おかえり。学校はどうだった』

「楽しかったよ。でも、雨は降らなかった。代わりに雪になったみたい」

『そうか。傘を持たせる必要はなかったな』

「ううん。ありがとう。鯤」

短く、ビロードの生地のようにしっとりとして、艶やかな毛並みを撫でると、グルルと心地良さそうに唸り声をあげた。鼻の先が濡れていて、少し冷たい。額と額を押しつけると、なんだかホッとする。

「そういえば、お婆ちゃんが何処に出かけたか知ってる？」

『いや、何も』

窓の外へ目をやると、小粒の雪がはらはらと舞い落ちている。傘を持って、長靴を履いて行けば、少し出かけるくらい大丈夫だろう。明日は雪が積もるといい。

「鯤。ぼく、散歩に行きたいな」

鯤は窓の外の空を少し眺めて、一度だけ尻尾を振った。

『雪が酷くなる前に家へ帰ると約束できるのなら』

「うん、約束する。河原まで行きたいな。川が見たい」

『風邪を引かないように厚着をするのを忘れるな。マフラーと手袋も』

「うん」

言われるままに服を着込むと、なんだかむくむくと着膨れを起こしてしまった。こんな格好をクラスの誰かに見られるのは困る。

「コートは脱いでもいい？」

『駄目だ。また風邪を引いて熱を出すぞ。ただでさえ、お前たちの体毛は薄いのだから』

ぼくはそそくさとコートを脱ぐと、下に着ていたセーターを脱ぎ捨てた。

「これなら少しは動きやすい。ほら、コートは脱いでないよ」

鯤は観察するように、ぼくの周りをぐるりと回ると満足げに頷く。

『寄り道はしない。河原を少し歩いたら家へ帰る。それでいいな？』

祖母よりもよほど過保護だな、と時々思う。初めて会った時から、こんなに口うるさかったかしら。

玄関脇のキャビネットにかけられたリードを手に取り、鯤の首輪に結びつける。

『首輪も必要ないんだがな。隷属しているようで気に入らない』

「鯤のように大きな犬が首輪もしないで散歩していたら、まわりの人たちが驚いてしまうよ。ほら、ちゃんとつけて」

気難しそうな顔をする鯤と共に家を出る。きちんと鍵をかけて、外灯のスイッチも入れて。祖母が帰ってきた時、外灯が点いていないと口うるさく叱られる。

外に出ると陽が沈みかかった空は暗く、風は刺すように冷たかった。手袋をしてきたのは正解だ。

坂道を下りながら、林の向こうに見える街並みに目をやる。家に灯りがふつふつと灯る光景が、すごく綺麗で思わず足が止まってしまった。あの家に住んでいるクラスメイトたちが、丘の上にある『魔女の家』で暮らす僕のことを嫌っているんだ。

『和紗。どうかしたのか？』

「ううん。なんでもない」

こういう時、ぼくは決まっていなくなってしまった、お父さんとお母さんのことを思い出す。ある日、忽然と姿を消してしまった両親のことを。

「ねぇ、鯤。お父さんたちのこと、教えて？」

鯤は小豆色の瞳を静かにこちらに向けたまま、暫く何も言わなかった。

大きな雪の粒が降り積もっていく。

やがて、鯤の尻尾が力なくうなだれる。

『すまない。それだけは答えられない』

もう何度問いかけたか分からない。でも、その度に鯤は返してくれた。同じ答えを何度も。

唐突に、なんの前触れもなく、お父さんたちが消えて、代わりに鯤が現れた。初めて出会った時は、今みたいにカッコいい犬の姿ではなかったけれど。ぼくの持っていた本に出てくる犬の姿になってくれたのは、きっと鯤の優しさだと思う。

「ううん、ありがとう。鯤」

◯

河川敷に近づいていくにつれ、散歩をしている人も少なくなっていった。この季節、どうしても川の近くは冷えてくる。等間隔に並んだ街灯の光が足元を丸く照らしている。太陽はもう殆ど沈みかけていて、向こう岸の空は濃い群青色をしていた。

土手に設けられた階段を上っていく途中、不意に声が聞こえたような気がした。耳を澄ますと、迷子になった子どもが大人を呼ぶような声が微かに風に交じっている。

階段の途中で立ち止まり、辺りを見渡すと道路沿いの街灯の下、そこにぼくと同い年くらいの男の子が立っているのを見つけた。

『視るな。和紗』

「でも」

『寄り道はしない。そう約束しただろう』

ぼくは反論しようとして、口を閉じた。ぼくがしようとしていることは、ただの自己満足だ。でも、鯤は理解した上で反対している。他でもない、ぼく自身のために。

「分かっているよ。覚えてる」

土手を上り切ると、大きな川が現れた。市内を南北に走る川で、一級河川というとても大きな川らしい。流れはとても穏やかで、こうして土手の上からぼんやりと眺めるのは楽しい。

『この国の川は随分と小さい』

「鯤のいた川は大きかった？　どれくらい？」

『この川よりも何十倍も大きく、古い。土砂混じりで随分と黄色がかっていたが、肥沃な川だ』

雪の欠片が舞い落ちる中、鯤と話しながら歩いた。ぼくは学校で起きたことを話して、鯤は昔のことを教えてくれた。ぼくと出会う前、気が遠くなるくらい長い間、川の底で暮らしていたこと。雨乞いに来られて困ったことなどをたくさん。

陽が稜線の向こうへ消えると、周囲が急に暗くなっていった。街灯が次々と点灯していく。まるで光がこちらへ近づいてくるようだ。

そして、ぼくのすぐ近くにある街灯に光が灯る。その下に、さっき見かけた男の子が立ち尽くしていた。見覚えのある黒を基調にした制服。その、お腹の辺りがべったりと赤黒く染まっている。

『和紗。下がれ』

男の子の前に立ち塞がる鯤を、手で制する。

「大丈夫。ぼくなら、大丈夫だよ」

男の子の輪郭はくっきりとしていると思ったら、不意にぼやけたり、薄くなったりした。鼻から上がぼんやりと滲んだようになってよく見えない。

「どうしてこんな所にいるの？」

不意に、青白く枯れた枝のような手が、ぼくの頬を挟むように触れる。冷たい、死の感触。

「君は、だれ？」

掌と指を通して伝わってくる、幾つものイメージが頭の中をものすごいスピードで通り過ぎていく。まるで他人の記憶という声のない映像を一瞬で垣間見たような感覚。夜道を自転車で走る。横から衝撃、蹴り倒されたのだと思うよりも早く、背後から口を塞がれ、土手に引き倒される。抵抗しようと手足を振り回し、爪が相手の頬を深く引っ掻く。鈍く光る刃が閃き、腹部に突き立つ。フードを被った男が血に塗れたナイフを手に、転がるようにして闇夜に消えていく。熱がどんどんと失われていき、やがて視界が暗転する。最後に脳裏に浮かんだ、穏やかな笑顔をした女の人はきっと彼のお母さんだろう。

『和紗』

鯤の声に我に返る。

ほんの数秒も経っていない。気がつくと、あの男の子も消えてしまっていた。

『拒絶しようと思えばできただろう』

「うん。でも、悪い子のようには視えなかったから」

『死霊に情をかけるな。意味のないことだ。あれらは世界に焼きついた影に過ぎないのだから』

「そうかな。でも、ぼくだっていつか死ぬよね。そうしたら死霊になるのかもしれないよ」

冗談まじりに言うと、鯤は鼻で笑い飛ばした。

『迷いを持って死ぬような最期には、俺がさせんよ』

「うん。ありがとう」

『もう充分に寄り道もしただろう。今夜は帰るとしよう。風も出てきた。吹雪くかもしれない』

帰り道は小走りに、最短距離で家路についた。風はどんどん強くなって、とうとう吹雪になってしまった。轟々と耳の後ろで風が逆巻いて、何かが耳元で密やかに囁いているようだ。誰かが何かを伝えようとしているのかもしれないけれど、ぼくにはまだ分からない。

家へ帰り着くと、庭のガス燈に明かりが灯っていた。祖母が帰宅しているサインだ。祖母は毎晩、日が暮れると庭のガス燈に火を灯す。ぼくが生まれるずっと前から続けている日課らしい。オレンジ色の光に照らされて、庭が淡く闇の中に浮かび上がるようだった。初めてこの庭を見た時、ピーターラビットの絵本のようだと思った。

「和紗」

玄関のドアが開いて、中から灰色のカーディガンを羽織った祖母が厳しい目でぼくたちを見た。色素の薄い灰色の瞳、白髪というよりは銀に近い細い髪を片方で緩く結んで、険しい顔で両腕を組む祖母は北欧の出身だという。

「陽が暮れる前には戻るようにと約束した筈ですよ」

「ごめんなさい。お婆ちゃん」

「謝罪は要りません。しかし反省は必要でしょう。あなたは只でさえ、災いを引き寄せてしまう体質なのですから」

祖母は肩を竦めて笑い、ぼくのお尻をぽんぽんと叩いた。

「夕飯の準備ができていますよ。早くお皿を並べてください。パンを温めるのを忘れないで」

家の中に入ると、暖かさに思わずため息がこぼれた。暖炉の炎が静かに揺れて、敷物の上で鯤が無言で丸くなる。冷えた身体を温めているのだと思う。

ぼくはコートやマフラーを片付けてから手を洗い、口をゆすいで台所へ急いだ。食器棚からシチューの時に使う深めの木の皿を手に取り、スープ用の木の柄がついたスプーンをテーブルへ運ぶ。胡桃の木のテーブルと椅子は祖母のお気に入りで、月に一度必ずオイルを塗って大切に手入れをしていた。

祖母が坂の下にある小さなパン屋さんから買ってくるバゲットを、ギザギザの刃のついた包丁で薄く切ってから取手のついた金属製のザルに入れて、暖炉へと持っていく。最初の頃は炎に当てないように、少しの間近づけておくだけでパンがしっかり温まる。最初の頃は炎の中に突っ込んでしまって、煤だらけにしてしまうことが何度かあった。

熱いうちにバターを塗って、大きな皿に並べてテーブルへ置く。溶けたバターと小麦のいい匂いにお腹がぐぅと鳴った。

「和紗。鍋敷きを忘れないでくださいね」

「うん」

祖母は鍋敷きを沢山持っていて、布を編んで作った物や、木で作られた物がある。その日の気分で使い分ける為だと言うが、ぼくはいつも夜空に星の刺繍の入った鍋敷きを選んだ。

「さぁ、食卓に着きましょう。シチューを持っていきますよ」

ぼくは椅子に座って、シチューがやってくるのを待つ。

鋳物だという、大きくてびっくりするほど重たい鍋がテーブルの中央にゆっくりと着地して、夕ご飯の完成だ。木の皿にとろりとしたシチューが注がれて、ごろごろとした大きな野菜が何個も見える。

「手を合わせて。祈りを捧げてから食べるのですよ」

「うん」

引き取られたばかりの頃、ぼくは誰に祈ればいいのか分からなかった。祖母はお祈りの言葉を口にしない。ただ目を瞑って祈りを捧げてから、黙々と食べ始める。祖母はこういうとき、自分で考えなさい、としか言わなかった。

だから、ぼくはいなくなってしまったお父さんとお母さんに祈りを捧げる。

「お祈りは済みましたか？」

「ちゃんとしたよ」

「よろしい。いただきましょう」

スプーンを手に取って、温かいシチューを頬張る。庭で採れた野菜は味が濃くて、沢山煮ると凄く甘くなる。人参にジャガイモ、ブロッコリー。お肉はベーコンを使う所は、お母さんのシチューと同じだ。味つけもすごくよく似ている。

「美味しい。お母さんのシチューの味がする」

「私のレシピで料理を覚えましたからね。和紗ももう少し大きくなったなら、レシピを見ながら作ってみると良いでしょう。でも、庭の野菜やハーブのこと、火との付き合い方を覚える方が先です」

バゲットをシチューに浸しながら、祖母が暖炉の炎へ視線を投げる。

「先なの？」

「火打石の感触や、ローズマリーの花の色、耕した土の香りを覚えることの方が和紗の心を豊かにしてくれるでしょう。ありのままに世界を見られるようになりなさい」

ぼくは、祖母以外のお婆ちゃんを知らないけれど、きっとクラスのみんなのお婆ちゃんはこんなことを言わないだろう。でも、ぼくはそんな祖母のことが好きだ。お母さんほど優しくもないし、お父さんほど遊んではくれないけれど、ぼくに大切なことを伝えようとしてくれているのは分かる。

夕食のシチューとパンを食べ終えると、祖母が食後の珈琲を持ってきてくれた。昨日、珈琲豆を焙煎していたのを思い出す。

祖母は無糖で飲むのを好むけれど、ぼくはまだ珈琲の美味しさがよく分からないので、いつも角砂糖を三つ落として牛乳で割る。キッチンの棚からこっそりとココアを取って、少しだけ混ぜるとより美味しい。

「お婆ちゃん。今日は何処に出かけていたの？」

「秘密です。女は秘密を抱える生き物ですからね。いつもそう言っているでしょう」

「でも、気になるよ」

「必要だと思えば、いつか話すこともあるでしょう。けれど、それは今日ではありません。さぁ、それを飲んだならお風呂に入ってベッドへ行きなさい。夜更かしをしてはいけませんよ。今夜は特別、風が騒がしいですからね。それと、歯磨きも忘れないように」

「明日、うんと雪が積もったなら、学校を休んでもいい？」

「学校から通達があれば。そうでなければ雪を掻き分けてでも行きなさい。勉学に励むことができることへの感謝を忘れてはいけませんよ」

祖母は厳しく言って、残りの珈琲を飲み干してしまった。

それから、歯磨きをして熱過ぎるお風呂に入ってパジャマに着替え、ぽかぽかしたまま二階の部屋へ向かう。祖母はお風呂をいつも熱くしすぎてしまうので、ぼくは長く浸かっていられない。ここへ越してきた頃は、お風呂に入るのが苦痛でしょうがなかったけれど、何事も慣れてしまうというか、今ではお風呂に入らないと身体がベタベタするような気になるし、熱くないと入った気がしない。

「今日は五分も浸かれたんだよ。新記録だ」

『シャワーで済ませてしまえばいいだろう』

呆れた様子の鯤はベッドの上で横になっていた。二つの前脚の上に顎を乗せて、視線だけを僕の方へ向ける。

「お湯に浸かるのが好きなの」

『理解しかねる』

そういえば鯤がお風呂に入っている所を見たことがない。汚れるということがないから、特に気にしたことはなかったけれど、拭いてあげるくらいはした方が良い気がする。

「鯤」

『断る』

まだ何も言っていないのに。

ごろん、とベッドに転がると不意にとある事実に気がついた。

慌てて身体を起こして、改めて思い出す。

「思い出した」

『どうかしたのか？』

鯤に答えようとして、言葉に詰まってしまう。

「ううん。なんでもないよ」

『そうか』

「おやすみ。鯤」

おやすみ、と鯤の声が低く響いて、部屋の明かりが消えた。


翌朝。

予想していた通り、雪が降り積もっていた。学校からの連絡はなく、普通通りに授業があるらしい。制服に袖を通してからコートを重ね、マフラーをしっかりと巻いて家を出た。

祖母がちょうど庭の井戸から水を汲んでいる所だった。

「車に気をつけて。周りによく注意するのですよ」

「うん。いってきます」

頬を刺すみたいに冷えた空気、堪らず息を吐くと白く広がって消えていく。坂を早足で下りながら、少しずつ身体が温まっていくのを感じた。

「あ、手袋を忘れてきちゃった」

取りに戻ろうか、と一度だけ坂道を振り返って、すぐに諦めた。

坂を下りたところで、他の通学中の児童たちの列に加わる。

みんな同じ、学校指定のキャラメル色のコートに身を包んで、おんなじランドセルを左右に揺らして歩いていく姿は、どことなくペンギンの群れに似ていた。今日は寒いので黒タイツを穿いているが、高学年になると長ズボンになるらしい。

ぼくが通っている学校は、地元では由緒ある名門校として有名らしい。歴史もかなり長いようで、わざわざ県外から受験にやってくる児童も少なくない。ぼくのように途中から転校してくる児童はとても珍しいらしい。ちなみに祖母は大昔にここで先生をしていたという。ここへ編入できたのは祖母のおかげだが、編入試験に落ちていたらきっと入れては貰えなかったと思う。

「普通の小学校でよかったんだけどな」

なんというか、やっぱり学校の空気が全然違う。同じ制服に、同じ髪型、筆記用具も指定の物を使って、まるで型に押されたみたいにおんなじだ。

「おはよう。和紗くん」

弾むような声で肩を叩いてきたのは、同じクラスの壮士(そうし)君だ。これも学校の決まりで、生徒同士は必ず下の名前で呼び合うようになっている。

「壮士君。おはよう。どうしたの？　息が荒いけど」

「寝坊したんだ。おかげで朝ご飯にも間に合わなくて、慌てて走ってきたよ。寄宿舎がもうちょっと近くにあったら良いのに。和紗君の家って、あの丘の上にあるんだよね。羨ましいなあ」

「でも、毎日あの坂道を上り下りしなくちゃいけないから、ぼくはおすすめしないな」

「寄宿舎よりもマシだよ。携帯電話もゲーム機も禁止なんて、今の時代に合ってないよ」

「ぼく、携帯電話もゲーム機も持っていないよ」

「そうなの？　なら、退屈な時は何してるの？」

鯤と話をしたり、散歩に出かけたりすると正直に話しても分かってもらえないだろう。

「本を読んだり、お婆ちゃんの手伝いをしたりしてる。でも、確かに禁止されているかどうかっていうのは大きいよね。するなって言われる方がずっと辛いし、大好きなモノならなおさらだ。監督生の人がうるさいの？」

「うるさいね。僕のとこの監督生は美鶴君っていうんだけど、他所よりもすごく厳しい。ご飯も食べるのが遅いと、おかずを勝手に持っていったりするんだ」

「それは酷い」

「そうだろ？　でも、鈴川先生がいる時にはそんなに偉そうにしないから良いよ。鈴川先生って物静かだけど、罰則を与える時には本当に怖いんだ。体育教師の森川先生とはまた少し違った怖さがある」

「鈴川先生のことはよく知らないな。高学年の授業を担当しているんだよね？」

「うん。なんだっけ。倫理だったかな」

「倫理……」

「授業も難しいんだって。でも、和紗君ならきっと良い点数が取れるよ。こないだも学年で三番目だったじゃない。すごいよ。僕なんかとてもついていけない」

うちの学校はテストの結果が順位付きで公開される。成績が良ければ中等部と高等部のある同じ系列の学園へと推薦してもらえるらしい。おまけに学費は全額免除される。ぼくは密かに、その推薦を狙っていた。ぼくのことを引き取ってくれた祖母に、これ以上の迷惑をかけたくはない。

「たまたまだよ」

「今度、勉強教えてくれない？」

「もちろん」

ぼくの家に来る？と誘おうとしてやめた。壮士君が遊びに来てくれたなら嬉しいけれど、もし怖がられてしまったらきっと悲しい気持ちになる。

「ねぇ、和紗君のお婆ちゃんがうちの元先生って噂、本当なの？」

「さぁ、どうだったかな。そうだったかも」

ぼくは曖昧に笑ってから、壮士君が好きな野球の話に話題を変えた。

誰とでも仲良くできるほど付き合い上手ではないから、せめて数少ない友達とは仲良くありたい。


中央講義室へクラスのみんなで移動していると、高学年の児童が森川先生に怒鳴られているのを見つけた。何をしたのか分からないが、先生はすごい剣幕で児童を罵っている。

その様子にみんなが震え上がって、歩みが止まってしまった。この廊下を進む以外に中央講義室へ行く方法はないのに。

森川先生に怒鳴られている児童は、もう泣き出してしまっているのに説教が終わる気配がない。それどころか、先生はどんどん熱くなっているような気がした。ぼくはあの子がどんな悪いことをしたのか分からないけれど、あんな酷く罵られるようなことをしたとは思えない。

「ねぇ、他の先生を呼んできた方がいいんじゃないかな」

誰かがそう言った時、不意に背後から声がかかった。

「森川先生」

落ち着いた低く、よく通る声が廊下に響いた。

振り返ると、灰色の背広を着た中年の先生が立っている。銀縁のメガネをかけて、整髪料で髪を横へ流している。ふんわりと香水のいい匂いがした。

「怒鳴り声が廊下に響いていますよ。児童への指導は素晴らしいことですが、人格を否定するような物言いはやめてください」

「いや、そんなんじゃありませんよ。これはこいつが言うことを聞かないから仕方なく」

「理解させる為に怒鳴っていたのですか？　それは指導ではなく、脅迫と恫喝です」

「そんな、大袈裟な」

「大袈裟ではありません。やめてください。分かりましたか？」

森川先生が顔を赤くして目を見開く様子は、まるで本に出てくる赤鬼のようだったが、忌々しそうに唇を噛むと頷いて職員用トイレへと入っていってしまった。

「失礼。通してください」

先生は泣いている児童の元へ急ぐと、そっとその肩に手をやって何事か優しく聞いているようだった。

「和紗君。あの人が鈴川先生だよ」

嬉しそうに壮士君が言う。

ぐすぐす、とまだ涙の止まらない児童の話を聞いていた先生が、急にこちらへ振り向いた。

「君たち。もうすぐ授業が始まってしまいますよ。急ぎなさい」

急いで廊下を走ろうとしたぼくたちを、鈴川先生の声が咎める。

「廊下を走ってはいけません」

はーい、と返事をして中央講義室へと急いだ。

振り返ると、鈴川先生が優しそうな顔で泣いている児童の涙をハンカチで拭っているのが見えた。

●

私は、この学校という特殊な閉鎖空間が好きだ。

幼い男児たちが、意匠を凝らした制服に身を包み、純粋な笑顔と挨拶を向けてくる。そこには教師に対する羨望があり、畏怖があり、私が崇高な教師であるという事実をいつも教えてくれる。

この学校は児童たちが可能な限り無垢であるよう育てるという教育方針がある。受験の際にも学力は言うに及ばず、見目麗しく、温和で従順な性格の持ち主だけが選出され、また両親の品性も評価される対象となる。粗野で粗暴な子どもなど獣と変わらない、という本校の考え方は全く素晴らしい。

そうして全国より集まった選りすぐりの男児たちに、教育を施す使命を持つ私たちは正しく聖職者だ。無論、少数の下卑た人間が交じることもあるが、これは仕方のないことだ。

私は、倫理を子どもたちに教示するのを使命としている。

倫理とは？

一言で問われると非常に難しいが、私は子どもたちに何が善であるのかを説いている。自ら思考し、行動したことにのみ意味が生まれるのだ、と。

児童たちは私の言葉の一つ一つ、一挙手一投足を見逃さないよう注視してくる。その視線を一身に浴びながら、彼らに教えを説くのは最高の快楽だ。

そんな日々が続くのだと、私はなんの確証もなく信じていたのだ。

放課後、人気（ひとけ）のない廊下で一人の児童に声をかけられるまでは。

小柄で華奢な少年。低学年のクラスに編入してきた児童だ。確か身内に理事の旧友がいるとかで、特別編入枠でやってきたのだ。極めて珍しい例だったので、職員室でも話題になっていたのを思い出す。

西日の射す廊下で、彼は真っ直ぐに私を見ている。小豆色の瞳がとても印象的だった。

この年齢の男の子特有の中性的な気配、男女のどちらでもない未発達な身体、艶やかな黒髪。透けるような白い肌が目に眩しい。そうだ。幼い頃に見た絵画の天使だ。

むくむくと自分の中で暴力的な欲求が膨れ上がっていくのを感じた。

ごくり、と唾を飲み込む音が耳元でやけに大きく響く。

「鈴川先生ですよね。川の土手で男の子を殺したのは」

天使のように甘い声が、氷の刃のように私の心に深く突き立った。

するり、と肋骨の隙間をすり抜けるように刺さった言葉に、絶句せざるを得なかった。

笑い飛ばしてしまえば良いものを、彼の真っ直ぐな瞳に私は怯えた。

そう思うと、耐えたがたい恥辱を感じずにはいられなかった。教師である私が、児童によって糾弾されるだなんて、とても許されないことだ。

「君は、何を言っているんだ」

怒気を滲ませた声に怯えるでもなく、彼は穏やかな表情で私を見据えた。

「あの子は、あなたに罪を償って貰いたいそうです」

「なんの話をしているのか、私には分からない。君は自分が何を言っているのか、分かっているのか」

彼は私の言葉に臆するどころか、平然としたまま真っ直ぐに視線を逸らそうとしない。

そうだ。あれは一度きりの失敗だった。己の衝動を抑えられずに、私は自身が導くべき羊をこの手にかけた。そして、二度と同じ罪を犯すまいと心に決めて、今まで清貧を重んじてきたつもりだ。そうすることで自分の罪を購うことができると信じて。だからこそ、誰も私の罪を暴くことはできないでいたのだ。

「ぼくは先生がどうして、あんなことをしたのかについては興味がありません。でも、あの子の帰りを待っている、お母さんに謝罪して欲しいんです。それだけが、あの子の心残りですから」

この子は何を知っているのか。何か手がかりを見つけたのか。

どうして、どうして、どうして。

「警察に通報しても良いんですけど、自首した方が罪が軽くなるんじゃありませんか」

「君は、何を知っているんだ」

「――全部です。あの子にしたことの全て」

淡々と告げる天使の瞳、慈悲の色を全く感じさせない視線に思わず後ずさる。

いいや、いいや。この子は、天使などではない。

思い出せ。私は教師だ。聖職者だ。無垢な子どもという羊を導く、聖なる羊飼い。そうだ。羊飼いには、権利がある。羊をどう用いるのか。群れの秩序を乱す異分子を、神に捧げる贄にしなくては。そうすることで初めて私の罪が許される。――そう、あの子のように。

「そうだ。これは、当然の権利なんだ」

辺りには誰もいない。

わざわざ、こんな時間になるまで待っていたのが運の尽きだ。首をへし折り、他の教師たちも退校した後で遺体を取りに戻ればいい。そうすれば、自分の好きにしてしまえるではないか。

一歩、踏み出した瞬間、その違和感に気がついた。

こちらを真っ直ぐに見据える少年。その足元の影がおかしい。西日に照らされているにもかかわらず、彼の足元の影はこちらに大きく膨らんで、伏せた犬のシルエットを形作っていた。

「鯤」

あどけない少年の声に応じるように、影の中から浮かび上がるように巨大な黒い犬が現れた。小豆色の瞳が、私という敵を見つけて血のように赤く変色したのを、確かに見た。感情のない、機械のような無機質な眼が私を捉える。

「ダメだよ。何もしないで」

鯤、というのがこの犬の名前なのか。ああ、そうか。先ほど、彼が名前を呼んだのは制止する為だったのか。もし彼が止めてくれなければ、私は今頃どうなっていたのだろうか。

黒い犬が瞬き一つせずに、私の喉元を睨みつけている。牙を剥いて獰猛に唸るのでもなく、機械のように私の喉笛を噛みちぎる瞬間を狙っているのが心底恐ろしかった。

「先生は、ぼくに何もできないよ」

腰が抜けたのか、へたり、とその場に尻餅をついてしまった。股の間で温かなものを感じ、私は自分が失禁したのだと遅れて悟った。

誇りの欠片も残っていない私を前に、彼は特に何も感じていないようだった。

「先生、自首してもらえませんか？　ぼくは鯢に先生なんて食べて欲しくないんです」

彼はその細い指を、黒い犬の首に回しながら優しく問うた。顔を犬の首に埋めて、小豆色の瞳をこちらへ向ける。

その様子は、まさしく一枚の絵画のように美しかった。

○

先生との話し合いも無事に終わり、ぼくは下駄箱で上履きを履き替えてから学校を後にした。

鉛色の空を見上げると、また雪が散らついている。この分だと明日も雪が積もるに違いない。早く春になればいい、と心からそう思う。暖かくなれば、あの子のお母さんも少しは気持ちが晴れるかもしれない。

『厄介事に首を突っ込むのはやめるべきだと、何度言えば分かるのか』

足元の影から、少し怒っている鯤の声が響く。

『あの子どもの魂はとうに消えている。あれは残響に過ぎん』

「うん。それでも、あの子の帰りを待つお父さんやお母さんには救いになるよ」

『……人間は感傷的だな』

「そうかな。当たり前のことだと思うけど」

丘の上へ続く坂道へ差しかかり、思わずため息がこぼれる。

「お婆ちゃんはどうして、あんな所に家を作ったんだろう。学校の隣ならよかったのに」

坂道を白い息を吐きながら上っていくと、丘の上から下りてくる人影が見えた。

若いお兄さんで、右腕がないのか、上着の袖だけがぷらぷらと揺れている。

目が合うと、にかっと笑って尖った犬歯が見えた。

「よう」

気さくに声をかけられたので、思わず会釈した。

「こんにちは」

「お前、あの家の婆さんの孫だろ？」

「丘の上の屋敷でしたら、ぼくの祖母の家です」

「魔女の孫か。大変だな、お前も」

しし、と笑うお兄さんの右眼が蒼く光っているように見えた。

「はあ」

「祖母は家にいましたか？」

「ああ。いたよ。俺はお使いに来ただけ。届け物をして、いつもみたいに婆さんに小言を貰って。今からこうして帰るとこ」

「お兄さんは、お婆ちゃんと仲良しなんですか？」

「俺？　んー、何度か世話にはなってるけど、仲がいいかと聞かれたら分かんねぇな。怖ぇし」

「ふふ、確かにお婆ちゃんは怖いですよね」

「魔女だからな。良い子にしとかないと、カエルにされちまうかもしれないぞ」

それだけ言うと彼は歩き出してしまった。まだ話していたかったのに。

「なぁ、良い犬だな。それ」

「え？」

鯤は影の中に潜ったままだ。

ポケットに入れていた左手を上げて、友達みたいに軽く手を振って歩いていく。

「じゃあな」

いったい何者なんだろう。

お兄さんが坂道の下まで下りていくと、すぐに豪華なスポーツカーがやってきた。座布団みたいに平べったい車の助手席へ乗り込むと、あっという間に去っていってしまった。

また会えるといいな、そう思った。

空を見上げると、雪片が少し大きくなっている。

きっと夜には、また沢山積もるのだろう。

小走りで坂道を上っていく。

白い息が空へと滲むようにして消えていった。

琥眼

遠く山の稜線にかかる、鉛色の雨雲を眺める。

腹の底に響く音に耳をすませると、春雷(しゅんらい)という言葉が脳裏を過ぎった。意味は確か、春の訪れを報せる雷だったか。雷鳴に驚いて冬眠していた虫たちが驚いて目覚めるというので、別名を『虫出しの雷』というのだと彼女が話していたのを思い出す。

◇

彼女は私の三つ年上の油画専攻で、いつもキツい煙草の煙を燻らせているような女性だった。中性的で整った顔立ち、体のラインが顕（あらわ）になるような細身のシャツを好み、黒いスキニージーンズを穿きこなす。声色がハスキーで、指先はピアニストのように細く、繊細で美しかった。実際、彼女は魅力的で男女を問わず人気があったが、そんな評判に後ろ足で砂をかけるような人だった。

新歓コンパでたまたま横に座ったのが縁となり、キャンパスで顔を合わせると、なんだかんだとよく話すようになった。別になんてことのない話ばかり。だいたい話をするのは彼女の方で、私はその話に相槌を打つ。ただ、それだけ。

当初こそ先輩なんて呼んでいたのだが、彼女はそれを酷く嫌がった。

『先輩なんて呼ぶのはやめて。名前で呼んで。そうしないなら、もう二度と話しかけないで』

そう言ってにべもない。苗字で呼ばれるのも嫌いだというので、仕方なく年上の彼女を名前で呼ぶことになった。

梓さん、と私が名前を呼ぶと満足そうに頷く。

私たちは不思議と気が合った。

彼女は私の部屋へやってくると、窓の脇にある若葉色のソファに腰を下ろして、小難しい本を読む。家主の私などお構いなしに読み耽り、勝手に冷蔵庫の中から麦茶を出して飲んだ。たまに野良猫が家へ遊びにくる感覚に近かったと思う。実際、猫のように彼女を餌付けしていたのは間違いなかった。

梓さんは芸術家だった。自称したことは一度もないが、キャンパスの彼女を知る誰もが、芸術家だと評価する。抜群に絵が上手いというのもあるが、何より彼女の絵には一貫してテーマがあった。

『私の作品のテーマは【可能性】よ。こうだったかもしれない未来、ありえたかもしれない自分。何者かになろうとする可能性を描きたいの』

人の心を奪う、という表現がよく使われるが、梓さんの絵は違っていた。

心の欠けた部分に、かちり、と嵌るような。失くした何かを取り戻したような感覚を、観た人間に味わわせる魅力があった。

しかし、同じく絵描きを志す者の多くが、その絵に叩きのめされた。重厚で固く、信念に満ちた独自の世界観に筆を折った。羨望や妬みの眼差しを向けられても、彼女は何も変わらない。

私は、そんな彼女に近づきたくて、辛うじてその場に踏み止まっていた。

『千花(ちか)はもう少し自分に自信を持った方がいいわ。あなたの眼を通して、心で濾過して解釈された世界が、あなたの作品になることを自覚すべき』

高校でも、予備校でも私より絵の上手い人間なんていなかった。私が絵を描くことが上手いのは当たり前のことで、それは人が歩けるのと同じくらい当然のことだったのに。今は何百枚、何千枚と描いても納得できるものが描けない。まともに歩けている気がしなかった。

梓、と呼び捨てにできるようになっても、私は彼女の隣に並び立つことができないでいた。

彼女の卒業作品を観た時、心の欠落を突きつけられたような気がした。圧倒的な作品を前に、悔しさで涙が滲まない絵描きがいるだろうか。

なんて素晴らしい絵なのだろう。そう思うと同時に、なんでこんな絵が描けるのだ、と心が戦慄した。これから先、何年、何十年と絵筆を持っても、私には届かない。そう思わせるだけの尊さがあった。観ている世界が、あまりにも違う。

壁にかけられた巨大なキャンバス。裸体の女性が、黒い暴風の中、顔を掻き毟るようにして叫んでいる。歯も髪の毛も逆立てて。ウルフカットの髪の奥で、声ならぬ絶叫をあげているのは彼女自身だ。自らがモデルになり、裸体を晒す行為さえも厭わずに、彼女は作品を創り上げていた。

作品のタイトルは『モラル』。

唇を噛み締めて、私は己の不甲斐なさに泣いた。

ようやく悟った。

私は天才なんかじゃなかった。

ただの凡人。

私は、ただの石ころだった。

しかし、美しい宝石は忽然と消えた。

卒業間近に行方知れずとなり、そのまま二度と大学には来なかった。

梓の両親が警察に捜索願を出したが、なんの手がかりも得られないままに私は大学を卒業した。

掴んでいた手を、手首ごと切り落とされたような喪失感を抱えて、私は社会を独り歩むことになった。

◇

あれからいつの間にか、七年の月日が経ってしまっている。

私は美術の教師として、とある地方にある私立の女子高で働いている。母方の親戚がこちらに長く勤めており、どうせなら採用試験を受けてみないかと卒業を控えた私に勧めてくれたのだ。

画家になることを諦めた私だったが、それでも絵を描くという行為からは離れられなかった。ただの石ころだった私でも、宝石の原石を見つけることができたなら、それを磨く手伝いをしたい。そう思ったからだ。

放課後、私は美術室の片隅で生徒に交じって油画を描く。

本気で絵を学びたい、という生徒は残念ながら殆どいない。だが、それでもいいと思っている。彼女たちにも、いつか本気になれる何かが見つかればいい。絵画はその中の一つの選択肢でしかないのだから。

「千花先生。この絵の人は誰なんですか」

いつの間にか背後に立っていた生徒に苦笑する。

「蓮水(はすみ)先生って呼びなさいと言っているでしょう」

「女の人？　それとも綺麗な顔立ちの男の人？」

「女性ですよ。私の友人です」

「綺麗な人ですね。女優さんみたい」

彼女は感心したように言って、それから小首を傾げた。

「どうかしましたか？」

「……なんだか、見覚えがあるような気がして」

「芸能人やアイドルに似た人がいましたか？」

最近のアイドルは特に美男美女揃いだ。それこそ絵画の世界から飛び出したかのように整った顔立ちをしている。

「そうじゃないんです。先生、私この人をモデルにした絵を観たことがある気がします」

梓の描いた絵は失踪後に全て両親によって売却されてしまった。私がその話を聞いた時には、全ての絵が売り払われた後でどうすることもできなかったのだ。

「本当ですか」

「はい。間違いないと思います」

「何処で見かけたか教えてくれますか？」

私の問いに彼女は思い出すようにしてから、屋敷町、と呟いた。

「そうだ。父に連れていってもらった屋敷町の画廊で見かけました」

間違いありません、と続ける。

屋敷町といえば、古い町並みの残る観光地だ。ここからなら電車でそれほど遠くはない。

「ありがとうございます。おかげで友人の絵を買い戻せるかもしれません。ちなみに、どのような絵だったのか覚えていますか？」

梓の作品は七十二枚全て覚えている。筆致や独特の癖までも頭の中に染みついたように残っていた。構図さえ聞けば、すぐにどの絵か分かる。

「はい。長い髪の綺麗な女の人が、椅子に座っていました。こちらを睨みつけているような、そういう絵です」

その言葉に、心臓が奇妙な音を立てて鼓動したような気がした。

梓は小学生以来、一度も髪を伸ばしたことがないと話していたのを思い出す。どんなに美容院に行くのを忘れていても、鎖骨に届く前に必ず切ってしまうのだと。

『必要以上に女として見られるのが嫌なの』

頭の中にこびりついた彼女の声が、頭蓋骨の中で反響する。

一つの仮説が、泡のように私の心の中に浮かび上がる。

梓は生きている。

そう思った瞬間、筆が指先から落ちて床の上に転がった。

耳元で心臓の鼓動が聞こえる。

キャンバスに描いた梓の横顔が、ほんの少しこちらを向いて微笑んでいるような気さえした。

◇

調べてみた所、屋敷町にある画廊の名前は『百華廊（ひゃっかろう）』と言い、どちらかと言えば画商が絵を売る場所というよりも、蒐集家がコレクションを自慢する場所という方が近いようだった。先月から画廊の主催者として名前が記されているのは、木山某（なにがし）という人物だったが、まるで聞き覚えがない。

画廊は平日の月曜と水曜、おまけに日が暮れてからしかやっていないという。

仕事を定時で上がった私は全財産を手に、屋敷町へと向かうことにした。幾らかかっても、彼女の作品を取り戻さなければならなかった。ただ親というだけで、娘の作品を売却したことを私は許していない。あれは梓の全てだった。彼女の骨で、肉で、血液で、魂だ。僅かな金銭と、どうして交換などできるだろう。

屋敷町の駅に着く頃には、夕陽がもう沈みかけていて、西の空が白桃のような柔らかい色に染まっていた。反対に、東の空は濃紺ただ一色に染め上がっている。

初めて訪れたが、屋敷町は確かに梓が気に入りそうな風情のある町だった。京都を思わせる古い町並みはあるが、京都のように近代的には栄えていない。明治や大正のモダニズムと、侘び寂びを思わせる風情が融和している。

あちこちにある武家屋敷の門前に吊るされた提灯が、辺りを淡く照らしあげている。裏路地も気になるが、奥の闇を覗き込むと妙に背筋の辺りがざわついた。

ここは猫が多いようで、あちらこちらで見かけた。媚びを売ってくるような猫はおらず、じっとこちらを観察するように丸い瞳で見てくる。

私は途中、何度か道に迷いながらも、なんとか目的の画廊まで辿り着くことができた。

件の『百華廊』は、造り酒屋を改装した画廊で、門を潜った先には竹灯籠の灯りが酒蔵へと続いている。恐る恐る入り口を潜ると、細長い土間の空間が三メートルほど広がり、右手には二階への階段が見えた。高い吹抜の上、巨大で長く太い梁から吊るされた照明が、蔵の中を幻想的に照らし上げている。

普通、画廊といえば入り口に受付がいるものだが、一階には誰もいない。どうしたものか、と悩んでいると不意に二階で杖を床に打ちつけるような音が響いた。

「二階へ上がってきたまえ」

低い男性の声。声に刻まれた年齢の圧力が、否応なく私を二階へと引摺るように思えた。

艶やかな飴色の階段を上がり切ると、そこには着物姿の痩せぎすの老人が立っていた。白髪を頭の後ろで結び、不機嫌そうにこちらを睨みつける瞳が炯々と輝いていた。まるで骸骨のようだ、と思わず息を呑んだ。

「君は絵画が好きかね」

「嗜む程度ですが」

「そうか。ならば好きに観たまえ。死蔵しておいてもつまらん。たまにはこうして外を眺めさせんと機嫌を損ねる。存分に眺めていくがいい」

どういう比喩だろうか。

「あの、あなたが木山さんですか。主催者の」

「いかにも」

「あの、実はお願いがあって参りました」

「何の用かは知らんが、まずは絵を観て回るべきではないかね。お嬢さん。ここは画廊だ。絵を鑑賞する場所であって、商談は作品を眺めてからにすべきだろう」

違うかね、と問われて言葉に窮してしまう。

「分かりました」

ここで意固地になっても仕方がない。それに、老人の言うことも一理ある。まずは作品を鑑賞する方が先決だろう。

二階の壁には、幾つもの絵画が豪奢な額に入れられて飾られていた。どれも名画と呼ぶに相応しい色彩、構図、そしてテーマに溢れている。自分だけの世界を持った正真正銘の宝石たちの世界に、思わず心を奪われてしまう。

ああ、やはり私は芸術が好きだ。他ならぬ人が、人の為に創った作品たち。作家というフィルターを通して見る、世界の姿がそこにはあった。

やがて、一枚の絵の前で私の足が止まる。思わず、言葉を失った。

「……梓」

絵画の中に、梓がいた。木製の椅子に浅く腰かけ、背筋を伸ばし、真っ直ぐにこちらを睨みつけるように見ている。確かに黒髪は腰の辺りまで伸びているが、間違いなく梓その人だ。

だが、何かが違う。

「そうよ、目が違う」

違和感の正体は、右眼だ。右眼の色が違う。梓の眼は綺麗な栗色をしていたのに、絵の中の梓のそれは透き通った琥珀色をしている。濡れたような黒色に、磨き上げた黄色が瞳の内側で幾重にも重なって見えた。

それでも、筆致は間違いなく彼女のものだ。色彩の濃淡、構図まで。

「その絵が気に入ったのかね」

声に振り返ると、木山さんが薄闇の中に立っていた。死者のような青白い肌に光がくすむように滲んで見える。

「この絵の作者が何処にいるか。ご存じありませんか」

「……君は彼女の友人か」

「それ以上の存在だと思っていました」

少なくとも、行方知れずになるまでは彼女もそうだと思っていたのに。

木山さんは眉間に皺を寄せると、暫く黙り込んだまま私のことを見た。容姿を眺めているというよりも、私たち絵描きが被写体を観察するような。本質を見抜こうとするような、そういう何処までも遠くを眺めるような瞳だった。そう。まるで私の内側を覗き込もうとしているように。

「……良いだろう。後日、私の屋敷へ来なさい」

彼はそう言うと、袂から取り出した紙にすらすらと何事か書き込んで、それを私にくれた。

「必ず一人で来なさい。約束を違えれば、この先彼女に会う機会を一生失うと肝に銘じるように」

「分かりました。あの、彼女は今も絵を描いていますか」

「描いているとも。それだけが彼女の望みだ」

木山さんはそう囁くように呟いた。

薄暗い照明のせいか。目の前の老人が、酷く邪悪なもののように見えた。

◇

翌日、彼に指定された時間よりも少し早く、私は木山邸へと辿り着いた。

小高い丘の上、鬱蒼と生い茂った背の高い竹林の間を貫くように真っ直ぐに走る小路の先に木山さんの邸宅があった。屋敷、という表現の方が相応しいかもしれない。

漆喰の塀で覆われ、中の様子は窺い知れない。どうやら蔵があるようだ。

門前に吊るされた提灯に入った家紋には、百足が描かれていた。ぎょろり、とした双眸が木山さんのそれを彷彿とさせる。

重厚感のある門は、既に扉が開かれていた。そっと中を窺い見ると、庭も玄関へ続く飛石も綺麗に手入れが行き届いている。いかにも地主の邸宅という風情があったが、どこか寒々しく、ひんやりと薄暗い。

「君も絵を描くのかね」

声に振り返ると、池の前に立つ木山さんが餌を撒いていた。ばしゃばしゃ、と音を立てて彼の足元に群がる赤白い魚たち。私は魚にそれほど詳しくはないが、あんな気味の悪い形をした鯉がいる筈がない。

「慰め程度には。彼女は此処にいるんですか」

私の問いに木山さんは表情を変えないまま、餌を放り続けた。

「彼女の絵は実に素晴らしい。誇り高い信念が宿っている。眺めていると、私でさえかつて捨てた魂の一部を取り戻したような気になる」

「梓は此処に住んでいるのですか」

この奇妙な年寄りと一緒に暮らしているのか。もしそうだとしても、とても彼女の意思によるものだとは思えなかった。

「断っておくが、私は彼女には一切危害を加えてはいない」

餌を撒き終わり、手を叩いて餌屑を払い落としながら木山さんが薄く笑みを浮かべる。

「彼女に会わせよう。君ならば許すだろう」

ついてきなさい、木山さんがそう言って私の横をすり抜けて門の外へと出ていく。

「屋敷にいるのではないのですか」

「残念だが、彼女は身動きができないのでね」

そうこともなげに言って、生い茂った竹林の中へ分け入っていく。

鬱蒼とした竹林が風に揺れてざわめく音に、背筋がぶるりと震えた。

靴の底ごしに伝わる、腐葉土の感触。重なり合う笹の葉のせいで太陽の光が殆ど届かない。薄暗い竹林などに、どうして梓がいるというのか。

「ここだ」

それは崩れかけた小屋だった。コンクリート製の壁やトタンの屋根が辛うじて残っているが、窓もなければドアもついていない小さな廃屋。

胸の奥に鉛が落ちてくるような感覚に、思わず胸を押さえずにはいられなかった。

このまま帰った方がいい。そう理性が告げているのが分かる。何も見なかったことにして、誰にも会わなかったことにして、何もかもを忘れて日常に戻るべきだと。

「君が彼女のことを本当に想うのなら、何を躊躇うことがある」

優しげな言葉とは裏腹に、とても邪悪な顔をしていた。崖の際に辛うじて立っている人の背を押すように、木山さんが私を急かす。

中を覗き込んだ私の目に飛び込んできたのは、椅子に腰かける女性の後ろ姿だった。イーゼルを立て、キャンバスを前に筆を持っている。

私の脳裏を、かつての日々が走馬灯のように駆け巡った。

彼女の名を呼び、正面へ回り込み、抱き締める。

すぐに異変に気づいた。

冷たい。まるで死体のように。ぞわぞわと鳥肌が立っていくのを感じながら、そっと後ろに下がって梓を改めて見る。

長く伸びた髪は艶やかで、肌には僅かに紅が差している。ぷっくりとした唇に、筋の通って高い鼻。左眼はあの頃と変わらないが、その右眼は宝石のように美しい琥珀色の瞳をしていた。

「梓？」

硬直したように動かない。目の前で手を振るが、まるで反応がなかった。真っ直ぐに正面を見据えている瞳の瞳孔は完全に開いてしまっている。これでは、まるで死体ではないか。

「無駄だ。彼女は絵を描く時にしか動かない。尤も、口も利かず、ただ絵筆を動かす他には何もしないがね」

「どういうことですか。どうして、こんな」

「見ての通り。彼女はもう死んでいる。いや、緩やかに死に続けているのだ。私が見つけた時には辛うじてまだ息があったが、腹部を刺されていたから、どちらにせよ永くはなかっただろう」

淡々とそう言って、木山さんが壁にかけられたランタンにマッチで火を灯す。ランプの灯りが滲むように廃屋の中を照らし上げた。

「七年ほど前のことだ。夜中に争うような物音がしたので、ここへやってくると彼女が倒れていた。乱暴をされた形跡があり、腹部には刃物が突き立っていた。見るからに致命傷だったが、彼女はまだ微かに意識があり、私の顔を見るなり、『絵筆を持っていないか？』と聞いてきた」

驚きを禁じ得なかった、と木山さんは咽喉を鳴らして笑う。

「私は彼女がこのまま死んでしまうのは惜しいと思ったのだよ。死の間際にありながら、これほど燦然と輝く魂の持ち主にはそう会えるものではない。そこで、私は彼女に契約を持ちかけた。僅かな間ではあるが、延命できるように」

この老人が何を言っているのか、まるで理解できない。

「君は、どうして彼女が自画像にこだわると思うかね」

ランタンの炎が揺らめき、顔の凹凸の陰影が歪むように膨らんで見える。

「他人の心の欠落を埋められるような作品に、どうして自分を題材に用いるのか」

喉元に刃を突きつけられたような思いがした。

そんなことは、他でもない私自身が痛いほど思い知らされていたことだ。知りながら尚、意識しないようにし続けていたことだ。

「……彼女の中には、自分しかいないから」

他人が入る余地などない。彼女は誰にも媚びない。誰にも影響されない。どんな色にも染まらず、決して他人の色と混じらない。恋人だと言ってくれた私すら、梓のキャンバスに描かれることは一度もなかった。

「君はそれでいいのかね？　心の底から欲したものを、みすみす取り零すというのか」

梓がどうしてこんな所に連れてこられたのか。誰が彼女に暴力を振るい、傷つけたのか。様々な疑問が脳裏を渦巻いていく。だが、一つだけ確かなのは、それだけのことがあっても尚、彼女の魂とでも呼ぶべきものは少しも色褪せなかったということだ。

「この右眼は琥珀を用いて作られた義眼だ。太古の樹液に植物の種が閉じ込められている。いわゆる呪いの道具だ」

「呪い？　命を延ばせるものではなく？」

「結果的には、という話だ。魂というものは、肉体という器がなければ霧散してしまうのだよ。土くれでできた器だ。そしてこれは移植者の身体の隅々まで根を張り、植物のように時間を緩やかにすることができる。それでも相当に脆い。此処から不用意に動かせば、たちまち乾いた泥のように崩れてしまっていただろう」

「でも、あの絵は」

「そう。紛れもない彼女自身の作品だ。書き上げるまでに七年もの月日がかかったがね。一日のうちにほんの数分、前触れもなく動き出して絵を描いていたよ。画材は全て私が取り揃えた。おかげで最高の絵画が完成した。彼女の魂は一つ残らず、その色彩をあの作品に塗り固めてある」

きっと梓は、絵を完成させる以外のことなど一切考えたりしなかったろう。

「……話せないのですか」

「今の彼女は最早、植物のようなものだ。流れている時間が違いすぎる」

それなら、今ここにある彼女はなんだというのか。

紛れもない梓そのものである筈なのに。もう指先一つ動かせないまま、こうして朽ちることなく此処にいなければいけないのだろうか。

「ダメよ。そんなの、ダメ」

蓋をしていた感情が、中身を抑えきれずに溢れ返る。七年間、私の中で鬱屈し溜まっていた何もかもが噴き出てくるのを感じた。彼女の中に私はいなかった。それが何よりも許せない。

「まだ手段はあるわ」

木山さんの方を振り向くと、彼は心底楽しくて仕方がないという邪悪な顔で小さく頷く。

私の意図を、秘めていた思いを、この老人はきっと初めて会った時から見抜いていた。

「その右眼を、私に移植してくださいませんか」

私の懇願に、木山さんは亀裂のような笑みを浮かべた。

「いいだろう。その代わり、一つだけ条件がある」

「なんですか」

「絵を描き続けてくれ。その命が尽きる、最後の刹那まで。絵筆を握り、彼女と共に眺めた世界を色彩にして作品にして欲しい」

「約束します。もし、万が一にも私がすぐに死ぬことがあっても、右眼だけは必ずお返しします」

私の言葉に木山さんは皮肉そうに口元を緩めた。

「嫌味なことを言うものだ」

これくらいの反撃は許されるだろう。

「さぁ、目を閉じなさい」

木山さんの手が瞼の上に触れる。すると、鋭い痛みを感じ、右眼に違和感を覚えた。異物が瞳という小さな穴を乱暴に暴くように現れたのだ。

「っつ」

「暫くはそちらの眼は閉じておくように。君の右眼は、彼女に渡すのが良いだろう」

ハンカチで右眼を押さえて、どうにか左眼を開くと、そこには私の右眼を持った梓の姿があった。赤い血の雫が涙のように頬を伝って、まるで泣いているようだ。

愛おしさに口づけをした瞬間、梓の身体が解けた。髪も肌も、肉も何もかもが一瞬で崩れて、その場に乾いた土となって散らばる。

墓標のように突き出た、彼女の握っていた絵筆を手に取る。

「二度と此処へは来ないように。本来、ここに足を踏み入れた人間の命の保証はできんのだ。約束を違えれば、竹林へ無断で踏み込んだ慮外者（りょがいもの）のように、骸すら残らぬ死が待っていると思うがいい。私は君たちの描く作品にしか、もう興味はない」

木山さんの突き放すような言葉に、ただ黙って頷いた。

小屋を後にしてから、私は一度も後ろを振り返らなかった。

梓が最期に残した作品さえ、もうどうでも良い。

彼女の中に、私はいなかった。だが、今は違う。

彼女は私の右の眼窩に、しっかりと根を下ろしている。もう二度と離れることはない。琥珀という名の宝石として生まれ変わって、私の元へ帰ってきてくれたのだから。他に欲しいものなどない。

なんて朗らかな気分なのだろう。

心が満たされているのを感じる。

乾いた身体に水が行き渡るように。

世界が、輝いて見える。

「これから二人で沢山、沢山絵を描きましょう。あらゆる感情を筆に乗せて。悲哀も憎悪も、憤怒も嫉妬も、歓喜も嘆きも全て」

坂道を下りていきながら、春の風を頬に感じた。

丘の上から見下ろす屋敷町は、桜の花びらが舞い、言葉にならないほど美しかった。

私は、梓の眼を手に入れた。

彼女と私の眼に映る世界を、その色彩を作品に描き続けよう。

死が、私たち二人を分かつまで。

この身が崩れて、やがて一握(いちあく)の土へと還るまでは。

幽蛇

その男が訪ねてきたのは、もう梅雨に差しかかろうかという六月の初めのことだった。

今にも雨粒が落ちてきそうな曇天を縁側でぼんやり眺めていると、紫陽花の咲き乱れる生垣の向こうに大きな荷物を背負った小男が見えた。赤い和傘を差して、我が家の前で微動だにしない。雨の匂いに交じって、潮の匂いがした。

小男はやがて門扉を潜(くぐ)り、玄関へと向かったらしい。

「ごめんください」

媚びたような声に嫌な予感がしたものの、居留守を決め込んで上がり込まれたりしたら困る。訪問販売のフリをした空き巣だったなんて話は今時そう珍しくもない。

「はいはい。すぐ行くよ」

空返事をしながら玄関へ向かうと、敷居の向こうに前屈みになった小男が立っていた。奇妙なことに木製の猿の面を被り、背負った巨大な背嚢(はいのう)には様々な面が括りつけられて、かちゃかちゃと乾いた音を立てている。

「突然、すいやせんね。見ての通り、あっしはしがないお面売りでして。庭先に見事な紫陽花が咲いていらっしゃるものだから、これも何かのご縁と思いやしてね。こうしてお邪魔させて頂いた次第でして」

よくもいけしゃあしゃあと言ったものだ。庭の様子から敷地の広さまでしっかり調べてから声をかけた癖に。

「そいつはどうも。どういった御用件ですか」

「そりゃあ、お面屋ですからね。お面を売るのが生業です」

昨今、こんな商売をしている人は珍しい。格好から話し方まで妙に芝居がかっているが、悪くない。縁側で退屈を持て余しているよりもずっといい。

「生憎だが、お面に興味はないね」

「まぁまぁ、何も無理に売りつけようって訳じゃありません。あっしもね、ご縁がある方とだけ商売をしたい。縁のない人と無理に結んでもバチが当たるやもしれんでしょう。それにほら、手に取って見るくらいのことはしても良いじゃありやせんか。旦那、中へ入っても？」

敷居を跨がずに、もじもじとしている様子はいかにもいじらしい。

ことができない。

や、そもそもどんな表情の面だったか。ついさっきのことだと言うのに、いまいち思い出す

歯を剥いて笑っているような猿の面に首を傾げる。はて、こんな貌の面だったろうか。い

「へへ。ありがてぇ」

「玄関先でよければ」

「旦那。お面ってのはね、面白くも忌々しいもんでしてね。喜怒哀楽だけじゃあない。悲喜交々、憎悪や怨嗟、嫉妬や悔恨までありとあらゆる表情があるんでさ。そいつらをあっしは売り歩かなきゃあならない。なに、旦那の心を掴んで放さぬものもきっとありやすよ」

「そうかい」

こんな使う機会もないものを衝動買いするほど酔狂ではないが、いったいどんな面を出してくるのか。純粋に興味が湧いた。それに、こういう奇妙なものを見るのは嫌いじゃない。

「それにしても凄い荷物の量だ」

「そりゃあ、沢山の面を取り揃えておりやすよ。こんな御時世ですからね、面となるモチーフに困ることはありやせん。痛ましい事件、目を覆いたくなるような悲劇はそこらじゅうに転がってやす。なぁに、旦那にお見せしたいものも既に決まっていましてね。一目、そのお顔を拝見した時にピンときたんでさ」

　お面屋はそう言うと、背嚢から桐の箱を取り出した。

「いかにも高価そうじゃないか」

「へへへ。こいつなんですがね。きっと気に入りやすよ」

　男が蓋を開いた瞬間、私は口から漏れそうになる悲鳴を抑える為、思わず両手で覆わねばならなかった。

　それは女の面だった。一見すると般若(はんにゃ)のそれのように見えるが、その顔立ちは紛れもなく私がよく知る女性を象(かたど)っていた。今にも怨嗟の声をあげそうな精巧な造形に目を背けずにはいられない。

「如何ですかい？　良い表情をしていやすでしょう？　こいつはね、想い人に無下にされたのを逆恨みして、自ら怨霊となるべく命を断ちやしてね」

「なんだって？　自殺だと？」

「ええ。なんでも好いた男に手酷く袖にされたとか。まぁ、そんなことはどうでも良いんですがね。人を恨む気持ちだけは人一倍あったようでして、人の情念とは恐ろしいものでさァ。手前のものにならなけりゃあ、殺したくなるほど憎くなるってんだから」

　始末に負えない、と今にも飛び跳ねそうな様子で嬉々として言う。

「この面は、誰が彫ったんだ。アンタか？」

「いやいやいや。あっしはしがない行商人にすぎやせんよ。面を彫ったりするのは門外漢です」

「この面を彫った奴は？　どこにいる。会わせて欲しい」

「そいつは難しいですな。職人気質で内に籠もりきりでね。ちぃと不可思議な場所に暮らしていやすから、軽々に行来することすら難しい」

どうして、彼女の顔を知っている。

少なくとも、この男が彼女を知っている筈がない。いくら似ていても、他人の空似というものだ。それに彼女が自殺したなんて話は仲間内でも聞いたことがない。いや、ずっと疎遠になっているからここ数年のことなら分からないが。

「どうです。きっと旦那には縁のあるものじゃないんですかい？」

ニタニタと猿の面の下で男の目が邪悪に笑っているのが分かって、背筋がゾッとなった。得体の知れないものを招き入れてしまったような気がする。

「もう充分だ。帰ってくれ。そして二度と来るな」

「おや、そいつは酷い。琴線に触れるものはなかったと？　本当に？」

「ああ。何もなかった。さっさと消えてくれ」

気色ばむかと思いきや、お面屋は揉み手をしながら困ったような笑みを浮かべている。また面の表情が変わっていた。いつの間に面を取り替えたのか。困り眉の面は、ニタニタと下卑た笑みを浮かべている。

「何もそんなに焦って返事をするこたァないんですよ。あっしも納得のいかねぇと言うお客から銭を貰ったとあっちゃなりませんからね。どうでしょう。ここは一つ、明日まで預かってみるというのは。お面なんてものはね、手に取って眺めて、何より顔につけてみなけりゃあ始まらないいんだ。旦那、あっしは明日の夕暮れにまた伺いやす。それまでにどうぞお気持ちを整理してくだすったらいい」

手元の面に視線を落とすと、今までに感じたことのない寒気がした。目を覗かせる二つの穴が、まるでこちらを覗き込んでいるように見える。

こんな気味の悪い面を置いていかれては堪らない。

「いらない。持って帰ってくれ」

そう言って視線を上げると、お面屋の姿は煙のように掻き消えていた。白昼夢でも見ていたのか。しかし、私の手元には確かに面が残っている。

よく見ると、お面屋が立っていた場所には、紫陽花が一輪、落とされた首のように無造作に転がっていた。

●

真夜中、就寝前の読書を終え、歯を磨きに洗面所へ向かう途中、なんとなく家の中に誰かの気配がした。

静まり返った廊下でも気配を感じて振り返るが、やはり誰もいない。当然だ。この家は私一人で暮らしているのだから。間違いなく戸締りも済ませてある。今日は、あのお面屋の件もあったので、いつもより念入りに戸締りをしたのだから、誰かが家の中にいる筈がない。だというのに、あちこちから気配を感じる。戸棚の陰、障子の隙間、僅かな空間から何かがこちらを見ている。

洗面台で歯を磨き、口をゆすぐ。顔を上げた瞬間、三面鏡に映る自分の肩越しに、女が立っているのが見えた。

「――ッ」

悲鳴を飲み込みながら振り返ると、そこには確かにあの面をつけた女が立っていた。だらりと左右の腕を下ろし、服には赤黒い斑点が幾つも滲んでいる。

「お前」

その瞬間、女が眼前に迫ったかと思うと、握り潰すように両手で首を絞め上げられる。

息ができない、などという生易しいものではない。気管が潰れ、首の骨がぎしぎしと鈍い音を立てた。全身が燃えるように熱い。顔面が鬱血していくのが分かる。やがて手足の感覚さえ消えていく。

遠退いていく意識の中、ぼきり、と頸椎が砕ける音がした。

――目が覚めた瞬間、布団の横に嘔吐していた。何度もげぇげぇと吐き戻し、震える手で首筋に触れると、まだ鈍い痛みが確かに残っていた。

夢だったのか。しかし、何処から夢だったのかが分からない。いつ布団で横になったのか。その記憶さえ曖昧だ。

酷く疲弊した身体でどうにか立ち上がり、ふらつく足で洗面所へ向かいながら、廊下でまた嘔吐する。まだ首を絞めつけられる感触が生々しく残っていた。

洗面所の鏡に映る自分の首を見て、思わず血の気が引いた。そこには紫色の痣が手の形そのままにくっきりと残っている。爪で引っ掻かれて破れた皮膚から流れ落ちた血が、滴となって白いシャツに赤い染みをつけた。

「夢だ。悪い夢に決まっている」

コップの水で口の中をゆすいでから、何度もうがいを繰り返した。

あの女の顔を見間違える筈がない。学生時代、初めて交際した女性だ。それぞれ遠方に就職した為に遠距離恋愛になってしまい、少しずつ疎遠になり、互いに関係を続けていくのが億劫になって別れてしまった。別に珍しくもない。よくある話だ。

彼女は本当に自殺してしまったのだろうか。私のことを恨み、憎んだ果てに命を絶ってしまったのか。

罪の意識ならある。碌に話し合いもしないまま、彼女との関係を切ってしまった。私のことを恨んでいても不思議ではないだろう。

「そんな馬鹿なことがあるか」

気を取り直して、自分の吐瀉物を雑巾で片付けて、ようやく眠れる環境に戻す頃には、すっかり朝になってしまっていた。寝直そうかとも思ったが、またあんな悪夢を見るくらいなら、このまま起きていた方がいい。

念の為、面を確かめようとして木箱を開けると、どういう訳か、あのお面は忽然と消えてしまっていた。

その日、約束の時刻になっても、あのお面屋は姿を見せなかった。

あの面を見つけたらすぐに焼いて処分してしまおう。そう決めたのは良いが、家の中をどれだけひっくり返しても見つけることができない。まるで面それ自体が逃げ回っているかのようだ。

やがて夜になり、食事を終えても到底眠る気にはなれなかった。昨夜のことが、脳裏に生々しく残っていたからだ。いつもなら晩酌を始める頃合いだが、酒に酔えば眠くなる。今夜ばかりは酒を呑むのが恐ろしかった。

「駄目だ。とても眠る気になれない。いい歳をして情けない」

なるべく眠気を遠ざけられるよう、濃い珈琲を飲みながら映画を観て時間を潰す。せっかくの週末だ。たまにはこうして徹夜するのも悪くない。

友人たちと飲み歩くのもいいが、この歳になると家庭を持っている者も多い。急に誘って集まれるほど、自分たちはもう若くはなかった。

「さて、何を観ようか。買ったまま一度も観てない映画がごまんとあるぞ」

誰に言うでもなく独りごちて、少し古いが名作と名高い映画に決めた。仲の良い男の子たちが死体を見つけに行くというものだ。昔からこの映画は好きだったが、この歳になって観るとまた少し感じ方が違う。結婚して、子どもを持つ親になれば、また感じ方が変わるのかもしれない。

午前三時を過ぎた頃、用を足すために廊下へ出る。玄関の前を通ろうとして、沓脱（くつぬぎ）の場所に誰かが立っているのを横目で捉えた。思わず足が止まる。

視界の端に誰かが立っている。

立ち止まるべきではなかった。

見てはいけない。目を合わせるな。

荒くなる息を整える。脂汗が止まらない。

歯を食いしばり、きっと真横へ視線を投げる。

いつの間にか、目の前にあの面をつけた女が立っていた。

「あっ」

どん、と腹部を突き飛ばされたような衝撃が走った。灼けつくような痛みに思わず顔を顰める。臍の横に深々と突き立った包丁。その柄を女が掴んで引き抜くと、夥しい血が吹き出すように溢れた。

膝から力が抜け、仰向けに倒れる。口の中に鉄の味が広がり、どろり、とした血が口から溢れた。

「ぶえ」

血の塊が、次々と床へこぼれて広がっていく。

馬乗りになった女が淡々と包丁を振りかざした。

「うああ、ぐう、あああ」

手を必死に伸ばすが、指先が痺れて言うことを聞かない。

ずさり、と喉へ深々と錆びた刃が突き刺さった。

——目が覚めた瞬間、私は絶叫していた。

咽喉が擦り切れそうなほど長い絶叫を手で口を塞いで止め、狂ったように立ち上がって家の中を歩き回った。泣きながら包丁を突き立てられた腹に触れると、傷一つ見当たらない。しかし、腹の奥がチクチクと刺すように痛んだ。

柱の時計に目をやると、時刻は午前三時になったばかり。

あの女が家の中にいる。その現実がヒタヒタと背中に這い寄ってくるようだ。

結局、また一睡もできないまま朝を迎えた。

家中の家具や物を全て庭に出して、改めて家の中を探し回ったが、どうしてもあのお面屋が置いていった女面が見つからない。返せずとも、あれを壊してしまえたなら、もう悪夢に襲われずに済むような気がするのに、どうやっても見つけることができなかった。

○

当時、彼女とは大学生の割には上手く付き合っていたと思う。

好みも似ていたし、色々な相性も良かった。ただ、まだまだお互いに子どもだったのだと思う。付き合っていくことで得られる楽しさばかりを享受して、その先にある責任に触れないようにしていた節があった。大学を卒業すれば、自然と交際が終わる予感はきっと彼女にもあったのだと思っていたが、そうではなかったのかもしれない。

確かに私たちは互いの就職先を話し合うこともなければ、その先のことについても口にしなかった。けれど、彼女は試していたのかも知れない。ただ、まだ私は大学を出たばかりの新社会人で、社会という荒波を前にして一切の余裕がなかった。彼女に気を配ることなど、できなかったのだ。

それでも、彼女は恋人からの連絡を待っていたのかもしれない。

実際、彼女から来ていた連絡を返せないまま、失念してしまっていたことは何度もあった。罪悪感を覚えない訳ではなかったが、当時の自分には彼女の不安を聞いて寄り添ってやれるだけの器など何処にもなかったのだ。

恨まれても仕方がない。

しかし、殺したいほど憎まれていたのだろうか。

彼女は明るく、どちらかと言えばさっぱりとした気性の人だった。めそめそ、と弱音を吐かず、嫌なことがあっても引き摺らない。陰口を叩かれることはあっても、陰口を言うようなタイプではなかった。強い人だったのだ。

でも、本当にそうだろうか。

自分が支えなくてもいい。そう心の底で安心していたのかもしれない。だからこそ、疎遠になってもいずれ彼女の方から、まるで気にしていない様子でまた連絡をしてくる。そう自分勝手に甘えていたのだ。

「……クソダサいな」

朝焼けに染まる東の空を眺めながら、縁側で煙草を吹かす。

思い返すほどに、恨まれても仕方がないと思えてくる。

自殺した、とあのお面屋は言った。嘘だと撥ね除けたが、本当にそうだろうか。

社会に出た後、いろんな理由で心を病んでリタイアしていった友人は少なくない。中には精神を病んで、入院した者もいる。自分などは、たまたま相性のいい、きちんとした企業に勤めることができただけだ。本当に運が良かっただけ。

「あいつの連絡先、まだ変わってないよな」

携帯電話の連絡先の中に、彼女の名前を見つけて指が止まる。自然消滅してから一度も連絡を取り合っていない。きっと番号も変わっているだろう。メールのアドレスだって、今時そのままということはない筈だ。

それでも、もしも連絡が取れたなら答えが分かる。

自殺なんてする筈がない。

本当にそう思うのなら、連絡を取ればいい。共通の友人に頼めば、彼女の生死くらい簡単に分かる筈だ。それでも戸惑うのは、自分自身が最悪の結末を想像したくないからだ。

私への恨みを抱いたまま、自らの命を断ち、怨霊になった。

そんな現実を目の当たりにするのは、それこそ殺されるよりも辛い。負い目があるからこそ、余計に恐ろしかった。

「結局、我が身可愛さかよ。情けねぇ」

こんな歳にもなって、この有様はあんまりだろう。

庭に雑多に積み上がった荷物の山を見ていると、思わずため息がこぼれた。

二日間、日が西の空に暮れるまで、あのお面屋がやってくるのを待ったが、待てど暮らせど現れる気配がない。

家の前の通りに出てみたり、馴染みの行商人にお面屋のことを尋ねてみたりしても、そんな珍奇な格好の人間は見たことがないという。念の為、縁側で一日過ごしてみたが、お面屋らしき人物は一度も通らなかった。

明日は仕事だ。寝ない訳にはいかない。それでも、またあんな恐ろしい目に遭うのは御免だった。

どうすべきか一日考えた結果、家を離れることに決めた。この家から逃げてしまえば、あの女が現れる道理はない。

会社から程近いビジネスホテルで一泊するのだ。

身支度を済ませて、家の戸締りをしてから、電話でタクシーを一台手配して貰う。

六時ちょうどにやってきたタクシーで新屋敷のホテルまで直接向かうことにした。いつもなら駅まで歩いて向かうのだが、とてもそんな気分にはなれない。多少の負担はあるが、家からホテルまで真っ直ぐに行けるのは有り難かった。

「ご出張ですか」

不意に運転手に話しかけられて、思わず面食らってしまう。白髪頭の還暦をとうに越えているであろう痩せぎすの男で、ミラー越しに視線が合った。

「ええ、まあ、そんなところです」

「羨ましい。私も若い頃には随分とあちこち飛び回ったものですが、今はしがないタクシーの運転手ですよ」

「はぁ」

反応に困る。こちらを気遣って話題を振ってくれているのなら、確実に間違えている。

「昔はね、そりゃあ景気が良かったから会社の金を使って豪遊したものですよ。タクシーチケットなんか使い放題でね。飲みに行っても宵越しのお金なんか持たなかった」

面倒なタクシーに乗ってしまった。聞いてもいない昔話を始める年寄りに碌なのはいない。

「そうですか。すごいですね」

「やっぱりね、仕事にかける情熱。これが違ってましたよ。残業時間を競い合うんですから。もう家族のことなんか省みたらダメです。出世できなくなる。男ならね、会社に忠誠を尽くさなきゃ」

「そうですね」

「今の人はね、優秀ですよ？　パソコンとかソフトとか簡単に操作してしまえるでしょう。でもね、こう自分を追い込むことを知らないというかね。ストイックさが足りないんですよね。いや、うちの息子もね、いい歳をして結婚もしないでぐうたらしているんですよ」

「そうですか」

「お客さんもね、男なら仕事ですよ。多少の辛いことがあっても我慢する。これが肝心」

はいはい、と適当に相槌を打ちながらイヤホンを取り出そうと鞄のファスナーを下ろして、思わず悲鳴をあげた。

「ど、どうしたんです。お客さん、何かありましたか？」

鞄の中、着替えの一番上にあの女面が置かれていた。

「あり得ない」

荷物を詰める前、鞄の中身は間違いなく空だった。そこへ最低限の着替えや携帯電話の充電器などを入れたのだ。女面を間違って入れることなど絶対にない。

「能面ですか。もしかして芸能関係の方ですか？」

運転手の声を無視して、携帯電話で時刻を確認する。ちょうど午後六時。

家を出てから、間違いなく十分以上は経過している。慌ててタクシーの料金メーターの脇に表示された時刻を確認すると、やはり六時のまま止まっている。

全身の血が引いていくのを感じた。思わず視線を鞄の中へ落とすと、女面が忽然と消えている。

「降ろして」

「え？」

「降ろしてください。今すぐに！」

「いや、ここまだ橋の上ですから。この先で」

運転手の視線がこちらを向いた瞬間だった。

車のライトの先に、不意に面を被った女が現れた。

ブレーキを踏む間もなく、車が女を勢いよく撥ね、フロントガラスに大きな亀裂が走った。衝撃に気がついた運転手が甲高い悲鳴をあげて、咄嗟にハンドルを左へ切る。前を走っていた軽自動車の後部に勢いよくぶつかったかと思うと、タクシーが跳ね上がるように欄干にぶつかり、勢い余って橋から落ちた。

衝撃と音に全身を叩きのめされる。真っ黒い水が、割れた窓から勢いよく中へ注ぎ込んでくるのを目の当たりにして、恐怖が全身を支配した。

運転手は意識がないのか、ぐったりとしたまま動かない。その間にも車体は川の底へと沈んでいく。

「ああ、くそ！　シートベルトが」

指が震えているせいか、何度押してもシートベルトの金具が外れない。氷のように冷たい川の水がもう膝の辺りまでやってきていた。溺死、という言葉が脳裏を過り、半狂乱になりながら金具を外そうとするが、まるで溶接されているかのようにびくともしない。

ぶつり、と音を立ててヘッドライトが消えると、目の前が真っ暗になった。勢いよく水が車内に注ぎ込む音だけが響いていた。水圧で車体が軋み、フロントガラスの亀裂が大きくなっていくのが分かる。

「嫌だ、嫌だ、嫌だ、嫌だ」

死ぬのは嫌だ。溺死なんかしたくない。

助けて、助けて、助けて、助けて。

無慈悲にガラスが砕ける音がして、水嵩が一瞬で頭の上まで達した。息を吸い込んで止める暇もなかった。必死で抜け出そうとするが、息苦しさで気が狂いそうだった。窒息する寸前、苦しみは灼熱の痛みに変わり、とうとう酸素を求めて口を開くと、氷のように冷たい水が容赦なく肺の中へ流れ込み、胸に激痛が走った。文字通り、死ぬほどの苦痛の果てに、ようやく私の意識が消失した。

目が覚めた瞬間、思い切り息を吸い込んでいた。思わず咳き込みながら身体を起こすと、そこは家の縁側だった。

壁にかけられた時計は午後六時を指している。

愕然とする私の視線の先、庭に咲いた紫陽花の傍に、あの女が立っていた。

恨みがましい目で私を睨みつける面の表情に、意識が闇へと転げ落ちていく。

○

とても仕事ができる状態ではないので、会社を休むことにした。体調不良を理由にしたが、それも嘘ではないだろう。あれから毎晩、あの女が殺しにやってくる。現実としか思えない質感と匂い、そして痛みを伴って家の中を追い回され、最後には必ず殺された。そうして苦痛の果てに悪夢から目が醒める。

夜を重ねるごとに、一晩の間に殺される回数が増えていった。眠らないようにしていても、瞬き一つで現実と夢が入れ替わる。かつて愛した女の顔で、残虐に殺される日々は確実にこちらの神経を蝕んでいく。

泣き喚き、怒り狂い、どれだけ家の中を暴れても、夜が来れば同じことの繰り返し。

そして、相変わらずお面屋は姿を現さない。もはや、あの出来事そのものが夢だったのではないかと思えてくる。最初からお面屋などはおらず、女面も存在しない。私が初めから狂っていたのではなかろうか。

何が夢で、何が現実なのか分からない。

どちらも儚い泡のようなものだ。死んでしまえば、醒める夢。

いっそ本当に死んでしまえば、もう死を繰り返さずに済む。そう思うと、自らの命を断つことは唯一の希望のように思われた。それでも、何度味わっていても、死は恐ろしくて耐え難い恐怖だった。

六日目にして、ついに私の心が折れた。

「……もういい」

靴も履かないまま、幽鬼のような有様で家を出た。寝不足のせいか、常に頭の奥が痺れたように痛み、何度も立ち眩みに足が止まる。黄昏に沈んでいく街を彷徨い歩きながら、私はもう如何に死ぬか、ということしか考えていなかった。

屋敷町の何処をどう進んだのか、まるで覚えていない。

足の向くまま、ただただ無意識に進み続けた。

やがて、気がつくと一軒の店に辿り着いていた。

木造の古い店舗で、戸が開いている。磨りガラスに夜行堂と書かれた古い紙が貼られ、軒先に吊るされた提灯に独りでに灯りが点った。また夢でも見ているのだろうか。

「君を待っていた」

何か大きなものの気配がしたかと思うと、店の中からカーディガンを羽織った美しい女性が出てきた。手には小さな箱がある。妙に親しげな様子の彼女と違い、私は彼女のことなど、まるで見覚えがない。

「すまない。使いをやることができれば良かったんだが、何分こちらも気位が高くてね」

私には彼女の言っていることが、何一つ分からない。いったいなんの話をしているのか。

「うちはね、曰く付きの品ばかりを取り扱う骨董店でね。君のような人間を持ち主にしたいという変わり物で溢れ返っている。人が物を選ぶのではない。物が主を選ぶんだ」

「……なんのことか、分からない」

まるで判然としない頭でそう応じると、彼女は妖しく微笑みながら木箱を私の掌に押し付けるようにして握らせた。

「家へ戻りなさい。これは君に所縁（ゆかり）のある物だ」

「所縁？」

「そう。これは本来、君に贈られる筈のものだった。彼女が職人に作らせたが、必要なくなったと言ってここへ持ってきたんだ。もう随分前の話になるがね」

「彼女？」

頭がぼんやりとしている。夢の中にいるようだ。

しかし、掌の中にある箱だけが妙な現実感を伴っていた。

「彼女との縁はもう失われてしまったが、これが君の為に生まれたモノであることは変わりない」

とん、と額を指先で軽く叩かれたと思った瞬間、私は家の前に戻ってきていた。

「なんだ？　何が、どうなっているんだ……」

やっぱり夢だったのか。

夕暮れに染まる我が家を前に、私は一人呆然としていた。

住み慣れたはずの家が何だか酷く禍々(まがまが)しい。昏(くら)い闇の中に沈んでいくように見えて寒気がした。

「死ぬこともままならないのか」

玄関の戸が開いている。廊下の奥に、あの面をつけた女が立っていた。

今夜もまた、あの悪夢を見るのか。

手の中から木箱が落ち、地面に転がる。すると、蓋が内側から押されたように外れた。小さな桐の箱からずるりと溢れ出し、にわかに鎌首をもたげたのは白い大蛇だった。

思わず半歩、後ろへ下がる。

声をあげる間もなく、矢のような勢いで飛び出した大蛇が女へと襲いかかる。大蛇は難なく女を頭からひと呑みにすると、その巨大な身をくねらせて赤い舌をチロチロと出して笑う。

「なんなんだ、いったい」

呆然と立ち尽くす私が瞬きをすると、大蛇の姿は忽然と見えなくなってしまった。

足元の木箱を拾い上げると、中に入っていたのは蛇の根付だった。何かの動物の牙に白蛇が精緻に彫られている。其れは玉を抱き、鬼灯(ほおずき)のように紅い瞳で私を真っ直ぐに見つめていた。

手に取ると、ひんやりとして心地良い。握り締めて家の中へ入ると、あの女が立っていた場所に女面が落ちている。額から顎先まで、真っ二つに割れてしまっている状態で。

「ああ、やっと見つけた」

それから私は気絶するように意識を失い、その場で泥のように眠った。

あの女は夢に現れなかった。

代わりに、大蛇の夢を見た。

とぐろを巻いた巨大な白蛇。私はそのとぐろの中央にいるというのに、これっぽっちも恐ろしくはなかった。つるつるとした肌触りが心地よく、目蓋を閉じると心の底から安堵できた。

眠ることができたのは、いったいどれくらいぶりだろう。

誰かに呼ばれたような気がして、真夜中に目が覚めた。

澄み渡るようにはっきりとした頭で立ち上がると、開け放ったままの玄関の外に誰かが立っている。

「お面屋」

呟くと、玄関先に立つ男は忌々しそうに呻き声をあげた。

「旦那、話が違うじゃありませんか。お代を頂かにゃならんのに。そんなもの捨てちまいなせえ。そいつはよくないものだ。あの面を砕いちまうだなんて。なんてことをしちまうんだ。お代だけは、アンタの顔だけは頂かにゃあ、あっしも手ぶらでは帰れねえ」

「お前に支払うようなものはない。……アンタはいったいなんなんだ」

「へっへっへ。何か、ときたかい。一丁前な啖呵を切るじゃねぇか。お面を受け取っておきながら、損なっちまうだなんて許せねえ。いいかい、あの女はお前さんのことをそれはもう恨んで死んでいったんだ。少しは悪いと思わねぇのか。懺悔の心はねぇのか」

　くくく、と猿は嘲笑う。

　その様子を見ながら、私はこの猿が何をしたかったのか。少しだけ分かったような気がした。

「あの人はそういう女じゃないよ。お前がどれだけ私の罪悪感を煽っても、もう自分を殺したいなんて思わないさ」

　自分で言いながら、急に腑に落ちたようだった。

「三年と少しの短い付き合いだったけど、彼女は私のような男と別れたからと言って、自分の人生を終わらせてしまうような人間じゃなかった。そんなに彼女は弱くない。弱いのは、どちらかといえば私の方だ。別れてもう随分と経つのに、未練がましく彼女のことを思い出したりして。少しでも疑ってしまった」

結局、私は彼女のことを心の底から信じていなかった。

「お前が殺したんだ！　あの女は自殺したんだ！」

「いいや。彼女はきっと何処かで幸せに暮らしているさ。私なんかよりずっと素敵な大人になっている」

「嘘だ！　嘘だ！」

お面屋が歯痒そうに長い爪でガラス戸を引っ掻く。

「その根付を捨てろ！　踏み砕け！」

「残念だけど、私はもうお前なんてちっとも恐ろしくないんだ」

根付を握り締めたまま、玄関へ飛び降りる。

「キィヤアッ！」

悲鳴じみた甲高い猿叫が耳をつんざき、夜の向こうへと影が高々と跳躍した。跳ねるように逃げ去っていくお面屋を眺めながら、ようやく終わったのだと安堵する。

握り締めた白蛇が脈動するように熱い。

今度屋敷町に行ったなら、あの不思議な骨董店を探してみよう。

御礼の一つでも言わないと。それに、よく考えたらこれの御代を払ってさえいない。

代金を踏み倒すのは、化け物相手だけで充分だ。

〇

白蛇の根付はシガレットケースに結わえることにした。生憎、着物は持っていないし、なんとなく肌身離さず持っておいた方が良いと思ったからだ。

あれから、あのお面屋が現れることはなかった。勿論、夢の中にも。

しかし、やはりと言うべきか。あの夜行堂という骨董店は、結局見つけ出すことができなかった。屋敷町の何処かだった筈だが、地図上にもそれらしい店は見つからない。あれはやはり夢だったのかとも思ったが、あの美しい店主に貰った根付は現にこうして手元に残っている。

あちこちに足を延ばしていると、大学時代の友人に偶然再会した。彼は私と同じく未だに独身のようだったが、私よりも交友関係が広く、友人たちの現在についても熟知していた。それは彼が人付き合いが得意というよりも、生真面目であるからなのだが、私にとっては都合が良い。

「そういや、大野木は県庁の職員をしているんだっけ。公務員は確かに向いてるよな」

上質な背広に身を包み、ブランドもののメガネをかけた友人は相変わらず生真面目な様子で、しかし幾らか人間味が増したように見えた。

「そうですか？」

「でも、昔に比べるとなんだか丸くなったな。敬語は相変わらずだけど、慇懃さが少しはマシになった」

「そうでしょうか。自覚はありませんでしたが」

「学生時代から生真面目で通ってたよ。落とした単位もなかったし、遅刻も殆どしなかったものな。成績も抜群に良かったし、本当に真面目だよ。お前は」

「私からすれば、周囲の方がサボりすぎなのです」

「はは。代返とか絶対してくれなかったもんな」

当時はいつもどことなく壁を作っていて、感情に乏しい男だったが、今は幾分と雰囲気が柔らかい。余裕のようなものを感じさせるのは、そういう生き方をしてきたからだろう。

「そういえば、あいつのこと覚えてるか？」

「あいつ、とは？」

「ほら、俺が大学時代に交際していた、あいつだよ」

「ああ、彼女でしたら随分前に結婚しましたよ」

ぽん、と返されて思わず間が空いてしまった。

「そうか。なんだ、幸せなんだな。やっぱり」

拍子抜けしたというか、なんというか。結局、彼女との別れを引き摺っていたのは自分だけだったらしい。

「式にも参列しました。今は海外にいらっしゃいますよ。詳しくは話せませんが」

「なんでだよ」

「個人情報ですから」

「そういうとこ変わらないな、お前は。そういえば、今日は仕事じゃないのか？」

「休憩時間ですので、間もなく戻ります。相棒と待ち合わせをしているんです」

「へぇ、公務員にもそういうのがあるのか」

「委託業者の方ですよ。今の部署は少し勝手が違いまして」

「とにかく近況が聞けてよかった。その、なんだ。あいつも幸せみたいで何よりだ」

「元恋人に未練が？」

「いいや、今ので完全に吹っ切れたよ。最近、ちょっと不可思議なことがあってさ。言っても信じて貰えないだろうけど。おかげですっきりしたよ」

そのうち一緒に呑んだ時にでも話してみるのも悪くないかもしれない。他の人間が相手ならともかく、こいつなら真面目に聞いて色々と質問してくるだろう。

「それはよかった。おや、どうやら来たようです」

カフェに入ってきたのは右腕のない若い青年で、こちらを見つけると不機嫌極まるといった表情で近づき、大野木の後頭部を平手でパシンと叩いたので驚いた。

「店の前で待ち合わせじゃなかったのかよ。しばらく待ったぞ」

「いえ、それが旧友と偶然再会しまして」

彼はチラリとこちらを見ると、軽く会釈してみせた。

「どーも、初めまして。桜千早と言います。邪魔してすいませんね。これから仕事なもんで」

「いや、こちらこそ申し訳ない。なんだ、随分と楽しそうじゃないか」

「否定はしませんよ。多忙を極めていますが、それなりに有意義な日々を過ごしています」

席を立ちながら、困ったように友人は笑う。

「その根付」

桜と名乗った彼が私のシガレットケースを真っ直ぐに視る。一瞬、気のせいか、右眼が蒼くぼんやりと光っているように見えた。

「凄いものに選ばれたね。大事にした方がいい」

思わず言葉を失った私に、彼は何も言わずにもう一度頭を下げて踵(きびす)を返した。

「ほら、行こうか。大野木さん」

「そうですね。では、また」

カフェを出ていく二人の背中を見送りながら、私は根付を手の中で転がした。牙に巻きつくように刻まれた、玉の眼を抱く白蛇。艶のある表面は、ずっと触れていたくなるほど冷たくて心地よい。

友人は彼のことを相棒と言ったが、どう見ても公務員という雰囲気ではない。いったい、どんな仕事をしているのやら。

「俺の相棒は、きっと君だな」

手のひらのそれに小さく呟くと、鬼灯を思わせる紅い双眸が、チラチラと瞬いたような気がした。

月葬

細く尖った雨が窓を叩く音に目を覚ました。

鈍く痛む頭を抱えながら、ようやく身体を起こすと壁にかけた時計の時刻を見て言葉を失う。既に時刻は昼の三時を回ってしまっている。折角の休日を何処にも出かけず、ただ眠って過ごしてしまった。

「ああもう。飲みすぎた」

悪態をついても、一人暮らしに戻った今となっては何処からも返事は来ない。つい半年程前までは適当でも相槌を返してくれる恋人がいたのだが、六つも下の女子大生と浮気をしていたので叩き出してやった。別れたことに未練はないが、一人で暮らすのはやはり寂しい。たいして広くもない部屋が、やけに広く感じてしまう程には人恋しかった。

ただでさえ、最近何かと体調を崩すことが多い。健康や美容には気をつけている方なのだが、頭痛や下腹部の痛みがあった。病院へ診察に行っても「疲労とストレス」としか言われないので、痛み止めを飲んでやり過ごすしかない。

とりあえず目を覚ます為にシャワーを浴びて、ついでに洗顔をしてしまう。歯を磨きながら髪を乾かして、鏡に映った疲れ切った自分の顔を眺める。あれだけ寝たのに、まだ疲れが取りきれていないどころか、むしろ余計に疲れている節さえあるのはどういうことか。

最低限の身支度を整えてからキッチンへ向かい、とりあえずシリアルを皿に注いで牛乳と一緒にベッドの前の机に運んだ。テレビをつけると、昼間のワイドショーしかやっていない。

他人の不幸事を根掘り葉掘り報道するのは如何なものかと思う。

シリアルは少し硬い方が好きなので、牛乳は程々に注いで食感を楽しむ。一人暮らしを始めたばかりの頃は丁寧な暮らしをしようと決めていたが、生活に追われてそんな理想はすぐに砕けてしまった。

不意に携帯電話が鳴った。一瞬、元カレかもしれないと身体が強張ったが、着信画面には一昨年の正月に撮った母の写真が映し出されていた。

「なんだ。お母さんか」

『なによ。開口一番、失礼ね』

思わず声に出てしまっていた。ホッとしたような、肩透かしを食らったような複雑な気分だ。

「どうしたの？　何かあった？」

『今日から妙献さんが始まるでしょう。今年はどうしてもお母さんたち帰れないから、代わりに顔を出して来なさい。どうせ正月くらいしかお詣りにも行っていないんでしょう。駄目よ。アンタはそちらで宮参りして貰っているんだから。不義理をしたら』

妙献さんとは地元での通称であり、確か正確には妙献祭というらしい。すぐ傍の由緒ある大神社で行われ、この時期になると県外からも大勢の観光客が集まる一大イベントだ。若い頃は友人たちと着物を着て競うように出かけていたが、正直ここ数年は正月のお詣りにさえ行っていない。

「はいはい。分かってますよ」

『それとたまには顔を見せに来なさい。お父さん寂しがっているわよ』

「お盆は難しいけど、お正月には顔を出すつもり」

実家で暮らすのも悪くはないのだが、友人も知人もいない場所に越していった父たちには付き合えない。

『そう。それならお父さんも喜ぶわ。いつ帰省できるか分かったら早めに教えてちょうだいね。お布団干したり準備ってものがあるんだから』

「うん。年末の予定が分かったら連絡する」

『それと野菜もきちんと摂ること。出来合いのものは楽だけど、ちゃんと温かいものを食べないと内臓が冷えるのよ。それから夏だからってエアコンをつけたままにして寝ると身体を壊すから』

ほんの五分も話していないのに、うんざりする。

「分かってるから。またね」

一方的に終話ボタンを押すと、思わずため息が漏れた。この歳になっても、ああしろこうしろ、と本当に口煩い。私のことを想ってのことなのは分かるけれど、暮らし方にまで干渉されるのは苦痛でしかないのがどうして分からないのか。

「このまま家にいても気分が晴れるどころか、落ち込む一方だわ」

洗い物を台所のシンクのたらいに浸けて、汗を流す為に冷たいシャワーを浴びる。着替えを済ます。その辺りをちょっと散歩して回るだけで気分が晴れることもある。

きちんと鍵をかけたことを確認してからマンションを出ると、むせ返るような暑さよりも、歩道を埋め尽くす人の多さに思わず息を呑んだ。年々、増加していると聞いてはいたが、想像していたよりも遥かに多い。浴衣姿の者も多く、いかにも夏祭りという風情があった。時計に目をやると、いつの間にか、もうすっかり夕方になってしまっていた。

人の波に呑み込まれるように、神社の方へと向かっていく。道路も通行止めになり、歩行者天国として開放されていた。

「私が子どもの頃はこんなに大きなお祭りじゃなかった筈なのに」

鳥居を潜ると、参道の左右にずらりと露店が並んでいる。規模も種類も子どもの頃とは比べ物にならない。特に多いのはお面屋だ。妙献さんは少し変わった習わしがあり、鳥居を潜った者は動物の面をつけると決まっている。見れば、あちこちで狐や犬のお面をつけた女の子たちが楽しげに写真を撮っていた。

私は幾つかのお面屋を見て回って、ようやく自分が子どもの頃から選んでいたお面を見つけた。紙で出来た白い狐のお面だ。

「お爺さん。あそこのお面、一つください」

厳しい顔をして袖をめくり上げている露天商の店主が、微かに頷いて面を手に取る。それから私のことをじろじろと見回して、不意に微笑んだ。

「お姉ちゃん。地元の者だろう」

「え？　はい。でも、どうして分かるんですか？」

お金を受け取りながら、お爺さんが嬉しそうに微笑う。

「入り口辺りの綺麗なプラスチックの面に飛びつかないのは、妙献さんの氏子（うじこ）だと分かる。子供会からなにからこっち、幼稚園やら学校やらでさんざん作らされている紙の面だからな。松郷（まつごう）辺りの生まれだろう？」

「そうです。松郷生まれ。紙の面じゃないと、落ち着かなくて」

感触というか、肌触りがまるで違うのだ。それになんとなく紙の面でないと馴染まないような気がする。

「そうだろうとも。ありがたいことなのだろうが、いつの間にか余所者ばかりになってしまった。騒がしくていけない。妙献さんの御神事は、本来なら氏子だけで恭しくやるものだ。

大昔はそりゃあこっそりと選ばれた氏子と神主だけでやったっていうからな。繁盛するのは悪いことじゃないが、目先のことに囚われて肝心なことを蔑ろにしちゃいないか心配になるね」

子どもの頃の記憶を辿っても、露店で飲み食いした記憶しか思い出せない。誰それと祭りに行ったとか、行けなかったとかそういう記憶ばかりだ。

「お嬢さんは放生会には行くのかい」

「放生会？」

「捕えられた生き物を放ってやることで、御神徳を得るという神事のことを放生会というんだ。もしも時間があるのなら見てくるといい。社の森を抜ければすぐだ。ほら、逆さ松の階段があるだろう。あの上から眺めるのが一番よく見える」

逆さ松だなんて言葉、本当に久しぶりに耳にした。本殿の南側にある小さな丘で、見晴らしがよくて展望台のように整備されている場所に逆立つような枝をつけた松がある。子どもの頃には男の子たちがよく登って神社の人に叱られていた。

「折角だから行ってみようかな」

お祭りにやってきたのだから、楽しまなければ損というものだ。

お面屋の店主に礼を言って、狐の面をつけた。こうしておけば地元の元クラスメイトたちとすれ違っても見つからない。それでなくとも、行き交う人の殆どがお面をつけているので、素顔のままの方が却って目立つくらいだ。

途中、りんご飴とベビーカステラを買った。子どもの頃から、祭りといえばこの二つだけは必ず食べている。あの頃に比べれば本当に多種多様な露店が並んでいるが、食べなれた思い出の魅力には抗えない。

薄氷のような砂糖にコーティングされたりんごを齧る。懐かしい甘さと食感が楽しい。参道の途中、老舗の甘味処のある角から脇道へ入る。一本、参道から離れただけなのに喧騒がすぐに遠ざかっていく。

民家の軒先にも家々の家紋の入った提灯が並ぶのが、妙献さんの見所だ。夏祭りの晩に軒先に提灯を吊るせる家は、子ども心に羨ましかったのをよく覚えている。

緩やかな坂道を右に蛇行しながら上っていくうちに、いつの間にか民家はなくなり、鬱蒼と生い茂った竹林ばかりが目立つようになる。砂利敷きの坂道の左右には、小さな竹灯籠が並び、坂の上まで淡い炎が続いていた。

幻想的な風景だ。こんな素敵な場所があるのなら、学生の頃に来ていれば良かった。それにしても、これほど美しい景観に観光客が一人もやってこないというのは少し不可解だ。辺りには私以外、本当に誰もいない。

不意に、冷たい風が足元に吹き下ろしてきた。山の中を通ってきた風は冷たいものだと幼い頃の経験で知っているが、こうして暗がりの中で味わうと背筋が震える。微かな風が吹くたびに、竹の中に灯る炎が左右に揺れる。伸び縮みする自分の影が急に恐ろしくなり、肩から斜めにかけた鞄から携帯電話を取り出そうとして、取り落としてしまった。

あっ、と声をあげるよりも早く伸びた手が私の携帯電話を掴み取る。白く長い節くれだった男の人の指だった。

「危ない、危ない。こんな坂道で落とし物をしたら下まで転がっていってしまうよ」

そう言ったのは鴉の面をつけた男の人で、一抱えもある布を被せた何かを片手で軽々と持ち上げている。女子にしては背が高いと言われる私が、見上げる程の上背があった。黒い光沢のある着物を着流す姿が妙に板についている。

「ありがとうございます」

「どういたしまして。ん？」

怪訝そうに男性が言って、こちらの顔を覗き込むように顔を近づけてくるので、思わず距離を取った。

「君、榎本(えのもと)さんとこの沙那(さな)ちゃんだろう」

名前を言い当てられて驚いた。いや、そもそもお面をつけているのだから、私の顔が分かる筈がない。

「僕のことを覚えていない？　学校が終わった後、よく他の子たちと皆で遊んだじゃないか。給食のパンを分けてくれたりしたろう」

楽しそうに思い出話をふってくるが、そもそも素顔がお面で見えないのでなんとも言えない。放課後に遊んでいたというのなら、当時のクラスメイトだろうか。

「えっと雄輔（ゆうすけ）君？」

「残念。木村（きむら）君じゃない」

やっぱり覚えていないか、と彼は少しだけ寂しそうにしてから両手で大きな荷物を胸に抱え直した。どうやら違ったらしい。布を被せてあるが、いったい何を運んでいるのだろう。

「君が僕のことを覚えていなくても、僕は沙那ちゃんのことをよく覚えているよ。すっかり綺麗な大人の女性になっていて驚いた。いや、月日が経つのは早いねえ」

口説かれているのかもと思ったが、妙に言うことが年寄くさい。しかし、私の本名を知っているということは、やはり会ったことがあるらしい。

「祭りに来るなんて珍しいね。暫く来なかったろう」

「その、忙しくてなかなか」

曖昧に答えながら、もしかするとこのお兄さんは神社の人ではなかろうかと思う。そういえば神社の人にも仲良くして貰っていたような気がする。いや、それにしては若すぎる気もするが、顔が見えないので何とも言えない。

「妙献祭の夜に来てくれるなんて、これも縁というものかな。今年こそは、いよいよ誰も立ち会えないのかと不安に思っていたんだが、これもどなたかの思し召しかな」

彼はよく分からないことを言って、楽しげに声をあげて笑う。

「折角だから手伝っておくれ。君なら申し分ない。いや、君こそが相応しい」

「はぁ」

放生会の手伝いだろうか。どうせ暇なので多少の手伝いなら構わないが、大勢の前で何かさせられるようなら困る。元カレだって来ているかもしれない。浮気した、あの若くて可愛い嫌な女と。

そう思うと胸の奥に鉛のように重たい熱が落ちてくる。

「大丈夫かい。顔色が悪い」

「平気です。あの、その抱えている物は何か聞いてもいいですか？」

「ああ、これか。そっと布をどかして中を覗いてごらん」

言われた通り、覆い被さっている布の端を指で摘んでそっと持ち上げる。布を被せてあったのは大きな鳥籠で、中には真っ白い鳥が十何羽も入っていた。一瞬、鳩かと思ったが、よく見れば全て鴉だ。

「白い鴉ばかりなんですね」

「ああ。今夜の為に穢れを禊ぎ祓ってきた特別な者たちだ」

黒々とした瞳が静かに私の様子を伺い見ている。これだけの数がいるのに、騒ぎ立てるような鴉は一羽もいない。鳥という生き物は、夜は飛べないものだと思っていたが、そうではないのだろうか。

「あまり待たせると叱られてしまう。急ごうか」

相当な重さがあるだろうに、彼はなんてことのない様子で鴉の入った籠を抱え上げると、まるで重さを感じさせない軽快な足取りで歩き始めた。

竹灯籠の揺れる灯りに照らされて、彼の着ている黒い着物の表面が彩雲のように反射して見える。一歩進むごとに彩りが変わる様子に見惚れてしまった。

「そんなに見つめられると穴が開きそうだ」

「ごめんなさい。あんまり綺麗だったから、つい」

「構わないよ。褒めて貰えるのは素直に嬉しい。あまり褒められることがないからね」

嘘でしょう、と思わず低い声が漏れてしまった。

「こんなに美しいのに」

「周りの人の美しさは、こんなものではないからね。仕方がない。でも、一口に黒色と言っても様々な黒がある。夜光貝を孕んだような黒や、固く塗り固めたような黒。足音を殺す猫のような黒に、夜明け前の崩れそうな黒まで様々だ」

それならば、彼の着物は夜にかかった虹のような黒と言えばいいだろうか。

「混同してしまう者が多いけれど、夜と闇は違うものだよ。夜は見つめるもので、闇は覗き込んではいけないものだ。これを間違えてしまうと、自分でも気づかないうちに足を踏み外してしまう」

竹林の笹が風で擦れてざわざわと揺れる。

もうどれほど歩いただろう。

社の森はこんなに広かっただろうか。

幼い頃、さんざん遊び回った場所の筈なのに自分が何処を歩いているのか、判然としない。先を行く彼の背に続いて歩いているだけ。

不意に前を向くと、道の左右に露店が並んでいる。仄暗い蝋燭の火を灯して、こちらへ手招きしている黒い影のような何か。何を売っている店なのか。看板には気が狂ったような文字が躍っていて、まるで読むことができない。

「沙那ちゃん。あれらには近づいてはいけないよ。一度、縁が交わってしまえば碌なことにはならない。様々なものを失うことになる」

その言葉に、慌ててその恐ろしい露店から目を逸らし、彼の着物の袖を掴んで進み続けた。

「こちらが忙しいのを良いことに紛れ込んだな。後から追い出してしまわないと」

生憎、今は時間がない、と悔しげに言う。

それからまた暫く進むと、露店はもう見かけなくなった。

「ああ。よかった。もう支度は済んでいるらしい」

はっ、となって顔を上げて視線を前に向けると、竹林の奥に少し開けた場所があり、小さな池があった。池の前には一組の若い男女がいて、男性の方は彼と同じ着物に身を包んで、やはり鴉の面をつけている。赤い鴉の面の奥で、鋭い眼光が光ったような気がした。

「遅いぞ。何をしていた」

「懐かしい顔を見つけたのでついね。どうだい、この子に見覚えはないか？」

赤い鴉の面をつけた男がこちらへ無遠慮に近づいてきたかと思うと、じろじろと私の顔を覗き込む。とはいえ、お面をつけていては何も分からないだろう。

「驚いた。沙那か。穣介（じょうすけ）の所の一人娘だろう」

大きくなったな、と父の名前も言い当てて見せた。

「そうそう。残念だけど、俺たちのことを忘れてしまっているらしい」

「それはそうだろう。あれから何年経ったと思っているんだ。子どもの頃のことなど、余程のことがなければ忘れてしまうものだ。あまり酷なことを言ってやるな」

唸るような低い声だが、声色は優しい。しかし、父のことを呼び捨てにできそうな年齢にはとても見えなかった。

「彼女も立ち会ってくれるそうだよ。どうだい、まるで昔に戻ったようじゃないか」

「ふふん。こんなことは二度とないと思っていたが、有り難いことだ。沙那、見届け人と二人でそちらにいなさい。池には決して近づかぬように」

「はい。分かりました」

見届け人と呼ばれたのは傍らにいた若い女性で、同性の自分からしても息を呑むほど美しかった。こんな竹林の奥で美女が提灯を片手に佇んでいる様子は、幻想的で寒気がしてくるほどだ。どういうわけか、彼女だけが素顔を晒したままだった。

「こんばんは」

想像していたよりも若い声。艶やかで余裕のある、自信に満ちた声だ。私が今まで出会ってきたどんなタイプの人間でもないと一目で分かった。

「素敵なお面ですね」

微笑みながらそう言われて、思わず頷いてしまう。結い上げた髪に挿した簪も綺麗で羨ましい。彼女くらい美しかったなら、どれほど良かっただろう。

「どうか面はそのままで。あちこちの闇から息を潜めて、こちらを見ているモノ共がおります。素顔のままでは家に戻ってから障りがあるでしょう」

思わず背後を振り返りそうになるが、必死に耐えた。

「驚かせてしまいましたね。大丈夫ですよ。あれらは此処へは近づくことができませんから」

彼女は私を安心させるように優しく、ゆっくりと話をしてくれている。同性の女性がいてくれるだけで、どうしようもなく安心できた。

「ご挨拶が遅れました。わたくしは柊と申します」

柊というのは苗字だろうか。それとも名前だろうか。

「榎本沙那と言います。あの、此処って放生会の会場ですよね？　それにしては全然人がいないんですけど。それにこんな普段着みたいな格好で恥ずかしい」

彼女はきょとん、とした顔になり、それから困ったように笑った。

「沙那さん。ここは放生会の会場ではありませんよ。本来の神事を執り行う神域です。縁もゆかりもない人間では近づくことさえできません。宮司さえ忘れてしまった、古い古い神事を今から行うのです。氏子である貴女がやってきたのは、まさに僥倖」

柊さんがすっと指を池の方へと向ける。

不意に池の水面が盛り上がるように膨らんだかと思うと、それは苦しげな人の顔となり、何かを叫ぼうとした口が大きく広がると、泡となってパチンと破れた。黒い湯気のようなものが立ち上り、ぐずぐずと顔が崩れていく。よく見れば、池の中は黒い泥のようなもので満たされていて、そのあちこちに苦悶する顔や、手のようなものが蠢（うごめ）いていた。

あれは触れてはいけないものだ。そう本能が叫んでいるのが分かる。背筋が凍りつくような光景に思わず息を呑んだ。万が一にも、あの泥に触れてしまえばどうなるか。想像したくもない。

「あれらはこの土地に溜まった穢れそのものです。この池はそれが溢れ出る穴。かつて、この土地に暮らす人々はこの穴をどうにかすべく、御社を創建したのでしょう」

「神頼み、ですか」

「どうでしょうか。どちらが初めに言い出したのか。人が神に乞うたのか。神が人を乞うたのか。今となっては確かめる術もないのでしょうけれど、祈りだけはこうして続いています」

忘れられた神事。長い長い時間の中で、きっと失ってしまったのだろう。それでも、この人たちはこうして其れを続けている。

「わたくしはただの見届け人。本来ならば立ち会う資格もないのですが、とある縁によって招かれまして。けれど本来は、貴女のように所縁のある氏子が、こうして立ち会い、見届けるのが一番なのですよ」

「え……でも、私何もできません」

「何ができずとも良いのです。神々は人の為に在るのですから。決してその逆ではないのですよ」

柊さんはそう静かに言うと、片手を高く上げて左右に振った。

「これは禊であり、同時に弔いでもあるのです」

そうだよ、と鳥籠を担いだ黒い鴉の面をした男が嬉しげに言う。

「見届けてくれたなら、それでいい。そうして忘れないでいてくれたなら、それだけで僕たちは嬉しいんだ」

二人が鳥籠を同時に地面へ下ろす。

「さぁ、始めよう」

鳥籠を覆っていた布を外した瞬間、まるで籠そのものが砂糖細工のように光を弾きながら、粉々に砕け散った。純白の鴉たちが我先にと飛び立ち、黒い泥のような穢れへと群がっていく。あっという間に池の水面が白く埋め尽くされてしまった。

鋭い嘴が泥を啄み、引き千切り、食べていく。その様子にどこか既視感があった。

「鳥葬だわ」

昔、本で読んだことがある。鳥は神の使い。亡くなった者の魂を、天空へと連れていってくれると信じられてきた。外国には今でもそれを続けている国が幾つもあるという。

私が見ている目の前で、白い鴉たちの翼が少しずつ黒くなっていく。まるで穢れを自ら引き受けるように、白い羽毛が滲むようにして黒く染まっていった。そうして、一羽残らず美しい漆黒の鴉となって、一斉に飛び立った。

池の水面は清らかで、濁り一つない。この土地の穢れを、あの美しい鴉たちがその身に引き受けてくれたのだ。穏やかに揺れる水面は月明かりを弾いて、煌々と輝いていた。

その様子に、かつての記憶が脳裏を過ぎった。

「まさか」

振り返った瞬間、鴉の面をつけた二人の姿が溶けるように歪んだ。そうして大きくて立派な群青色の羽を持つ、一際大きな鴉が夜空へと舞い上がった。一瞬、こちらを一瞥してくれたけれど、もう声は聞こえない。

「何か思い出しましたか？」

「はい」

子どもの頃、神社の境内に大きな鴉が二羽棲んでいて、学校の帰りに友達と一緒に給食の残りのパンやお菓子をあげたりしていた。とても人懐こくて可愛くて。けれど大きくなるにつれ、いつの間にか、すっかり足を延ばさなくなってしまった。それなのに向こうは忘れずに覚えていてくれたらしい。

「でも、いいのでしょうか」

思わずそう、言葉が漏れ出る。慌てて口元を押さえるが、彼女は優しく微笑み、耳を傾けてくれた。

「あの、えっと。偽善的なのかもしれないのですが。彼らに穢れを移して、私たちの住む土地が綺麗になるってことですよね。なんだか、申し訳ない気持ちになってしまって」

ふふ、と目の前の彼女が楽しそうに笑う。

「ごめんなさい。貴女があんまりにも、わたくしの弟子と同じようなことを言うものだから、なんだか楽しくなってしまって。でも、そのような心配は不要ですよ。彼等の役割は闇を喰らい、夜に昇華してしまうこと。穢れに侵されない漆黒を持つのが鴉なのです」

柊さんが薄く微笑んで、足元に落ちていた純白の羽根を一つ摘み上げた。

「そして、他ならぬ貴女がそれを知ってくれている。それだけで、充分なのですよ」

なんだかとても簡単で、それでいてこの世の理の一つに触れたような、不思議な高揚感があった。

「あの、良かったら、それを頂くことはできませんか？」

「ええ、もちろん。きっと貴女に持っていて欲しくて残していったのだと思いますよ」

「そうだったなら、嬉しいです。——凄く」

月の光で染め上げたような純白の羽根を手に、濃い群青色の空に浮かぶ夕月を眺めた。

雨煙

急に降り出した天気雨から逃れようと、路地裏へ飛び込んだのが間違いだった。古い武家屋敷が建ち並ぶこの町は、路地が複雑に入り組んでいて思った方向へ進むことができない。右へ左へ道は折れて曲がり、雨宿りがしたいだけなのになかなか庇が見つからない。

ようやく開けた空間へ出たかと思うと、そこには一軒の古い店舗があり、慌ててその軒下へと飛び込んだ。

若い頃ならいざ知らず、還暦を翌年に迎えた今となっては自らの体力を過信すると痛い目に遭う。息が続いたから良かったものの、もう少し走っていたら過呼吸で倒れていたかもしれない。躓いて転倒でもした日には、きっと大怪我をするだろう。

「やれやれ。酷い目に遭った。天気予報ではまず雨は降らないという話だったけれど、やっぱり当てにならないな。この様子だと、しばらく止みそうもない」

背広についた雨粒を手で払い落としていると、不意に背後のガラス戸が音を立てて開いた。顔を出したのはカーディガンを羽織った背の高い女性で、見惚れるほど整った顔立ちをしている。

「おや、雨宿りでしたか」

「申し訳ない。急に降ってきてしまって。ご迷惑でなければ、雨脚が弱まるまで雨宿りをさせて貰えないでしょうか」

「ええ。構いませんよ。しかし、ここでは濡れるでしょう。良ければ店の中へどうぞ。ここでは身体が冷えてしまう」

息子よりも幾らか年上のようにも見えるが、随分と落ち着いている。言葉遣いだけでなく、所作がどうも古めかしい気がした。

「貴女が御店主ですかな」

「ええ。しがない骨董店の主をしています」

「ほう。お若いのに骨董の商いをなさっているとは」

そういえば、まだ子どもの頃に妻が奉公に出ていたのも骨董店ではなかっただろうか。これも何かの縁だ。どうせ雨が上がるまでもう少しかかるだろう。適当に手頃な品を購入すれば、雨宿りの対価くらいにはなるかもしれない。

「では、お言葉に甘えて」

招き入れられた店内は薄暗く、様々な品が乱雑に並んでいる。どういう基準で並んでいるのか分からないが、値札の類も見当たらないのは如何なものだろうか。これでは価値があるのか、ないのかも判然としない。

ランプの橙色の光が仄かに辺りを照らす様子が、いかにも妖しげでなんだか楽しくなってきた。

「随分と様々な物があるのですね。生憎、骨董品を見る目を持ち合わせていないものだから、どれが良いものなのかさっぱり分からない。何かおすすめの品はありますか」

振り返ると、ふわり、と甘い匂いがした。柱に背中を預けた店主が上機嫌に煙管を咥えている。

「良し悪しは別にして、気になったものを手に取ってみては？　自然と縁のある物を手に取ってしまうものですよ」

「なるほど。そういう考え方もあるのか」

「貴方と縁を繋ぎたがっている物は幾つかあるようですよ。ほら、足元にも一つ」

言われて視線を落とすと、小さな白磁の香炉が転がっていた。

「ああ、申し訳ない。袖が当たってしまったのかもしれない。傷が入っていたら弁償させて頂きます」

「いいえ、お気になさらず。それが好きでやったことですから」

手に取ってみると、滑らかな地肌が指に吸いつくようだ。陶磁器の類に触れる機会は今まで何度かあったが、手に取っただけでそのどれよりもしっくりとくる。

「どうですか。割れていますか？」

「いや」

香炉の側面、確か「こしき」と呼ばれる部分に勇猛な唐獅子(からじし)の姿が描かれている。蓋のつまみ部分にも宝玉を前脚でしっかりと守る獅子の飾りがあった。精巧な造形に、くすみ一つない白磁の肌。さぞ高価なものだろう。

「良かった。傷はないようだ。ああ、ほっとした」

こんなものを落として割ってしまったとあれば、お詫びのしようがない。

「きっと手に取って欲しくて自ら飛び出したのでしょう」

「はは。上手いことをおっしゃる。しかし、こんな高価なものは買えません。もう老いるに任せる人生ですから」

「お代は結構ですよ」

店主は微笑んで、紫煙を天井へと細く吹く。甘い香りに痺れたように、頭の奥がじんとした。

「いやいや、そんな訳にはいきません」

「この店にあるのは曰く付きの、それも一癖も二癖もある品ばかりなのです。人が物を選ぶのではない。物が己に相応しい主を選ぶのです。私は、その縁を繋いでいるだけ。相も変わらず、ここはそういう店なのですよ」

気兼ねすることはない、と店主は落ち着き払った様子で言う。

「その香炉は、この店でも最古の品の一つでしてね。今まで幾ら探しても見つからなかった癖に、急に出てくるものだから呆れてしまう。きっと貴方と、そのご家族と強い縁があるのでしょう」

「ですが」

しかし、曰く付きと言われては素直に喜ぶこともできない。持ち主に不幸があるとか、呪いにかかるような話であれば命に関わる。

「あの、持ち主が呪われたりする品は困ります。妻も子もおりますので」

「ふふ。この香炉は皇族を呪いから守護する為に、明（みん）王朝の末期に職人の手によって作られたもの。害を為す者を討ち滅ぼす為に獅子があつらえてある。間違っても、主に害を為すようなことはないでしょう」

彼女はそう言うと、獅子を指先でぴんと弾いた。

「なるほど。魔除けですな」

「そういうことです。これも何かの縁でしょう」

改めてこうして眺めてみると、見れば見るほど立派で良い物であるような気がした。店主の説明がたとえ嘘であったとしても、私はこの香炉が気に入ったのだ。妻に言えば呆れられるだろうが、怒りはすまい。

「頂きます。ただ、お代は払わせて頂く。帰りの電車賃を考えると、持ち合わせはこれで全てになりますが、足りますか」

「お代は結構ですよ」

「そうはいかない。私はこれに価値を見出している。もし貴女の仰るように、この香炉が私を選んでくれたというのなら、それは大変喜ばしい。お代は意地でも払わせて頂きます」

頑として譲らない、という姿勢を見せると、店主は苦笑した。

「なるほど。よく似ている」

「え？」

「いえ。なんでもありません。では、お言葉に甘えて代金を頂戴しましょう」

店主はそう言ってから桐箱を取り出すと、白い無地の絹布で包んでから丁寧に箱へ納めた。

紫紺色の真田紐で結ぶと、年甲斐もなく胸がときめいた。

「この機会に妻と香を始めてみたいと思います。いずれは妻も伴って伺わねば」

私がそう言うと、店主は困っているような、微笑んでいるような、どちらともつかない表情を浮かべた。

「ええ。それがもし叶うのなら、是非に」

煙管の灰を机の上の灰皿へ落として、視線を店の外へ投げる。

「ああ、ちょうど雨も上がったようですね」

「では、私もお暇させて頂こう。ありがとうございました。大変有意義な買い物をすることができた」

「礼には及びませんよ。さぁ、また雨が降り出す前に表通りへ戻った方がいい」

店主に一礼してから夜行堂を後にする。

店を出ると、さっきまでの大雨が嘘のように晴れ渡っていた。洗い立ての秋晴れの空が心地よい。

「いや、思いがけない収穫があったな」

表通りへと出ると、平日だというのに観光客で随分と賑わっている。平日でこれなら、土日はさぞ混雑しているだろう。

不意に携帯が気になって見てみると、妻からの着信履歴が七件も残っていた。マナーモードに設定した覚えはない。だとすると、あの店の辺りが圏外になっていたのかもしれない。

それよりも驚いたのは、路地裏に飛び込んでからいつの間にか三時間も経過していたことだ。

「まずい。本来の目的をすっかり忘れていた」

リュックを下ろしてから桐箱を入れ、揺れないようにタオルを緩衝材にした。

リュックを背負い直して、改めて行き先の住所を確認する。屋敷町からは徒歩圏内、タクシーを使うまでもない。

○

転職で県外へと出ていった三男の元を訪ねるのは、これが初めてのことだった。私も妻も独立した息子たちに過度に干渉するべきではない、という考えだったので、元気でさえいてくれたならそれで良かった。成人したことで、親としての責務はとりあえず終わった、そう考えていた。

長男は既に結婚して子どもをもうけ、次男も年内には婚約者と式をあげるという話だ。三男は息子たちの中で一番勉強ができた。生真面目で親の目から見ても「そんなに勉強ばかりしなくても」と思うほど学ぶことが好きだった。志望校の大学に合格し、名の知れた大手の企業に就職すると、すっかり仕事人間になってしまい、なかなか顔を見ることもなくなってしまった。年に一度も帰省できず、多忙を極めているらしい。

元々、頻繁に連絡を寄越すような子でもなかったが、ここ半年一度も連絡がなかった。電話にも出ず、メールも返ってこない。試しに長男たちに聞いてみると、やはり連絡がつかないという。

しつこく何度も電話をかけ、ようやく繋がったかと思えば、三男の様子はすっかり変わってしまっていた。何を言っても上の空で、誰かと一緒にいるのか、ぼそぼそとした話し声しか聞こえてこない。何を聞いても答えてくれず、とうとう電話を一方的に切られてしまった。

様子を見に行くべきだ、と決めたはいいが、妻はついてこなかった。子煩悩な妻なら必ず同行すると思ったが、どうしても共には行けないと言う。一番、身を案じているのは妻の筈だ。よほどの事情があるのだろう。

ついさっきまで晴れていたのに、またぞろ雨雲が頭上を覆い始めていた。分厚い鉛色の雲が重く垂れ込め、今にも雨が降り出しそうだ。

側溝を濁った雨水が、音を立ててうねるように勢いよく流れていく。苔生(こけむ)した古いブロック塀の向こうに、目的の物件を見つけて思わず足が止まる。

「ここか。しかし、なんとも薄暗いアパートだな」

息子の暮らしているというアパートは外壁が酷く傷んだ、薄気味の悪いものだった。私には霊感などというものは皆無だが、それでもこの気味の悪さは肌で感じられるほど陰気な湿りけがあった。経済的に余裕のなかった学生時代に暮らしていたワンルームよりも、よほど古びて見える。仕事をしている今なら、もっと良い場所で暮らせるだろうに。

一見して、人が住んでいる気配が殆どない。生活音が聞こえてこないばかりか、よく見れば表札に空室と書いてある部屋ばかりだった。

錆の浮いた外階段を一歩踏む度に、軋んだ音がくぐもった悲鳴のようにあがった。息子は二階の一番奥を借りているらしい。

通路にはビニール傘が異常なほど立てかけてあり、中にはすっかり朽ち果てて風化している物まであった。

表札には空室という表記こそないが、名前も書かれていない。とりあえず電子ブザーを押すが、なんの音もしない。二度、三度とボタンを押すが、どうやら壊れてしまっているようだ。

「敦也（あつや）、お父さんだ」

ドアをノックしながら、中へ声をかけるが、一向に反応がない。

「出かけているのか。それとも」

試しにドアノブを捻ってみると、呆気なくドアが開いた。敦也はたとえ、自分が家にいたとしても必ず施錠をする几帳面な子だ。

中を覗く勇気を振り絞りながら、ゆっくりとドアを開けていく。最悪の事態が脳裏を過ぎり、血の気が引いていくのを感じた。

玄関にはサンダルが一つだけ揃っている。右手に何も並んでいない殺風景な台所があり、換気扇が風でくるくると回っていた。

「敦也。いないのか」

靴を脱いで上がりながら、奥へかける声が震える。およそ人が暮らしているという感じがしない。

左手にはユニット式のバストイレがあるが、こちらも使用している様子がなかった。

台所と奥の部屋を仕切る為のガラスの入った引き戸があり、その曇りガラスから中の光が漏れ出ている。

敦也、と声をかけながら襖に指をかけて、ゆっくりと引くと、八畳ほどの和室の中央に背中を丸めて座る息子の後ろ姿があった。その前には男の一人暮らしには不似合いな桐箪笥がある。

不意に、視界の端で赤い人影のようなものが見えた。顔を動かすのと同時に、それは畳の上を滑るように動くと、箪笥の陰へと消える。畳を擦るような音が、解けた帯が床を擦った音だと気づいて背筋が凍りついた。

改めて部屋を眺めて、言葉を失う。天井から吊るされた裸電球、窓にはベニヤ板が乱暴に打ちつけてあり、開け放たれた押入れの中には大量のゴミ袋が押し込まれて、異臭を放っていた。

「どうして父さんがここにいるんだ」

振り返った息子の顔は、まるで別人のように痩せこけていた。頬が落ち窪み、目の下に濃い隈(くま)が死相のようにくっきりと浮かんでいる。目は虚(うつろ)で焦点が合っておらず、まるで生気を感じられない。

「お前、いったいどうしたんだ。そんなに痩せて。ちゃんと食べていないだろ。それに、この部屋の有様はなんだ」

敦也は呆然とした様子で、ああ、と思い出したように呟いたが、視線を桐箪笥へと戻してしまう。

「なんか、最近ずっと疲れが取れなくてさ。何も食べる気になれなくて。部屋もほら、前のとこだとうるさいって苦情が来るから、他の入居者がいないとこを探したんだ」

苦労したよ、と力なく笑う。

「この箪笥はいったいどうしたんだ」

いいだろ、とうっとりとした様子で呟いて口の端を上げる。

「拾ったんだ。なんだか目が離せなくてさ。これを見ていると、辛いことなんか何もないんだ。こうして眺めているだけで、他のことなんてどうでもよくなってくる。父さんにも分かるだろう？」

嫌な予感がした。私の妻には俗に言う霊感というものがあるのだが、昔から無闇に物を拾うな、と口を酸っぱくして息子たちに言い含めていた。物には想いや念が宿る、と。

「どこで、こんなものを拾ったんだ。一人で運べるような代物じゃないだろう」

「そんなの知らないよ。家に帰ったら、僕のことを待っていたんだ」

どう考えても、息子は異常だ。精神を病んでしまっている。

「敦也。一緒に帰ろう。仕事は休職させて貰えばいい」

「ああ、はいはい。仕事、仕事ね。職場ならもうかなり前に辞めたよ」

だって、と敦也が愉快そうに笑う。いったい何が可笑しいのか。

「一緒にいられないじゃないか。どいつもこいつもうるさいから、もう行ってない」

「なんでもいい。とにかく一度、家へ帰ろう。母さんも心配している」

視線を外さないまま、虚な笑みを浮かべる。

「いいから。俺のことは放っておいてくれよ。父さん一人で帰ってくれ」

「敦也。今はとにかくお父さんの言うことを、」

聞きなさい、そう言おうとした私の視界の端、箪笥の縁から青白い芋虫のような指が見えた。五本の指が一つずつ爪を立てながら、掻き毟るように這い出てくる様子に言葉を失う。

箪笥と壁の隙間は、手が入るほどの空間さえない。だというのに、乱れた髪の女が虚な顔でこちらをじっと覗き見ていた。顔の右半分が潰れているのか、熟れて割れた柘榴(ざくろ)のようになっている。

べたり、と音を立てて畳の上に落ちたのは斑に赤黒く染まった白い帯だった。

鼻の曲がるような濃い血の匂いに、眩暈がした。

「僕は行けないよ。彼女を、一人にはできない」

可哀想だ、と泣きそうな顔で言う敦也の手を懸命に引っ張るが、まるで腰から根が生えたようにびくともしない。

箪笥の向こうから、女の上半身が這い出ていた。赤い着物と思ったそれは、よく見れば血飛沫で赤く染まっている白無垢だ。敦也を連れていこうとしている私を、まるで仇のように睨みつけてくる。

「父さん。逃げてくれ」

恐怖に耐えかねた私は、殆ど転がるようにして部屋を飛び出した。必死に通路を走り、階段を駆け下りる。恐ろしさに全身に鳥肌が立ち、指の震えが止まらない。とにかく離れたい。その一心で走り続け、とうとう息が上がってこれ以上一歩も歩けなくなってしまった。

小さな寂れた公園のベンチに腰かけ、喘ぐように息をする。こんなに懸命に走ったのはいつぶりだろうか。転倒しなかったのが不思議な程だ。

「うう、ううう」

あまりの恐ろしさに肩を抱いて蹲ってしまいたかった。今まで生きてきて、これほど恐ろしい思いをしたことはない。濃密な死を目の当たりにして、息子を置いて逃げ出してしまった事実に涙が溢れた。

それでも身体は正直だ。あのアパートの一室を思い出しただけで、カチカチ、と歯の根が合わなくなる。とても戻る気になれなかった。頭の中を様々な考えが浮かんでは消えていく。どうすれば良いのか。まるで見当がつかない。

不意に、芳しい香りがした。柔らかい香の匂いだ。

まさか、と思ってリュックを胸に抱くと、仄かな香りがする。ファスナーを開けて桐箱を手に取ると、蓋と箱の僅かな隙間から煙が立っていた。

蓋を外して香炉を手に取ると、煙が消えた。しかし、何処を探しても熱源もなければ、香木も見当たらない。これでは香りが立つ筈がないのに、いったいどういう訳か。

しかし、不思議と心が落ち着いた。あれほど心を蝕んでいた恐怖が潮のように引いている。

「そうとも。焦ってもしょうがない。起きてしまったことは、なかったことにはできないのだから」

自分に言い聞かせるように口に出して、香炉を箱の中へ仕舞う。蓋はしないまま、ベンチの傍へ置いた。

携帯電話を取り出し、妻へと電話をかける。

『はい。宗像(むなかた)です』

「ああ、美智子さん。少し困ったことになってね。とにかく話を聞いてもらいたい」

『敦也に何かあったのですか？』

「そうなんだ。なんと言えばいいのか。その、どうやら敦也が得体の知れないものに取り憑かれてしまったようだ」

普通、こんな荒唐無稽な話をすれば訝しむか、或いは怒り出すかするだろう。しかし、妻は私の言葉に落ち着いた様子で耳を傾けて、口を挟まず、相槌を打った。

『得体の知れないもの』

「幽霊、それも悪霊なのだと思う。ああ、私には霊感などない筈なのに。どうしてあんなものが」

『落ち着いてください。敦也の様子はどうでしたか？』

「衰弱していたよ。あのままでは死んでしまう」

口にしてから、自分の言葉を後悔した。電話の向こうで何もできない妻の不安を煽るような真似をしてしまった。

『大丈夫。あの子はそんなことでは死にませんよ。私たちの子どもなのですから。それに生きている人間の方が、死者よりも強いものです』

毅然とそう断言する妻が、どうしようもなく心強い。思えば、出会った頃から、小心者の私などよりもよほど度胸があった。いつも凛としていて、背筋の真っ直ぐ伸びた姿に憧れたのだった。

「美智子さん。何か手立てはないかな」

『手立て、ですか』

我ながら無茶を言っている自覚はある。こんなことまで妻に聞いて、どうするというのか。けれどもそんな私に呆れることもせず、彼女は消え入るような声で『夜行堂』と呟いた。

「え？」

そう声を発したのは、私と妻と、同時だったように思う。

『すみません。こんな時に私ったら何を。忘れてください』

「あれ？　私が夜行堂へ行ったこと、どうして知っているんだい？」

電話口で、妻が息を呑んだのが分かった。

『……店の名前は、夜行堂と言いましたか』

「確か、そのような名前だったよ。若くて神秘的な女性が店主をしていた。随分、不思議な店だった」

そうですか、と妻は呟いてから、暫く沈黙した。

「美智子さん？　どうかしたかい」

『あなた。そのお店で起きたこと、敦也の部屋で起きたこと、全て教えてください。あなたが思い出せる限り全て』

「え？　あ、ああ。分かったよ」

私はあの不思議な骨董店のことや、そこで購入した獅子の香炉のこと。敦也が拾ってきたという桐箪笥のことや、血塗れの女についてできる限り詳細に話した。

「それで、逃げ出して、こうして君に話を聞いてもらっている。……以上だ」

『分かりました。あなた、変に思うかもしれませんが、今から私が話す内容をよく覚えて、そのようになさってください。きっと上手くいきますから』

妻はこれから私がすべきことを丁寧に一つずつ指示した。正直に言ってしまえば、そんなことになんの意味があるのか疑問に思うようなものもあったが、妻が言うのだから間違いない。

『覚えられましたか？』

「ああ。覚えたよ」

頭の中で何度も反芻する。特に難しい内容ではないが、失敗すればきっと私も敦也も只では済まない。

『くれぐれも気をつけて。お風呂を沸かして、お夕飯の支度をして帰りを待っていますからね』

「美智子さん。ありがとう」

電話を切ってから上着に携帯電話を戻す。香炉を箱に入れて、蓋を閉めないままリュックの中へと丁重に仕舞った。

リュックは背負わずに、肩紐の一方を肩にかけて胸の前で抱く。背中から下ろしてファスナーを開けている暇はない筈だ。

敦也のアパートへ戻り、再び部屋の前に立つのは思っていた以上に勇気が要った。恐怖が消えた訳じゃない。相変わらず鳥肌は立つし、どうしようもなく足も震える。

機会は一度きり、万が一の時のことは考えない。脳裏に浮かべるのは、まだ私たちの手が必要だった頃の敦也の幼い姿だ。

深く息を吸って、止める。今度はドアをノックせず、一息に勢いよく開いた。

靴も脱がずに中へ飛び込み、仕切りになっている引き戸を開け放った直後に、リュックから香炉を取り出して息子と桐箪笥の間に置いた瞬間、分厚い布を断ち切るような音が部屋に響いた。

「敦也！」

背後に回って脇の下へ手を入れて、渾身の力で背後へ引っ張ると難なく畳の上を滑らすようにに動かすことができた。しかし、こちらの筋力不足と、痩せているとはいえ成人一人を引き摺るのは容易ではない。

桐箪笥の向こうから血塗れの顔の潰れた女が這い出てくるのを睨みつけながら、懸命に息子を後ろ向きに引き摺る。どうにか爪先まで台所の方へ入った瞬間、間仕切りの引き戸を閉めた。そうして、妻に言われた通りに渾身の力を込めて叫ぶ。

「助けてくれ！」

曇りガラスの向こうで、にわかに巨大な何かがのっそりと身を起こした。赤く分厚い、獣のようなそれが四肢を踏ん張って立つ姿に息を呑む。鬣が炎のように揺らめく姿は、まさに香炉の蓋に立っていた赤獅子だ。

獅子が咆哮した瞬間、轟音と光で目の前が真っ白になった。音が全身を叩いて、衝撃に打ちのめされる。部屋の中で爆弾が炸裂したのかと思ったほどだ。

「おお」

耳鳴りが酷い。恐る恐る目を開くと、引き戸から差し込む光がやけに眩しい。

がしゃん、と何かが崩れて落ちる音がした。

引き戸を開けると、居間が無くなっていた。外壁ごと吹き飛んだらしく、崩落した天井がアパートの裏手にある空き地に散乱している。件の箪笥は吹き飛んだ拍子に砕けたのか、粉々になった挙げ句、飛び出した内臓のように広がった帯が、メラメラと炎に巻かれて燃えあがっていた。

騒ぎを聞きつけた近隣の人々が集まってくる中、私はいつの間にか傍らに姿を現した香炉を呆然と胸に抱く。妻は言った。あなたを選んだ其れがきっと守ってくれるでしょう、と。

ふ、と香炉に視線を落とすと、蓋の上にあった筈の獅子がいなくなっていた。慌てて周囲を見渡すが、どうしても見つけることができなかった。

獅子の咆哮に呼ばれたように、静かに雨が降り始めていた。

○

敦也は栄養失調と極度の衰弱の為、そのまま入院することになった。

目を覚ました敦也の記憶は曖昧で、半年ほど前に件の桐箪笥が捨てられているのを見つけた時に、顔の潰れた赤い着物の女を見たという。

「悪い夢の中にいるみたいだった。大勢の人に迷惑をかけて、職まで失ってしまった。何もかも奪われた気分だ」

そうして涙を流す息子を前に、妻はしっかりなさい、と背中を叩いた。

「生きていくことは苦難と幸福の繰り返しです。失ったと思うのなら、また一つずつ拾い集めなさい。生きてさえいれば、やり直せないことなどないのですから。あなたからも何か伝えておきたいことはありますか？」

「……お母さんと同意見だ。今はしっかり休みなさい」

退院して暫くは家に戻ってくることになったので、ひとまずは安心していい。

「そういえば美智子さん。あの夜行堂という店のことをよく知っていたね」

一緒に洗濯物を畳みながら、隣に座る妻へそれとなく声をかける。

「いいえ。知りません」

「そうか。なら、私の思い違いかな」

知らない、というのなら妻は話すつもりなどないのだろう。

命を救ってくれた、あの香炉は何処に置いておくべきか散々悩んだ挙句、結局は仏間の床の間へ飾ることにした。毎朝、水と塩を小皿に入れて祀っているが、果たして合っているのかどうか。

「これでいいのかね」

「何事も信心からでしょう」

「そういうものかね」

「そういうものです」

しかし、幾ら待っても香炉の獅子が戻ってくることはなかった。あの後、崩落現場を散々探し回ったが、とうとう見つけることができなかったのが悔やまれる。

「気が向いたら、そのうち戻ってきますよ」

妻はそう言って相手にしてくれず、私は酷く落胆した。

そんな私を慰めるように、庭に一匹の野良猫が頻繁にやってくるようになった。年若い赤毛の猫で、初めて見た時から妙に私に懐いてくれ、縁側で私が日向ぼっこなどをしていると何処からともなくやってきて、膝の上に乗ってゴロゴロと上機嫌に咽喉を鳴らす様子は本当に愛らしい。

「おうおう。可愛い奴め。どうだい、うちの猫になるかね。これから歳を取っていくばかりだが、お前のような猫がいてくれたら家の中がはなやぐよ」

ニャア、と嬉しそうに鳴くので思わず顔がほころんでしまう。

「そうか、そうか。名前は何がいいだろうなぁ。美智子さん、ちょっと縁側へおいで。またあの猫が遊びに来ているよ」

それにしても、猫というのはこんなに手足が太いものだったろうか。身体つきもがっしりとしているし、身体の模様もなんとなく変わっている気がする。猫というよりも、それこそ仔獅子のようだ。

「まぁ、どうでもいいか」

愛らしければ、なんでもよい。

恥ずかしい話だが、私は猫の種類に疎いのだ。

扇使

薄暗い室内をパソコンモニターの光が仄かに照らし上げる。単身者用の1DKの室内にはゴミ袋が散乱し、半端に中身の残ったペットボトルがあちこちに転がっていた。入居してから一度も掃除機をかけていない部屋には埃が層のように堆積し、畳の縁は黒黴(くろかび)で変色してふやけてしまっている。

パソコンにかじりつくようにしてモニターを覗き込んでいる中肉中背の男が、青ざめた顔で必死にキーボードを叩いていた。スレッドにはそれぞれの抱える不平不満が口汚く、あるいは悲観的に綴られている。男はそれらの言葉にしきりに頷きながら、高アルコールの缶チューハイを一気に飲み干した。

酒臭い息を吐いて、次の缶を手に取る。

とても素面ではいられない。現実を直視することなどできない。酒に酔って浮世の憂さを忘れられなければ、明日生きていくことすらできなかった。

つまみに買ってきたスナック菓子を鷲掴みにして口の中へ放り込む。バリバリと咀嚼しながら、油まみれの指でキーボードを叩く。

《522　青汁男爵
俺はもう何もかもが嫌になったよ。どうせこれから先、良いことなんて一つもないんだ。女にモテない、遊ぶ金もない。生きてる意味が分からん》

《523　スプーキー
分かるヨ、分かる。生きていくだけでマジ面倒。もうシニタイ。何も悪くないのに。どうしてこんな目に遭わなきゃいけないノ》

《524　敏感秘書
なんか皆さんの話を聞いていると、大人になるのが嫌になる》

《525　青汁男爵
大学に行けるだけマシ。高卒で就職した俺は底辺の負け犬。こんなふうになるな》

キーボードを叩きながら、男は自嘲する。若いというだけで、まだ幾らでも人生をやり直せる。子どものまま大人になってしまったような自分に比べたら、なんて羨ましいのか。

《５２６　トワ
皆さん、お疲れ様です。今夜の儀式が、今しがた終わりました》
その一文に、男は思わず椅子から立ち上がり、興奮した様子でモニターに顔を近づける。血走った目の端には涙が浮かんでいた。嗚咽が漏れそうになる口を手で押さえ、ぶるぶると手を震わせる。
《５２７　青汁男爵
トワ、待ってたよ！》
《５２８　スプーキー
キタよ、キタよ！》
《５２９　トワ
動画のパスワードはいつもの。みんな、ロットホイップに祈りを捧げよう》
《５３０　スプーキー
ロットホイップ、ホントに尊敬するヨ》
《５３１　敏感秘書
やっぱりロットホイップだったのか。そろそろのような気がしていたんだ。彼女、かなり辛そうだったから》

敏感秘書の文章に、男は顔を顰めた。みんなの熱が冷めるようなコメントはやめろ。彼女はもっと称賛されるべきだ。

《532　青汁男爵
無意味で穢れた、この世界から解放されたんだね。羨ましい。本当に勇気がある》

表示された動画を再生する手が、期待と恐ろしさに震える。ネット上だけとはいえ、何度もコメントのやり取りをしてきた女性が死んだのだという事実が、否応なく男を興奮させた。

「ああ。くそ、くそ、くそっ」

震えるカーソルに苛立ちながら、ボタンをクリックする。

薄暗い、鬱蒼と草木が生い茂った深い森の中を映像が歩いていく。僅かな光源はビデオを持っていない方の手にあるのか、歩くたびに影が左右に揺れていた。

男は思う。自分には、こんな恐ろしい山奥へ分け入っていく勇気などない。死ぬのは怖い。でも、生きていくのも辛い。怒鳴られ、傷つけられるばかりの人生が、無意味に続いていくのも恐ろしかった。

「うう、すげぇ。すげぇよ」

森の奥、一際大きな巨木の前で止まる。

女性の荒い吐息。微かな話し声。穏やかな声に背中を押されるようにカメラの前へと出てきたのはスーツ姿の女だった。年齢は二十代前半ぐらいか。長い髪を肩から垂らし、血の気の引いた青白い顔をしている癖に、頬だけがやけに紅潮している。男が想像していたよりも、ずっと若く、そして可愛らしかった。

『みんな、こんにちは。ロットホイップです』

はじめまして、と消え入りそうな声で言いながら、彼女の頬を涙が伝い落ちる。

『ごめんね。本当はみんなと一緒にって思ってたんだけど。もう耐えられなくって。限界だったんだ』

目が左右に忙しなく泳いでいる。周りに誰かいるのか。恐怖に怯えながら、それでも声を振り絞る姿に男は震えた。

『あのね。会社にね、すごく嫌な上司がいるんだ。そう、前に話してたでしょ？　覚えてるかな』

自分の身体を抱くように身を折り、震える声で絞り出すように言葉を続ける。

『もう、どうしようもなくなったの。これ以上、私は私が傷つくことに耐えられない。生きていきたくない。もう終わりにするの。これ以上、汚されたくない』

嗚咽を漏らす女の肩を慰めるように、カメラを持つ男が優しく叩く。

『君の誇り高い魂が、これ以上穢れてしまう前に解放してあげよう』

『トワ。ごめんなさい。貴方と一緒に逝くべきだったのに……』

『泣かないで。君にも、僕らの水先案内人になって貰うよ』

女が泣きながら頷く。

そうして、彼女へ手渡されたのは鈍い輝きを放つナイフだった。

『ありがとう、トワ。みんな』

立ち上がり、女が木に背中を預けて立つ。

ふーっ、ふーっ、と荒々しい呼吸がひとしきり続いて、急に止まった。女の顔には、もうなんの表情も浮かんでいない。機械のように無機質な瞳が、僅かに笑っているように男には見えた。

『さようなら。ロットホイップ』

薄白い首筋に、深々とナイフの切っ先が突き立つ。

『ぐっ、かっ、ぐぅっ、げふっ！』

くぐもった声を漏らしながら、首を真横に裂いていく。まるでホースの水のように勢いよく血飛沫が辺りに撒き散らされ、やがて力を失って女の身体がその場に崩れ落ちた。

血溜まりが足元に丸く広がっていくのをカメラが冷静に映している。

『みんな、ロットホイップも逝ってしまった。彼女の高貴なる魂に、祈りを』

カメラが周囲を映し出す。木々の間に垣間見る、朽ち果てた幾つもの残骸。腕や足を伸ばした、屍の成れの果て。この世を儚んで死んでいった人だったモノ。
『僕らの仲間たちに敬虔なる祈りを』
動画はここで終わっている。
「うぅ、ロットホイップ。あんなに綺麗だったのかよ、畜生。もったいねえ。こんないい女が死ななくちゃいけないなんて。こんな世の中、間違ってる。許せねぇ」
男はボロボロと泣きながら、モニターをベタベタと触る。顔を押しつけ、ベロベロと倒れ伏した女の白い足を舐めた。
《533　トワ
彼女たちは勇敢だった。その高貴な魂は僕たちを導く光になったんだ》
《534　敏感秘書
次は僕たちの番。そうですよね。トワ》
《535　青汁男爵
伝説を作るんだ。この肥溜みたいな世界から抜け出してやる》
《536　スプーキー
やっとリアルに会えるんだネ。トワ、トワ、トワ！》

《537　名無しの権兵衛
こんな自分でも役に立てるのなら、喜んで》
《538　NASA
早くやろうよ、早く早く早く》
誰も彼もが熱を帯びたように、コメントを叩いていく。
言いようのない、その一体感に男は涙が止まらなかった。悲しみなどではない。言葉にできない、何かとても大きく価値のあるものに自分が選ばれたのだという感覚があった。普段、会社でゴミ屑のように扱われている自分ではない、此処にいる自分こそが本当に価値のある自分なのだと思えて嬉しかった。

『さぁ、僕たちだけの神事を始めよう』

偉大なる導き手、トワの最後の言葉は、まるで耳元で囁くように聞こえた。

○

県境の山岳地帯。激しく蛇行する山道を公用車で走りながら、助手席の千早君へと目をやる。時刻はまだ早朝も良いところだが、眠れないのか、座席を倒したままうんうん唸っていた。事故で失った右腕が痛むのだという。この山に入ってからというもの、ずっとこの調子だ。

「大丈夫ですか。千早君」

「元気ハツラツに見える？　ああもう、腕が痛ぇ」

「存在しない腕が痛むだなんて」

幻肢痛。手足などを欠損した場合に、脳がその箇所をまだ存在すると誤認し、痛みを感じてしまうという一種の心身症。四肢を欠損した多くの人が患うというが、千早君の場合はそれが霊的な感覚と繋がっている。

「腕の感覚だけはしっかり残ってるからな。でも、こんなに痛むのは久しぶり。まいった」

「鎮痛剤が効いてくるといいのですが。かなり痛みますか？」

「腕をこう掴まれているような感じ。雑巾絞りみたいに」

想像したこちらまで痛くなってくる。

「まだ現場までは距離があります。少し車を停めて休憩するべきでは？」

「いや、大丈夫。でも、大野木さん、今回はかなりヤバいかも」

こちらを振り返らないまま、呟くように言う千早君の姿を見て、思わず背筋が震えた。いつも飄々としていて、大抵のことには動じない彼がここまで言うのは只事ではない。

「珍しいですね。断言するだなんて」

「いつもと少し違うんだよ。上手く言えねぇけど、なんだか変な感じがする。こう落とし穴の目の前にいるようで嫌な感じだ。それも落ちたら抜け出せないやつな」

「依頼の形も、いつもとは違いましたからね」

「警察から内々にって話だったんだろ？」

「ええ」

知り合いの刑事から声がかかったのは、二日前のことだ。

先月から数えて合計十四名の男女が忽然と姿を消すという連続失踪事件。年齢も性別も共通点はなく、全員が知り合いという風でもないというが、その消え方は共通している。

「神隠しに遭った、と騒ぎになっているそうです」

「神隠し、ね」

「例えば最初の失踪者の方は、新屋敷にあるマンションの自室にいた筈が、母親が夕食に誘いに向かった時には姿を消していたそうです。両親はすぐに警察に捜索願を出しましたが、未だ発見に至っていません」

さらに言えば、マンションの監視カメラにも彼女が出ていく姿は映っておらず、また訪ねてきた者もいないという。

「他の十三名も同様です。直前まで友人や恋人、家族から目撃されているにもかかわらず、何の前触れもなく、ここ数週間の僅かな間に立て続けに消えたとなると。神隠しと揶揄されるのも仕方ないかと」

「本当に神隠しなら、視れば分かる。家出の可能性だってあるんじゃねぇの？」

「勿論です」

「で、なんでこんな山の中を走ってるんだ？」

携帯が圏外になってる、と千早君が顔を顰めた。

「九番目と十二番目に失踪した方の両名が、同じ箇所に赤印をつけた地図を持っていたそうです」

「なら、警察が向かえばいいだろ」

「辿り着けなかったそうです」

「は？　どういうこと？」

私も、その話を聞いた時には怪訝に思ったものだ。警察が捜査に行って、そんなことがあるだろうか、と。何も見つからないのではなく、そもそも現地に行けないというのだから。

「どこをどう進んでみても、何故か同じ場所に戻ってしまうそうです。結局、陽が暮れるまで、あの手この手で進もうとしたそうですが、地図の場所には辿り着けなかったのだと」

どうにかしろ、ということで捜査本部もプライドを捨て、とりあえず使えるものはなんでも使えとあちこちに声をかけた結果、特別対策室へ話が回ってきたという訳だ。

「……行きたくねぇなあ。それ、誰かが術をかけてんだよ」

「気持ちは分かりますが、こればかりは千早君でないと」

「いや、俺は結界を破いたりとかは専門外なんだよな。ものにもよるけどさ。それこそ柊さんに依頼した方がいいんじゃね？」

「できる限りのことはしたのですが、どうしても連絡がつかなくて。また海外旅行にでも行っているのでしょうか」

「へっ、優雅なこった」

状況から考えて、まず間違いなく怪異の類だろう。しかし、どうにも妙な気がした。怪異というのは現象だ。それも極めて稀な部類の。殆どの人間は経験することもなく、その人生を終える。そういうものだ。そんな稀有な現象が、この短期間に繰り返し起きるだなんてことがあるだろうか。

不意に、とある少女の名が脳裏を過ぎり、鳥肌が立った。

「どうかした？　顔が真っ青だ」

「いいえ。なんでもありません」

もしもそうならば、千早君の方が先に気づくだろう。

「さぁ、まもなくですよ」

狭い林道へと車を乗り入れ、舗装されていない山道をさらに突き進んでいく。砂利を巻き上げ、木の枝がびしばしと車体を叩いていくのを感じながら、つくづく私用車で来なかったのは正解だったと思った。

例の地図と、カーナビの画面を見比べながら、慎重に山道を進んでいく。

「この辺りまでしか車で進めませんね。ここからは徒歩で進みましょう」

「了解」

靴を長靴に履き替え、スーツの上から防寒作業用の分厚い上着を着込む。千早君は愛用しているアウトドア用の丈夫なジャケットを着て、首元にはネックウォーマーをつけた。

「うー、寒ぃ」

「急ぎましょう。曇り空とはいえ、山の天気は変わりやすいですから」

「この空模様なら、昼前には雨が降るよ。空気も湿ってる」

千早君は犬のように舌を出して、くんくん、と鼻をひくつかせた。

「分かるんですか」

「風の向きと雲の動き、それから空気の匂いかな。修行時代に叩き込まれた」

「頼りになります」

携帯のGPSコンパスで印の場所を目指す。

十分ほど歩いていると、急に開けた場所に出た。十メートル四方くらいの空間があり、そこにだけ木々ばかりか、雑草一本生えていない。さりとて、特に何がある訳でもないのだが。

「このまま真っ直ぐですね」

GPSを頼りに進み始めた私の手を、千早君が掴む。

「大野木さん。待った、待った。どこへ行こうとしてんのさ」

「ですから、現場へ」

千早君は、ははぁ、と納得したように言ってキョロキョロと辺りを見渡すと、不意に地面の一箇所を靴の踵で掘り始めた。何をしているのか、と思っていると地面の中から何かを取り出した。

「大野木さん。化かされたな」

千早君の掌の中にあったのは、小さく丸まった白磁製の狐の根付だった。何故か目の辺りを黒い布で巻いてある。びりびりと乱暴に布を破くと、布はその辺りに放り捨てた。

「これは夜行堂への土産だな」

「曰く付きの骨董品ですか？」

「ああ。呪具として使われたんだろ。幻惑ってやつだ」

「つまり、相手には霊能者がいると？」

「霊能者かどうかは分からないけど、こういうことに通じているんだろ。それなら人に見つからないように被害者を連れ出すなんてことも、できなくはないさ」

ポケットにそのまま骨董品を放り込もうとする千早君を制止して、私のハンカチで包んでから上着の内側へ。ここなら余程のことがない限り、割れてしまうこともないだろう。

「千早君は骨董品の扱いが雑すぎます。もう少し扱い方を覚えるべきです」

「大野木さんがマメすぎるんだよ。そんな簡単に壊れやしないって」

「そういう問題じゃありません」

「そんなことよか、しっかり前を見ろよ。今度は間違えるなよな」

顔を上げてみると、先ほどまでの光景とは全く違っていた。正面に林道が続き、私が先ほど向かおうとしていた方向には迂回して下っていく獣道が見える。

「警察が辿り着けないわけだ」

そう言いながら千早君が深くため息をつく。やはり痛みが引かないのだろう。ますます顔色が悪くなっているように見える。

「幻惑というのは解けたのですよね？　あとは私が連絡しますので、一旦帰りましょう」

「いや大丈夫。行こうか」

そう言ってずんずんと進み始めてしまった。

それからどれほど歩いただろう。不意に先を歩く千早君の歩みが止まった。

「どうしたのですか」

「近い」

不意に鼻を突くような悪臭に、顔をしかめてハンカチで鼻と口を覆う。何度嗅いでも慣れない。そして忘れられない。生き物が死に、腐敗していく臭いだ。

「口は開けずに鼻で息しなよ。あとできるだけ両手は使えるようにしといて」

「よく、平気ですね。私はとても耐えられません」

「平気なもんか。やせ我慢してんだよ」

確かに千早君の顔に余裕の色は見えない。本当に精神力だけで堪えているのだろう。

やがて、千早君がそれを見つけた。

「いたな」

巨木の根本にうつ伏せになって倒れている長髪の女性、その屍があった。背中からズボンにかけて、全身が真っ黒に腐敗している。あまりの惨状を前に言葉を失う。朽ちた遺体を見るのは初めてのことではないが、こんな山奥に忽然と現れると、思わず卒倒しそうになる。

吐き気が込み上げてきたが、懸命に堪えた。

そんな私と違い、千早君は軽く黙祷してからすぐに遺体に近づき、その様子を具に観察し始める。

「女性だな。首に大きな傷がある」

「殺人、ですか」

「いや、これは自分で切ってるな。ほら、掌の中にナイフがあるだろ。血のつき方も自然だ。後から握らせたら、ああはならない」

「見たくないです……」

「見なくていいから、例のやつ出して。多分この人、さっきそのリストに載ってた」

そう言われて慌てて書類を出すと覗き込んできた千早君が「この人だ」と指差した。確かに服装がリストの会社員と一致する。

「この方が」

「ああ。でも、どうやら一人じゃないみたいだ」

千早君に言われて、周囲を見渡して言葉を失った。

木からぶら下がる、ろくろ首。いや、あれは首を括った紐に頭蓋と脊髄がぶら下がっているのだ。一つ二つではきかない、視界に映るものだけでも片手では足りないだろう。

「千早君。これは、いったい……」

千早君は微動だにせず、青く燃えるような右眼で遺体を凝視していたが、やがてはっとしたように顔を上げた。

「大野木さん。逃げるぞ」

千早君の向こう、木々の間に立つ人の形をした黒い影。消えたという十四名の男女。彼女たちが歪な笑みを浮かべて手招きしているのが見えて、背筋が凍りついた。

「ひ、ひぃ」

「見るな！　走れ！　走るんだよ！」

ぐん、と後ろ側に身体が傾き、思わず後ずさる。千早君に右手を引っ張られているのだと気づいて、即座に踵を返して走り出した。

木立の間を全速力で駆け抜ける。背後を振り返りたかったが、恐怖がそれを遥かに上回っていた。ここで足を止めれば、今度はどうなるか分かったものではない。

どれほど走っただろうか。乗ってきた公用車を見つけ、やっと足を止める。

「はぁ、はぁ、はぁ。戻って、こられたようですね……」

背後で酷く咳き込む音がして振り向くと、息も絶え絶えな様子の千早君が、その場で膝をついた。

「大野木さん、足、速ぇよ。死ぬかと、思った……」

「ああ、すいません。必死だったもので。大丈夫ですか？」

「完全に運動不足……。また走り込みしないと」

「とにかく無事でなによりです。これから、どうしたら良いでしょうか」

「まずは警察に通報。結界はもうないから道に迷うこともないし。とにかく遺体を弔ってもらうのが先決だ」

「そうですね。千早君、何か視えましたか？」

ああ、と千早君は呟いてから、困ったように頭を掻いた。

「あいつらを此処で自殺するよう、扇動した奴がいる。線の細い若い男だ。名前は、トワ。あとなんかネットのなんつーの。こうチャットみたいなの」

「チャット？」

「紙とペンある？　名前が分かんねーんだけど、みんなで同じタイトルについて話すみたいなやつ」

「え、あ、はい」

メモを手渡すと、淀みない手つきで何かを書き記した。

「千早君。これは？」

「失踪した人たちが集まってたネットのＵＲＬ。そこを調べたら一番てっとり早いだろ」

とんでもないことを、まるでなんでもないことのように言うので、絶句した。千早君の霊視は物事の過去を深く視ることができる。それこそ過去の事象や思いなども、深く深く。しかし、今回のように記憶を遡って目的のものを探し出すというのは今までとは訳が違う。それは過去視とでも言うべきものではなかろうか。

「最後に自殺した子が、強く想っていたのが手がかりになった。本当に死ぬつもりなんかなかったのに、こいつに出会ってしまった所為で自殺することになった奴も沢山いる。急いで捕まえないと。まだやるつもりだぞ」

「すぐに調べます。ですが、千早君。大丈夫ですか？　先ほどからずっと顔色が悪いですよ」

「同時にあれだけの数、霊視すると流石にきつい。ごめん少し寝かせて。ああ、一応そのメモ、まだ警察には見せないで。権藤(ごんどう)さんにも言うなよ」

「え、良いんですか？」

「下手に邪魔されたくないし。とにかく一度、麓(ふもと)まで戻ろう。まだ気配があるから、ここに長居するとついてくる」

「分かりました。今すぐに」

急いで麓まで戻り、警察へ事情を説明して、彼らの現場検証に付き合っている間、千早君は車の中で横になって泥のように眠っていた。その顔色がまるで死体のように青ざめていて、私は心配で仕方がなかった。

◆

郊外の過疎化した住宅街の程近くに、建設途中のまま放棄されたマンションがあった。コンクリートの躯体が剥き出しのままの踊り場、そこに組まれた薪が轟々と炎をあげ、周囲を仄かに照らし上げている。

焚き火をぼんやりとした様子で眺めているのは、長身痩躯の若い男だ。白い髪を肩の辺りまで伸ばしている。過剰なほど整った顔立ちをしているので、一見すると女性のようにも見えるが、その大きな掌はゴツゴツと節くれ立っていた。

男は手の中の本へ、気怠げに視線を落とす。本の題名は『自省録』とある。

「トワ？　また本を読んでるの？」

声をかけたのは、小柄な中学生くらいの少女でウサギのぬいぐるみを胸に抱いていた。いかにもゴスロリ風の格好で、手首には痛々しい傷跡が無数に走っている。

「マルクス・アウレリウスの『自省録』という哲学書だよ。古代ローマの皇帝で、五賢帝にも数えられる名君だ」

「へぇ。そんな偉い人が、哲学書なんかを自分で書いたの？」

「そうだよ。彼は皇帝の多忙な公務の傍ら、こういう哲学的な思索を好んだという。その采配一つで幾万もの人間の死を左右する立場にありながら、それについての思索を重んじたという賢人だね」

「トワは凄いね。そんな難しい本を読むんだから」

「うーたんも読めるよ。哲学書は何度も繰り返し読むものだからね。立場や年齢によって、感じ方が変わる筈だ」

「うー。私、なんでうーたんなんてハンドルネームにしたんだろ。恥ずかしい」

「可愛くて良いと思うよ？　それに、とても君に似合う」

少女は褒められて、思わず赤面した。

「ねぇ、なんて書いてあるの？」

「興味があるのかい」

「うん」

「この本は題名の通り、アウレリウス本人が内省の為に書いたもので、他人が読むことを前提に書かれていないんだ。それでも端的に説明するのなら、彼は死を前にして精神を平静に保つべきだとしている」

「怖がるなってこと？」

「死を受け入れろということだよ。死というのは状態が変わるだけで、消えてなくなる訳じゃない。自然に還るという意味合いに近しい」

「トワの話に似てるね」

トワ、と呼ばれた男は優しく微笑み、少女の頬を撫でた。

「君は利発で賢い」

少女は照れ臭そうに笑い、それから男の隣に腰を下ろした。まるで猫が飼い主にすり寄るように。あるいは眩しいものに依存するように。

「僕はね、子どもの頃に天使に逢ったんだ」

「天使？」

「そう。言葉を失うほど美しい少女だった。同じ病院に入院していた子どもたちの中で、僕と仲良くしてくれたのは彼女だけだった」

「トワの初恋の人ね」

「どうだろう。……うん、そうなのかな。そうだったのかもしれないね」

「どうして入院していたの？　病気？」

「僕は七歳になるまで、言葉を理解できなかったんだ。両親の声にも反応できずにいたから病院へ入れられた」

「どうして？　トワはこんなに誰よりも頭がいいのに」

ありがとう、と微笑んでから、薪を一つ炎にくべる。火の粉が散って、炎が舐めるように薪を飲み込んで燃え上がった。

「僕はね、言葉というものを彼女に教わったんだ。頭の中に直接響く、彼女の歌によってね。声ならぬ声だ。美しい、まさに天使の歌声だった。その瞬間、それまでは只の音の羅列だったものが、意味のあるものだと唐突に理解できた。世界が変わったんだ」

でもね、と男は続ける。

「あの時まで、僕は本当の意味でこの世界を真っ直ぐに視ていたんじゃないか。そう思う時があるんだ」

「そうなの？」

「……中国神話に混沌という帝がいる。彼は目、鼻、耳、口の七孔がない帝だ。南海の帝と、北海の帝は混沌の恩に報いる為に、混沌の顔に七孔を開けてやった。しかし、たちまちに混沌は死んでしまったという。自己で完結していた世界が壊れ、外からやってくる雑多な情報に殺されてしまったんじゃないだろうか。ほら、まるで僕は混沌のようだろう？」

焚き火の炎が、揺らめくように燃え上がる。

「彼女は僕に言った。『お友達になれるわ』と。けれど、そこから先がどうしても、思い出せない。でもね、自分がすべきことだけは覚えているんだよ」

炎に照らされた顔を見て、少女はうっとりと目を細める。

男の話など微塵も分からない。

ただ、どうしようもなく彼に惹かれてしまう。きっと他のみんなもそうなのだ。

「私、トワの言うことなら、なんでも聞くよ。命なんか惜しくない」

男は頷いて、少女に手を伸ばす。

少女は涙を流して、その手に頬をこすり、口づけした。指を口に咥え、舐め、唾液を絡める。

言いようのない充足感が、少女の心を満たしていた。

●

結論から言えば、あの場所では連続失踪事件の失踪者の全員が発見された。

鑑識の結果、おそらく全員が自殺であることも判明した。遺体の損壊こそ酷いものが多かったが、示し合わせたように全員が身分証を身につけていたのが大きい。

再び事件が起きるまでは、警察はこれ以上動くことはできないだろう。あくまで、これは自殺に過ぎない。自殺を幇助した人間がいるとしてもその証拠が必要だ。

あの現場から帰った後、千早君は十時間近く、眠り続けた。途中、何度か起こそうとしたのだが、一向に目を覚まさず、県庁の仮眠室へ担いで運んだ際にも起きることはなかった。

「……大野木さん。今、何時？」

不意に目を覚ました千早君が身体を起こして、欠伸を噛み殺す。

「まもなく午後六時になりますね。それよりも体調は大丈夫ですか？」

「大丈夫。想定より寝すぎたけど、かなりマシになったよ」

千早君は立ち上がって、冷蔵庫から炭酸水を取り出して口に含んだ。

「見たか？」

「例のチャットルームですね。勿論、全てに目を通しました」

彼らのチャットルームは世間や社会、己の境遇に対する悲観と絶望、あるいは怨嗟の声が書き綴られていた。いわば何処にでもある、愚痴を吐き捨てる空間だ。これ自体は特に珍しくもない。

しかし、そこにトワと名乗る人物が現れてから、会話が少しずつ彼を中心に回り始める。

哲学書や古典文学の引用を多用しながら、圧倒的な知識に裏打ちされた言葉が、彼らを肯定し、励まし、取り込んでいく。類稀（たぐいまれ）なカリスマ性に加え、卓越した話力。彼が他人の精神を支配し、影響を与えていくのが見て取れた。

「彼は、いったい」

どういう人物なのか。なんと言うか、人間離れしている。柊さんや帯刀老のような、ああした浮世離れした魅力がある。

「どことなく木山の爺さんに似てるよな。話し方も口調も全然似てないんだけど、何かが似てる。地獄の底に繋がっているような、暗くて冷たい感じだ」

「ええ。確かに」

「ところでなんか小腹に入れたいんだけど、何かあったっけ？」

「途中で幾つか見繕っておきました。強めの鎮痛剤も買いましたので、必ず飲んでくださいね」

あんがと、と言って梅おにぎりの包みを器用に開ける。

もしゃもしゃと食べながらソファに腰を下ろした。

「それで？　あいつらは今、何処にいる？」

「祭祀場は、美囊（みのう）のようです。トワと名乗る人物が本日の夕方に投稿したきり、更新がありません」

記載されていたのは再開発地域に指定されたまま、長年放置されている古いベッドタウンの住所だったが、まるで崇高な聖地のように語られていたのが何とも異質だった。

「また美嚢か。まぁ、まず人は寄りつかないし、良からぬことをするにはうってつけだな」

「分かりません。彼らはいったい何を考えているのでしょうか？」

「書いてあったんだろ？　神事だよ。あいつらにとっては」

「ですが、集団自殺ですよ。どうやったら自殺が神事になるのですか」

「知らねーよ、あいつらも概要しか知らなかったんだ。ただリーダーのトワって奴は間違いなくやる。あいつはな、狂ってるよ。神事の義務だの、甘い言葉を使って他人を死に追いやる天才だ。だから、早くそいつを見つけて捕まえる」

そういえばカルト宗教などによる集団自殺などには共通点があると、何かの本で読んだことがある。信者たちは神への信仰、忠誠心によって死を選ぶのではないのだと。神とは後付けの動機のようなものであり、彼らが死を選ばずにいられなかったのは、偏（ひとえ）にカリスマ性のある教主によって洗脳されていたからだ。死が尊いものを守るための最後の手段であるかのように騙り、心の底から信じさせることによって人をそちらへと追いやる。あるいは、己の道連れにするのだ。

「やはり警察に連絡を入れるべきでは？」

「下手に介入されたら、それこそ自殺を助長しちまう。捕まるくらいなら一人残らず死ぬぞ、連中。ちょっと遅れて登場して貰うくらいがちょうどいい」

最後の一口を口に放り込んでから、炭酸水の残りを飲み干す。ごちそうさま、と左手だけで手を合わせて、コキコキと首を鳴らした。

「よし、大野木さんの車を出してくれよ。眠りこけといて悪いけど、公用車でのんびり走ってたら間に合わねぇから、高級車でよろしく。時速二百キロくらい出せるだろ？」

「一発で免許取り消しになりますよ。そもそも信号機もあるんですから、そんなに速くは」

窘(たしな)めたつもりが、どうやら千早君は本気で言っているらしい。

「あれだけ入念に準備をして人を死に追いやる奴が、全員を一箇所に集めたんだ。決行は今夜だよ。本当に何人死ぬことになるのか、分からない」

分からない、という言葉にゾッとする。既に十四名の犠牲者が出ている。これだけでも相当な数だが、それさえ前哨戦に過ぎないという。

「俺は、いつも事後処理みたいな仕事ばっかりだ。事件も、人の命も、なんもかんも過去の出来事になっちまってる。だから、今まさに起きてる事件が目の前にあるのなら、どうにかして解決してやりたい」

「……分かりました。可能な限り急ぎましょう」

身支度を整えて、駐車場へと急ぐ。

「最悪、実力行使で止めるしかありませんね」

「荒事は任せる。とにかく神事とやらを頓挫させれば充分だろ。それから、トワとかいう黒幕をとっ捕まえれば満点だ」

「我々は警察ではないので、逮捕はできませんよ？」

「その辺りも難しいから、大野木さんに任せる」

そう都合よくいくとも思えないが、集団自殺なんてものをこのまま放置はできない。

車に乗り込みながら、漠然とした不安を感じたが、結局なるようにしかならないのだ。

「千早君。帯刀老がもし御存命なら、どうなさったと思いますか？」

「どうかな。人災だから、止めるかもな。均衡を崩すとかなんとか言って」

「では、人災でなければ？」

知らねぇ、と千早君はシートベルトをしながら投げやりに言う。いや、これはもう答えたようなものだ。彼が帯刀老と袂を分かった理由を、ほんの少しだけ垣間見たような気がした。

「アンタがトワか？」

しん、と静まり返っていたフロアに声が響いた。

焚き火の前のチェアに腰を下ろしていた若い男が声に振り返り、立ち上がる。彼のすぐ側にいた少女は慌ててその背後に隠れた。

「君は、青汁男爵かな？」

暗がりから顔を出したのは、中肉中背の男だった。ジャージの上下を着て、どこか怯えた様子で周囲を警戒している。年齢は三十に差しかかったくらいだろうか。

「……ああ」

「はじめまして。僕がトワだ。やっと会えたね」

悠然と微笑む彼に、思わず見惚れてしまう。

「あ、ああ。その、イメージ通りだな。トワ」

「イメージ？」

「いや、勝手に俺が抱いていただけ、なんだけど。その、天使みたいだなって。頭が良くて、純粋で」

「それは光栄だな。僕もこうして君に出会えて嬉しい。君のことを待っていたんだ」

「俺を？」

「ああ。僕たちは同志、志を同じくする者だ。他の誰でもない、君でなければダメなんだ」

トワが男の手を、強く温かく握る。たったそれだけのことで、男は我慢できなくなったように嗚咽を漏らして涙を流し始めた。

「やっぱり、アンタは本物だ。ああ、来てよかった。信じて、良かった。信じていたんだ、アンタは本物だって。きっと分かってくれるんだって」

「これからだよ。さぁ、そこで火に当たって。今夜は冷えるから」

「ああ、ああ。ありがとう。トワ」

「……青汁男爵って、やっぱりおじさんだったんだ」

トワの後ろにいた少女が、警戒した様子で呟く。

「これ、誰だ？　スプーキーか？」

「違うよ。彼女は、うーたん」

「マジかよ。こんな子どもだったのか。意外だ。てっきり子どものふりしてるネカマかと」

いーっ、と少女が唸って、男の脛を蹴飛ばしたので、男は脛を抱えて蹲った。

「こいつ、嫌い！」

「ふふ、騒がしくなってきたね。他の皆も集まってくれたらしい」

騒ぎを聞きつけたのか、次々と人が闇の中から現れる。年齢も性別もバラバラ、容姿や服装になんの統一感もない人間が、およそ三十人ほど集まっていた。

　誰も彼もが、トワという男を前に言葉を失っているようだった。まるで聖書から出てきた聖人を目にしたように、驚きを隠せないといった様子で。トワ、トワ、と口々に彼の名を呟き始める。

「諸君、今宵は僕の招きに応じてくれてありがとう。僕が、この会を主催したトワだ。君たちとこうして、顔を合わせて出会えたことを嬉しく思う」

　透明感のある声が、刺すように冷たい夜の闇に朗々と響いた。たったそれだけで何人かが涙を流し、感極まったように嗚咽を漏らし始める。

「此処に集まってくれたのは、この世界に傷つけられ、辱められ、絶望した者たちだ。自らの命を断とうと決め、何度も思い悩んだことだろう。無責任な他人たちが無遠慮に君たちを責め、苛んだことだろう。僕たちは何を求め、何をなすべくして生まれてきたのか。それは誰が決めることだろうか。命の尊厳を、その価値を決めるのは無責任な他者か？　いいや、違う。僕たちは哀れな子羊ではない。少なくとも、自らの命を自覚し、この社会に爪を立てようという気概が僕らにはあるからだ」

　大音声を張り上げるのではなく、問いかけるような演説は、むしろ静かに深く聞いている者たちの心へ染み込んでいった。もしも仮に魂の色というものを視覚できる者がいるとするなら、その場にいる全ての魂の色が少しずつ混ざり合い、渾然としていくのが視えるだろう。それほどに彼らの魂は同じ色に染まっていた。

「僕たちは飼い慣らされない、誇りある狼だ。盲目の羊飼いに従い、当てどなく荒野をさまよう羊でいることを許せなかった狼だ。誰だって孤独だ。誰だって傷ついている。それでも、僕たちは自らの命の使い方を、他ならぬ自分の意思で決めている。その覚悟を、この社会は弱いと笑うのか」

トワの言葉に、その場にいた全員がいつの間にか涙を流していた。歯を食いしばり、嗚咽を噛み締め、何度も言葉に頷く。

「僕たちは弱者じゃない。僕の命は、僕だけのものだ。君たちの命は、君たちだけのものだ！」

わっ、とその場にいた全員が喝采をあげた。中には半狂乱になって、トワの名を叫び続ける者もいた。隣り合う者と抱き合い、手を繋いで泣いている。

「古来、神は贄(にえ)を受け入れ、その御霊を自らの御陵(ごりょう)へと招き入れてきた。今宵、僕たちは贄になる。この魂が還るべき場所へ、先に逝った彼女らが導いてくれる」

もはや、この場には彼の言葉を否定する者は誰もいない。

「神事は屋上で執り行う。さぁ、行こう」

彼らは気勢をあげた。その叫びは怒っているようにも、泣いているようにも聞こえた。屋上へとそれぞれが上り始める中、トワはその中の一人に声をかけた。肩を叩かれた若者は、ぎょっとした顔になって涙を拭う。

「君にお願いがあるんだ」

「ああ、トワ。できることなら、なんでもやるよ」

ありがとう、と微笑んで、そっと彼の耳元へ顔を寄せる。そして何事か呟いた後、彼の手を握り、頼むよ、と告げた。男は覚悟を決めたような厳しい顔つきで、一度だけ深く頷いた。

「任せてくれ。俺にしかできないことなら、命をかけるよ」

そうして、他の者とは反対に階下へと階段を下りていった。

「どうしたの？　トワ」

「なんでもないよ。ただ、少しばかり来客の相手を頼んだんだ」

「誰か来るの？」

「招かれざる客だよ。大丈夫、彼らには帰ってもらうからね」

そう言うと、暗い外へと視線を投げた。何も見えないはずなのに、まるでやってくる誰かと視線を交わらせようとしているようだった。

助手席の千早君が、急に何かを感じ取ったように身体を起こすと、慌てた様子で周囲に目をやり、助手席の窓を開けた。そうして、止める間もなく、シートベルトを外して上半身を外に乗り出す。窓枠に腰かけて、左手だけで窓枠を掴んでいる。

「ちょっと！　千早君、何をやってるのですか！　落ちますよ！」

千早君は私の言葉など無視して、身を乗り出すようにして周囲を視ると、目的のものを見つけたのか大声で叫んだ。

「大野木さん、二時の方角！　丘の上だ！」

「丘の上？」

信号を右へ曲がりながら、緩やかな丘の上にある建設途中で放棄されたままになっているマンションへと目をやった。

「あれですか！」

「あそこにいる！　あの野郎、俺らのことを視てやがった」

今にも飛び出していきそうで、こちらも気が気ではない。とにかく位置情報だけでも携帯電話で知り合いの刑事に連絡しておく。事情を察して到着するまで、まだかなりの時間がかかるだろう。

「分かりましたから、とにかく中に戻ってください！　落ちますよ！」

風邪引きます、と続けるが、千早君の耳には届いていない。

「大野木さん、頼むからもっと急いで！」

「急ぎますから、とにかく席に戻ってください！」

マンションへ続く坂道を、最高速度で疾走する。

「千早君、一つ聞いても良いですか？」

「なんだよ？」

「どれだけいるか分かりませんが、どうやって止めるつもりなんですか？」

人数にもよるが、私たちよりも数が少ないということはないだろう。さすがに多勢に無勢ではないだろうか。

「あー、それについては考えてなかった。まぁ、なんとかなるだろ。……多分」

「多分？　多分ってなんですか。死活問題ですよ。いくら何でも数の差だけはどうにも」

「うるさいなあ。ちんたらしてられないんだから、出たとこ勝負だよ。とにかく止められるならなんでもいいんだ。公務員なんだから、国家権力があるだろ？」

「そんな雑な……」

丘の上には建設途中のまま、放棄された躯体だけのマンションが立ち塞がるように建っていた。躯体を作ったところで、工事が止まってしまったらしい。まるで巨大な祭壇のようだ。

車を正面に停めようとすると、千早君があちらに停めろ、と珍しく指示を出した。

「もう少し右に。もうちょい、そう、そこ！」

「？」

「いいから。言う通りにして。万一の時の保険だ」

下車すると、千早君が屋上へ目を向けて絞り出すような声をあげる。

「ヤバいな。もう屋上に並んでるぞ」

見上げると、屋上にずらりと並んでいる人影を捉えた。十名どころの話ではない。ざっと見ただけでも三十人以上はいる。

「ああ、なんてことだ」

「大野木さん。ちょっと動くな」

「え、あ、なんですか？」

「どこだ？　持ってるだろ、早く出せよ！」

そうして私の胸ポケットから何かを取り出すと、じゃあな、とさっさと駆け出してしまった。

「大野木さんは、そいつの相手！　俺は上へ行くからな！」

そいつ、と千早君が指差した先、一階のエントランスの柱から大柄な男性が姿を現した。左右の手にはシャツを細く破いた布が巻かれ拳を固めている。

彼を迂回するように千早君が脱兎の如く駆け、廃墟の闇の中へと消えていった。

「そういうことですか」

「なんでもやる、と言ったんだ。だから、殺してでも止めてやる」

ぶつぶつ、とうわ言のように呟きながら、血走った目でこちらを睨みつける彼にはどんな言葉も届かないだろう。話せば分かるというのは、実際に目の前に脅威を前にしたことのない人間の理想論であることを、今の私は身をもって知っている。

「さっきの奴は、アンタを殺してから追いかけて殺す。片手のない奴なんて、どうとでもなる」

両手を肩の高さで構え、軽快にフットワークを刻み始めた。身長は約百八十センチ、体重は百キロを超えているだろう。とても自殺するようなタイプには見えないが、彼もトワという人物の信奉者なのだろうか。

「本来、こういう案件は専門外なのですが……。珍しく彼がその気になっていますから、無下にもできません。それに貴方に殺される訳にもいきません」

ネクタイを緩めて外す。格闘技の心得のある者を相手にネクタイをぶら下げておくのは危険極まりない。上着を脱ぎ捨て、メガネも外す。

「気楽な公務員なんかに、俺たちの苦労が分かるかよ」

「そうですね。きっと分からないでしょう」

前後左右に軽快なフットワークで距離を詰めてくる。左のジャブ。避ける暇もなく、鼻に衝撃が抜け、目の前で光が弾けた。鼻腔に鉄の味が広がるが、目は閉じない。真正面から受ければ昏倒はしない。ただ痛いだけだ。

本命は、右ストレート。ボクサーのスタンダード、ワンツー。狙いは顔面なのは分かっていた。

相手の拳の軌道上に、右の肘を構える。びきっ、と骨が砕けるような音と共に右肘に衝撃。男が苦悶の表情を浮かべているのが見えた。だらり、右腕が下がっている。小さな骨の集まりである拳と、硬い肘の骨がぶつかればどうなるかは容易に想像がつく。

左脚による上段への蹴り。コーチにも褒められた一撃が、男の頬を捉える。しかし、手応えが甘い。相手の上背のせいで打点がずれてしまった。

男がバックステップで距離を取る。驚きと困惑の表情が、ありありと見えた。歯が折れたのか、口の中の血を吐き出すと、白い歯が散乱した。

「プロではないようで、安心しました」

さすがにプロ相手では手も足も出なかっただろう。

「空手、いや、総合か？　くそっ、くそっ、舐めやがって！」

男が再び拳を構える。だが、砕かれた右手は中途半端に開いてしまっている。折れた指を無理やり握り締めているのだろうが、相当に痛むだろう。こちらも鼻を折られているので、鼻血が止まらず、口で息をしなければならないので体力が削られる。長引けば不利だ。

千早君を追いかけなければならないのは、私も変わらない。時間をかけていられないのはお互い様だ。彼を無力化しなければ先へは進めない。

相手が距離を詰めるタイミングに合わせ、前蹴りを鳩尾(みぞおち)へ叩き込む。

「ぐっ」

革靴の爪先で蹴られたのだ。相当な痛みだろう。だが、男は痛みなど感じないかのように左手で私の襟首を掴むと、折れた拳を振りかぶった。まずい、そう思うよりも早く顔面に衝撃があった。激痛が顔の中心に突き刺さるようだった。折れた鼻を殴られた。掌底。右は使わないと油断してしまった。

「うおおおっ！」

男が獣のように叫び、地面へと私を引き倒す。馬乗りになられないよう必死に抗ったが、体格の優劣は覆せない。マウントをとられ、顔面へ掌底が何度も降ってくる。硬い地面に後頭部がぶつかり、意識が遠退く。ここで意識を失えば、死ぬまで殴られるだろう。

ガードを固めるが、その上からでも充分に痛みが走る。このままでは体力が尽きてしまう。

ダメだ。怪我をさせずに勝てるような相手ではない。私が殺されてしまえば、次は千早君が殺される。

容赦はできない。

相手が大きく振りかぶった瞬間、膝で尻を下から蹴り上げる。バランスを崩した男が前へつんのめるように地面に手をついた瞬間を狙って、男の左眼に右の親指を突き入れた。

「があっ！」

眼窩に指をかけ、右へ押し倒す。男が目を庇った隙を、私は見逃さなかった。背後へ回り込み、男の首へと腕を回す。俗に言う、裸絞めだ。男の手足ががむしゃらに暴れているが、絶対に緩めない。ギシギシと肉と骨が絞め上がる音が肉を通して伝わってくる。やがて男は気絶したのか、ぴくりとも動かなくなった。

ホールドを外して、首の脈を測ると、まだ息はある。上手く気絶してくれたらしい。

「はぁ、はぁ、はぁ、はぁ」

疲労困憊。息をするのも辛い。口の中は切れて血塗れ、鼻血が止まらない。頭を殴られすぎたのか、今にも気を失いそうだ。一度、病院で検査をしてもらう必要がある。

立ち上がりながら、千早君のあとを追いかける。しかし、とても走れそうにない。何度も立ち止まり、息を整えながら、マンションの階段へと急いだ。

●

建設途中のマンションには、当たり前だけどエレベーターなんかついてない。そもそも電気も来ていないのだから、階段を上るしかないのだ。

「はぁ、はぁ、馬鹿じゃねぇの。何階あるんだよ、ここ」

体力馬鹿の大野木さんならともかく、普段から身体を鍛えてない俺がこんな長い階段を上っていられるもんか。おまけに途中で色々と手間がかかったので、余計に時間も食ってしまった。

「あぁくそ、絶対ボーナスもらうからな！」

顎から滴り落ちる汗を拭い、上着を投げ捨てる。

どれだけ上ったのか。辿り着いたフロアには大きな焚き火があった。その前には一人の若い男が立っている。年齢は俺と同じくらいか、もしかすると年下かも。芸能人かっていうほど顔が良い。悠然とした態度が、どこか柊さんに似ている。

「君ほどの能力のある人間が、どうして悪戯に怠惰に過ごしているのか。僕には到底、理解できない。名も知らぬ赤の他人を助けて、なんの価値があるのかな」

勿体無い、と心底呆れた様子で呟く。

「仕事だよ、仕事。お前が、トワだな」

「君は桜千早だ。ふふ、女の子のような名前だね。日本人らしくて実に良い」

俺の名を何故知っているのか。そんなことはどうでもいい。

「大勢の人間を死なせてなんになる」

「彼らは尊厳を持って、自らの命を神に捧げるつもりでいる。君に彼らを止める権利があるのか？」

「お前が扇動したんだろうが。お前の言葉は蛇のように、人の心を侵す。あそこで自殺させられた連中も一緒だ。お前にさえ会わなければ、自分で命を断つような人ばかりじゃなかった。辛い現実と向き合って、愚痴をこぼしながらも必死に生きていったさ」

「そんな生に、なんの意味がある」

「生きてくことに意味なんかねぇよ」

「投げやりだね。彼らに君のエゴを押しつけるのかい？」

「押しつけるさ。死ぬのは勝手だけどな、俺の目の前で死なれたら夢見が悪い。生きていくことに意味なんか求めんな。意味がなきゃ生きてちゃダメなのかよ。くだらねぇ。自分の生きていく理由くらい、自分で見つければいいだろ。見つからなきゃ、見つかるまで探したらいいんだ」

だから邪魔すんな。

「どうしても死にたいって奴らなら、お前を捕まえて離れ離れにしても勝手に死ぬさ」

「その人たちはどうやって救うんだい？」

「知らねぇよ。そこまで面倒みれるか」

言い方が面白かったのか。それとも内容にウケたのか。トワが咽喉を鳴らして楽しそうに笑う。

「彼らは今夜、身を投げる。君には止められない」

「ぶん殴ってでも止めてやる」

「勇猛だけれど、現実が見えていない。左手一本で何ができる」

「大体のことはやれる。お前をぶちのめすくらい、なんてことないね」

全力疾走で距離を詰めながら、左手を大きく振りかぶる。俺はイケメンと喧嘩する時は、顔面を狙うことをモットーにしている。しかし、俺の拳は片手で呆気なく弾かれ、逆に顎を右下から撥ねるように殴られた。

「あ」

脳味噌が揺れる。膝から力が抜け、顔から埃まみれのコンクリートへ。目の前がぐるんぐるん回る。明らかに格闘技の経験者だ。

分が悪いのは分かっていたが、これはかなりマズい。

「安心してほしい。僕は君に危害を加えるつもりはない。それに君のような人間は尊敬に値する。自らの最期を覚悟しながら、己の役割を全うするのは並大抵のことではないからね。君が果たそうとしていることは、君以外ではなし得ないだろう」

人のことを分かったように話すのが気に入らない。誰から聞いたのか知らないが、そいつは間違いなく性格の歪んだクソ野郎だ。

「何が、危害を加えない、だ」

「殺されるよりも良いだろう。君をここで殺めるのは簡単だ。その首を踏み折ってしまえばいいのだから」

トワは微笑んで、手に持っていた本を焚き火の中へ投げ入れた。

「君との会話は面白そうだが、僕にはもう時間がない。皆が待っているからね」

膝に力を入れて、どうにか立ち上がる。とても殴り合いはできそうにないが、なんとかなるだろう。位置も完璧。あと必要なのは度胸だけ。人間、備えはしておくものだ。大野木さんに小言を言われながらも、駐車位置にはこだわった甲斐があった。

「驚いた。まだ立てるとは思わなかった」

「痛い目に遭うのは、慣れてるからな」

「分からないな。彼らは君がそこまでして守るべき人間だろうか。社会に適合できない、出来損ないばかりだというのに」

「そんなこと、」

言葉の途中で、駆け出す。姿勢は低く、止まることは考えない。とにかく思いきり突っ込めばいい。殴られようが、蹴られようが、勢いさえ失わなければ。

迎え打とうとする男の鼻先へ、右手をかざす。普通の人間には見えない右手が、男の視界を奪った。一瞬、男から笑みが消えた。心底驚いている表情を見て、思わず笑ってしまう。

左肩から激しくぶつかる。

「知るかよ！」

突き飛ばすのではなく、もろともフロアの外へ飛び出す。一瞬の浮遊感に背筋が粟立つ。

不本意だが、男に抱きつくような姿のまま落下する。前準備はしておいたとはいえ、運が良ければ死なないだろうけど、死ぬ可能性もたっぷりある。まぁ、その時はその時だ。

そうして、意識を失うほどの衝撃と、凄まじい音が周囲に響き渡った。

途轍もない音が響き渡った。何か重いものが落ちてきてぶつかったような金属音、そしてガラスが砕け散る音。次いで、どこか聞き覚えのある車の警告音がけたたましく鳴り響いた。

脳裏に最悪のヴィジョンが浮かぶ。

●

「う、うう」

痛む身体を引き摺りながら、一番近い階の窓から下へ目をやると、その光景に絶句した。

毎週、洗車とワックス磨きを欠かさぬ私の愛車が潰れている。いや、実際に潰れているのは屋根とボンネット部分だろう。フロントガラスは木っ端微塵だ。何しろ、人間二人が大の字になって転がっているのだから。しかも、その片方は私の相棒でもあり、居候をしている青年だった。

「千早君！　大丈夫ですか！」

大声で叫ぶと、千早君の左手が力なく左右に揺れる。

「すぐ行きます！　絶対に動かないでください！」

痛みさえ忘れて、階段を駆け下りる。殆ど転がるようになりながら車へ近づいていくと、ぺちゃんこになった愛車の屋根の上に千早君と、もう一人の青年が横になっている。青年が千早君の下敷きになっているような状態だ。

「千早君！　生きてますか！」

ペチペチと頬を叩くと、おもむろに目を開ける。そうして痛みに顔をしかめた。

「あー。いてぇ」

「痛むのは、生きている証拠です」

安堵で胸を撫で下ろす。青年の様子を観察すると、意識を失い、左腕が折れているようだが、命に別状はなさそうだ。少なくとも死んではいない。

「こいつ、死んでない？」

「生きてますよ。しかし、よくご無事でしたね。いったい何階から飛び降りたんですか」

「分かんねぇ。それよか大野木さん。なんか左足がすげぇ変なんだけど……」

「あー。完全に折れてますね。動かないでください。今は麻痺してるかもしれませんが、これは相当痛みますよ」

「マジかよ。……そういう大野木さんも顔が凄いことになってんな。シャツが血塗れだ」

「はは。これくらいはなんとも。あ、そうでした。急いで屋上の人たちを説得しないと」

後追い自殺などされたら目も当てられない。

しかし、屋上へ目をやると、なんだか様子がおかしい。濃い靄のようなものが屋上を包み込んでいる。

「大野木さんに勝手に借りたアレが役に立ったよ。とりあえず願掛けして、階段とこに置いてきたんだけど上手くいったみたいだ。まぁ、帯刀老ほど上手くはできなかったけどな」

やっぱ才能ないわ、と呆れたように笑う。

「アレ、と言いますと？」

「こいつが使ってた、狐だよ」

森の中で拾った根付の狐を思い出す。

「ああ、いつの間に」

「説明してる暇なかったからな。まぁ、時間稼ぎだけど。まだしばらくは屋上でウロウロしてるさ」

「まもなく警察が到着する筈ですが、救急車も手配しないと」

携帯電話を取り出しながら、不意に意識を失ったままの青年へ目をやる。

形容し難いほど容姿の整った青年だ。この容姿一つ取っても、人を魅了するには充分なのだろう。人を死へ扇動する天才。まるで死神のようだが、こうして眠っている顔はむしろ穏やかとさえ言える。

「大野木さん。車、ごめんな」

「構いませんよ。人命には代えられません。あらかじめ視ていたんですか？」

「未来のことは殆ど視えねえから、賭けだった。でも、大野木さんの車って高級車だから衝撃吸収がうんたらかんたら言ってたろ？　だから、まぁ、なんとかなるかなって」

「お願いですから。あまり無茶をしないでください。心臓が止まるかと思いましたよ」

パトカーのサイレンの音が近づいてくる。夜空を見上げると、雪まで降り始めた。分厚い灰色の雲の隙間に、とても澄んだ星空が見える。

二人とも重傷、愛車も半壊。しかし、夜空を見上げる千早君の表情はどこか明るい。何かを成し遂げたように満足げな顔をしている。

「間に合ってよかったですね」

ああ、とだけ彼は答えると、眩しそうに夜空の星を眺め続けた。

執花

放課後の教室で一人、委員会の仕事を片付けていた。友人たちにカラオケに誘われていたので、断る良い口実にもなった。仕事といっても集計をして、簡単な文章で総括してしまえばいい。放課後の教室独特の空気感が、僕は嫌いではなかった。

校庭から聞こえる野球部員たちの声、白球を打つ金属バットの音。音楽室では吹奏楽部がワーグナーを演奏している。曲名は確か、『ニュルンベルクのマイスタージンガー』だったか。

定規で直線を引きながら、思わず鼻歌を奏でてしまった。

クラスメイトの前ではノリのいいヒップホップなどを好むと思われているが、実際には、家ではほぼクラシック音楽しか聴かない。クラスメイトの話題に合わせる為に通学中は流行の音楽を聴いているが、作業のようなものだ。教室で浮いてしまわないよう、自分の立ち居振る舞いには充分に気をつける必要があった。

教室内での立ち位置は僕にとって重要だ。思春期特有のものなのだろうが、多かれ少なかれ、教室の中にはヒエラルキーと呼ばれる順位が存在する。上位では目立ちすぎる。かといって低くても変に目をつけてくる暇人がいる。誰とでも違和感なく仲良しでいられる、クラスに自然と溶け込める四番目、五番目辺りが一番都合がいい。

「遠野（とおの）君。また悪い顔をしているわ」

唐突に声をかけられて、すぐさま鼻歌をやめる。彼女に浮かれている所を見られたのかと思うと、それだけで殺してやりたくなったが、辛うじて耐えた。

「……櫻井さんたちとカラオケに行ったのかと思っていたよ」

「そのつもりだったのだけれど、下駄箱にまだ遠野君の靴があったから」

気が変わったの、と澄んだ声で言う。

鷹元楸。クラスどころか、全校生徒の中で頂点に位置する彼女に、自分の素顔を見破られてしまったことが僕の人生で最大の過ちだ。

わざわざ僕の前の席に座ってみせたのは、単純な嫌がらせだろう。

顔を上げず、書類から目を離さないまま舌打ちする。

「余計なお世話だ。変な噂が立ったら敵わないから、さっさと帰れ」

「別に誰に見られても、私は困らない」

僕が困るんだ、とは口が裂けても言えない。言いたくない。

僕は彼女のことが嫌いだ。忌々しい、と心の底から思っている。

「君に想いを寄せる奴がどれだけいると思う。教師の中にも、君のことを異性として見ている奴が大勢いるんだ。下手な嫉妬は買いたくない」

せめてもう少し離れてくれ、と言うが、鷹元は応じようとしない。

「遠野君は私のことが好きではないの？」

「ああ。嫌いだ」

取り繕う必要のない相手に、言葉を選ぶつもりはない。

鷹元は容姿という意味で言えば、完璧と言っていいだろう。儚げでいつ消えてもおかしくないような美しさが、彼女にはあった。一度、言葉を交わせば大抵の異性は恋に落ちるだろう。

だが、僕は真実、この女のことを嫌悪していた。

「ふふ。遠野君こそ女子には人気があるみたいだけど？」

書類をまとめてホチキスで留めてから顔を上げる。西日に照らされて鷹元の長い黒髪が透けるように白く輝いて見えた。

「無駄話をしに戻ってきたのか」

「まさか。遠野君には、これから一緒に行ってほしい所があるの」

「断る」

鷹元が言い終わるのとほぼ同時に吐き捨てた僕を見て、わざとらしく首を傾げる。

「まだ用件を話していないわ」

「話さなくても分かる。どうせ碌でもないことだ。今日は塾も休みだし、妹の相手もしなくていい。そんな日に、どうして君の相手をする必要がある」

殆どの生徒が下校しているか、部活に勤しんでいるかだとはいえ、いつ誰が此処へやってくるか分からない。放課後の教室で男女で話していれば、変な誤解を受けても仕方がないだろう。

「人が沢山埋まっている畑を見つけたの」

思いがけず、日報をつけていたボールペンの動きが止まる。

「…………」

嘘だ、と断言することができないのが、この鷹元という少女の恐ろしい所だ。死を視ることができるという彼女の眼が見つけたのなら、間違いないことなのだろう。

「ついこの間、たまたま見かけたの。本当よ？　櫻井さんたちと一緒に出かけた帰りのことだもの」

ボールペンの先で印刷用紙をつつく。思わず「死体」と書きなぐってしまい、一枚紙を無駄にしてしまった。

「場所だけ聞いておくよ。気が向いたなら見に行ってくる」

「それはダメ。一緒に行かなくちゃ、私にはなんのメリットもないもの」

僕と一緒に死体を見に行くことに、なんのメリットが彼女にあるのか。それを問おうとしたが、やはりやめた。どうせ碌でもないことだ。彼女は好奇心の化け物だ。ただ気になるという理由だけで、人を殺めることも厭わない。彼女にとって人の死とは路傍の石と同等なのだろう。

「……もう少しで終わるから、図書室で待っていてくれ。君がいると集中できない」

鷹元は少しだけ考える素振りをして、それから鞄を持って席を立った。

「遠野君。約束は守ってね」

「さっさと行け」

彼女のことなどはどうでもいいが、『沢山の人が埋まっている畑』という言葉は聞いているだけで心地がいい。死体が埋まっているのなら、掘り起こしてみたい。白骨化しているのか。それともまだその最中なのか。どちらにせよ、愉しめる。

宝箱の埋まっている場所へこれから赴くような気持ちで、僕は残った仕事を大急ぎで終わらせると、職員室へ急いだ。

「遠野です。失礼します」

ノックをしてから中へ入ると、殆どの先生が既に帰宅した後だった。委員会の仕事をふってきた担任の席にも荷物がない。普通、こういう時は生徒の仕事が終わるまで待っているものだが、プライベートを優先したらしい。

「遠野か。牧(まき)先生に用事があったのか？」

声をかけてきたのは数学担任の長谷山だった。まだ二十代の若い教師で背が高く、女子生徒に人気がある。淡泊な顔をしているが、生徒からの相談には親身になってくれると評判だ。

「委員会の仕事が終わったので、その提出に来ました」

「残念。つい五分前に帰ったよ。代わりに預かろう」

「ありがとうございます。お願いしてもいいですか」

書類を渡す時、先生が少しだけ不思議そうな顔をした。

「どうかしましたか？」

「いや、教室で見る時と雰囲気が違うから。いつも明るい、ノリのいい奴かと思ったが。案外、落ち着いた顔もするんだな」

そう言われて、ハッとなる。

死体に気持ちを割きすぎた。担任もクラスメイトもいない場所とはいえ、つい気を抜いてしまったことを後悔する。鷹元とあんな話をした所為に違いない。

「別に。いつも通りですよ。カラオケに行けなかったんで、少し不貞腐れているだけです。あいつらさっさと行っちゃって。今頃みんなで楽しんでるんですよ。おまけに牧先生すら先に帰っちゃうなんて。自分ばっかり不公平じゃないですか？」

大袈裟に腕を組んで不満を表明する。黒板の前に座る教頭が怪訝そうにこちらを見ていた。

生徒と教師が揉めているように見えるだろう。

「なんだ。静かに怒ってたのか」

話題を変えることに成功した。

「当たり前です。長谷山先生からガツンと言ってやってくださいよ」

「言える訳ないだろ。牧先生は先輩なんだから」

困ったように笑いながら、先生が僕の背中を押す。早く職員室から追い出したいのだ。

「先生、今度、俺の話も聞いてくださいよ」

「分かった、分かった。ちゃんと聞くから」

「絶対ですよ」

念を押してから職員室から追い出された。今頃、教頭に事情を説明しているだろう。いつもと調子の違う生徒のことなど、もう頭に残っていない筈だ。

「全く。調子が狂う」

図書室へは職員室のある一階から階段を上らなければならない。携帯電話で呼び出そうかとも思うが、流石に職員室の前で使用するのはリスキーだ。没収されてしまえば面倒なことになる。

結局、地道に三階まで階段を上がらねばならなかった。途中、何処かの文化部の部室から奇声が聞こえてきたが、いつものことだ。

図書室の前にやってくると、鷹元がこちらに気づいて席を立った。

「遅かったのね」

「長谷山につかまった。そんなことよりも、先を歩いてくれ。並んで歩いている所を他の生徒に見られたくない」

「それなら遠野君が前を歩いて。尾けられているようで落ち着かないから」

それはこちらの台詞だと思ったが、こんなことで言い合いをしていても仕方がない。少しでも距離を取れた方がこちらとしても都合がよかった。

「分かった。ただ僕は何処へ行けばいいのか分からないから。都度、方向を教えてくれ。差し当たって何処へ行けばいい」

「校門を出たら、アーケードを抜けるまで真っ直ぐに進んで。橋は渡らずに河川敷を右ね」

正直、帰るべき家とは反対方向だが、好奇心の方が勝る。

そうして僕たちは下校することにした。途中で何度かお互いの友人に遭遇したが、一緒に帰っているとは認識されずに済んだ。

雑多なアーケードを抜けると、人気（ひとけ）が急になくなる。橋の手前を曲がり、河川敷にあるベンチへ独り腰を下ろすと、夕陽がかなり傾いていた。反対側へ目を向けると、そちらは既に夜の気配が濃い。

しばらくすると、鷹元がやってきた。夕暮れ時に美少女が独り。変質者からすれば垂涎ものだろう。

「いや、少し違うか」

性別が女性であり、年若いというだけで薄気味悪い性欲をむき出しにしてくる変質者だけではない。およそ害のない、一般的な人間さえ狂わせてしまいそうな、言葉にできない何かがあるような気がする。

「待たせたかしら？」

「いいや」

「そう。なら行きましょう。もう少し歩いた先にあるの」

また距離を置いて歩いてもよかったが、この薄闇なら顔もよく見えないだろう。黄昏のことを、かつては誰そ彼などと言ったらしいが、言い得て妙だ。行き交う人の顔も判然としない時間。今から死体を見に行こうという自分たちには、まさにうってつけだ。

「ねぇ、遠野君。私ね、最近、ラブレターを貰ったの」

唐突になんの話だ、と思ったが、適当に相槌を返しておく。

「別に珍しいことでもないだろうに」

「それがね、どうやら生徒ではないようなの。私、どうするべきかしら」

様子を確かめるようにこちらを窺いながら、そんなことを言う。いったいなんのつもりか知らないが、彼女の恋愛事情などどうでもいい。生徒ではないというのなら、相手は教師だろう。別に生徒と教師の恋愛なんて、特に珍しくもなければ興味もない。

「鷹元の好きにすればいいだろう」

「差出人の名前がないケースは初めてなの。それに、手紙をくれたのはどの先生なのかしら。勿論、応えるつもりなんてないのだけれど、誰なのか気になるでしょう？」

鷹元はそう言うと鞄の外側から青い便箋を取り出して寄越した。

「読んでみて。面白いから」

「他人宛ての恋文を読む趣味はないよ」

「そう？　でも、きっと遠野君の好みだと思うけれど」

そう言いさえすれば、僕が興味を持つと思っている節が彼女にはある。

忌々しく思いながらも手紙を受け取り、歩きながら内容に目を通していくと、自然と歩みが止まった。

「どう？」

「……かなり仕上がっているね」

簡潔に言うのなら、これは恋文ではない。こんな狂ったものを恋文などという名目で受け取ったら、大抵の女子はまず部屋から出られなくなるだろう。警察には当然通報するだろうし、学校を辞めて家族ぐるみで引っ越してもおかしくはない。

「脅迫文の間違いじゃないのか？」

「手足を切り落として、家で飼いたいだなんて。情熱的よね」

「普通の女子高生なら一生のトラウマになる。実に酷い内容だ」

「それでね、ここの一文なのだけれど」

『――君も使い果たした暁には、可愛い蕾のような口を愛らしい鉢にしてあげよう。君には薔薇の花が誰よりも似合う』

読んでいるだけで、思わず笑みがこみ上げてくる。間違いない。この恋文を書いたという人間は正真正銘の異常者だ。羊の群れの中に交じっている狼のような僕だが、やはり羊飼いの中にも狼が交じっていたらしい。

「人を埋めたという記述に見えない？　ただの比喩かもしれないけれど」

「そう読めなくはないね」

ふふ、と鷹元は可笑しそうに微笑んで、狂人の寄越した恋文を畳んでから鞄へ仕舞った。

「ほら、もう着いたわ。そこよ」

鷹元の白く細長い指が示す、河川敷を下りた先にある河原の一角、そこにだけ真っ赤な薔薇が一塊に咲き誇っていた。ちょうど用具入れの陰になっているが、あれだけの薔薇が群生していると流石に目につく。

「そこから下へ降りられる」

階段を降りて、薔薇の群生する辺りにやってくると、いかにも不自然に土の色が違う。

「誰かが肥料を撒いたんだ。薔薇は痩せた土地では咲かない、デリケートで気位の高い花だ」

「意外だわ。遠野君ったら園芸に詳しいのね」

「亡くなった祖父から聞きかじった程度だよ」

「この周りに撒いてある赤いものは何かしら」

「唐辛子だ。犬が掘り返さないように措置したんだ。手慣れている」

死体を埋めるという行為の一番のデメリットは、動物によって掘り返されることだ。犬はどれだけ小型でも匂いに対しては敏感で、特に腐敗臭は相当な距離があっても嗅ぎ取れると何かの本で読んだことがある。

「ちょうど、そこに三人。ううん、四人埋められている。みんな、同い年くらいの女の子よ」

辺りを見渡すと、犯人が使った物なのか。大き目のシャベルが草むらに無造作に転がっていた。こういう時、普段から軍手を持ち歩いていてよかったと心の底から思う。

邪魔な薔薇をシャベルで土ごと乱暴に掘り返していく。鋭利なその先端が、柔らかいものを突き刺す感触がした。見ると、そこには青白く変色した人の腹部のようなものがある。傷口から血液はもう流れていなかった。

手で周りの土を払いのけると、まだ僅かに桃の色を残した乳房が現れる。乳首の先端が齧り取られたようになくなっていた。

濃厚な死の香りに誘われるように、そっと土をどかしていくと、美しい鎖骨が現れ、白い咽喉が露わになる。まるで考古学の発掘作業のようだ。

興奮から荒くなってゆく己の呼吸を整えながら、少しずつ黒い土をどかしていくと、ついに被害者の顔が出てきた。細い顎に、光の失せた瞳、青ざめた小さな鼻。大きく口を開けているが、そこには黒い土がみっちりと詰まり、そこから薔薇がみずみずしい茎を伸ばしていた。

ぶるり、と身体が震えた。残りは三つ。本音を言えば、全て手ずから掘り起こしてつぶさに観察したい。どんな死を迎えたのか。その有様を夢想したかった。しかし、いくら夕暮れ時とはいえ、この河川敷は犬の散歩にやってくる人も多い。

シャベルで土をかけ戻してから、草むらに放り投げ、土のついた軍手はビニール袋に入れて鞄の中へ戻した。

「もういいの？」

「ああ。充分だ。悪くなかった」

「この恋文の相手と、関係があるかしら」

「犯人だと分かっていて、僕に話を持ってきたのだろう？」

そうね、と鷹元は満足そうに言って美しく微笑んだ。

それは、惨たらしい少女の死体を目撃した直後にしては、あまりにも無垢な笑みだった。

○

僕の土の被せ方が甘かったのか。それとも土を掘り返してしまったせいか。

翌朝、河川敷を散歩中のチワワが呆気なく彼女たちを発見したらしい。

朝食のトーストを齧りながら、ニュース番組にそれとなく目をやる。

鑑識がビニールシートの奥へと入っていく様子が実況されている。警察が規制テープを張り巡らせ、青いビニールシートであの少女たちで作られた花壇を覆い隠してしまった。遺族のことを思えば当然の措置だが、やはり勿体ないという思いが勝る。

『ご覧になれますでしょうか。閑静な住宅街から程近い河川敷で、身元の分からない四名もの少女の遺体が発見されました。通学路ということもあり、現場は騒然としております』

報道ヘリまで飛んでいるようで、発見現場を俯瞰で映す映像が流れた。河川敷には野次馬たちがズラリと並び、携帯電話で撮影している者も少なくない。

「恭也。別の番組に変えなさい」

起きてきた父が低い声でそう言って、食卓につく。母は妹の支度で忙しくてテレビを見る暇などないので構わないと思ったが、少し油断していたかもしれない。リモコンでチャンネルを幾つか変えてみたが、殆どの放送局で同じ事件の報道をしていた。仕方がないので、子ども用の番組にしたが、父は何も言わなかった。

「母さんが傷つくだろう。こんな痛ましいニュースはもうごめんだ」

数種類の薬を水で飲み込みながら、眉間に皺を寄せる。

「そうだね」

スクランブルエッグを口に放り込んでから、食器を重ねてシンクへと運ぶ。あの崩落事故で姉が亡くなってから、家の中は歯車が欠けたように上手く機能していない。

「恭也」

「なに」

「あまり遊び歩くな。なるべく早く帰って遊んでやれ。お兄ちゃんだろう。母さんが可哀想だとは思わないのか」

思わない。哀れだとは思うけれど。

「そうだね。そうするよ」

鞄の紐を肩にかけて、玄関の壁にかかった家の鍵を手に取る。もちろん携帯電話も忘れない。

大学に進学する時には、僕はこの家を出るだろう。

そして二度と戻るつもりはない。

登校してすぐ、一限目の前に臨時の全校集会が開かれる旨が放送された。

『繰り返します。全校生徒はホームルーム後、すみやかに体育館へ集合するように。通達事項があります』

放送がある前から、教室は事件の話題でもちきりだ。通学路で起きた事件ということもあり、現場を横目にやってきた生徒も多い。中にはショックを受けて休んでいる生徒もいる始末だ。

鷹元の方を見てみると、クラスの女子たちに囲まれていつも通り平然としている。あの現場に万が一にでも僕らの痕跡が残っていれば面倒なことになるが、そんなことは実際にそうなってから心配すればいい。僕たちがしたことは埋まっていた死体を眺めただけ。それがなんの罪になるというのか。

「遠野。おい、聞いてる？」

「ああ、悪い。よそ見してた」

隣の席の山城が締まりのない、ヘラヘラとした顔で下卑た笑みを浮かべる。

「なんだよ、お前まで鷹元さん狙いかよ」

「違うから。そんなんじゃない」

「なら美川さんか？　お前、高め狙いだな。すげーな」

「山城こそ、最近彼女と別れたんだろ」

「嘘、なんで知ってんだよ」

「もうクラス中みんな知ってるよ。知らないの、お前だけ」

「マジかー」

馬鹿馬鹿しい、なんの意味もない会話の応酬。クラスメイトとの距離を維持する為だけの会話だ。

僕には、そんな友人が大勢いる。

教室全体が浮き足立っている。死という非日常を目の当たりにするのは初めてではない。ついこの前、教師の一人が心臓麻痺で死んだばかりだ。しかし、今回のものは死の質感が異なっている。誰かが悪意をもって惨たらしい死を与えたのだ。

そしておそらく、その人物は鷹元に好意を抱いている。

彼女の四肢が切断されて、つるりとした凹凸に富んだ白い胴体が黒い土の中に埋まっている姿を想像するのは、なかなかに悪くない。

不意に疑問が過ぎる。

どうして、わざわざ四肢を落とすのか。人間の手足を落とすのは相当な苦労がいるという。目的もなくやれることではない。それを集めるのが目的にしては、あの胴体の使い方はこだわりが強すぎる気がした。

「全員、体育館へ移動しなさい。ほら、ダラダラしないの」

担任の牧先生が声を張り上げている。三十を目前に迎えた成熟した大人の女性は、あの恋文の送り主からすればどう見えるのだろうか。単純に食指が動かないのか。それとも別の理由があるのだろうか。

「……そういえば、先生ってお子さんいるんだっけ」

「ん？　ああ。確かまだ保育園に通っているんじゃなかったっけ」

もしかすると、年若い少女に限定していたのは、そういうことなのかもしれない。

「ほら、そこ。お喋りしてないで廊下に出なさい」

牧先生は委員会の仕事のことなど、まるで覚えていないようだが、保育園へお子さんを迎えに行ったのかもしれない。

全校生徒が体育館へ移動し終わると、校長がいつになく青ざめた顔でマイクを握り締めた。横柄な態度で、自慢話と説教を延々と語り始めるいつもとは違い、表情は硬く、何をどういう順番で話すべきか思案しているようだった。

『ええ、皆さん。おはようございます。今日、この場に集まって頂いたのは、皆さんもご存知の通り。この学校から程近い場所で、実に痛ましい事件があったからです。四名の少女たちが殺され、無惨にも埋められていたという事実は、言葉に尽くし難いものがあります』

マイクが拾い上げた校長の荒い呼吸音が、体育館全体に響き渡る。

否応なく、この後に告げられるであろう最悪の事態を、その場に集まった全員に予感させた。

『そして、まもなくマスコミが報道することではありますが、この四名の犠牲者のうち一名は残念ながら、当校の生徒である可能性があることが判明しました』

あちこちで悲鳴があがり、辺りが騒然となった。恐怖に悲嘆、そしてそれ以上に強い好奇心が声に籠もっている。

『今日は臨時休校とします。教室へ戻り、迅速に下校してください。以上です』

騒然としたままクラスへ戻り、殆ど追い出されるような形で下校することになった。先生たちはこれから外部からの問い合わせに対応するのだろうが、結局誰が犠牲になったのかは明かされないままだった。当然、下校する生徒たちの話題は事件のことで持ちきりだ。どこそこのクラスの誰それが来ていないとか、休んでいるとかそういう憶測があちこちで飛び交っている。

真っ直ぐに家に帰る気になれず、学校前の停留所にやってきたバスにとりあえず乗車することにした。一番後ろの席に座って、鞄からイヤホンを取り出して耳に装着しようとした時、不意に誰かが隣に腰を下ろした。

「帰る向きが逆でしょう？　どこへ行くの？」

そこには目を輝かせている鷹元の姿があった。

「どうして君がここにいるんだ。ついてきたのか」

「私がいつも乗るバスに、貴方が先に乗り込んだの」

なんてことだ。うんざりした気持ちになりながら、僕は周囲を窺い見た。案の定、他の生徒たちの関心がこちらに向いているのを感じる。直接、こちらへ視線を向けてくるような者はいないが、鷹元のことを意識している生徒が多いのは間違いない。

「ねぇ、どうしてこのバスに乗っているの？　遠野君はこれから何処へ行くつもり？」

「別に。僕の勝手だろう」

鷹元には関係ない、と言おうとして言い澱んだ。

「新屋敷に買い物にでも行こうかと」

「あら。このバスは新屋敷の方へは行かないわ。路線がまるで違うもの」

「嘘だよ。特にこれといって目的はない。適当に乗っただけだ」

鷹元は何故か満足げに頷いて、それきりこちらに話しかけることはしなくなった。好都合だったので、僕もイヤホンをして音楽を流して目を閉じることにした。時間さえ潰せれば、出かける場所は別にどこでも良かった。

どれほどバスに揺られていたのか。急に肩を揺り動かされた。目を開けると、鷹元が僕の肩を揺らしていたらしい。

「遠野君。着いたわよ。さぁ、降りて」

「は？」

私たち降ります、と鷹元が声をあげて停車したバスの出口へと進んでいく。無視してしまっても良かったが、仕方なく彼女の後に続くことにした。

電子マネーで運賃を支払い、バスを降りる。

まるで見覚えのない風景に眉を顰めた。閑静な住宅街だが、事件のあった河川敷の上流らしい。橋が見えるので距離で言えば一キロも離れていないだろう。

「僕は鷹元の家に、特に用はないんだけど」

「私の家ならもう少し先よ。歩くには少し距離があるわ」

鷹元の意図が分からず、困惑するというよりも苛立ちを覚えたが、彼女は平然と河川敷を眺めていた。

「お腹が空いたわ。何か食べに行きましょう。遠野君、何か苦手なものはある？」

「いや、僕はここで次のバスを待つよ」

「ダメよ。せっかく事件の犯人の家を見つけたんだから。しかも今日なら絶対に暫く帰ってこないわ。遠野君が行かないのなら、私一人で行くけれど」

どうするの、とこちらを試すように微笑む。

もしかしたら、犯人が犠牲者の手足を切り落とした理由が分かるかもしれない。

「素敵な喫茶店があるの。そこで作戦会議をしましょう」

天使のように微笑む鷹元が、これ以上なく憎たらしかった。

連れてこられた喫茶店は住宅街の一角にある年季の入ったレトロな店で、店名の頭に純喫茶と銘打ってある。店内は清潔感があり、あちこちから見聞きしたことしかない昭和の薫りがした。

「窓際の席がいいわ」

軽やかに進む鷹元の後ろに続く僕の顔を、店のマスターが値踏みするように観察してきたが、すぐに目を逸らした。あの初老のマスターも鷹元の魅力に狂っている大人の一人なのかもしれない。

鞄を傍に置いてからテーブルに着く。どこからか聞こえてくるジャズの音色が心地いい。二冊あるメニューの内、一冊を手に取って中身に目を通す。お腹は空いているが、あまり食欲がない。

「ここはナポリタンが美味しいのよ」

「そうかい」

マスターが氷の入ったお冷やをテーブルに置く。

「サンドウィッチと珈琲を無糖でお願いします」

「私はナポリタンにするわ。それからアイスティーを」

無言で頷いたマスターがメニューを預かり、またカウンターの向こうへと戻っていく。何か言いたげな様子にも見えたが、しかし何も言わなかった。

「それで？　どうやって目星をつけたんだ」

「別にそれほど難しくはなかったの。きっと本人も無意識だったのね。だからこそ、周囲と違う反応をしてしまったんだわ」

校長にばかり目が行って、他の教師たちにまで意識が向かなかった。

「校長先生が犠牲者がいるという話をした時に、どの先生も辛そうな表情をしたり、目を伏せて黙祷したりしていたわ。ただ一人、その人だけが真っ直ぐに私のことを見ていたの。だから、すぐに分かった」

「だから、誰なんだ。そいつは」

鷹元はにっこりと微笑んでから、教頭先生よ、と囁くように言った。

あの狂った恋文と、生真面目な教頭が簡単には結びつかない。校則に厳格で、殆ど笑った所を見たことがない。そんな教師が、もしもあんな凄惨な事件を起こしたというのなら、これ以上ないほど素敵だ。

「この店はね、先生のご自宅のすぐ近くなの。私、ここで教頭先生に何度も出くわしたことがあるのよ。先生、奥様に先立たれて寂しいらしくて。よくいらっしゃるそうよ」

そう言われると、今にも鋭利なシャベルを握った教頭が入り口から現れるような気がした。

「君のことを見ていただけで、犯人だというのは横暴じゃないか？」

「ふふ。死に取り憑かれた人間の眼はね、一目見れば分かる。あの人は、私のことを可愛い子鹿程度にしか見ていない。簡単に仕留められる、愛らしい獲物。きっと先生は未熟な女の子が好きなのね。大人の女性が苦手、いえ、きっと嫌悪している。だから処女ばかりを狙うのよ」

鷹元は本当に楽しそうに肩を揺らして笑う。あの冷たい土の下に埋まっていたのは、自分であったとしてもなんら不思議ではないのに。

「教頭の家は、ここから近いのか」

「ええ。もうすぐそこよ」

本当にすぐそこ、と続ける。

マスターがプレートに載せて料理を運んできたので、僕たちは少しだけ押し黙る。

鷹元は慣れた様子で長い黒髪をゴムで後ろへ纏めると、マスターの耳元へ顔を寄せて何事かを呟いた。初老のマスターの耳が赤くなるのを僕は見逃さなかった。

「ごゆっくり」

僕の方になど視線もくれずに、マスターが奥へ引っ込んでいく。

「何を言ったんだ。あまり思わせぶりなことを言わない方がいい」

「別に。お礼を言っただけよ。サービスをしてくれたから」

見ると、鷹元のナポリタンの上には大きなエビフライが堂々と横たわっていた。メニューには目玉焼きが載っていた筈だが、彼女に限ってはエビフライに化けるらしい。それに引き換え、僕のサンドウィッチはメニューに載っていた写真よりも小ぶりに見える。

「それにしても、どうしてこんな辺鄙な場所の喫茶店に？」

「散歩よ。私、真夜中に一人で散歩するのが趣味なの。静かで綺麗でしょう？　本当にこちらは退屈しないわ。何もかもが有限というのは、それだけで素敵ね。多少、窮屈だけれど、今はこれで構わないわ」

鷹元はよく分からないことを言って、ナポリタンをフォークでクルクルと巻き取り始めた。

「粉チーズはかけなくていいのか」

「ええ」

こいつも食事をするのか、などと間抜けな感想を抱いた。学食で取り巻きたちと昼食を摂っている所は何度か見かけている筈なのに、どうしてか奇妙な感じがする。

サンドウィッチを齧りながら、僕は犠牲者たちから切り落とした手足の用途について想像した。手足に対して強い執着があるとは思えない。しかし、苦労してでも手足を落とす必要があった。例えば誘拐する時に抵抗されて、身体を爪で引っ掻かれたりしていれば皮膚や血だろう。

大腿骨というのは人体で最も太い骨だ。容易に切り落とすことができるようなものではない

液が付着してしまうこともあるだろう。だが、それだと足まで切断する理由にはならない。

「また悪だくみ？」

悪い顔をしていたわ、と楽しげに言いながら口元をハンカチで拭う。

「別に。少し考えごとをしていただけだよ」

「教頭先生の家にはどうやって忍び込もうかしら。遠野君、鍵を開けたりできる？」

「残念だけど、僕は泥棒じゃないからピッキングを期待されても困る」

「なら、実力行使しかないわね。楽しみだわ」

まるで遊びに出かけるような陽気さだが、僕たちがやろうとしていることは家宅不法侵入だ。誰かに見つかってしまえば罪に問われることになる。どれほどのリスクがあるのか。僕はそれをしっかりと自覚していた。これからしようとしていることには、代償が大きすぎる。得られるものなど、言ってしまえばただの自己満足に過ぎない。

それでも、僕は自分の中にある衝動じみた暗い欲望を抑えることができなかった。

「君にあの恋文を贈ったのも教頭なのだと思うと、少しだけ愛着が湧く」

「そうね。人は見かけによらないと言うけれど、彼がどんな人間なのかはよく理解できたと

思う」

昼食を食べ終えた僕たちは食後の珈琲と紅茶を飲んでから、喫茶店を後にした。帰り際までマスターの愛想は悪かったが、僕が期待していた以上に珈琲の味が良かったので今度は一人で来ようと決めた。

時刻はようやく正午を回った頃で、住宅街には殆ど人気(ひとけ)がない。

空を見上げると、薄い雲がかかっていて仄暗く、このままだと雨になるかもしれない。そういえば朝の天気予報で夕方からは降水確率が跳ね上がるとキャスターが言っていたのを思い出した。

「鷹元はどうして教頭の家を知っていたんだ?」

「そんなの調べたからに決まっているじゃない」

「調べた?　教職員の住所なんて何処で」

鷹元は平然とした態度で、指をくるくると回す。

「そういう時はね、教えてください、と丁寧にお願いするの。男の子って本当に親切ね。いくら大人になっても、たとえ先生でも喜んで教えてくれるのだから」

誰に住所を調べさせたのかは分からないが、鷹元の『お願い』を聞く人間は男女を問わず多いだろう。それが教師であっても確かに驚くほどのことではない。

鷹元の後ろを歩いて、ほんの五分と経たないうちに一軒の民家に辿り着いた。塀で囲われた、昔ながらの日本家屋。想像していたよりもずっと大きく、この様子なら女の子の一人や二人攫ってきて監禁していても、外には悲鳴一つ届かないだろう。昔ながらの日本庭園は教頭の趣味だろうか。

僕たちは平然とした態度で門を開け、敷地の中へ入った。

「家には誰もいないわ」

「どうしてそう思う」

「先生たちは子どもに恵まれなかったそうなの」

それはこちらにとっても都合がいいが、彼自身にとっても都合が良かっただろう。

玄関は間違いなく鍵がかかっているので、侵入しやすそうな大きめの掃き出し窓を探す。塀のおかげで周囲から見られる心配はないが、周りの家屋の二階などから見られたら、不審に思われるに違いない。

都合の良さそうな窓を見つけ、手頃な石をハンカチで掴む。なるべく先端の尖った石を選んだが、上手くいくか分からない。

鍵のある部分のガラスへ、勢いよく石をぶつける。衝撃でガラスが砕け、全体に亀裂が走った。鍵を指で押し下げて、窓を開くとどうやら仏間のようだ。靴のまま上がり込み、鷹元が後ろから続く。

「拍子抜けしたの？」

心の中を見透かしたようなことを言う。実際、他人の家に窓ガラスを割ってまで侵入したというのに特に感じるものがなかったのは確かだ。人並みに緊張や恐怖を感じられると思っていたのに。

「別になんでもないよ」

八畳ほどの仏間は、しかし、男の一人暮らしにしては整然としすぎていた。一番奇妙なのは、仏壇の扉が固く閉じられていることだ。

鷹元も好奇心をくすぐられたのか、さっそくその扉に手をかけている。

「お線香の一つでもあげた方がいいかしら。一応、教え子なのだし」

冗談なのか、本気なのか判断しづらい。

仏壇の扉を開けると、そこには蜘蛛の巣があった。よほど長い年月開けていないのか、埃が堆積し、イモリの卵のような物まで張りついている。本尊は錆びたようにくすみ、本位牌になっているべき位牌は白木のまま無造作に放置されていた。

「あまり仲の良い夫婦ではなかったらしい」

「仏壇を置いたのも体裁の為でしょうね。おうちにも弔問客が来たでしょうから」

扉を閉め、襖を開けて廊下へ出る。左には玄関、右には廊下が続いている。突き当たりが台所のようだが、廊下は左に折れて先へ続いているようだった。

他人の家の匂いが不快だ。家中、綺麗に付いているようだが、よく見ればそもそも物が極端に少ない気がした。仏間の隣の和室も、家具一つ置いていない。台所にも調味料の類や、食器棚なども見当たらない。家電も冷蔵庫くらいのものだ。

低い唸り声のような音を立てる冷蔵庫の扉を開けて、僕はついにそれを見つけた。

一瞬、細い大根が冷蔵庫の中に立てかけてあると思ったが、八本もあるそれらは全て人間の腕、いわゆる上肢というものだった。ラップでぐるぐる巻きにしてあるが、指先が上を向いて力なく開いている。あちこちが紫色に変色していて、なんとも言えない腐敗臭を放っていた。この腕を立てて入れる為に、冷蔵庫の中の棚は全て外してしまったらしい。僕はまじまじと腕を観察して、あることに気がついた。

「ねぇ、私にも見せてくれない？」

鷹元が冷蔵庫の中を覗き込み、満足そうに微笑んだ。

「見て、遠野君。缶ビールも一緒に入っているわ」

扉部分は普段使いしているらしく、よく冷えたビールが数本並んでいた。

「足はどこかしら」

引き出し式の冷凍室を開くと、案の定、犠牲者たちの足が凍りついたまま収蔵されていた。

流石に大きかったのか、膝の関節で二つに分けているらしい。

「綺麗な足ね。白くて柔らかそうで、本当に美しい」

うっとりと眺める鷹元を他所に、僕は足の一つを手に取ってその様子をよく観察した。僕の考えが正しければ、この他にも同じ物がある筈だ。

「ああ。そういうことか」

「どういうこと？」

鷹元のことだ。既に気づいていそうだが、答え合わせがしたいのかもしれない。

「先に家を出よう。もう此処には用はない」

その時、不意に玄関から物音がしたかと思うと、鍵を開ける音が静まり返った廊下に響いた。まさか、という思いがあり、同時にやはりという思いがした。

「私の妻は醜女(しこめ)でしてね。酷く醜悪な女でした。ああ、誤解をして貰いたくはないのですが、容姿は大変美しい女性でしたよ。ただその心の有り様がどうしようもなく、救い難いほど醜かった」

淡々と言いながら、教頭が玄関を潜る。唸り声をあげて傍に控えているドーベルマンが、獰猛な牙を剥き出しにして僕たちを睨みつけた。巨大な犬歯が薄暗い廊下の中で白く光り、涎が音を立てて床に落ちていく。

「物欲の権化のような女で、その欲求に際限がありませんでした。生まれてから手に入れられなかったものなどない、と豪語するような人間でしたから、結婚生活は本当に大変でした。特に子どもがね、なかなかできないのです。どうしても、何を試しても恵まれませんでした。それが許せなかったのでしょう。私は責められ続けました。分かりますか？　三十三年間、一日も欠かさずに罵倒され続ける日々がどんなものか。どれほど人の精神を蝕むのか」

教頭は後ろ手で玄関の戸を閉めると、しっかりと鍵をかけた。教頭があの太いリードを手放せば、凶暴なドーベルマンが僕らをあっという間に八つ裂きにしてしまうだろう。牙の間から溢れた涎が、糸を引いて廊下に落ちた。

「奥様も殺したのですか」

「いいえ。遠野君。それは誤解です。彼女は病に侵されて死にました。癌というものは恐ろしい病ですね。本当にあっという間に身体を蝕んで命に届いてしまう。しかし、日を追うごとに痩せこけ、血反吐を撒き散らして涙を流す彼女の姿を眺めるのは悪いものではありませんでしたよ。私を罵倒し、己の不運を嘆き、死にたくないと乞い願う彼女の死を味わうのは、本当に悪くなかった」

教頭はメガネを外して、丁寧な所作で胸ポケットに収めた。

「学校は？　こんな所にいても良いのですか」

「ええ。防犯用のカメラに君たちの姿が映っているのを見つけたら、会議どころではないでしょう。大丈夫、君たちを片付けたならすぐに戻ります」

「殺した少女たちの手足を落としたのは、そのドーベルマンに襲わせて傷がついてしまったからですか」

おそらく目標の手足に噛みつくように調教されているのだろう。猟犬の中には獲物を追い立て、脚などに噛みついて飼い主がやってくるまで足止めする技術を持った犬もいるという。首筋や頸椎を噛み砕かれて遺体に傷がつくのを避けたかったのだ。

「人の手足というのは想像していたよりもずっと重いのです。彼女たちを運ぶ時に少しでも軽くしておこうと思うのは当然のことではありませんか？　勿論、傷跡を残したくなかったというのもあります」

教頭は笑うでもなく、怒るのでもなく、淡々としたいつもと何一つ変わらない様子で自分の犯行を認めた。こうしてべらべらと話をするのは、単純にもう僕らを帰すつもりがないからだろう。

「鷹元さん。私の手紙は読んで頂けましたか？」

「はい、先生。とても情熱的な内容でした」

「ふふ。年甲斐もなく、あんな文章を送りつけてしまいました。さぞ困惑なさったでしょう。

ですが、貴女になら私のことを理解して頂ける筈。長く教職に就いてきましたが、貴女のような女性はいません。完璧です。何もかもが美しい。その艶やかな髪も、大きな瞳も、形の良い乳房も、くびれた腰も、長く白い手足も。そして何より処女であることが素晴らしい」

「私、先生にそんなことを話しました？」

「匂いです。匂いで分かります。穢れた女は、酷く臭う」

今まで決して表情の変わらなかった教頭の顔に浮かんだのは、激しい嫌悪のそれだ。

気が狂っている。

「誤解されたくはないのですが、私は彼女たちを性的に弄んだことは一度もありません。ただただ純粋に美しいものを愛でたいと思ってのこと。ただ、その過程で死んでしまった亡骸を、より美しい花を咲かせる為の苗床にしただけです」

「先生？　私のことも彼女たちのように使うの？」

「貴女は特別ですよ。鷹元楸さん。綺麗に処理をしてから剥製にします。いつまでも手元に置いておきたいので、残骸は庭に埋めましょうね。好きな花はなんですか？　そうです。やはり貴女の好きな花を植えることにしましょう。きっと貴女の亡骸からは、見たこともない美しい花が咲き誇る筈だ」

それがいい、と蕩けるような顔で言ったかと思うと、教頭が真っ直ぐに僕の方を見た。

「ですがね、男はいらないんですよ」

その瞬間、教頭の手からリードが床へ落ちた。

逃げる。その思いが僕の脳から手足に信号を送るよりも、遥かに早く駆け出したドーベルマンが、まるで放たれた一本の矢のように真っ直ぐに跳躍した。

間に合わない。

咄嗟に守ろうと突き出した右手に、ドーベルマンの大きな口が喰らいつく瞬間、僕の前に割り込むように鷹元が立った。

「止まりなさい」

鈴の音のような澄んだ声が、廊下に凛と響く。

今まさに僕の右手首を噛みちぎらんとしていたドーベルマンが、その獰猛な口を開けたまま凍りついたように静止していた。両目を見開いたまま、息をすることさえもできずに慄(おのの)いているように見えた。

「いい子ね。本当に聞きわけの良い子」

僕の方からは、鷹元の顔が見えない。

よしよし、と頭を撫でて、耳の後ろを掻いてやりながら天使のように微笑んでいるのだろうか。ドーベルマンは甘く咽喉を鳴らし、尻尾を左右に大きく振って、鷹元の手を乞うように甘える。

「さぁ、あの人を食べてしまいなさいな」

鷹元が軽やかにそう命じた瞬間、ドーベルマンがこちらに背を向けた。全身の毛を逆立てて、獰猛な唸り声をあげる。完全に主従関係が消滅していた。

まるで逆再生を見ているようだった。発射されたように勢いよく射手の元へと戻っていった獣は、ついさっきまで己の主人だった男の首に深々と牙を立てた。

ばつん、と肉と骨を齧り取る音がして、首筋から勢いよく噴き出た鮮血が廊下の壁を赤く彩った。

教頭は悲鳴の一つもあげられないまま、愛犬の餌となってしまった。暗示でもかけられているのか、何日も食事を与えられていない飢えた獣のように、鼻先を突っ込んで齧りついている。

「食べ残しをしないように。何も残してはダメよ」

教室にいる時と何一つ変わらない声でそう言うと、僕の方へと微笑みかけた。

「行きましょう。雨になる前に帰らないと」

僕は頷いて、入ってきた時と同じ吐き出し窓から家の外へと出る。家の中に、骨を噛み砕き、肉を引き裂いていく生々しい音が響いていたが、もうそんなことはどうでも良かった。

教頭の家を出ると、路上に彼の乗ってきたセダンが横付けされていた。あのトランクならば手足のない小柄な少女であれば四人くらい平気で入れられるだろう。

「警察へ通報する？　事件解決に繋がるかもしれないわ」

「まさか。興味ないね」

教頭は確かに羊飼いの中に交じっていた狼だったかもしれない。けれど、狼は知らなかったのだ。羊の群れの中には狼などよりも、よほど恐ろしいものが紛れていたことを。

獰猛な獣さえも、一声で従わせてしまう化け物を。

可愛い子羊だと思って手にかけようとすれば、たちまち喰い殺されてしまうことを彼はその人生の最期に思い知っただろう。

見上げた空は黒く、鬱屈としていた。

季節はやがて冬になるだろう。

その頃には、彼女はきっと、あの哀れな男の名前さえ思い出せないに違いない。

教化

美嚢総合病院の病棟は巨大な円柱状、真上から見るとドーナツのような構造をしていた。内部はといえば、極めて緩やかな螺旋状の坂になっており、エレベーターはあるものの、階という概念が希薄だ。円の中心の穴、すなわち病棟の中央には美しい庭園があり、患者たちの憩いの場となっていた。内側はガラス張りで、病棟のどの廊下からも中庭を眺めることができる。

諏訪修司（すおうしゅうじ）という世界的にも有名な建築家が手がけたそうで、話題性は抜群、開院から数年経った今も外来患者の予約が途切れたことはない。

看護師としては職場が人気のある病院というのは、実に有り難いことだ。

総合病院は患者の数も多いが、医師や看護師の数も桁違いに多い。内科、外科、消化器内科、脳外科、精神科、耳鼻咽喉科、放射線科、産婦人科、小児科と多岐に渡る為、週に一度のミーティングは大きな会議室に鮨詰め状態だ。

私はといえば、その端の方でペンとバインダーを抱いて立っているせいか、他の科の看護師たちから好奇の目で見られてしまう。

会議とはいえ、基本的には共有事項の確認が主になる。とにかく聞き逃しがないよう、分からないことは全てメモを取っておく。

院長以下、科長の面々が報告をしていく中、不意にその少女の話が出た。

「本日、かねてから話してきた少女が入院となります。小児科の先生方及び看護師の皆さまにつきましては充分な注意の下、看護に当たって頂きたい。彼女はまだ幼くして実の母を目の前で失くしております。平然としているように見えても、相当な心的外傷を抱えているでしょう」

半月程前、美嚢団地で倒れたという女性が救急搬送されるということがあった。救急隊員が駆けつけた時には心停止の状態であり、蘇生を試みたが、病院で死亡が確認された。死因は心臓麻痺による心停止と診断された。担当した救急隊員の話によれば、この時、女性の傍らには幼い娘がおり、亡くなるまでの一部始終を目撃していたという。

「ああ、あの時の子か」

椅子にもたれかかるように座っていた同僚の棚部(たなべ)が、ボソリと呟いた。目が合うと、こちらに向かって口元を歪めるように笑う。ニタニタとしたその笑い方がいかにもいやらしく、睨みつけた。

「不謹慎よ」

私に注意されるとは思っていなかったのだろう。彼は一瞬、面くらったような顔をした後で露骨に眉間に皺を寄せた。

「……今のお前には無関係だろ。大人しくしていろよ」

「不謹慎だから、不謹慎と言ったの」

「お前はあの子を見てないからそんなことが言えんだよ。見たら腰抜かすぞ、あの子は天使だ」

「なにそれ」

「そのままの意味。マジの天使」

どこか恍惚とした表情で話す棚部はいつもと様子がどこか違う。

「そこ。私語は慎むように」

どきり、とした。慌てて隠れるように身を屈める。よりにもよって部長に見られてしまった。

「さて、小児科だけでなく、全職員が彼女の扱いには充分に注意をするようにお願いします。特に家族の話題は振らないように。彼女は出生とほぼ同時期に父親を亡くしており、シングルマザーの家庭で育ちました。警察の方も話を聞きにくるかもしれませんが、我々の病院で大きな顔をさせる訳にはいきません。不要な接触で患者に負担をかけないよう、注意を払うようお願いします。以上です」

それからのミーティングはいつも通り進み、やがて解散となった。

「的場(まとば)さん」

名前を呼ばれて振り返ると、精神科の科長である西宮(にしみや)先生が神経質そうな目をこちらへ向ける。四十代に差しかかったばかりの若さで科長に抜擢された西宮先生は敏腕だが、私は彼のことが少し苦手だ。

「少し、お時間を貰っても構いませんか」

「はい」

「久遠(くおん)さんの様子はどうですか。入院してひと月、何か変化はありましたか？」

木槌(きづち)久遠。年齢は七歳。重度自閉症スペクトラム障害があり、彼の場合は外部からの刺激に殆ど反応がない。植物のように一日中、窓際で外を眺めて過ごしている。食事や排尿に介助が必要だが、多動は見られないため、比較的穏やかな患者と言えた。

「久遠君は相変わらずです。こちらの言葉が聞こえていないのか、全く反応を示してくれません」

「他の子どもたちとの関係はどうですか」

「芳しくありません。特に男児たちとは極力接触させない方がいいと思います。少なくとも、私たちの目が届かない範囲では」

「二見さんから報告は受けています。金田君たちに悪戯をされたそうですね」

「あれは悪戯で済むようなことではありません。暴行です。ここは患者さんたちの自由スペースがかなり広い分、皆さん適切な距離を保ちつつ空間を共有できるのは素晴らしいことだと思います。けれど目に余る行動を繰り返す患者さんの行動制限は、もう少し厳格に行うべきではないでしょうか」

そう言うと、西宮先生は気まずそうに目を逸らして、大きなため息を一つ吐いた。

「気持ちは私も分からないわけではありません。ですが、現状それは難しいかと」

「……そんな」

『人は均整のとれたものを美しいと思うようにできている』そう書かれた記事を読んだのは、何処でだったのかはもう思い出せない。けれどそれで言うのなら、彼の容姿は誰が見ても美しいと思うのだろう。その美の前では、性差は大した意味をなさないのではないか、とさえ思うほどに。

「数人がかりで服を剥ぎ取ったんですよ。金田君は、もう高学年です。体格差を考えてください」

　四人がかりで久遠君一人を押さえつけて、服を脱がせて性器を確認しようとしたらしい。職員が見つけて駆けつけたから良かったものの、どんなことになっていたか分からない。

「久遠君は怖がっていましたか」

「いいえ。でも、怖かったのだと思います」

　大勢から乱暴に押さえつけられて恐ろしくなかった筈がない。

「的場さん。それはあなたの感想です」

　西宮先生の淡々とした言い方にふつふつと怒りが湧いてくる。大ごとにしたくない、という思惑が透けて見えた。

「……はい。すいません」

「それよりも体調は如何ですか？」

　一瞬、先生の視線が私の下腹部に向いたが、仕方のないことだ。幸いまだ目立っていないので、報告した科長以外には知られていないが、安定期を過ぎたなら同僚にも話さなくてはならない。

「おかげさまで。順調です」

「それは良かった。しかし、普段からあまり無理をしないように」

「先生。妊娠出産は病気じゃありませんよ」

私が笑ってそう言うと、彼は眉を顰めた。

「病気であれば薬の処方に頼れますが、極端にその幅が狭められるのが妊娠でしょう。前倒しで休職もできますから、無理をしないように」

そうして踵を返すと、戻っていく職員の波を掻き分けていった。

精神科の中でも、私が担当をしているのは主に未成年の子どもたちだ。検査中の子どもも含めれば十数名が入院している。精神障害と言っても様々で、その場その場で対処していくしかない。どうしても手をつけられないような子どももいる中、久遠君は本当に大人しかった。

病室のドアを開けながら中へ声をかける。ベッドの上に彼の姿はない。見ると部屋の片隅に立ち、天井をぼんやりと眺めていた。瞬き一つしないで、じっと一点を見つめ続ける。

「久遠君、おはよう。気持ちのいい朝ね」

私の言葉に対する反応はない。いや、誰であっても彼は反応しない。両親の言葉さえ彼には届かず、彼らは我が子に期待するのをやめてしまった。彼が入院してから、両親は一度も顔を出していない。まだこんなに幼い子どもなのに。

どうせ分からないんですから、と頬のコケた顔で母親が溢した言葉をよく覚えている。あれもきっと彼女の心からの本音なのだろう。

「おトイレに行こうね。さぁ、こっちよ」

白くて柔らかい、子ども特有の小さな指。先端が淡い桃色をしている。睫毛は長く、半開きになっているものの黒目はとても大きい。髪の毛は猫っ毛で、染めていない筈なのに随分と明るかった。

「的場さん」

病室の前で、後輩のナースに呼び止められた。聞けば主任がカルテの不備で呼んでいるとのことで、思わず眉を顰めてしまった。精神科きっての古株である藤井主任。医者からもナースからも信頼の厚い彼女は仕事が早く、指示も的確で人間性もいいのだが、せっかちなところだけが玉に瑕だ。報告がない処置の確認や、引き継ぎ資料の不備等で呼び出しを食うことがよくある。大抵彼女の確認不足なので大した時間を割かれるわけではないが、作業を中断せざるを得ない状況で呼び出されるのは正直うんざりしてしまう。

「じゃあ、久遠君の排尿の介助、お願いしますね」

「はい。すみません」

あなたのせいじゃないわ、と肩を軽く叩いてから久遠君の手を離した。

彼は無反応のまま、彼女に手を引かれて歩いていく。顔の造形が極端に美しいせいなのか、一切の表情の浮かんでいない、その横顔はどこか神秘的でさえあった。

彼を看護していて、分かったことが幾つかある。そのうちの一つは、彼は私たちの話す言葉というものを理解していない。どんな呼びかけにも応えない割に、手を引けば歩くし、立たせようとすれば素直に従う。

まるで美しい人形のよう。

窓辺で佇む姿も、椅子に腰かけている姿もとても絵になる。だが、声をかけても返事はしないし、たとえ頬を平手で打っても悲鳴一つあげない。ほかならぬ彼の母が言ったのだから間違いないだろう。酷く痛みに鈍く、悪意にも鈍感だ。

それでも彼は時折、何かを視ているように瞳を動かす。薄暗い用具入れの陰、クローゼットの隙間、黒い染みの広がった天井、廊下に転がる誰のものか分からないスリッパ。まるで、そこに何かが視えるかのように彼は、微動だにせずそれらを眺め続けていた。

正午を過ぎた頃、不意にロビーで歓声があがったようだった。久遠君の手を引いて見に行くと、そこには長い黒髪の幼い少女が立っていた。傍らに立つ科長はいつにない笑みを浮かべ、他の看護師たちも黄色い声をあげている。

人垣の向こうに見える純白のワンピースを着た少女が、こちらを向いた。思わず感嘆の声が漏れるほど整った造形、私が今まで見てきた人の中で群を抜いて美しかった。

するり、と少女が軽やかに人垣の間を抜けて、こちらへとやってきた時、私は悲鳴をあげそうになった。まるで大好きなアイドルが突然目の前に現れたかのような胸の高鳴りに戸惑わずにはおれない。

少女は久遠君の顔をじぃ、と見つめて口元を綻ばせた。

久遠君には目の前の少女が見えていないかのように、何の反応も示そうとしない。

或いは、と期待した己を私は恥じた。

「久遠君というのよ。よろしくね、ええと」

名前を忘れてしまったことに戸惑っていると、少女が無垢に微笑む。

「ひさぎです。たかもと、ひさぎと言います」

鈴を転がすような可愛らしい声だ。

「紹介が遅れてしまいましたね。的場さん、彼女が鷹元楸さんです。短期間の入院となるでしょうが、宜しくお願いしますね」

科長が確かめるようにそう告げると、二人は別の人の所へと去っていってしまった。

それから精神科は鷹元楸の話で持ちきりになった。

気難しい患者たちが我先にと彼女の元へ足を運び、自分よりも幼い少女に夢中になっている。そんな中、久遠君だけはプレイルームの端に座って何にも関心を示そうとしない。ただぼんやりとして過ごすだけだった。

数日後、人の輪の中から抜け出した彼女が久遠君に興味を示した。軽快なステップでこちらへやって来ると、にっこり微笑む。

「こんにちは」

「ええ、こんにちは。ごめんなさいね。久遠君は挨拶がよく分かっていないの」

私の言葉に頷きながら、焦点の合っていない彼の瞳をしげしげと覗き込む。

「あなた、とっても不思議だわ。頭の中の線がきちんと繋がっていないみたい。ぐじゃぐじゃに溶け合っている。せっかく開いているのに、もったいない」

彼女はそう言うと、白い花のように可憐な右手で、彼の額にそっと触れた。

端から見ている分には、子ども同士が遊んでいるように見えただろう。しかし、すぐ傍にいた私は見た。彼女の手が触れている頭の皮下で血管が浮き出て、蠢くように脈動しているのを。久遠君の目の端から血が涙のように零れたと思った瞬間、彼はがっくりと項垂れて動かなくなってしまった。

「久遠君！」

我に返って顔を上げると、完全に気を失ってしまっている。瞼の間から流れ落ちる血をガーゼで拭いながら、胸に抱き留めて抱え上げた。

わっ、と拍手が巻き起こる。まるで彼女を褒め称えるように。盛大な割れんばかりの拍手に、背筋がぶるりと震えた。

「大丈夫。きっと私たちお友達になれるわ」

背後で笑みを浮かべながら拍手をする同僚たちが、どこか一心に神を祀る信徒のようで、不気味だった。

狂ったような拍手の中、目の前で母親を失ったばかりだという少女は実に可憐に微笑んだ。その姿は、絵画から抜け出した天使のように神々しく、美しかった。

◆

棚部先生、と舌足らずな声で呼ばれるのが好きだ。

子どもは可愛い。純粋で無垢であればあるほど、愛らしいというものだ。

第二次性徴を迎えていない子どもに男女の違いなど、どれほどあるだろうか。

大人の女はダメだ。生意気で自分勝手で、何一つまともなことなどできない癖に、相手を意地汚く罵ることだけは達者でいけない。だが、大人の男もよくない。腕力にものを言わせるか、金で我を通すかの二つしかない。気に食わなければ力で解決してしまえばいい、という安直な男が多すぎる。

その点、子どもは暴力に頼らずとも、すぐに支配できる。いつも笑みを絶やさず、優しく声をかけてやる。話す言葉の一つ一つに耳を傾け、肯定し、大袈裟に褒める。そうして時に、ほんの少しだけ目の前にいる大人の加虐性を垣間見せるだけでいい。それだけで、驚く程に従順になり、私に嫌われまいと機嫌を取るのだ。その必死さが、私の中の何かを心地よく満たしてくれる。

「ふん、ふふん、ふん」

鼻歌まじりに薄暗い廊下を進んでいく。夜勤の当番は嫌いではない。眠っている子どもたちに異常がないか調べるのが私の仕事だ。万が一、具合が悪そうな子どもがいれば介抱してやる必要があるが、夜に容態が急変する恐れのある子は今日はいない。

不意に甘い香りがして顔を上げると、中庭をぼんやりと眺めている一人の少女に目を奪われた。

まるで月の妖精だ。

「こんばんは。棚部先生」

「は、ははは。看護師だから、先生じゃないんだけどな。どうしたんだい。こんな所に一人でいるなんて。病室にいるのは怖いのかな」

「いいえ。怖くなんてないわ。ここはとっても清潔だし、広いし、栄養のあるものを食べられるもの」
透明感のある、心地よい声だ。腰まで伸びた艶やかな黒髪が、月の光を弾いて輝いて見える。患者服の首元から見える、小さな鎖骨が妙に色っぽい。

本当に天使のように美しい女の子。

透けるように白い肌、頬や首元が僅かに桃色に染まっている。大きくて穢れを知らない無垢な瞳が、まるで子猫のそれのように私のことを見ていた。

ごくり、と思わず生唾を呑み込む。

「先生はどうして小児科の看護師になったのかしら」

「それは子どもが好きだからだよ」

「大人が嫌いだから、ではなくて？」

その言葉に、どきり、とした。咽喉の奥が干乾(ひから)びたような息苦しさを感じ、背筋を、ぞわぞわと悪寒が這い上がってくる。固く閉ざされた筈の記憶の蓋が僅かに開きかけた音が聞こえた。

「大人の相手をするのは怖いのよね。乱暴されるかもしれないし、大声で怒鳴られてしまうかもしれない。もう支配されたくない。そう思うのでしょう？　子どもが相手なら、立場は逆になるものね。子どもを支配したかったんだわ」

にっこりと微笑んで、身動き一つできないでいる私の手を取る。

氷のように冷たい、その手に触れた瞬間、頭の中を電流が走ったようだった。記憶の中の一番硬い殻が罅割れて、閉じ込めていた悪夢が泡となって表層に浮かび上がっていく。

「あの子たちはきっと、逃げることを許された羊なのね」

「……え？」

「そうでしょう？　大人に支配される世界の中で、どうしてあなただけが蹂躙されなければならなかったのかしら。現にあの子たちは今、あなたによって守られた箱庭の中にいる。同じ羊であるはずなのに。あなただけが、生贄に捧げられた哀れな羊ね」

ごつごつとした指の感触、力ずくで押さえつけられる屈辱と痛み。覆い被さる男の臭い息が蘇って、思わずその場に嘔吐した。今の今まで忘れていた自分の醜く、恥に塗れた記憶に打ちのめされる。

ぶるぶる、と胃が蠕動している。中身を全て床にぶちまけながら、頭がおかしくなりそうだった。

「ねぇ。先生だって本当は逃げ出したかったのよね？」

声が頭の中にいんいんと響く。

彼女の足に縋り、頬を寄せると言いようのない安心感に満たされた。堰を切ったように涙があふれて止まらない。

「あなたが、逃げた方の羊になるには、どうすればいいのかしら？」

こちらを覗き込む彼女の瞳には、赤と緑の色が美しい螺旋を描いていた。

青い月明かりに横顔を照らされた彼女の美しさに息を呑む。

跪（ひざまず）いて許しを乞いたくなるほど、目の前の少女は神々しかった。

◯

鷹元楸という一人の少女がやってきてから、精神科は変わった。いや、美嚢総合病院そのものが少しずつ変わっていったように思う。

まだ小学生にもなっていない少女が朗らかに挨拶をして回る。たったそれだけで病院全体が華やいだ。目を惹くという言葉があるが、彼女がまさにそれだ。院内で見かける彼女はいつも誰かしらと一緒にいて、まるで従者を連れているよう。

しかし、一番の変化といえば久遠君の容態だろう。

眠っていた間に彼の茶色がかった髪色は、陶磁器のように真っ白に変わってしまった。

眼を覚ました久遠君は周囲の呼びかけに応じるようになり、眼を合わせて耳を傾けるようになった。まるで、私たちの発している音が『言葉』なのだと初めて理解したかのようだ。

表情はまだ硬いけれど、乾いた土が水を吸い込むように言葉を覚えていく様子は見ていて感慨深いものがある。

精神科の先生たちはどの治療あるいは投薬が影響を与えたのかを議論していたが、私はそれについては賛同できなかった。彼のそれは変化というよりも、変態に近い。芋虫が蛹(さなぎ)になるように。オタマジャクシが蛙になるように。彼の脳には何かが起きている。

私は久遠君に言葉だけでなく、数字や文字の簡単な読み書きも教えていった。彼の知能がどの程度あるのか。先生たちのみならず、精神科に勤める誰もが同じ好奇心を抱いていた。

かく言う私も、看護師として今までにないやりがいを感じている。こうして絵本を読み聞かせていても、彼の反応は今までとはまるで違っていた。興味深そうに耳を傾け、描かれた絵を目で追いかけている。

「どんなお話を読んでいるの？」

鈴を転がすような音に振り返ると、鷹元楸が一人で立っていた。少し奇抜にさえ見える病院服も、この子が着ると洗練されたものに見えるから不思議だ。

白いクッション材の敷かれたプレイルームに、私たち三人は膝を突き合わせていた。彼女の周りに人がいない瞬間はあるのか、などと馬鹿な感想をつい抱いてしまう。

「楸ちゃんも一緒に聞く？」

うん、と頷いてから久遠君の隣に膝を抱えて座り直す。彼よりも年下ではあるが、小さく華奢な身体つきのせいでもっと歳が離れて見えた。年相応ではあるだろうが、成長曲線で言えばぎりぎりの範囲だろうか。

「ねえ、どんなお話を読んでいたの？」

この子の声はなんなのだろう。澄んだ楽器のような高音が、頭の中で甘く響くようだ。

「これはね、海外の絵本よ。『羊のドリーに伝えて』という題名なの。せっかくだから、最初から読みましょうか。久遠君、それでもいい？」

久遠君は無言で頷き、それから隣に座る少女のことを窺うように眺めた。うっとりとしているというよりも、それは宗教画を生まれて初めて目にした敬虔な信者のようだ。

『羊のドリーに伝えて』という絵本はカナダの作家が描いたもので、世界中で愛されている。村でただ一人の黒羊である孤独なモーガンが、亡くなった親の遺した不思議な喋る本と契約し、友達が欲しいという願いを叶えて貰うというものだ。本は金色の羊に姿を変えて、モーガンからドリーという名前をつけて貰う。美しいドリーに村の羊たちは心を奪われるのだが、という話だ。

「『これでドリーの話はおしまい。もし誰かがドリーと出会ったなら、ぼくはまだ、あの赤い屋根の小さな家で待っていると伝えて』」

おしまい、と最後のページを閉じた。

久遠君は特に手を叩くでも笑うでもなく、絵本の表紙をじっと眺めている。モーガンの力になった不思議な絵本は、装丁も何もない黒い表紙に大きな目が一つ描かれていた。瞳の奥には赤と緑の螺旋が美しい環を作っている。

楸ちゃんはといえば、とても気に入った様子で美しく微笑んでいる。

「気に入ってくれた？」

「とっても。こんな絵本があったなんて知らなかった」

「ああ、これはね、病院の蔵書じゃないの。私の私物。この絵本も私が子どもの頃に読んでいたものよ」

「この絵本、昔の本なの？」

「ええ。もう百年近く前に描かれた絵本よ」

楸ちゃんへ手渡すと、宝物を愛でるようにうっとりとした顔で絵本の表紙を撫でる。心の底から嬉しそうな顔を見ていたら、無性に彼女の力になりたいという感情が沸き上がってきた。

「もし良かったら、この絵本をあなたにあげるわ」

新品を買って渡してあげたいが、新装版は訳者が変わってしまったせいか、ニュアンスが少し違うものになっていた。イラストにも修正が入ったのか、幾つかのシンボルマークが消えてしまっている。

「ありがとう、看護師さん。すごく嬉しい。私たち、お友達になれるかしら」

にっこりと微笑んで、愛らしいことを言うので思わず笑ってしまった。

「ええ。きっとなれるわ。久遠君とも、お友達になってくれる？」

「私たち、初めて会った時からお友達よ」

楸ちゃんは無垢な笑顔でそう言うと、立ち上がってくるくると回る。照明の光を弾く黒髪が円になって広がり、彼女の軽やかなステップで跳ねた。バレエやダンスとも違う、もっと飾らない愛らしい動きに目が釘付けになる。

「ここは検査ばかりでつまらないと思っていたけど、色んな人がいて本当におもしろい」

でも、と一言溢すように言ってから動きが止まる。髪の毛が一拍遅れて、彼女の顔にかかった。前髪を耳に指でかけながら、微笑む。

「ここには、悪い大人が沢山いるのね」

穏やかではない物言いにギョッとした。

「まさか。悪い大人なんていないわ」

「そうかしら。本人が分からないからと言って、女の子の肌に指を這わせたりするのは、悪いことではないの？」

にっこりと純真な笑みを浮かべる彼女の発言に、私は心の底から嫌悪感に震えあがった。

「分かっていないのなら、何をしてもいいの？　大人だから？　病院の人なら、子どもをどんなふうに扱ってもいいの？　私、とっても気になるの」

何処までも無垢に、嫌悪感など一切滲ませることなく、彼女は目を逸らしたくなるような現実を語る。

「キスは大好きな人とするものではないの？　男の子なら問題ないの？　普段から迷惑をかけていることへの誠意のためなら、子どもが大人の犠牲にされるのは仕方がないことなの？」

言葉を失う。

まさか、という思いがあり、同時に納得できてしまう部分もあった。精神的な疾患を抱える患者へ、特に子どもへの性的な暴力は、常に注意しなければならない許し難い不祥事の一つだからだ。

「お医者様も看護師さんも、みんなみんなそうなの？　それなら、ここはまるで実験場みたい」

「……実験場？」

「だって、病院は病気を治すところなのに。自分たちで傷つけて、犯して、蹂躙して。その結果を検査しているんでしょう？　治る筈なんてないのに。ほら、まるで実験場みたい」

思わず胃からこみ上げてきたものを必死に飲み込んで、口元を押さえる。

「楸ちゃん。お願い。誰が、そんなことをしているの？　誰にも言わないから、教えて貰えないかしら？」

科長に報告する必要がある。院長の耳に届く前に話しておかなければ、とんでもないことになる。一刻も早く子どもたちを隔離するべきだ。

「本当に、誰にも言わない？」

「ええ。言わないわ。約束する。私たち、お友だちでしょう？」

うん、と楸ちゃんは嬉しそうに頷いて、くすぐったそうに笑いながら私の耳元へ顔を寄せた。

「――――」

「え？」

思わず聞き返そうとしたが、ひょい、と離れて可笑しそうに笑う。

「誰にも言ったらダメだよ？」

そうして、天使のように微笑んだ。

精神科医になって後悔したことは、今まで数えきれないほどある。

◆

完全なる善人、悪人というものはない。

人の脳内には幾つかの感情のモジュールがあり、それらがより多くを占める選択へと人間は行動の舵を取る。当然、その人の育った環境や、持っている倫理観が様々な影響を与えるのは言うまでもない。とりわけ環境はその人の精神を大きく左右する。

「先生。私いつも不安なんです。仕事をしている時もずっとそうでした。叱られるのが恐ろしくて、いつも怯えているんです。でも、怖がっていたら、余計にミスをしてしまって。人前で罵倒されると、涙が止まらなくなるんです」

外来の患者である彼女は会社でパワハラに遭ったことで鬱病になり、休職期間に治療の為に通院している。不安障害と睡眠障害もあり、いつも目の下には濃い隈が出ていた。

「近藤さんはいつも不安だったのですね。叱られるのが恐ろしくて怯えていた、と。ミスをして人前で叱られるのが辛かった」

「そう。そうなんです。先生、分かってくださいますか」

私は頷きながら、カルテに書き込んでいく。

しかし、私がしていることは彼女の相談内容を、そのままオウム返しに繰り返しているに過ぎない。患者の言葉を反芻してあげることで、相手は自分のことを理解してくれたと思い、次の言葉が言いやすくなるのだ。肝心なのは、否定も肯定もしないことだ。

精神科医の仕事は、言ってしまえば患者の心の中にある『答え』を引き出すことだ。それは当人にしか分からず、他人には決して理解することができない。人からすればなんてことのない、取るに足らないようなものでも、その人の支えになることがあるのだ。

「でも、分かっているんです。私、きっとまた死にたくなる」

彼女はこれまでに二度、睡眠薬の過剰摂取によって生死の境を彷徨っている。どちらも母親がすぐに発見して救急車を呼んだので、一命を取り留めたが、こういう人は『やり直し』を求めて、何度でも同じことを繰り返すことが多い。

「死にたくなりますか」

「ええ。きっと。お薬が効いている時はそんな気にはなれないんです。自分が死んでしまうなんて恐ろしいじゃありませんか。でも、不安でどうしようもなくなった時、もうそれ以外にないように思ってしまうんです」

人は生きていく以上、何らかの悩みを抱えていかねばならない。大なり小なり、それは誰もが同じことだ。中には全く悩みなどないという人間もいるだろうが、それはまだ悩みを抱えたことがないというだけに過ぎない。

「先生。どうしたら、不安ではなくなりますか？　生きていくのが辛いんです。とにかく辛くて、辛くてしょうがない」

さめざめと泣き出した彼女を眺めながらも、私の心は全く揺れ動かない。カウンセラーや精神科医に適性というものがあるのなら、他人に過度な感情移入をしないことだろう。他人と自分との線引きがしっかりしている人間ほど、この業界では名医と言われるのだ。

「とにかく今は休むことです。薬をきちんと飲んで、負荷をかけずに過ごす。待合室のお母様と沢山話をするのも良いでしょう」

お薬を出しておきますね、と告げて今回も診療を終える。

根本的な解決にはならないのに。

「ありがとうございました。先生。少し心が軽くなったような気がします」

力のない微笑み。一向に好転しない自分の病状に、彼女は半ば諦めかけている。

「そうですか。それは良かった。また来週ですね」

荷物を胸に抱いて、弱々しく頭を下げた近藤さんが診察室を出ていく。

カルテに処方する薬の名前を書き連ねて、看護師へ書類を渡した。彼女がテキパキと仕事を片付けて、次の患者を呼びに行く。

僅かな、この時間が医師である私の休憩時間だ。

こめかみを指で揉みしだき、眉間を強く抓む。

私がしているのは対症療法に過ぎない。心に負った傷は治り難く、根治には至らないことが多い。これから先の人生を、殆どの患者たちは苦痛と共に生きていかねばならないだろう。

「……それならば、いっそ」

思わず口を突いて出た言葉を、慌てて飲み込んだ所で、次の患者が的場さんに伴われて診察室へやってきた。

「こんにちは。西宮先生」

病院服の裾を揺らして微笑む幼い少女が椅子に腰を下ろす。

「こんにちは。まず初めに会話は録音させて貰いたいのですが、問題はありますか？　この診療室で適切な治療が行われているという証拠になりますので」

「どうぞ」

私はパソコンに繋がるマイクのスイッチを押して、改めて彼女と向かい合う。

「私のカウンセリングを受けたいと希望したそうですね。光栄なことです」

的場さんに目配せをして、退室して貰う。カウンセリングはマンツーマンで行うのが鉄則だ。その為、あらぬ誤解を受けないよう、女児には女性の精神科医に担当して貰うのが常なのだが、今回は鷹元楸という少女たっての希望だという。

「どうして私を指名したのでしょう。宮ケ原（みやがはら）先生のカウンセリングは退屈でしたか？」

「宮ケ原先生はもういいの。私、子ども言葉を使うようなお医者様は嫌だわ」

相手が就学前の少女なら、大抵の医師はそうするだろう。だが、私は海外の医師がそうするように、彼女も一人の人間として扱うつもりだ。子どもという未発達なカテゴリーに入れたりはしない。当然、必要な配慮はある。だが、一人の意思のある人間として話を聞く姿勢は必要だ。

「手厳しいですね。どうですか。病院には慣れましたか？」

彼女は初日から極めて社交的で、ある種のカリスマ性も持ち合わせているのか、常に集団の中心にいる。これだけの容姿を持っていれば無理もないが、大人たちも自然と彼女を持ち上げている傾向がある。

「ええ。ぜんぜん退屈しないの。お母さんと団地で暮らしていた頃には、団地から出るなってうるさくて」

うんざりしたように話す彼女に静かに相槌を打ちながら、内心では激しく動揺していた。亡くなった母親に関する話をするのは、彼女がここへやってきてから初めてのことだ。

「どうして団地から出てはいけなかったか、教わりましたか？」

「外に出ると危険だからって。せめて団地の中だけにしなさいって言われたの。だから、とっても退屈だった」

爪先の届かない足をぷらぷらと揺らしながら、くすくす、とこちらをからかうように微笑う。顔を僅かに傾けると、光を弾いた髪がさらさらと肩へと流れ落ちていく。露わになった白い首筋が、僅かに桃色に上気して見えた。

「楸ちゃんは」

「楸でいいわ。西宮先生、ちゃん付けはダメ」

しないで、ではなく、ダメ、と断定した。

長い睫毛の向こうにある、アーモンドのように大きな瞳が不満を訴える。

「では、楸君というのは？」

「いいわ。面白い。男の子みたいで素敵」

「それはなにより。私も敬語はやめた方がよさそうだね」

「ええ。その方がずっといいわ。楽しい」

胸の動悸が速い。言いようのない焦燥を感じる。言葉にならない感情に戸惑わずにはいられない。

「楸君は美嚢団地の出身だね」

「ええ。とっても広くて大きな団地だから、探検するところは幾らでもあるんだけど、あそこは遊び尽くしたからもういいの。たくさん種を撒いてみたけど、きっと大したことにはならないんだわ」

はぁ、とため息をつく彼女が、何を言いたいのかが理解できない。大人びているのとも少し違う。なんだか酷く、ちぐはぐな印象を受けた。

大切な家族、それも母親を失った幼い少女の精神性ではない。私がこれまで診てきた、どんな子どもとも違う。子どもにとって母親とは世界の全てと言ってもいい。たとえ、それが激しい虐待をするような親であっても、子どもは無償の愛を捧げてしまう。

だが、鷹元楸という少女は違う。

母親の死に傷ついている訳でも、悼んでいる訳でもない。ただ終わったことだと過去のことにしている。これがどれほど異常なことか。

「……お母さんのことは、好きだった？」

「どうかしら。嫌いではなかったけれど。少なくとも、お母さんは私のことが嫌いだったみたい。間違っていたのかもしれないって、うわ言みたいに繰り返して。少し気が狂ってしまっていたのね。可哀想」

だから、と彼女は続けて微笑む。

いほど整った容姿、誰からも愛される愛らしさ。それらは、まるで昆虫の擬態のような気がして。

目の前にいる美しい少女が、急に得体の知れない何かに変わったような気がした。白々し

「仕方がなかったの」

「先生？　汗がすごいわ。大丈夫？」

「あ、ああ。勿論だよ」

「良かった。でも、私も先生に質問したいことがあるの」

「私に答えられる範囲のことなら、何なりと」

「ありがとう。あのね、どうして先生は心のお医者様になったの？」

心のお医者様、という言い方がいかにも愛らしくて思わず口元が綻んでしまう。

「身体の怪我は治るのも早いし、治ったかどうかも一目見れば分かる。でも、心に負ってしまった傷はそうはいかない。簡単には治らないし、治っていると周りの人が判断しても、実はそうでないのかもしれない。そんな人たちを助けたくて私は精神科医を志したのだよ」

「すごいわ。みんな、先生のこと褒めてたもの。若いのにすごいって。えらいって。……でも、それならどうして患者さんを救ってあげないの？」

「救う？」

治すのではなく、救うと彼女は言った。

「どういうことかな」

「先生には、分かっているのでしょう？」

その一言に核心を突かれたような思いがした。

「患者さんたち、話していたわ。『いつになったら楽になれるんだ』って。『どんな薬を飲んでも、辛い現実は変わらない』って。これから死ぬまで、そうやって誤魔化しながら、生きる為だけに生きなければならないの？」

「それは、」

違う、とは断言できなかった。

「私ね、カウンセラーの先生って凄いと思ったの。患者さんの話を聞いて、言葉だけで相手の心を救ってあげられる。でも、西宮先生なら、きっと本当の意味で患者さんのことを苦しみから救えるわ」

好奇心に輝く瞳が、私を捉える。

「……本当にそう思うかい？　楸君は私に彼らの背を押すことができると。そう思うのか」

「ええ。最期の一押しになる言葉を、先生なら助言できる筈だわ。そうしたなら、きっとみんな救われる。だって、もうこれ以上苦しむことなんてないもの」

自分の言葉を面白がるように、口元を隠してクスクスと肩を揺らして笑う。

なんだか心が軽くなったような気がした。許しを得たような、免罪符を貰ったような晴れ晴れとした気分だった。これではどちらが患者なのか、分からない。

「そうか。私は治したかったのではなく、患者を救いたかったのか」

私は頷いてから、録音を停止した。そうして録音したデータを削除する。

目が覚めたような思いだ。視界が開けたような、不安が解消されたような清々しさがある。

「楸君。君が退院を望むのなら、なんなりと力になろう。私を救ってくれた御礼がしたい」

「まだ此処にいるわ。種を撒いたばかりだもの」

まるでクリスマスのプレゼントを開ける直前の子どものように、楽しげな様子で彼女はどこまでも無垢に笑う。

窓の外へ目をやると、分厚い鉛色をした雲の隙間から美しい光が差し込んでいた。その光景を、目を細めて眺める彼女の様子は、宗教画の一場面のように美しかった。


その夜、私は公衆電話からとある患者へ電話をかけた。

不審そうに電話を取った彼女へ、自分の名を明かすと縋りつくように彼女は泣き出してしまった。私は優しく、努めて柔らかい口調で諭しながら、彼女の言うことを全て肯定した。

そうして、決して家族には言わずに駅へ来て貰えないか、彼女の判断を問うた。

普段から選択肢を与えられてこなかった人間というのは、たったそれだけで自らの意思を尊重してくれているのだと錯覚してしまう。

「貴女のことを救いたいのです。私と話をしませんか？　二人きりで」

彼女は了承し、すぐに行くと言って電話を切った。

約束の時間まで駐車場の車内で待ちながら、言いようのない不安と高揚を感じた。こんなに容易く他人を、言葉だけで動かせるものなのか。

近藤さんは約束の時間よりも早くやってきた。それほど追い詰められているのだろう。彼女にとって私は、溺れている所へやってきた唯一の頼みの綱だ。依存するしか選択肢はない。たとえ、本当に頼るべきはすぐ傍にいてくれる家族なのだと話しても、彼女には受け入れられないだろう。

私たちは駅の中にある小さなカフェへ入り、静かに今後について話をした。

言葉選びは慎重に。言葉の端々に、死を連想させる単語を織り交ぜて、彼女の意識がそちらへ自然と向くように誘導する。周囲の人の耳に入っても、それが自殺を仄めかすようなものとは思わない筈だ。

とにかく彼女を称賛する。素晴らしい。本当によくやった。今まさに、この瞬間こそが君の人生の最高潮なのだと認識させる。勿論、大袈裟には言わない。囁くように話すことで、耳を澄まして言葉を聞く。

　僅かに笑みが戻ってきた彼女の顔色が一転、不安で青白く変わった。

　不安障害のある人間は、事あるごとに未来を想像する。それも自分にとって不都合な、苦悶に満ちた未来ばかりを。

　現在が絶頂なのだとしたら、その落差を激しく感じれば感じるほど彼女は深く絶望する。崖の際にある爪先立ちで辛うじて立っている様子が、手に取るようにありありと感じられた。

　私はすっかり冷めてしまった珈琲を口に含んでから、そっと彼女の手に自らの手を重ねる。緊張と不安、恐怖で引き攣った表情の彼女は私に救いを求めていた。

「貴女がどんな選択をしても、私は貴女に敬意を表します。貴女は間違ってなどいませんよ」

　こくり、と彼女は頷いてから私の手を握り返した。それから席を立ち、危うい微笑を浮かべる。

「先生。いつかまた会えますか？」

「ええ。勿論です。私もいつか同じ選択をすると約束しますよ」

　嘘だ。そんなつもりなど毛頭ない。

私は彼女たちとは違う。

「西宮先生。では、またいつか」

「ええ。では、また」

一足先にカフェを出ていった彼女の後を追う必要はない。

私は清々しい気持ちで目を閉じて、それから二杯目の珈琲を注文した。

暫くして、けたたましい電車のブレーキ音が鳴り響いた。カフェの真上にあるホームで人々の悲鳴と喧騒が聞こえる。

「お待たせしました」

「ありがとう」

二杯目の珈琲は、一杯目のそれとは比べ物にならないほど甘美で奥深いコクがあった。同じものを頼んだというのに、この違いは何か。

『お客様にお知らせ致します。ただいま、当駅ホームにて人身事故が発生致しました。上下線共に運行の目途は立っておりません。繰り返します。お客様にお知らせ致します』

アナウンスに耳を傾けながら、珈琲を啜る。

彼女は疑う余地もなく救われた。

もう二度と不安を感じる必要はなくなったのだから。

○

鷹元楸が美嚢総合病院へやってきて、およそ半年が過ぎた。

きっと外から眺める分には、この病院は何も変わっていないように見えるだろう。外面的なことで言えば、中庭に実に様々な花が咲き乱れるようになった。庭園の草花の手入れをしている業者が目を疑うほど、やけによく育つのだという。栄養剤を与えてもこうはならない、と首を傾げていた。

その所為もあって、以前にも増して、中庭を散歩する患者さんが増え、ベンチに腰かけて中央の噴水を眺めて過ごす人も急増した。

誰も彼もが明るく、挨拶の飛び交う理想的な環境に見える。

しかし、数字は決して嘘をつかない。

この半年の間に、入院中に亡くなる患者の数は前年比の三倍を超えていた。その殆どは終末期医療を受けている患者さんだが、それを考慮しても数が異常に多い。死因の殆どは心臓麻痺。中には不審死とされるものもあったが、院長は問題にしなかった。終末期医療の病床は常に一杯で、一人の患者が長く占有すると利益率が落ちる。様々な医療行為を行わなければ医療費を請求できないのだ。それが次々と新しい患者を入院させられるのだから、経営側からすればなんの問題もない。

西宮科長は最近、すっかり人が変わってしまった。以前のような堅苦しい話し方をやめ、砕けた様子で気さくに話しかけてくる。元々、整った顔立ちをしていたが、メガネをコンタクトに変えて、髪型にも気を回すようになったらしい。それだけなら喜ばしいことなのだが、妙に患者との距離が近い。精神科医はフラットに患者に接するべきだが、最近の先生はとてもそうは見えなかった。やけに女性の患者さんを受け持ちたがる。

しかし、何よりも変化したのは精神科に入院している久遠君をおいて他にいない。彼の場合、変化というよりも変貌と言うべきだ。

出勤して間もなく彼の病室を訪れると、積み上げた本の山に囲まれて久遠君が一心不乱に文章を追いかけていた。

「おはようございます。的場先生」

「おはよう。でも、看護師に先生はいらないって何度言ったら覚えてくれるの?」

久遠君はにっこりと笑って、肩の辺りで切り揃えている白い髪に触れた。

「今日はなんの本を読んでいるの?」

「『アルジャーノンに花束を』を読んでいるところ。このお話、とても素敵で読んでいて飽きない」

「そんな難しい本が読めるなんて、久遠君はすごいのね」

つい一ヶ月前まで絵本のひらがなさえ読めなかったというのに。

天井から吊るされた録画用カメラが、私たちの会話と動きを具に記録している。今までに前例のない症例とはいえ、二十四時間監視を続けるというのは倫理的に問題がある措置だ。

「的場先生。彼女は、今日こそ会いに来てくれるかな」

「どうかしら」

まるで鳥の刷り込みのようだ。卵から孵ったばかりの雛が、最初に目にした動くものを親と思い込むように、自らの殻を破った彼には、彼女のことが親のように見えているのかもしれない。

この病院には彼女のことを特別視している人間が多い。大人も子どもも。医師も看護師も。小さな子どもに対する反応としては、異常だ。精神科でまともなのは、私くらいのものだろう。

久遠君はカメラを静かに見つめながら、自嘲するように笑う。そうして本を開いて、文章を追いかけ始めた。その仕草が妙に大人びて見えて、少し戸惑う。目の前でぺたんと足を広げて本を読む子どもが、酷く歪に見えた。

「先生は僕のことが怖い？」

「い、いいえ。怖くないわ」

「でも、他の先生たちは僕のことを怖がってる」

そう断言して、本の頁から視線を上げようとしない。

「僕はチャーリイとは違うよ」

物語の主人公であるチャーリイの結末を知ってか知らずか、久遠君はそう言った。彼の知能はいったいどれほどのモノなのだろう。この半年の間に本を読んで語彙も増え、自分の考えを伝えるのも飛躍的に上手くなった。

「凶暴になったりしないし、孤独に苛まれたりもしない。僕は乱暴に頭を開いて手術されたんじゃない。頭の中のバラバラに配線されていたものを、繋ぎ直してもらっただけ。だから、怖がる必要なんてないのに」

まるで子どもとは思えない言葉遣いに絶句する。つい半年前まで自分では排泄することさえできなかった少年が、私たちの不安を見透かすような言葉を連ねていた。

「楸ちゃんはきっとドリーなんだ」

「え？」

羊のドリー、と彼は続ける。脳裏を絵本に描かれていた美しい金色の羊が過ぎった。

「あなたの願いを叶えてくれるの？」

からかうように言った私に対して、彼は静かに首を横に振る。

「モーガンはお友達が欲しかった。でも、ドリーがやってきてからは他の羊がドリーのことを自分から奪ったらどうしようってずっと怯えていたんだ。ドリーは金色の羊だから、みんなが自分のモノにしたがった。最後には独占するためにみんなで大喧嘩だ。でも、あの時モーガンが目を覚まして、ドリーに村から出ていくように言わなかったなら、いったいどうなっていたんだろう？」

絵本はハッピーエンドになっていたのかな、と小さな声でそう溢した。

「ドリーはモーガンの夢を叶えたんじゃないと思う。きっと自分の為にモーガンの夢を使ったんだ」

あの絵本は、お友達の大切さを学ぶ本だ。沢山の友達をモーガンに作るために去ったドリー。真実を知ったモーガンがドリーに宛てた手紙で絵本は締めくくられるのだから。

そんな解釈は間違っている。そう、間違っている筈だ。

しかし、言われてみればドリーの心情が語られる場面はない。

「ねぇ、先生。ドリーはどうして自分を取り合う羊たちを止めようとしなかったの？　どうして村を去っていったの？　本当にそれはモーガンの為なの？」

「それは、」

「ドリーは、きっと飽きたんだ。モーガンのことも、羊たちのこともどうでもよかった。興味がなくなったから、町を出ていったんだ」

作者の真意を確かめる術などない。殆どの人は調べもしないが、この作家の最期は悲惨だ。大金に囲まれた邸宅で、一人首を吊って死んだのだから。

「もしも僕がモーガンだったら、ドリーと一緒に村を出ると思う。でも、もしもドリーがみんなと仲良く村で暮らしていてねって言うのなら、それがどんなに嫌なことでも受け止める。羊たちと暮らしながら、ドリーの為になることをする。だって、友達なんだもの」

言いようのない不安を感じた。

悪い予感で頭がおかしくなりそうだ。

「……久遠君。楸ちゃんは、あの子はいったい何をしようとしているの？」

「僕には分からない。でも、きっと素敵なことだよ。それに、何かするのは彼女じゃない。ドリーは何もしない。人の背中をそっと押すだけ。どんな結末になるのか、眺めて楽しむのが好きなんだ」

鷹元楸は、いよいよ明日退院する。今夜のお別れ会さえ無事に終われば、私の不安は全て杞憂で済む。

「先生は狂っていないの？」

「え？」

「ドリーに心を奪われている羊たちのことを、狂ってしまった、と言っていたでしょう。先生が忘れてしまっても、僕は覚えている」

確かに言った。だが、それは久遠君がこうなる前のことだ。毎日の読み聞かせの時に、溢してしまった言葉を彼は覚えていたのか。

「僕が話せないから。口が利けないから。先生たちは僕の前だと本音を話してくれたね。だから知ってるよ。僕たちは本当は全部、知っているんだ。みんな本当は初めから狂っているのに、そうじゃないフリをしている。それが、上手いとか下手だとかはあるけれど、みんな同じなんだよ」

優しげで柔らかな声で、彼は言葉を続ける。

「楸ちゃんが言ったんだ。望むことをすればいいって。大人も子どもも自分のしたいことを我慢せずにしたら、どうなるのか気になるって言ったんだ」

ドリーは金色の羊。

誰よりも美しい声で鳴き、どんな色にも染まらない。

ただ一つの色褪せないモノ。

「私、私は違う。狂ってなんかいないわ」

望むものはただ一つ、お腹に宿った愛しい命に出会うこと。

久遠君は本から顔を上げようともしない。ただ、僅かに口の端が上がるのを見た。

「先生がそう言うのなら、そうなのだろうね」

なんだか急に目の前にいる彼のことが、得体の知れない何かのように見えて、私は踵を返して逃げた。

仮眠室のベッドに横になってブランケットを頭から被り、引き攣るように痛むお腹を擦る。しくしく、と恐ろしさから逃れるように固く目を閉じて、嵐が過ぎ去るのを待った。

やがて、食後に飲んだ薬が効いてきたのか。まどろむうちに、自然と眠りについた。

○

耳をつんざくような悲鳴で目が覚めた。

甲高い断末魔が、まるで病院中を震わせるように長く続き、唐突に途切れた。

慌ててベッドから下りて壁の時計を確認すると、もう夜の八時になろうとしていた。鷹元楸のお別れ会は六時からなのに。

いや、この時間ならもう会は終わっている筈だ。

そもそも、さっきの悲鳴はなんだったのだろう。

頭の中が判然としない。とても恐ろしくもあり、妙に泣きたくもあり、同時になんだか無性に楽しい。

仮眠室を出ると、精神科の前の廊下に看護師の誰かがうつ伏せに倒れていた。白い芋虫のような指が、あらぬ方向へ折れ曲がってしまっている。

「なに、あれ」

立ち止まると、精神科のエントランスから怒号と悲鳴が響き渡った。悲鳴に交じって、子どもたちの楽しそうな笑い声が聞こえてくる。肉を叩く鈍い音が、何度も何度も廊下にこだました。

思わず半歩下がると、非常用の階段の所で警備員がひっくり返っていた。顎が外れているのか、白目を剥いたまま下顎が妙に長く伸びている。折れた歯がポップコーンのようにあちこちに飛び散っていた。

悪い夢だ。こんなものは幻だ。

そう何度も思おうとしたが、どれだけ眼を閉じてみても目が覚めない。看護師の男は廊下に突っ伏したまま微動だにしなかった。

胸の前で腕を抱き、恐る恐る近づいていくと、それは棚部だった。出血こそ見られないが、全身を滅多打ちにされたようで、あちこちが青黒く内出血を起こしている。首筋に手を当てると、辛うじて脈があった。

僅かに開いたドアの向こうからは、相変わらず悲鳴と笑い声が絶えない。悲鳴は大人の声で、笑い声は子どもたちのものであるような気がした。

ゲラゲラ、ゲラゲラゲラ。

可笑しくて堪らない様子で笑い声が弾ける。

それに交じって、くぐもった悲鳴をあげ、情けない嗚咽を漏らす大人の声。それを遮るように、何度も、何度も肉を激しく打つ音が響いた。

扉を押す手が、どうしようもなく震える。

開くべきじゃない。理性が絶叫をあげるのを無視して、私の中に芽生えた好奇心が勢いよく扉を開いた。

そうして、広がっている光景に言葉を失う。

エントランスに職員たちが何人も倒れ伏していた。看護師、医師、誰も彼もが服に血を滲ませてぐったりとしたまま動かない。立っている大人は、私だけだ。対して、子どもたちは一糸まとわぬ姿で笑っている。

笑みを浮かべて、倒れた大人の身体を何かで叩いていた。

「的場先生。こんばんは」

エントランスの奥、受付台に腰かけた鷹元楸の澄んだ声が響いた。

「遅いから来てくれないのかと思ったわ。でも、間に合ってよかった」

「いったい何をしているの。どうして、こんなこと」

私の問いに、楸ちゃんは不思議そうに首を傾げた。

「どうしてこうなったのか、本当に分からないの？」

「それは、」

「教えてあげたじゃない。あの時、悪い人は誰？　と聞かれたから私、答えてあげたわ。『みんな』って。そうでしょう？」

覚えている。あの日の彼女の言葉は忘れようとしても深くこびりついて離れなかった。けれど、そんなはずはないのだ。少なくとも、あの時はそんなことをしている人間は誰一人としていなかった。

子どもたちが大人に連れられて一定時間、不自然に消えることも。痛々しい痣が見えにくい場所についた患者も。目に見えて急激に痩せ細る子も。真夜中に聞こえる、重荷に耐えるように軋み続ける寝具の音も。何一つ。

誰もが見て見ぬフリをして、それをしなかった大人は、いつの間にか病院から消えていくなんて。

そんなこと、これまで一度としてなかった。

——彼女が、ここに現れるまでは。

「……みんなを唆したのは、あなたなんでしょう」

声が震える。目の前にいる美しい小さな少女が、恐ろしくてたまらない。その奥底にある、巨大な何かが身体の中で燻っているような。今にも殻を破り捨てて出てくるような、底知れない恐怖。

「そうなの？　でも、少なくとも、彼らは知っていたわ。どうして自分たちがこんな目に遭うのか。だから逃げ惑ったりはしても、抵抗する人は誰もいなかった。それは負い目があったからでしょう？　子どもたちの尊厳を傷つけた。たとえ殺されてしまっても、仕方のないことではないの？　報いを受けるのは、当たり前のことでしょう？」

「だからって、殺さなくても」

「誰も死んでいないわ。殴られすぎて、意識を失っているだけ。死なないようにしてあるから、死にたくても死ねない」

そう言うと、楸ちゃんは私の足元に転がる斑に赤く染まった靴下を指差してみせた。

「靴下にね、庭園で見つけた丸い石を沢山入れて縛るの。子どもでも簡単に車の窓ガラスを割ることができるんだって」

遠心力を使った武器だ。あんなもので身体を打ち据えられたなら、大人でもひとたまりもないだろう。打撲どころか、骨くらい簡単に砕いてしまう。

「どうして私のことは襲わないの」

「何もしていない人を、どうして襲うの？　それに、先生のことも治してあげないと。私ね、初めて来た時から不思議だったの。この人はどうして看護師さんのように振る舞うんだろうって。子どもたちのお世話をしたり、会議の度に先生たちについていったりするから」

おかしい、と心の底から楽しそうに笑う。

「そうしたら、西宮先生が教えてくれたわ。あなたに正気でいて貰う為に、みんなで妄想に付き合っていたのね」

何を。何を馬鹿なことを、言っているのか。

「嘘よ。私は、ここの看護師よ」

「ええ。でも、心を壊してしまった。最愛の人が目の前から消えて、お腹の子どもが想像妊娠だと知って、おかしくなってしまった」

眩暈がする。そんな筈がない。だって、だって、だって。

お腹を診てくれていたのは、いつも西宮先生だった。産婦人科医でもないのに、どうして不思議に思わなかったのだろう。

「嘘よ。だって、私のお腹には赤ちゃんが」

「よく分からないのだけれど、お腹に赤ちゃんがいたら大きくなるものじゃないの？　いつ生まれてくるの？」

「半年。そう、あと半年よ」

「ふふ。面白い。的場先生は、私がここへやってきた時にも、あと半年と話していたわ。その半年は、いったいいつになったらやってくるの？」

想像妊娠？　そんな筈はない。だって、私のお腹には赤ちゃんがいて。

触れた腹部の膨らみが、まるで空気が抜けていくように萎んでいくのを目の当たりにして、思わず悲鳴をあげた。こんなものは悪い夢だ。現実じゃない。

「嘘よ、嘘。子どもがいたの。本当よ、嘘じゃないわ！」

子どもがいる。そうでなければ、困るのだ。彼との愛の証が、私にはどうしても必要なのだから。

「本当に、心の底から信じているのね」

面白いわ、と彼女は見惚れてしまうような笑みを浮かべて、私の頬を小さな掌で挟んだ。

「あなたの夢を、私が叶えてあげる」

その瞬間、頭の奥で火花が散ったような気がした。脳の中のあちこちが一瞬で焼き切れて、目の端から血涙が溢れる。痛みはない。何もかもが痺れて判然としない。脳を弄(もてあそば)れていると、漠然と本能が理解した。

近くで女の人が間延びした悲鳴をあげていると感じたが、それは私の声だった。気が狂ったように手足が痙攣し、股間が不意に熱くなる。失禁したまま、私は頭の中を弄れ続けた。

頬を伝って顎先から床に落ちた血涙が丸い水溜まりを形成した頃には、頭の中が澄み渡るようだった。

「信仰心がいいわ。信じる力は、形を与えるのに都合がいいもの。大勢の人の願いを集められたなら、先生の子どもを最初から形作れるかもしれない」

とっても面白そう、と彼女は手を合わせてから、受付の隣にある落とし物入れから野球帽を手に取り、私へと寄越した。

「数えきれない願いの果てに、私の望む穴を開けることができるかもしれない。もしそんなことができたなら、きっとすごく楽しいわ」

心が透明になった気がする。

不安も恐怖も、焦りも怒りも、嫉妬も後悔も、悲しみも苦痛も感じない。

どこまでも澄みきっていて、まるで生まれ直したようだ。

パチパチパチパチ、と誰かが拍手をした。振り返ると、髪の毛まで血に塗れた久遠君が微笑んでいた。二人、三人と子どもたちが笑顔で拍手を送ってくれるのが、ただただ嬉しかった。

楸ちゃんは私たちの心を治してくれた。

魂の色をクリアにしてくれた。

濁り一つない、透明な心に。


私も頷いて、渾身の力で拍手をした。

◆

あの日、私は偶然にも医師会の会議に出席していたことで難を逃れた。

一部の結束した未成年の患者たちが、医師と看護師を急襲、暴行を働いたという事件だが、被害者である彼らは誰一人として被害届を出さなかった。それどころか、全員が辞表を提出してしまったので、現場は混乱した。精神科は一時的に閉鎖。入院患者はすぐさま他所の病院や、治療院などへ移送された。今は外来診察しか受け付けていない。

唯一、警備員の男性が被害届を出したが、当の本人も誰に襲われたのか全く記憶になかったこともあり、病院側からの見舞金という名の口止め料で決着を見た。

病院に唯一残った的場さんも、明日には退院する。

「検査結果ですが、認知能力に問題はないようです。それに随分と雰囲気が変わりましたね、的場さん」

腰まであった長い髪を肩の辺りで切り揃え、服装もかつての彼女を髣髴とさせる。しかし、その精神性は看護師として働いていた当時よりも、よほど穏やかで安定しているように私には見えた。

「ありがとうございます。先生の治療のおかげです。看護師をもう辞めていたのに、勝手に診察室に入ってきたりしてご迷惑でしたよね。申し訳ありません」

「抜け出してくるので苦労しました。まぁ、私は特に何もしていませんよ」

あの事件の折、彼女だけが無傷で保護された。大人とはいえ、やはり入院患者であったことが大きかったのだろうか。監視カメラの映像でも、事件発生時は仮眠室で眠っていたことが確認されている。

「この様子なら、退院して社会復帰しても問題はないでしょう。これからは、どうなさるつもりですか？　復職なさるというのなら尽力しますが」

「いいえ。やるべきことができたので」

「そうですか。残念です」

あんなこともあった職場で働き続けるのは、確かにオススメはできない。人間、忘れてしまった方が良いこともある。

「そういえばご存じですか？」

「何をですか」

「鷹元楸の件です。当院の院長ご夫妻が後見人として保護者になるのだとか」

「そうでしたか」

聞いた所によれば、彼女のことを一目で気に入った院長夫人が院長に掛け合い、あっという間に話をまとめてしまったらしい。

「彼女には身寄りがないようですから。幸運だと言えるでしょう」

「ええ。そうですね。本当にそう思います」

「では、西宮先生。こちらで失礼させて頂きます」

「ええ。お大事に」

深々と頭を下げて出ていった的場さんに別れを告げて、次の患者のカルテに目を通す。つい先日からカウンセリングに来院してくるようになった女子高生だ。自殺未遂をこれまで何度も繰り返している。

「どうぞ。入ってください」

失礼します、と嬉しげな声がする。

どんな人間が相手でも、私がすべきことは変わらない。患者にとって、真の救いになることを行うだけだ。

「さぁ、貴女の話を聞かせてください」

私の言葉には、それだけの力があるのだから。

遺品

その依頼は、とある小学校の校長先生からのものだった。

簡潔に言ってしまえば、通学路にある廃墟から、夜な夜な女の啜り泣く声が聞こえるのだという。噂は子どもたちの間ですぐに広まり、探検に行こうとしている児童までいるという。このままでは、本当に廃墟へ忍び込む児童が出るかもしれない。その前に対策室で怪異の真偽を確かめて欲しい、というものだった。

「もしも人に害を為すようなものでないのなら、放っておいて頂いても良いのですが。もしも危険であるようなら、解決して頂きたいのです。手に負えないようであれば、またお考えを拝借したい」

校長室でそう温和に話す校長先生は、かつて怪異に遭ったことがあるという。

「目には視えなくとも、そういうものがあるのだということは知っています。何卒宜しくお願いしますね」

「承知しました。なるべく早く現地へ確認に行きたいと思います」

学校を後にした私は、件の廃墟へと車を走らせた。

千早君は夜行堂の依頼で近衛湖にいる筈だ。彼のスケジュールと照らし合わせると、動けるのは明日の午後からになるだろう。せめて現地の外観だけでも撮影しておけば、何かの材料になるかもしれない。尤も、千早君が言うには『霊はカメラで撮影できない』そうだ。実体を伴う場合を除いて、死霊は写真に写らないという。

それでも何もないよりはマシだろう。

問題の廃墟は、本当に子どもたちの通学路の途上にあった。開いたままのゲートの奥へ車を停め、運転席を降りる。

試しに入り口の柵を引き出してみようとしたが、車輪が錆びついているのか、どれだけ力を込めても微動だにしなかった。

廃墟は二階建ての診療所だったようだ。肝心の名前の部分が掠れて読む事ができなかったが、廃業したのはもう随分と前のことらしい。

　玄関は片方のドアが開いたまま固着してしまっているようで、蝶番(ちょうつがい)がびくともしない。そっと中の様子を窺ってみると、廃墟とは思えないほど明るい。よほど採光を考えて設計されたのだろう。

　これは私の勘だが、おそらく問題はないだろう。まるで恐ろしく感じないし、今までの案件で遭遇してきた廃墟に比べれば、なんということはない。これなら内部の写真を撮るくらいのことは、難なくこなせるだろう。少し中へ入って、カメラで撮影してから見取り図を起こしてしまえば、千早君の負担が格段に少なくなる筈だ。

　念の為、もう一度、隙間から中を覗き込むが、やはり問題はなさそうだ。

　一眼レフカメラの紐を首にかけて、ゆっくりと入り口のドアを開く。

「失礼します」

　誰に言うでもなく口にしてから、中へと足を踏み入れる。そして、すぐに内部が明るい理由が分かった。診療所の入り口を入ってすぐのエントランス、その吹き抜けの屋根が崩れてしまっている。美しい青空を鳥が飛んでいく様がはっきりと見えた。

　とりあえず写真を数枚、角度を変えて撮っておく。写真は報告にも使えるので、撮影する余裕があるのなら撮っておくべきだ。これが廃墟ではなく、誰かの住居などになると難しい。

撮影をする為には、当然ながら家主の方の許可が必要になる。だが、大抵の場合は家主は依頼主であり、撮影云々で無駄な負担をかける訳にはいかない。結局、撮影をするのはこうした無人の廃墟や樹海ばかりだ。

踊り場の右側から二階への階段が続いているが、朽ちかけているので上がるのは現実的ではないだろう。木造建築はどうしても傷みが早い。ただ、その分、朽ち果ててしまうのも鉄筋構造に比べて早いので、更地同然になってしまえば怪異は出現し難くなる。

診察室、給湯室、更衣室。朽ちかけてはいるものの、どこも明るく怪異が出るような様子はない。廃墟というだけで薄気味悪いというのはあるが、いつもの曰く付きの物件などに比べれば、なんていうことはなかった。廃病院なども酷い所になると夜逃げ同然でいなくなったのか、カルテや薬品などが残されたままというケースも珍しくない。特に使用済みの注射針などが散乱している場所などは、感染症等のリスクもあるので怪異以外にも危険があった。

おおよその間取りは分かったので、奥のスペースへ行くと、そこは大きな浴場になっていた。男湯と女湯に分かれていて、入院患者が使っていたのだろう。色とりどりの光沢のある陶器のタイルがモザイク状に敷き詰められている。温室のようにしたかったのか、半円形の天蓋は全てガラスを使っていたのだろうが、今はフレームだけが骨組みのように残っていた。男女の湯を分ける壁は半分以上崩壊してしまっている。浴場の外へ視線を投げると、雑草が鬱蒼と生い茂っていた。

カメラを構えてシャッターを何枚か切っていると、不意にシャッターが下ろせなくなった。何度押しても反応がない。怪訝に思って顔を上げると、そこに女性が立っていた。

咄嗟にカメラへ視線を戻す。フレームの中に彼女の姿はない。

「……まずい」

恐る恐る、できるだけゆっくりと顔を上げると、黒い喪服に身を包んだ長い髪の女が項垂れた様子で立っていた。両手で顔を覆い、俯く姿に背筋が凍りつく。

再びカメラの液晶画面へと視線を戻しながら、冷や汗が額から流れ落ちるのを感じた。完全に油断していた。これだけ明るい開けた場所なら何もないだろう、と。

私は救いようのない間抜けである。

心の中で自分を罵倒しながら、己の軽挙妄動を恥じた。

ゆっくりと顔をもう一度上げると、やはり女は微動だにせず立っていた。顔を隠したまま、まるで静止画のように動かない。千早君がよく死霊のことを『世界に灼きついた影』という表現をするが、まさしく写真のようだ。

私はカメラを構えた間抜けな格好のまま、なるべく目を離さないようにゆっくりと後退した。決して転ばないよう足元に注意しながら、脱衣所を抜け、踊り場まで後退し、とうとう入り口を後にした。まだ女は浴場から動いていないように見える。辛うじて視界に映る女から視線を外さないまま、ようやく診療所を出た。

「はぁ、はぁ、はぁ、はぁ、はぁ」

今のは危なかった。万が一、あそこで襲われていたなら万事休すだった。

心臓が壊れそうなほど速く鼓動を打っているのが分かる。心臓に悪いなんて表現があるが、あの女が急に現れた時には本当に心臓が止まるかと思った。

ともかく本格的に動くのは明日、千早君が同行してからだ。

さぁ、帰ろうと踵を返したところで、私は凍りついた。視線の先、公用車の後部座席にあの女が座っている。顔を手で覆って俯いたまま微動だにしない。

絶句する。最悪の事態だ。

「……取り憑かれてしまった」

認めたくはない。認めたくはないが、認めざるを得ない。

頭を抱える私の耳元で、千早君の呆れきったため息が聞こえるようだった。

車を運転しながら、ルームミラーへと視線をやると、後部座席に座る喪服姿の女が見える。助手席に座ってこなかったのが唯一の救いだが、死霊が背後に座っているのだという事実に眩暈がした。

県庁へ戻りながら、とにかく交通事故だけは起こさないように運転に集中する。次の瞬間、もし背後の女が目隠しをしてきても悲鳴をあげながら冷静にハザードランプを押して路肩に停車する自信があった。

しかし、実に幸いなことになんの問題もなく県庁へと帰り着くことができた。駐車場へ車を停めて、すぐに鍵をかけて猛然と県庁の中を駆け抜ける。公用車に取り憑いてくれたら、と一縷の望みを懸けたが、庁舎の入り口を潜った先に女が立っていて言葉を失った。

女の姿は私にしか見えていないようで、職員は誰も何も言わない。それなのに女にぶつかりそうになると、無意識なのか其れを避けて通るように進路を変えていた。

「マズいことになりました。ああ、嫌だ」

女は微動だにしない。私が離れると、またいつの間にか先回りしたように視界の何処かに忽然と現れる。

途中、女性職員に何度か話しかけられたが、やはり彼女たちにも見えていないらしく、私がそれとなく女のいる方向へ視線を誘導しても、まるで反応を示さなかった。

「やぁやぁ、大野木室長。お疲れ様」

「藤村部長」

「顔色が悪いなあ。どうかしたのかい」

「いえ、その、少し問題がありまして」

ぴたり、と藤村部長の動きが止まり、顔から笑みが消える。そうして無言でおもむろに距離を取ると、普段よりも一オクターブ低い声で「憑かれた?」と聞いた。こういう時ばかり実に勘が鋭い。

「……どう思いますか」

「待って。こっちに来ないで」

触るんじゃない、と言った顔からは、珍しくいつもの軽薄な笑みが消えていた。

「部長。折り入ってご相談したいことがあります」

「無理無理無理無理。見えないから! ね! 力にはなれない!」

じゃあね、と勢いよく叫ぶと踵を返して全力疾走で通路をスリッパで駆け抜けて逃げていった。中年が全力疾走している所を初めて見た気がする。

その後、対策室にも女はいたし、トイレに行っても洗面所の前に立ち尽くしていた。襲いかかってくることはない、と自分に言い聞かせても、恐ろしいものは恐ろしい。何度か反射的に悲鳴をあげてしまい、人の少ない北棟で仕事をしていることを異動して初めて感謝した。

対策室の机で仕事をしながら、部屋の片隅に立つ女を見る。喪服姿の髪の長い女だ。黒いレースの手袋をして、顔を覆っているので表情が見えないのが救いだった。しかし、いつ手を下ろして顔が顕になるかと思うと、恐怖で胃が痛くなる。

「うう、千早君が戻るまで無事でいられる気がしない」

撮影したデータをパソコンに取り込んだものの、流石に目を通す気にはなれなかった。

私の経験上、こうした怪異を神社などのお祓いで安易に祓えた例はない。神社などのお祓いが効かない、という訳ではなく、お祓いを行う神主あるいは権禰宜の実力によるのだと思う。殆どの場合は「限定的な低減」といった効果しかなく、根本から解決することができるようなケースは殆ど存在しない。これは寺社仏閣であっても同じだ。同じ祝詞でも唱える人間によって効果が違うのは、当然のことだろう。

終業のチャイムが鳴り、帰り支度をしていると千早君が戻ってきた。

「ああ、疲れた」

どこの野山を駆け回ってきたのか、あちこち泥に塗れてしまっている。

「千早君。お疲れ様です」

「お疲れ。大野木さんこそ、なんか顔色悪いな。なんかあったの？」

疲労困憊といった様子で冷蔵庫の中から炭酸水を取り出すと、勢いよくグビグビと飲み出した。

「それが、その、ええとなんと言えばいいのか」

つい、と指で女のいる方向を指差す。

「……何？　別に何もいないけど」

「え？」

不思議そうな顔をする千早君に愕然としながら、女の方へ目をやると、やはり間違いなくそこに立っている。

「視えていないのですか」

「だから、何がさ」

「……昨夜の夕飯は何だったか言ってみてください」

「水炊き」

「その前の晩は？」

「ええと、小洒落た葉っぱが載ってるファーみたいな名前のやつ」

「フォーです。ベトナムの麺料理だと言ったじゃありませんか」

間違いなく本物だ。一瞬、偽物ではないかと疑ったが、口に出さないで良かった。

「話が見えないんだけど。最初から全部説明してくれよ」

私は頷いて、今日依頼人の校長先生の元を訪ねたことから今までの一切を事細かに説明してみせた。千早君は話の間、一度も口を挟まずに、小腹が減ったのか贈答の菓子などをむしゃむしゃと食べていた。

「そういう経緯がありまして、今に至る訳です」

「なるほどな。だいたい分かったよ」

「千早君の目に視えないほどタチが悪いのですか」

「いいや。本当に此処には視えないんだ。視えているのは大野木さんだけ。なんて言えばいいのかな。真昼に太陽を直視するとさ、目の中に影が灼きつくだろ。あれと同じだ。大野木さんの頭の中に灼きついてるんだよ。だから、大野木さんの視界には現れるけど、他の人間には視えない」

ちょっとこっち向いて、と千早君が言って目を覗き込む。アーモンド型の大きな瞳、その右眼が鬼火のように青く燃えて見えた。こちらの心の底まで見透かしてしまいそうな瞳に、思わず顔を逸らしたくなる。

「ああ、視えた。大野木さんの瞳の中にいる」

眩暈がした。

自分の中に怪異がいるという現実に頭がどうかしてしまいそうだった。

「ど、どうしたら良いでしょう」

「動くな。もう少し、深く視るから」

瞳の青みが増し、蒼炎が激しく揺らめいた。

「……現地に行ってみるしかないな。でも、もう日が暮れるから明日にしよう」

「どうして」

「んー。俺、明日も早いんだ。昼から行くからさ」

それまでは我慢してよ、と簡単に言う。

「命に支障はないよ」

「そうかもしれませんが、心臓に悪いですよ」

「怪異なんて今まで幾らでも見てきただろ。放っておけよ」

「他人事だと思って。寝ている時に襲われたらどうするんです」

「大丈夫、大丈夫。そういうのじゃないから。それよか、もう仕事終わったんなら帰ろうぜ。疲れちまった」

言葉を失うとはこのことだ。

自分が居候している家の家主が取り憑かれているというのに、まるで相手にしていない。

彼の眼には、きっとこの女のもっと深いものが視えたのだろうが、私からすれば悪霊以外の何者でもない。

「大野木さん。今夜の夕飯は何にすんの？」

「お茶漬けです」

「……え？」

「お茶漬けです。聞こえませんでしたか？　もう一度だけ言います。今夜の、夕飯は、お茶漬けです」

私はそれだけ言うと、さっさと荷物をまとめて対策室の鍵を千早君へ放り投げてから、早足で対策室を後にした。視界の端々で、あの女がのっそりと姿を現したが、もうそんなことさえどうでも良かった。


その日の晩は、宣言通りにお茶漬けを出したことは言うまでもない。

〇

翌朝。目を覚ますと、やはり部屋の片隅にあの黒い女が立っていた。

「……やはりそう簡単に消えてはくれませんか」

廊下へ出ると、今度はリビングの片隅に立っている。気味が悪いということに変わりはないが、少し慣れてきたのか。急に現れても悲鳴をあげることはなくなった。

午前中は有給休暇にしたので、久しぶりによく眠ることができた。千早君への怒りが、この女への恐怖に勝っていたらしい。予定通り彼は早朝から夜行堂へ出かけていったようで、テーブルの上には頭の悪い猿が食い荒らしたような惨状が広がっている。

「いけませんね。冷静さを欠こうとしています。落ち着かなければ」

いつもなら気にも留めないことがいちいち頭にくる。菓子パンを三つも開けておきながら、どれも中途半端に残しているのも気に入らないし、隠しておいたとっておきの高級缶詰だけは舐めるように綺麗に平らげているのも腹が立つ。極めつきは、歩きながら脱皮したように脱衣所へと続く、パジャマ一式だ。

アンガーマネジメントは社会人をしていく上で必須とされるスキルの一つだ。不条理なことで叱責を受けたり、苛立つような事態に陥った場合に、如何にして怒りを和らげるか。どんなことでも、とにかく三十秒だけ我慢する。なんの反応もせず、とにかく三十秒だけ堪えるのだ。そうすると、自然と怒りのボルテージが下がるというものだ。

「そう。落ち着かねばいけません。私の方が年長者なのですから」

テレビをつけようとソファに腰を下ろすと、定位置にある筈のリモコンがない。

アンガーマネジメントは社会人として必須のスキルである。とにかく三十秒待つ。

怪異と同じ部屋にいるというのに、恐怖よりも苛立ちの方が遥かに強いとはどういうことか。

かつて同棲してきた女性たちにも、これほどの怒りを感じることはなかった。彼女たちは魅力的な大人の女性であり、生活する上でのルールも全て守ってくれた。惜しむらくは、半年も経たずに別れを告げて出ていってしまったことだが、正直に言って恋人を失った悲しみよりも自分の居住空間を取り戻した安堵の方が大きかった。

「……こういう時は、日々の日課をこなす方が自分を取り戻せると聞きます」

まずは掃除だ。部屋の乱れは心の乱れ。ゴミは処分し、散らかったものは整理整頓してからあるべき場所へと収納する。無垢材のフローリングを棕櫚の箒で掃いてから、床を磨くように拭き上げる。

ひと通り家の中を片付け終えると、ようやく気持ちが晴れてきた。

掃除道具を片付けて、手を入念に洗ってから、毎朝そうするようにコーヒーマシンのスイッチを入れる。全自動で豆を挽いて抽出してくれる、この機械がなければ一日が始まらない。

湯気の立ち昇る珈琲に口をつけると、ようやくひとごこち付いたような気がした。

部屋の片隅の女を改めて眺めてみると、どうしてこの女は顔を覆っているのだろうか、と疑問が湧いた。冷静に考えてみれば顔を隠しているのではなく、悲嘆に暮れているようには見えないか。俯いて、涙を堪えているように見えなくもない。

「……千早君には、どれくらい視えたのでしょうか」

彼女は死者だ。少なくとも、おそらくもう本人はこの世にはいないだろう。それでも今際の感情か、想いが世界にそのまま灼きついてしまっている。問題は、どうしてそれが私に灼きついてしまったのか、ということだ。

珈琲の香りを楽しみながら、苦味を口の中で存分に味わっていると、なんだか昨夜の仕打ちがあんまりな気がしてきた。謝罪も受け入れず、頑として口をきこうとしなかったのは大人気なかったかもしれない。

「いけませんね。まだまだ未熟だ」

私たちは友人ではない。ビジネスパートナーではあるが、共に暮らしているのでもう少し関係性は近い。相棒、という言葉がまさに相応しい。互いを補助しながら、仕事をこなさなくてはならない存在だ。

「まずは、貴女のことをどうにかしなければいけませんね」

残りの珈琲を飲み干して、ようやく身体と心が整ったような気がした。

午後。直接、件の廃墟へ向かった千早君と合流した。

駐車場にあるブロックに腰かけて、ぼんやりと診療所を眺めている彼にクラクションを鳴らす。

「すいません。お待たせしました」

「いいよ。たいして待ってないから」

千早君はいつもと変わらぬ様子でいって、片方の袖をぶらぶらと揺らした。若干、私の方がいつものように振る舞うことができていないような気がする。

「行こうぜ。まずは大野木さんがそいつを見たとこに行ってみよう」

「はい。一番奥にある浴場なのですが」

診療所の廃墟を真っ直ぐに進み、奥の浴場へと難なく辿り着くと、彼女は浴場の端で顔を覆って俯いていた。

「明るくて気持ちのいい風呂だったんだろうな」

「そうですね。しかし、どうして浴室なんかにいたのでしょうか」

「浴室にいた訳じゃないよ。ここ、元は病室だったんだ」

千早君がそう言うと、一枚の折り畳まれた紙を取り出して見せた。広げて見ると、それはこの診療所の見取り図のようだった。随分と古い資料で、半世紀も前のものだ。

「昨日の夜、藤村部長に頼んでおいた。ほら、ここが診察室だろ。一番奥のここを見てみなよ」

「いつの間に、こんなものを」

「大野木さんにさせる訳にはいかないだろ。俺も確証が欲しかったんだ」

見取り図には特別病室、との記載があり、どうやら大きめの個室が三つほど並んであったらしい。この時代に個室を使えるのは、経済的に余裕のある患者だけだろう。

「普通、診療所に浴場なんてないだろ？　多分、経営が難しくなってきて個室は廃止、サービスの向上を目的にこの浴場を作ったんじゃないかな。実際、あの人の過去に視えた病室からの眺めは、間違いなくこの風景だよ」

千早君はそう言うと、落ちていた金属製の棒を掴んで、彼女の足元を指さしてみせた。

「ここだ。ここがちょうど、当時あった病室の窓、その真下になる。大野木さん、ここを掘ってくれないか？」

「掘るんですか」

「そうだよ」

どうして、とは私も聞かない。

「仕方ないですね。少し時間がかかりますよ」

上着を脱いで、千早君から棒を受け取ると、美しいタイルが目に入った。これを砕くのは少しだけ躊躇するが、信じるというのは、こういうことかもしれない。

大きく振りかぶって、タイルを砕く。何度も何度も、少しずつ硬い地面を打ち砕いて、破片を取り除いていく。浴場の下にはしっかりとモルタルで基礎が打たれているので、そう簡単に掘ることはできない。それでも長年放置されてきたモルタルは多少風化しているのか、かなり脆くなっていた。ともかく懸命に掘り進めていくしかない。

浴場に硬い地面を打つ音が響く。

どれほどそうしていたのか。ようやくモルタルを突き崩して、土が露出する頃には全身が汗だくになっていた。整髪料も取れて、髪型がもう乱れ切ってしまっている。

「代わるよ」

「いいえ。私がやります。ここを掘ればいいんですね」

「多分、箱がある筈だ。壊さないよう気をつけて」

「分かりました」

慎重にまた掘り進めていくと、小さな四角い箱のようなものが土の中から出てきた。

「あった。ありました」

ぽたり、と砂に塗れた箱に水滴が落ちた。それはまるで雨のように落ちてくる。

顔を上げると、彼女が箱へ手を伸ばしていた。腕の隙間から見える顔は私が想像していたような恐ろしいものではなく、慈愛に満ちた女性の顔だ。止まっていた時間が、再び流れ始めたようだった。

「どうぞ」

箱に指先が触れた瞬間、忽然と女性の姿が消える。

箱は地面へ落ちて転がり、中身が散らばったと思うと、一瞬のうちに朽ち果てて風に攫われて消えてしまった。

「お疲れさん」

「泣いていました。でも、悲しいのとも違う。なんて言えばいいのか。そう、長い戦いを終えた人間を労るような表情でした」

「俺の眼に視えたのは長い間、闘病生活をしていた患者と彼女のことだけだよ。どうしてあの箱を埋めたのか。あの中身がなんだったのかは俺も知らない」

「よほど大切なものだったのでしょうね」

きっと他人には、なんの価値もないものなのだろう。だが、彼女にとってはきっと埋められたままにはできないと思えるほど大切なものだったのだ。同時に、他の誰にも見られたくなかったに違いない。

「汗だくだな。大野木さん」

「ええ。流石に疲れました」

掌に幾つもマメが出来てしまった。明日はきっと痛むだろう。

「千早君。昨夜は申し訳ありませんでした。反省しています」

「いいよ。そんなことよか、今夜の夕飯だけどさ、リクエストしてもいい？」

「そう言うと思いましたよ。何なりと」

診療所の廃墟を後にしながら、校長先生の言葉を思い出していた。

夜になると、啜り泣く女の声が聞こえるのだと。

夜に向かっていたのなら、また少し違う結末になっていたのかもしれない。

夜釣

柊さんに呼び出されるのは珍しいことだ。

まるで無いことではないが、ほぼこちらからの連絡ばかりだと言っていい。

理由は単純で、我々は彼女の力を欲することもあるが、その逆はまずないからだ。おまけに彼女は大変多忙の身であり、日本全国津々浦々で活躍している。

そんな彼女から唐突に電話があった。十五夜に釣りに行くので二人で付き合えという。なんとも乙な考えで、如何にも彼女らしい発案だ。聞けば道具も一切いらないという。

「夜釣りかぁ。しばらくやってないなぁ」

隣を歩く千早君がそう楽しげに言う。

目の前の近衛湖はすっかり凪いでいて、鏡のように夜空の月を映していた。

「釣りを嗜んでいたとは知りませんでした。もう辞めてしまったのですか？」

私が言うと、呆れたような目を向けられてしまった。

「どうやって片手でリールを巻けって言うんだよ」

言われてみればその通りだ。どうしても片手では支障がある。自分が一切嗜まないので、まるでイメージが湧かない。

「まぁ、リールを使わない釣りもあるから、それならできなくもないんだけどな」

「では、今夜の釣りもそういう類のものでしょうね。しかし、夜釣りとは素敵ですね」

満月の夜に、近衛湖で釣りをするというのは如何にも風雅な彼女らしい考えだ。

「待ち合わせは湖畔でいいんだよな」

「はい。船着場で待っているように、と」

それにしてもいい夜だ。黒猫の瞳のように黄色い満月が頭上に浮かび、夜がやや緑がかっているのが実にいい。普段から恐ろしい目にばかり遭っているので、こういう穏やかな時間はかけがえのないものだ。

「そういえば、帯刀様の元では十五夜には何か特別なことをしていましたか？」

「んー、どうだったかな。団子を食った記憶はあるんだけど、中秋の名月だっけ？　なんかそっちの方が印象が強いんだよなあ。十五夜、十五夜ねぇ」

「中秋の名月に何か行事をするのですか」

「うん。葛葉さんが舞を踊るんだよ。綺麗な着物を着てさ。なんかこう白くてヒラヒラした奴。うちわみたいなので口元隠しながら踊るんだ。これが綺麗でさ」

「……そうですか」

千早君の表現だとまるで想像がつかないが、きっと幻想的で息を呑むほど美しいに違いない。

「十五夜は、かつゆ婆が作った団子をしこたま食ったたな。美味かった。また食いたいなあ」

「その方は今もお屋敷に？」

「いや、確か故郷に帰ったよ。俺たちが破門された時に雇い止めみたいな感じ」

「そうでしたか」

道路から湖畔に降りる坂道を下りていくと、ちょうど湖の向こうからやってくる船が見えた。

船着場にゆっくりと船が止まる。大きめの和船のようだが、赤い漆塗りの船体など聞いたことがない。

「こんばんは」

船の中で悠然と腰かけた柊さんが微笑んで、こちらを手招きする。いつものように着物に身を包んでいるが、今宵は花ではなく、三日月を描いたものを選んだらしい。白銀色の帯がよく映えている。

「良い夜ですね、千早」

「ああ。悪くない」

そう答えながら、遠慮なく船に乗る千早君を尻目に私は深々と頭を下げた。

「今夜はお招き頂き、ありがとうございます。こちら、つまらない物ですが、宜しければ。お弟子さんと食べてください」

紙袋に入った桐箱を取り出して、手渡す。

「まぁ。伊織屋（いおりや）さんの金平糖。わたくし、大好物ですの」

「気に入って頂けたのなら良かった」

「どうぞ。大野木さんもお乗りになってくださいまし」

失礼します、と応えてから乗り込むと、想像していたよりも遥かに船が揺れなかった。

「術をかけてありますの。船酔いなどみっともないでしょう？　ねぇ、千早」

「滝下りの時のことを持ち出すのはズルいだろ」

くすくす、と可笑しそうに笑う柊さんが扇で口元を隠す。

「紹介が遅れましたね。あちらで船頭の真似事をさせているのが、わたくしの弟子ですわ。さぁ、ご挨拶なさい」

船尾に立つ青年が被っていた笠を外して、頭を下げる。

「ええと、柚木総士といいます。お初にお目にかかります」

眠たげな猫のような印象を受ける子だ。目鼻立ちは整っているのに、どうしてそのような印象を覚えるのだろうかと思い、気づいた。瞳が弧を描くように、柔らかく垂れているのだ。それでどこか笑っているような、眠たそうな印象を与えるのだろう。柊さんが彼を気にいる理由の一つが分かったような気がした。歳の頃は千早君と同世代だろうか。

「今は身の回りの世話をさせています。なかなか端々に気が利くので重宝していますわ」

「弟子っていうか、召使いの間違いじゃねぇの？」

放言を窘めるように、柊さんが扇で弟弟子の頭を軽く叩いた。

「貴方よりも飲み込みが早く、素直で教え甲斐があります。せっかくわたくしが手ずから教え諭したというのに、まるで身にならなかったのですから、貴方には困ったものです」

へいへい、と千早君は唇を尖らせてみせた。柊さんには悪いが、少なくとも彼から聞く限りにおいては、鍛え方が少々とは言えないほど苛烈なものであったらしい。

「お師匠。もう船を出しても？」

「ええ。お願いします」

柚木さんが頷いて、櫂（かい）を器用に動かして船首を回す。船具を扱うのはコツがいると聞いたことがあるが、実に巧みに船を操る様子に思わず舌を巻いた。

「お上手ですね。操舵の経験があるのですか？」

「いいえ。何度かしているうちに覚えました。石鼓は船には乗れないので、私が覚えないと」

石鼓というのは柊さんの式の一つで屈強な大男だ。寡黙な用心棒というタイプだが、確かに彼にはこういう繊細な作業は難しいかもしれない。

「船が沈んでしまうんです。あと、どうしたってアレは泳げないので」

ああ、やはり。文字通り、きっと彼の正体は石なのだろう。

「他にも器用な式はいるのですが、これも弟子の務めです」

ぼんやりとした人だが、本当に才能があるのかもしれない。少なくとも千早君よりも遥かに器用だというのは間違いないだろう。

「そう言えば何を釣るんだ？　近衛湖といえば鱒（ます）だよな」

「いいえ。魚など釣ってもしょうがないでしょうに」

何を言っているのか、と言わんばかりに柊さんは微笑む。そもそも魚釣りをする格好ではないのだから、私たちに釣らせて当人は見物をするのだと思っていたが、どうやら前提が違うようだ。

「は？　夜釣りに来たんじゃないのかよ」

「ええ。夜釣りですとも。ただし、釣るのは兎です」

兎、と思わず口に出してしまっていた。

「意味が分からねーよ」

「千早。貴方はもう少し雅さを身につけなさいな」

心底呆れたようにそう言うと、柊さんが視線をこちらに向けた。

「大野木さんならご存知ですよね」

「兎、ですか」

言葉通りの動物としての兎ではないだろう。何かの喩えか、或いは比喩。今夜が十五夜であることを鑑みれば、月にまつわることであるのは間違いない。

「……玉兎（ぎょくと）ですか」

「そう。正解です」

パチパチパチ、と楽しげに拍手する柊さんの横で、千早君が首を傾げていた。

「何だよ、玉兎って」

「月のことですよ。月の異名を玉兎というのです。太陽には金烏(きんう)が住み、月には玉兎が住むと言います。金烏は鴉、玉兎は兎のことですが、もちろんどちらも架空の生き物です」

「博識ですわね。お見それしました」

「しかし、その玉兎を釣るというのはどういうことでしょうか」

「戯れですわ」

そう言ってから、柚木さんを傍らへ呼ぶ。

「お二人に竿を用意してください」

頷いた柚木さんが船の後尾へ移動すると、赤い漆塗りの延べ竿を持ってきた。

「どうぞ。仕掛けはついています」

「ありがとうございます」

改めて竿を見ると、延べ竿の先端から糸が伸びて、持ち手の裏に針が引っかかっている。糸を摘むと、何だか奇妙な感触をしていた。釣り針も私が知っているものとは随分と違う。

「これって只の釣り道具じゃないだろ」

「ええ。お師様の蔵から借り受けたまま、返すのを失念していた物です。道糸には水晶蜘蛛の糸を用い、釣り針は紫水晶から形作ったそうですわ。竿と仕掛けと共に二つしかありませんの」

「あの、餌は？」

二メートルもない糸を垂らして、いったい何を釣ろうというのだろうか。

「必要ありません。そのまま水面に映った影へと糸を垂らしてくださいな」

じっ、と船の縁から凪いだ水面を眺めると、真下に煌々と輝く月が見える。ここへ釣り糸を垂らすのか、と躊躇していると、すぐに千早君が竿を振るった。

「へぇ、餌をつけなくてもいいってのは楽でいいな」

「千早。かかったらゆっくりと上げるのですよ。焦りは禁物、慎重になさいね」

「針に返しがついてないんだから、焦るも何もないだろ」

はははは、と怖いもの知らずが笑っていたが、不意に竿先が弧を描いた。

「お、かかった」

千早君はそういうと左手を伸ばして真っ直ぐに竿を立てた。ぷちり、と葡萄の実を房からもいだような音がして、水面から上がったのは淡く金色に輝く丸い団子のようなものだった。

「釣れたものは、こちらへ」

柚木さんが水の入った器を持ってきて、その中へ丸い月を針から外して落とす。ぷかり、と浮かんでゆらゆらと揺れる様子は小さな月そのものだ。

「食えんの、これ」

「食べられないものを釣ってどうするのです。食べてご覧なさい。玉兎は鮮度が命です。光が消えてしまうと、たちまち食べられなくなってしまいますよ」

ふーん、と千早君が言ってからそれを手に取った。

「団子みたいだ。大野木さん、先に食ってみる？」

「食べるのですか？　本当に？」

「柊さん、これ食えるんだよな」

「ええ。味は保証します」

にっこり、と満面の笑みで言う。

俄（にわか）にはとても信じられない話だが、千早君は躊躇いなく玉兎に口をつけた。もちり、と齧り取って咀嚼する顔がたちまち笑顔に変わる。

「すげぇ。餅や団子ってよりも、果実みたいだ」

「……果実」

「甘いんだけど、こうなんつーか、コク？　コクとまろみがあって、シャッキリしてる」

「……シャッキリ」

彼の頭の中ではきちんと味を感じられているのだろうが、語彙がないのか、言葉を選ぶセンスがないのか。まるで美味しそうに感じられないが、表情だけで大変美味であることは伝わってきた。

「千早。どんどん釣り上げてくださいね。柚木は月の下から動かないよう舵を任せましたよ」

よしきた、とばかりにまた竿を振るう千早君の隣で、私はまだ躊躇していた。あんな得体の知れないものを食べても良いのだろうか。水で表面を洗っただけで、調理は一切していない。いわば生のまま食している。果物のようだというから、もしかすると植物なのかもしれないが、見たところ種はないようだし、そもそも湖の中にそんな植物が実をつけるなど聞いたことがない。いや、そもそも玉兎とはなんなのか。

「大野木さん、大野木さん」

「え？」

「ほれ」

ずもっ、と柔らかな感触が口の中に押し込められた。口の中の玉兎は甘く、噛むと蒸した餅米のような柔らかさがあった。中は瑞々しい果汁で満たされていて、桃とマスカットを感じさせる甘さと風味が口の中いっぱいに広がる。柔らかな外皮のような部分は弾力があり、ねっとりと甘い。それでいてしつこくなく、上質なカエデの蜜のようだ。

「美味いだろ」

「ええ。これは、確かに大変美味しいですね」

「こうでもしなきゃ食わないと思ってさ。簡単に釣れるぜ、ほら」

また一つ、淡く光る玉兎を器へ放り入れる。

こうなると、私も考えるのはやめて夜釣りに興じることに決めた。悩んでいるのが馬鹿馬鹿しい。

釣り糸を水面の月へと落とすと、すぐに手応えがあり、ゆっくりと引くと月から千切れるように玉兎が釣れた。二つ、三つと難なく釣れる。

柊さんはそんな私たちの様子を肴に、一人で悠然と玉兎を片手に酒器を傾けている。琥珀色の液体に浮かぶそれは、まるでグラスの中に転がる本物の月のようだった。

「柚木。貴方も食べてご覧なさい」

「はい。頂きます」

櫂を片手に柊さんの元へ近づいて、玉兎を一つ丸齧りにした。特に大きく喜ぶわけではないが、ペロリ、とあっという間に平らげてしまったのできっと口に合ったのだろう。

「これは持って帰ることができるものなのでしょうか」

「残念ですが、玉兎は月の影にある時にしか実体がないのです。離れてしまえば、たちまち消えてなくなってしまいます」

「そうでしたか」

そんな気はしていた。これは誰も彼もが口にして良い甘露ではないのだろう。

頭上の満月を眺めながら、足元の月の影へと釣り糸を垂らす。なんて風流なのだろうか。神秘的と言うか、これはもう幻想的と言うべきものだ。

「偶(たま)には、こういう趣向も良いものだと思いませんか？」

「ええ。全くその通りですね」

「かつて、お師様は玉兎を釣りながら詩歌に興じた、と葛葉から聞いたことがあります」

「ああ、それは素敵だ。帯刀様らしいですね」

柊さんは頷いてから、少しだけ寂しげに微笑む。

「誰と詩歌に興じたのでしょうね。一人で歌を詠むような方とは思えません」

「柊さん。宜しければ、私にも一杯頂いても？」

「ええ、ええ。勿論ですとも。二人が飲まないので、晩酌に付き合ってくださるのはとても嬉しいですわ」

透明度の極めて高いカットグラスに玉兎を入れて、一瓶がうん十万円もする高級ウイスキーをなみなみと注ぐ。このグラス一杯でいったい幾らになるのか。

「さぁ、何に乾杯しましょう？」

「そうですね。では、お二人の亡き師匠に」

「そうですわね。これも弔いとなりましょう」

乾杯して、互いに微笑む。

グラスを傾けながら、琥珀色の液体に浮かぶ月を眺める。

水の入った器に次々と浮かぶ玉兎が、淡い金色の月光を放っていた。

十五夜はまだ宵の口、きっと長い夜になるだろう。

了

嗣人（tuguhito）

熊本県荒尾市出身、福岡県在住。
温泉県にある大学の文学部史学科を卒業。
在学中は民俗学研究室に所属。
2010年よりWeb上で夜行堂奇譚を執筆中。
妻と娘2人と暮らすサラリーマン。
著作に『夜行堂奇譚』『夜行堂奇譚　弐』『夜行堂奇譚　参』がある。

@yakoudoukitann
https://note.com/tuguhito/

夜行堂奇譚（やこうどうきたん）　肆（し）

2024年1月24日　第一刷発行

著者……………嗣人
カバー・口絵……げみ
ブックデザイン……bookwall
編集……………福永恵子（産業編集センター）
発行……………株式会社産業編集センター
〒112-0011
東京都文京区千石4-39-17
印刷・製本……株式会社シナノパブリッシングプレス

ISBN978-4-86311-393-0　C0093